Ronso Kaigai MYSTERY 206

葬儀屋の次の仕事

MORE WORK FOR THE UNDERTAKER

MARGERY ALLINGHAM

マージェリー・アリンガム

井伊順彦・赤星美樹［訳］

論創社

More Work for the Undertaker
1949
by Margery Allingham

目次

主要登場人物

エドワード・パリノード……………故人。パリノード兄弟姉妹の長男
ルース・パリノード…………………故人。パリノード兄弟姉妹の一人
イヴァドニ・パリノード……………〈ポートミンスター荘〉に下宿するパリノード兄弟姉妹の一人
ロレンス・パリノード………………〈ポートミンスター荘〉に下宿するパリノード兄弟姉妹の次男
ジェシカ・パリノード………………〈ポートミンスター荘〉に下宿するパリノード兄弟姉妹の末子
クライティ・ホワイト………………イヴァドニたちの姪
ルネ・ローパー………………………〈ポートミンスター荘〉の女将。元舞台芸人
クラレンス（クラリー）・グレース　……〈ポートミンスター荘〉の下宿人。俳優
アラステア・シートン大尉…………〈ポートミンスター荘〉の下宿人
ジャス・バウェルズ…………………エプロン街の葬儀店の店主。ラグの義弟
ローリー・バウェルズ………………ジャスの息子

ワイルド……………………………エプロン街の薬局の薬剤師
スミス……………………………エプロン街の診療所の医師
ヘンリー・ジェイムズ…………クラフ銀行エプロン街支店の支配人
ジョウゼフ・コングリーブ……クラフ銀行エプロン街支店の行員
ミス・コングリーブ……………透視術師。ジョウゼフの妹
オリバー・ドラッジ……………弁護士
マイク・ダニング………………クライティの恋人
グリーナー………………………ギャング
アルバート・キャンピオン……素人探偵
マーガスフォンテイン・ラグ…キャンピオンの従僕
チャーリー・ルーク……………バロー通り分区警察署の署長
ヨー………………………………ロンドン警視庁警視
スタニスロース・オーツ………ロンドン警視庁警視正

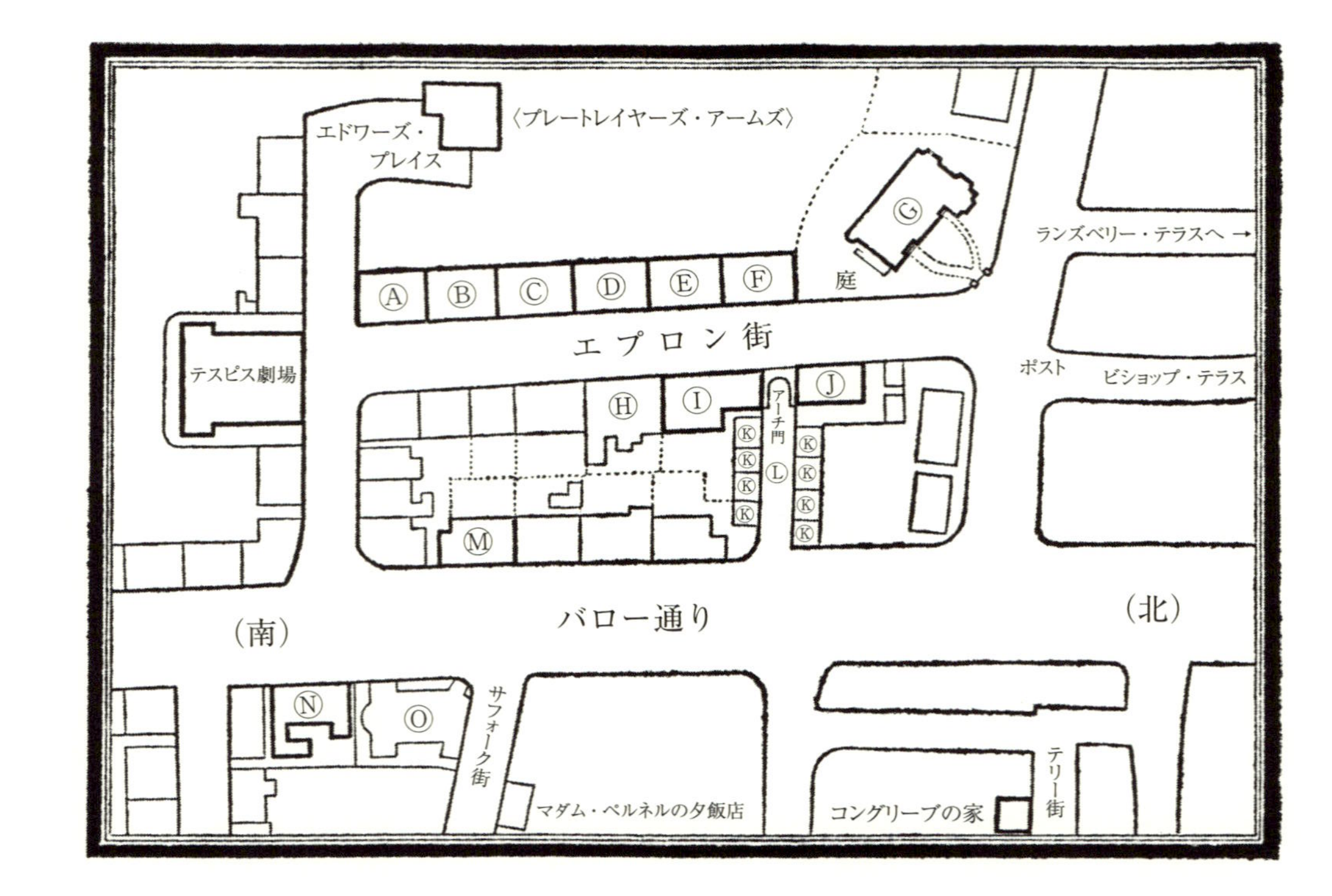
〈プレートレイヤーズ・アームズ〉
エドワーズ・
プレイス
Ⓐ
Ⓑ
Ⓒ
Ⓓ
Ⓔ
Ⓕ
Ⓖ
庭
ランズベリー・テラスへ →
テスピス劇場
エプロン街
ポスト
ビショップ・テラス
Ⓗ
Ⓘ
Ⓙ
アーチ門
Ⓚ
Ⓛ
Ⓜ
バロー通り
（南）
（北）
Ⓝ
Ⓞ
サフォーク街
マダム・ペルネルの夕飯店
コングリーブの家
テリー街

《エプロン街周辺地図》

（地図の説明）

A．食料雑貨店

B．乳製品販売店

C．石炭販売所

D．診療所

E．八百屋

F．薬局

G．〈ポートミンスター荘〉

H．フットマンズ・パブ

I．クラフ銀行

J．バウェルズ葬儀店

K．馬小屋

L．エプロン厩小路（ミューズ）

M．“頓馬（とんま）”のドラッジの法律事務所

N．バロー通り分区警察署

O．ローマカトリック教会

葬儀屋の次の仕事

本書の登場人物は実在の人物を忠実に描写しており、そっくりに描かれているだけでなく愛情を込めて描かれていることに、みな喜んでくれている。自分に似ているが事前に登場を知らされなかったという方がおられるなら、それはたまたま似ていただけの話だ。

さあさ　みなさん　おいらの話を聴いとくれ
笑いに笑って　息も詰まらんばかりだよ
だって　無残に死んだやつらの話になると
たいてい　みんな　吹き出すだろが！
葬儀屋さんよ　お次の仕事だ
墓石屋さんも　怠けちゃいられん
地元の墓地じゃ　葬儀屋さんも墓石屋さんも大忙し
また一つ　新しい墓ができるとさ
今年の冬は　寒がってるひまもありゃしない！

故T・E・ダンヴィル（一八六七〜一九二四。英国の喜劇人）が、一八九〇年頃にミュージックホールで披露した歌より。

第一章　ある警察官の午後

「あそこで死んだ男がいたな。アーチの向こうの、その奥だ」スタニスロース・オーツはショーウインドーの前で立ち止まり、陳列されていたベビー服でも眺めるように奥を覗き込んだ。「あの一件は頭から離れんよ。なにしろ、私がかがんでランプ――当時は、灯油ランプを持ち歩いたもんだ――をかざした瞬間、両腕が伸びてきて、冷たくなった手で私の首を絞めたんだから。ありがたいことに、力は残っちゃいなかったがね。もう死にかけで、手をはねのけたら息絶えた。それでも、冷や汗をかかされたよ。当時は部長刑事だった。二級の」

オーツはさっさとショーウインドーを離れると、往来の人でごった返す歩道をすたすた歩き出した。ところどころが灰色に褪せた黒っぽいレインコートが背中で風を孕み、まるで校長先生のガウンのようだった。

ロンドン警視庁の警視正となって一年半が過ぎたが、オーツの外見は以前とほとんど変わっていなかった。しょぼくれて風采が上がらず、腹はぽっこり飛び出し、黒いソフト帽の陰になった尖り鼻のねずみ色の顔は、相変わらず物憂げで、悩み事でもあるように見える。

「この界隈を歩くのが好きでね」気が滅入るような口調だ。「三十年近く管轄区だったが、とくに問題の多い地域だった」

「芳しい花びらのような思い出に、いまも満ちているってわけですね」かたわらの男が穏やかな口調で応えた。「で、死んだのは誰だったんです？　店主ですか」

「いや、押し込み強盗をやらかそうとしたどこかの愚か者だ。天窓から落ちて背骨を折っておった。私が見つけるまで丸一日、その状態だったらしい。窓が割れてるのを裏手のコルフ・マンションの住人が上から見つけてね、通報してきた。思ってるより昔のことだったかもしれんな。気持ちのいい午後じゃないか、キャンピオン君。満喫しておるかな」

かたわらの男は返事をしなかった。通行人の一人が年嵩の警視正を見るなり、思わず自分のほうに突進してきたので、それを避けるのに気を取られていた。山高帽をかぶり、いかにも社会的地位のありそうな見知らぬ年配のその男は、正面にオーツ警視正の姿を認めるや、ぎくりとして、いきなり進行方向を変えてきたので、キャンピオンは面食らってしまった。四分の一マイルばかり歩いただけで同じことが四度も起こり、これにはいくぶん参った。それでも、かつてオーツ警視正の庭だった管轄区をご当人とそぞろ歩けば、いろいろな発見があった。

せわしない買い物客の大半は目もくれなかったとはいえ、この年老いた警察官は、いまなお一部の人間にとっては敢えてじろじろ見るのははばかられる名士だった。大きな川魚が悠悠と泳ぐように歩を進める姿を見て、世慣れた路上の小魚たちは道を空けたほうがよさそうだと散っていった。

親しい人間ですら、微笑みはしても、よく来てくれましたとばかり歯を見せて笑いかけてくることはなかった。共謀している密売人と巡回中の警官が顔を合わせたときのように、人目を忍んで作り笑いするだけだった。

当の警視正は他人など目に入らないようで、かたわらの男と、思い出と、陽の光にのみ心を奪われ、ゆったりと歩いていた。

　アルバート・キャンピオン氏のほうは、好奇心旺盛な人には知られていないこともなかったが、活動範囲はもっと狭く、しかもかなり偏っていた。四十代で長身痩軀、かつての金髪は色が抜けて白に近い。身なりは人目を引かない程度に整い、極端に大きな角縁眼鏡をかけた顔は、若いころに顕著だった個性のなさという一風変わった特徴を、壮年となったいまも多分に残していた。高貴な影とでも言えそうな稀有な風采を天から与えられ、初対面でも誰からも怖がられないので、ある優秀な警察官から羨まれたことさえあった。

　いまキャンピオンは、自分に突進してくる男たちの大半とようやく同じ境遇になったところだった。八年近くを経て人生の主導権をふたたび手中にした彼（この前年の第二次世界大戦終結時まで、キャンピオンは特殊作戦局に所属していた）は、刑期を終えたばかりの男や学校を辞めてしまった少年のように自由というものに戸惑っていた。人生という巨大な絨毯が、半分まで織り上がったところで目の前の織機に垂れ下がっている。糸はもつれて色褪せ、どんな柄を描こうとしていたのかよく思い出せない。言いたくはないが、観賞するにはいささか気が滅入る出来栄えだ。

　オーツ警視正から初めて昼食に誘われ、キャンピオンはためらいながらそれに応じた。さらには、公園でも散歩しようじゃないかというやはり空前なるお誘いも、どんなことにも深入りするまいと固く心に決め、受け入れた。いますぐ解決しなければならない私生活上の問題を一つならず抱えていたし、戦前に親しんだ趣味からもずいぶん遠ざかっている気がしたからだ。

　普段は速足で口数の少ないオーツ警視正がのんびり歩を進めていたかと思うと、胡散臭い居酒屋の前でぴたりと足を止めた。ムーア建築風の入り口を支える陶器製の柱が両隣の大型婦人服店にがっちり挟まれている店だった。

「懐かしの〈ブラック・ホース〉じゃあないか」警視正はわざとらしく驚きの声を上げた。「ようやくパブのお目見えか。この地域を担当してたころ、ここじゃ何度か仕事をしたもんだ。ボーソンとジェイムズを仕留めたのもこの店だ。やつらこそ最後の大物悪党だと、われわれは睨んどった。ある晩、閉店間際にここでボーソンを見つけたとき、やつは自らローダーデール家の家宝の真珠を隠し持っておった。胃薬の瓶に入れてね。薬瓶は磨りガラスで、下半分は沈殿物。絶対に見つからんとタカを括って、格子縞の着古した外套から瓶を取り出すと、私の目の前でカウンターの上に置いたんだよ。私とフランクだけでやつら二人を捕まえたんだから、まさに勲章もんだろう。フランク・ファイソンを憶えておるかね。当時、分区署長だった。私は警部で、ロンドン警視庁(ヤード)から援軍で来ててね。滅多にお目にかかれん立派な男だった。あいつの葬儀じゃ、子どもみたいに泣いたもんだ」

そう言いながら、オーツ警視正はドイツ軍の戦闘服のような寒色の目をちらりと上げた。その視線の先をキャンピオンが追うと、二軒先の宝石店に掛かった時計にぶつかった。三時五分。オーツは満足そうに鼻を鳴らした。

「花でも観に行こうじゃないか」そう言って、オーツは道路を渡りはじめた。じめじめした夏が過ぎ、からりと晴れわたった秋の日で、木立の下の雑草はまだ生えていたが、木の葉の色は変わりはじめていて、地面に長く伸びた物憂げな木陰は街の喧騒をあとにした身にひんやり心地よかった。二人の男はしばらく無言で歩いた。オーツは行き当たりばったりを装いながら、目的地に向かっていた。

相変わらず、オーツが口を開くのは、強く印象に残る出来事を話題にするときだけだった。

「たぶん、あの木だ」ぽつりと生えたオークの木を警視正は指さした。「あそこの枝が一本切ってあるだろ。見えるかな。ずっと上のほうだ。霧の深いある朝早く、カムデン・タウンの馬具屋の爺さんが首を吊った。われわれがそう判断しただけだが。店が潰れてね。それにしても、七十近くにもなって、どうやってあそこまで登ったんだか、いまも謎だよ」

キャンピオンはそこそこ興味を惹かれたようだったが、口を横に広げてかすかな笑みを浮かべただけだった。会話がよそよそしいし仕事の話しかしないなと思ったキャンピオンが、それをやんわり指摘しようとしたとき、どうやらオーツは目的地を見つけたようだった。テントのような陰を作っている巨大なブナの木の根元に、小さな緑色の椅子がちんまり並んでいた。オーツはそこへ向かうと、レインコートの裾をまるでスカートのように膝にかぶせ、腰を下ろした。

「ほら、ここなら」と、オーツは言った。「花が眺められるぞ。あれは何の花だ。グラジオラスかなんかか」

花が見えると言っても六十ヤードばかり離れていたうえに、そこまでのあいだには小径やら低木の植え込みやら、公園の管理人が箒をしまっておく小綺麗な丸太小屋やらがあったので、キャンピオンはその問いに答えようがなかった。彼も黙って腰を下ろし、フランスの古い水彩画のような面白みに欠ける永遠不滅の風景を眺めたが、とくに興味は湧かなかった。

穏やかなオアシスに二人きり、と言ってよかった。地平線には、都会の発する青白い靄がかかっていた。二人を囲んで、百平方マイルに及ぶレンガの荒れ地が広がっている。いま視界に入るかぎり、二人のほかに呼吸しているものといえば、砂利の小径に沿って並ぶ公共ベンチの一つに腰かけた女一人だけだった。丸めた女の背中と、夢中で読んでいる折りたたまれた新聞に、陽の光がさんさんと降り注いでいた。

女はすぐ見えるところに座っていた。大都会がぼろ布に包(くる)んで集め込んでいる浮浪者の一人か、とキャンピオンは思った。うずくまるようにした小柄な体には丈がまちまちの衣服が何枚も重ねられ、脚を組んでいたので、だらりと垂れた色とりどりの裾がたるんだ靴下の上に花綱を渡したようだった。この位置からだと、靴には草が詰まっているように見えた。つま先をはじめ、あちこちに開いた穴から草の小束が飛び出ていたのだ。陽射しが暖かいにもかかわらず肩には毛皮のなれの果てのような代物がかけられ、顔は隠れていたものの、頭頂部にボタンがついた一昔前に流行った型のモータリング・ベール（女性が自動車などに乗るとき、帽子が飛ばされないよう上から覆う大きなスカーフ）の黄ばんだ襞(ひだ)の下から、ほつれ髪が覗いていた。大ざっぱに四角に破いたボール紙を頭にぺたんと載せ、その上からベールをかぶっていて、奇妙なのはもちろん、まるで幼い女の子が仮装させられたような痛々しささえ感じられた。キャンピオンがオーツをちらりと見ると、かたわらの彼は女をしみじみ眺めていたが、見られていることに気づくなり、女の先で曲がり小山に沿って見えなくなっている黄土色の小径のほうへ視線を泳がせた。二人は無言のままだった。木陰はひんやり心地よく、雑草が生えなくなっていた足元の一画では落ち葉がそよ風に舞っていた。

不意に、また別の女が小径に現れた。こんなに天気がいいのだから、人だって来るだろう。白いコートが光を受けて、目も眩(くら)むばかりだ。上半身は肉付きがいいのに小股でちょこちょこ歩くので、ふらついているのかと思わず見入ってしまう。緑色の引きひもに繋がれたクリーム色の小さなスパニエルが、ぜんまい仕掛けのおもちゃのように隣を小走りしていた。

差し当たって考えることもなかったキャンピオンは、創造主が優れた画家の着想をしばしば拝借しているのを見るのは実に愉快だとぼんやり思い、ヘレン・ホキンソン（一八九三〜一九四九。アメリカの諷刺漫画家）の作品そのままの女性に遭遇してご満悦だった。彼女の姿は、まさに絵に描いたようだった。小さな足、豊満な胸、ごてごてと飾りで盛り上がった白い帽子、ワイングラスと花束が似合いそうで、そして何より、体じゅうの曲線が慎み深い天真爛漫さをそこはかとなく醸し出している。その輝く姿が立ち止まった瞬間、オーツ警視正が隣で身をこわばらせたのにキャンピオンは気づいた。女のコートは腕のよい職人の仕立てにちがいない。ゼリー濾し袋さながらの寸胴な体に、水差しのような心地よいくびれを与えている。そんなコートが宙に浮かんだように、はたと動きを止めると、白い帽子がちらりと右を向き、左を向いた。小さな足がぱたぱたとベンチの女浮浪者の横へ向かっていく。そして小ぶりの手袋を前後に動かしたかと思うと、女は小径に戻り、変わらず天真爛漫かどうかは怪しいとしても、先ほどと同じように気取って歩き出した。

「ほう」女が二人の前を通り過ぎると、オーツは小声で言った。血色がよく、善人そうな顔の女だった。「見たかね、キャンピオン君」

「ええ、何をあげたんでしょう」

「六ペンスだろう。九ペンスかな。これまでは一シリングだったがな」

口数が少ないはずの友人の顔に、キャンピオンは目を遣った。

「単なる施しでしょうか」

「そうだ」

「なるほど」相手の言うことに決して逆らわないキャンピオンは、「珍しいですね」と素直に受け止めた。

「あの女の日課のようなものだ。ちょうどこのくらいの時間の」オーツ警視正の説明には物足りなさが残った。「自分の目で確かめてみたくてね。おや、来たな。警視が……」

どしんどしんと芝生を踏みしめる足音が背後から近づいてきたかと思うと、警官らしさにかけては右に出る者のいないヨー警視がブナの木をぐるりと回り込んできて、握手の手を差し出した。

キャンピオンは嬉しそうにヨー警視を迎えた。二人は旧知の仲で、気質が正反対の者同士によくあるように深い友情で結ばれていた。

捜査官五人組（ザ・ビッグファイブ）の古株であるヨー警視が、がっちりして厚みのある体に英国伝統のゆったりしたツイードの背広をまとっているのを見るのは初めてだった。一方で、丸い頭の後部に載せた緑色のソフト帽は、まるで付け髭のようで似合っていなかった。ヨー警視が、ベンチにいる女浮浪者に背が向くよう三つ目の椅子を注意深く置きなおして腰を下ろしたので、キャンピオンは薄青色（うすあおいろ）の目に、おや、という表情を浮かべた。確かなことは一つ。オーツ警視正が白髪頭で何か悪ふざけをたくらんでいるとしても、ヨー警視がその片棒を担ぐために午後の時間をまるまる潰すはずはないだろう。

「それで」ヨーはオーツ警視正に横目を向けた。「見たんですね」

「ああ」オーツは噛みしめるように言った。「この目で確かめたいという欲求がどうにも抑えられなかった。あの新聞が最近のだとしたら、遺体が掘り起こされたことが載っとるだろうが、あの女は新聞を読んじゃいない。記事を丸暗記しようとしてるなら別だがな。われわれがここに来てから一度もページをめくっとらんのだよ」

キャンピオンは細い顎を一瞬キッと上げたが、すぐにまた上体をかがめ、小枝で土の上にいたずら書きを続けた。

「パリノード一家の件ですか」キャンピオンは問いかけた。

ヨー警視は大きな茶色の目をオーツ警視正にちらりと向けた。

「キャンピオン君の気を引こうってわけですね」ヨー警視は咎めるように言った。「そうなんだ、キャンピオン君。あそこに座ってるのはミス・ジェシカ・パリノード。パリノード家の兄弟姉妹の三番目で、毎日午後になると、雨が降ろうが槍が降ろうが必ずあのベンチに座る。昔はああいう女を見ると〝お宝〟なんて呼んだもんだ。それなりに絵になってるだろ。バナナの皮が手に入ったときは、草の代わりにそれを靴に入れる。舗道の熱から足を守るという理論らしい」

「で、もう一人の女性は？」相変わらず地面に判読不能の文字を書きつづけながら、キャンピオンは尋ねた。

「カーチェスター・テラスのドーン・ボニントン夫人だ」オーツ警視正が口を挟んだ。「夫はロールス・ロイスのスポーツカーを自分で乗り回しとるよ。この厳しいご時世、運転手は雇えんからな。夫人も〝物乞いに恵むのはいけない〟のはわかっとるんだが、〝なりふり構わなくなってしまった女〟を見ると、〝何かしてあげないと〟という思いに駆られる。まあ、験担ぎみたいなもんだ。呪いとも言える」

「単刀直入に話したらどうですか」ヨー警視が不満そうに言った。「もう充分に謎めいてるんだから、これ以上、謎めかさなくてもいいでしょう。キャンピオン君、ボニントン夫人はね、天気のいい日の午後は一人でここに犬の散歩に来るんだ。それで、いつもあそこに座ってるミス・ジェシカ・パリノードを見て、金無しの哀れな中年浮浪者だと決めつけた。まあ、当然だろう。そこで毎回、何かしら恵んでやることにすると、相手もそれをはねつけない。所轄署の巡査が巡回中にその光景をよく見てたもんだから、ある日、物乞いはやめるよう注意しようとあの女に近づいた。で、彼女が何してるのかを見て、とてもそんなことはできなくなったと正直に話してくれた」

「何してたんです？」

「ラテン語のクロスワードパズルだ」ヨー警視が静かに答えた。「インテリ向けの週刊新聞に載ってるだろう。大人向けと子ども向けの英語のクロスワードパズルの隣に。うちの巡査もなかなかのインテリで、普段から子ども向けのやつをやってたから、近づいてみたら見覚えのあるページだった。彼女がぽんぽんと文字を埋めてくのを見て、思わずぶるっと身震いして、そのまま通り過ぎたそうだ」

「だが翌日、今度は彼女が本を読んでるとき、巡査はついにその任務を果たした」オーツ警視正が、ご機嫌な声で口を挟んだ。「すると、ミス・パリノードは、真の礼儀の何たるかについて理路整然と講釈を垂れ、半クラウン硬貨をくれたそうだ」

「半クラウン硬貨なんて話、巡査の報告にはありませんでしたよ」ヨー警視は小さな口をきゅっと結んだが、明らかに面白がっていた。「それでも名前と住所をちゃんと聞き出し、それをボニントン夫人にこっそり伝えた。夫人は巡査の話を信じず――そういう女だ――に、それ以来、誰も見てないと思ったときだけ施しをするようになった。ミス・パリノードは金をもらいたいんだと巡査は言い張ってる。面白いだろう。巡査によれば、彼女はボニントン夫人の施しを待っていて、夫人が来ない日はプリプリしながら帰っていくそうだ。どうだ、キャンピオン君。興味を惹かれたかい」

問われた男は背筋を伸ばし、相手にとっても自分にとっても残念だという顔で微笑んだ。

「正直なところ、惹かれません。申し訳ないですが」

「これは非常に興味深い事件なんだ」オーツはキャンピオンの返事などお構いなしに言った。「今後も語り継がれる事件になるはずだ。あの一家は、一筋縄ではいかない面白い連中ばかりでね。君も知っとるだろ。私でさえ子どものころから、随筆家のパリノード教授と詩人の奥さんの噂は聞いておったよ。一流学校を出てない私でさえ知っとった。連中はその子どもたちだ。頭のいい変人揃いでね。全員がいかれとるわけじゃないが。かつて持ち家だった屋敷に、いまじゃ、それぞれが間借りして住んでおる。われわれ警察は連中となかなか踏み込んだ話ができずにいるんだが、あのなかに毒を盛った犯人がおるんだよ。君の家の通りの近くじゃなかったかね」

「うちの前の道路は、工事があってカーブしてしまいまして」キャンピオンは申し訳なさそうな調子でぼそぼそと言った。「でも、楽しい話が聞けました。感銘さえ受けましたよ。あなたがたの部下は何をしているんです」

ヨー警視が咳払いしたが、オーツ警視正はそちらに目を向けなかった。

「担当は分区署の署長、年若いチャーリー・ルーク君だ」オーツは言った。「懐かしのビル・ルークの末っ子だ。ルークを憶えておるだろ。ここにいるヨー警視と一緒にY管区を担当してた。あのころはいい時代だった。今回は、その若者のところに本部から援軍の警部を送り込まねばならん。そうなると、あのホリーしかおらんのだよ」

オーツが口をつぐんだので、二人が気乗りしていないのをキャンピオンはすかさず察した。ホリー警部は優秀な警官だったが、手柄を独り占めしたがる嫌いがあった。

「キャンピオン君、若いチャーリーが私の見立てどおりなら」ヨー警視が柄にもなく唐突に吠えるような声を出した。「懐かしのビルに生き写しなのに加えて、母親の脳みそを引き継いでいる。一人でやり遂げられないはずはないんだ……誰かが手を貸せば」ヨーは年下のキャンピオンに祈るような眼差しを向けた。

「ともかく、つかんでるかぎりの情報を君に伝えておこう」と、オーツ警視正が続けた。「聞いて損はない。あの商店街全体が絡んでおるようなのだ。かなり面白い話だ」

「残念ながら、おおよそのところはすでに知っていると思います」角縁眼鏡のキャンピオンは二人に申し訳なく思った。「一家の住んでいる屋敷を管理している、そしておそらく所有もしているルネ・ローパーという初老の舞台芸人の女性は、僕の知人なんです。ずいぶん前の話ですが、ミュージカル俳優たちとどたばたやった事件のとき、ちょっと世話になりまして（M・アリンガム『クロエへの挽歌』第十三章参照。原書一九三七、井伊順彦／訳、新樹社）。今朝、その本人が僕を訪ねて来たんです」

「ひと芝居打ってくれって言うのか」二人が同時に言ったので、キャンピオンは思わず笑った。

「違いますよ。ルネはあなたがたの厄介になるような女性じゃない。自分が愛情込めて切り盛りしている家で殺人が一、二件ばかり——オーツさん、二件でしたか——あったと言って、しょげ返っているんです。それで、賄付きで、ぜひ、うちの屋敷に下宿して、事件を解決してくれないか、と。無下にするのも野暮だと思って、その流れで、悲惨な話をすべて聞かされました」

「いやはや！」ヨー警視は座ったままクマのように伸び上がり、丸い目は真剣そのものになった。「私は信心深いほうじゃないが、こういうのを、なんて呼んでるか知ってるかい。神のお告げだよ。何たる巡り合わせだ。キャンピオン君、もう知らぬ顔はできんよ。これは運命だ」

キャンピオンは細い体で立ち上がり、陽の当たる芝生の先のベンチで丸まっている女と、その向こうに咲く花を見つめた。

「いや」キャンピオンは陰鬱な調子で応えた。「いや、二羽のカラスじゃ人は動きません、警視。ことわざを信じるなら、三羽来てもらわないとね。さて、そろそろ行かないと。あなたの時計が狂っているなら別ですが」

ヨー警視はポケットに指を突っ込み、贈呈品の懐中時計をほっとしたように取り出した。「盗られたかと思ったよ」ヨー警視はにやりとした。「昔よく、この男がふざけて人の懐中時計をくすねてたのを憶えてますか、オーツさん。初めて見たときは驚いたもんです。あれ、どこへ行った」

オーツ警視正はしばらく黙っていたが、ポケットからパイプを取り出すと、靴のかかとで軽く叩いてから言い放った。

「本人も、わかっちゃおらんだろ」

だが、それは違った。

第二章　三羽目のカラス

一羽だけじゃ危険、二羽目は偶然、三羽目が来たら話に乗ろう

上り坂のてっぺんで、男の細い体は歩みを止め、振り返った。眼下には、スノードームの中の小型模型のような景色がくっきり広がっている。黒っぽいブナの木があり、ツイードの背広をまとったヨーク警視の角柱さながらの体が、その陰に溶け込んでいた。きらめく芝生、一本の小径、そしてその向こうに、いまや操り人形くらいの大きさになったキノコのような頭の薄汚い姿があった。ぼんやり謎めいて、暗い色のベンチに腰かけている。

女の背後では、低木の茂みに挟まれた花々が陽の光より鮮やかに、色とりどりのランタンのごとく輝いていた。

キャンピオンはためらったすえに、かつて特殊部隊で支給された小型望遠鏡をポケットから引っぱり出した。全長は指の長さより短かったが、片目に当てるや、女の姿が明るい陽光を突き抜け飛び込んできたので、キャンピオンはこのとき初めて女を細部まではっきり見た。先ほどと変わらず、膝に載せた新聞の上に身をかがめていたが、次の瞬間、まるで観察されているのに気づいたように女は頭を上げ、キャンピオンを、というよりキャンピオンの目をぎろりと睨みつけた。距離が離れていたの

で望遠鏡はもちろん、キャンピオンがそちらを向いていることすら女からは見えないはずだ。キャンピオンは子どものころ以来久しぶりに、超能力を目の当たりにしたような恐怖に襲われた。そして、その女の顔に、どきりとした。

ベールの中央の切り込みからくっきり見えるギザギザに破かれたボール紙の下の顔は、輝くばかりに知性的だった。肌は汚れているのだろうか黒みを帯び、顔立ちははっきりして、目は奥まっていたが、何より心をつかまれたのは内面から滲み出る印象だった。

やはり無礼だろうと思い、望遠鏡を急いで目からはずそうとしたとき、キャンピオンは偶然にもちょっとした出来事を目撃することになった。女の背後の茂みのあいだから、少年と少女がひょっこり姿を現したのだ。女がいるとは思いも寄らなかったらしい。二十マイル先まで見える望遠鏡の明るい円形の視界の中に二人が入ってくるや、少年はびくっとして少女の肩に腕を回し、二人は音を立てないように後ずさりしていった。少年のほうが年上で、十九歳くらいだろうか。不格好に骨ばって、これから縦にも横にも大きくなりそうだ。ぼさぼさの金髪頭に帽子はなく、ピンク色の不安そうな顔が不細工で微笑ましい。表情まではっきり見て取ることができ、いかにも動揺した様子が心に強く残った。

少女はそれよりやや年下で、妙な服装というのがちらりと目に入ったかぎりの印象だった。少女もまた、とても痩せていて、燃えんばかりの鮮やかな色の花々を背景にした髪はケシの花の中心部のように青黒く艶やかだった。顔は白くてつるりとしていたので印象に残らなかったが、驚いて見開いた焦げ茶色の瞳を見るや、ここにもまた、そこはかとなく滲み出る聡明さを感じ、キャンピオンの視線は釘付けになった。

しばらく望遠鏡でその姿を追っていたが、やがて二人はタマリスクの植え込みに逃げ場を見つけて消えてしまい、キャンピオンは好奇心をかき立てられたまま残された。

今度こそ彼は踵を返し、茂みを抜け、アーチ門のある車道に出てきた。ずんぐりしたアーチが見下ろすなか、車がまるで紙吹雪のように走っている。どうにも落ち着かない。この数か月、強い魔法にかかってしまいそうな気分だったが、その威力はいま、頂点に達していた。パリノード家の事件に関わるのは「運命」だと言ったヨー警視の言葉が、神のお告げのようにキャンピオンにまとわりついていた。

その週は偶然の出来事が重なり、パリノード家の事件がキャンピオンの頭から離れなかった。新たな関心事という餌のついた釣り針が、はずしてもはずしても心に引っかかってきた。道を歩けば角という角で、この事件へと誘う邪悪な扉が口を開けていた。そして今回の釣り針の餌は、偶然目にした少年と少女だ。あの二人は誰で、なぜ公共ベンチに座る世にも奇妙な女に見つかるのをあんなに恐れていたのだろう。知りたくてたまらない。

キャンピオンは急いでその場をあとにした。今回ばかりはこの魔法にかかるわけにいかない。いま自分は、最終決断の瀬戸際にいる。五か月ものあいだもやもやと思い悩んだすえ、ついに、人生半ばにおけるもっとも重大な決断を下すと言っていい。嫌気が差せば誰かが的確な助言をくれ、そのくり返しだった。チップはすでにテーブルの上に置かれ、ルーレットはまさに回らんとしている。一時間のうちに、彼はさる大物に電話して、友人や身内がお膳立てしてくれた幸運を謹んでありがたく受け入れるだろう。

道路を横断していると、ドアに紋章の入った古いリムジンが目に入った。キャンピオンは急いで顔をそむけたが、乗っていた老婦人は彼を見逃さず、一分ほどして、老運転手が二、三歩先の縁石に車を寄せたのでキャンピオンは肝を潰した。

由緒ある家柄の奥様であるご婦人が席横の小窓を下ろして彼を待っていたので、キャンピオンはそちらに向かい、陽にさらされながら帽子を脱いだ。老婦人のほうは座席のクッションにもたれかかり、手袋をはめた大きな手の片方をかざして照りつける太陽から顔を隠し、完全に日陰のなかにいた。

皺だらけで白粉（おしろい）も濃かったが、相変わらず美しいなとキャンピオンは思い、そう言おうとしたが、容姿についての誉め言葉はキャンピオンの口からでさえ真に受けそうになかったので、やめておいた。

「まあまあ、あなた」か細い声には、二度の世界大戦をも忘れさせる優美さがあった。「お姿が見えたから、よかったわねとお伝えしたくて車を停めましたの。内緒なのは知ってますけどね、昨晩、ドロウェイさんが来て、こっそり教えてくれましたのよ。準備万端整ったのね。お母さまがいらしたら、さぞお喜びだったでしょうね」

キャンピオンは如才ない返事をしたものの、瞳は寒々としていたので、人生経験豊かな婦人がそれを見逃すはずがなかった。

「行ってみれば、きっと楽しいはずですよ」と婦人が言ったので、以前、プレップ・スクール（パブリック・スクールへの進学を目的とした私立小学校）を巡るデマが飛んだときのことをキャンピオンは思い出した。「あそこはこの世の最後の文明地ですし、天候も子どもにとって申し分なくてよ。威厳をわざわざ示さなくても身にまとっているようなものですからね。威厳を示さなければならないのは本当に退屈。豊かな暮らし、行き届いた生活設備、何よりウズラ撃ちが存分にできるそうよ。あなた、ここに何があるっていうの。わたくしたちみんなに言えることですけどね。あなたのお宅はまだ工場でしたわね」

先祖代々の邸宅は義理の弟が実験用航空機の製造所にいまも使っていることをキャンピオンがしぶ

しぶ認めると、老婦人はため息をついた。

「お宅の素晴らしい舞踏室で踊ったときのことを思い出すわ」婦人は唐突に言い出した。「あのいやらしい青二才の皇帝(カイゼル)にテラスに連れ出されてね、白いバラが飾ってあった。あなたのお父さまは当時、とても魅力的でいらしたのよ。あなたもお父さまに似てきたわ。アマンダさん（キャンピオンの妻）はいかがお過ごし？　もちろん、一緒に行かれるのよね。ご自分の乗る飛行機をご自分で設計なさるのかしら。いまどきの若い女性は賢いこと」

　キャンピオンは口ごもっていたが、「一緒に来てくれればいいのですが」と、取り繕った。「なかなかの職責を負っていまして。かなりの量の仕事を片付けてからでないと職場を離れられないかもしれません」

「あら、そうなの？」老婦人は納得しかねるというように、刺すような視線を向けた。「あまり、ぐずぐずさせてはだめよ。総督ともなれば、世間的には奥さんも初めから一緒に行くべきだと思いますけどね」

　ここで放免されると思ったが、婦人はまた別の話題を持ち出した。

「ところでね、わたくし、あなたのところの風変わりな従僕のことを考えていましたの。タグとかラグとか言ったかしら。とんでもない声を出す男性。あれは置いて行きなさい。いいわね。ドロウェイさんはあの男性のことをまったくお忘れだったらしいですけど、言っておくとおっしゃってたわよ。ああいう愛すべき忠実なる僕(しもべ)は誤解されやすいから、面倒を起こすかもしれないわ。あそこでは時代が逆戻りすることになるのを、しっかり覚えておきなさいね。ずっと昔の、幸せだった時代にね。六十年くらい違うという話よ」婦人は昔を惜しむように首を横に振った。「いまよりずっと希望に満ちていた時代。懐かしいわ。この冬、気管支炎で死ななければ、ぜひ、お邪魔させていただきますよ」

「そうしていただければ、この上ない光栄です」キャンピオンは低い声で慇懃に返答したが、目は相変わらず鉛のような色だった。すると婦人は手を下げ、顔を心持ちキャンピオンに近づけた。

「馬鹿なことだけは考えないでちょうだいね」血の気のない唇がゆっくりと言葉を発した。「あなた、これまでの人生、警察相手に悶着を起こすような、助ける価値のない人を助けるのに、ご自分の能力を浪費してきたんですから。親も若いころは、それもよかったでしょうよ。でも、これは、あなたのお祖父さまでさえ認めてくださったにちがいない地位につく機会なのよ。わたくしは嬉しく思っています。昔から、あなたのお人柄には一目置いていましたから。では、ごきげんよう。心からお祝い申し上げますよ。それはそれとして、坊やのお洋服はロンドンで仕立てていきなさいね。あちらのものは風変わりで、男の子には耐えがたいと聞いていますよ」

静かに走り出した高級車が、ヴィクトリア女王記念碑のほうへ走って消えていくのをキャンピオンは見送った。儀式用の剣を引きずっている気分でとぼとぼ歩き、ピカデリーから北に伸びる袋小路のボトル街にある自宅フラットの前でタクシーを降りたときも、まだ気持ちは晴れなかった。

危険はないとはいえ、ひどく痛んだ狭い階段は、着古した外套のように肌馴染みがよく、心が安らいだ。鍵を鍵穴に差して回すと、ケンブリッジ大学を卒業して以来、城としてきた家の温もりが、愛人のように走り寄ってきてキャンピオンを迎えた。二十年近くを経て初めて、彼は自分の家の居間をしみじみ見回した。戦利品やらその関連品やらが乱立しつづけているのに愕然とした。今後は、これらに目を向けまい。

机の上に電話機が鎮座し、その後ろの置き時計が正時の五分前を示している。キャンピオンは平静を保とうとした。ついに、決断のときが来た。と、彼はすたすたと居間を横切って、片手を伸ばした。吸い取り紙の台の上に便箋が置いてあるのが目に入ったからだ。蒼い刃の短剣が突き立てられ、便箋は台に留まっていた。普段はペーパーナイフとして使っている、初めて冒険旅行に出たときの思い出の短剣だ。荒っぽいやり方にむっとしたが、明らかに試行錯誤中のレターヘッドのタイプ文字と、もって回ったところのない宣伝文に興味を惹かれ、キャンピオンはうつむいて手紙を読みはじめた。

丁寧★親切★快適にお運びします
　ジャス・バウェルズ&サン
（お役に立つ葬儀屋です）
　　ご家族の埋葬に

エプロン街十二番地　W三

〝大切な方を亡くされたとき、費用のご相談はお気軽に〟

マーガスフォンテイン・ラグ様
A・キャンピオン様方
ボトル街十七番地a　西地区　ピカデリー

前略

あんたも知ってのとおり、あいにくビーティはあの世に行っちまったが、生きてりゃ、あたしゃせがれに代わってこの手紙を書いただろう。

今日食事しながら、せがれと考えたんだが、あんたがいまもあの旦那に仕えてて、この手紙があんたのもとに届いたなら、あんたから旦那に、ちょっと手をお借りしたいと頼んでもらえんかね。新聞で知ってのとおりパリノード一家の騒動の件だ。

あたしらの世界じゃ遺体掘り起こしと呼ぶ作業は、あんまり気持ちいいもんじゃないし、世のなか変わっちまって、商売をやってくにもありがたくない。

あんたの旦那に力を貸してもらえれば、警察やらそのほかの連中を追っ払えるんじゃないかと思ってね。お巡りさんじゃないほうの連中には、喜んでもらえるにちがいない。どうだろうか。

一度、旦那を、失礼のないように連れて来てもらえないかい。茶でも飲みながら、ひとつ話をさせてもらいたい。三時半以降なら、こっちはヒマだ。あんたと疎遠なままじゃ、もっとヒマになっちまうよ。

よろしく頼む。昔のことは恨みっこなしだ。

草々

ジャス・バウェルズ

この興味を惹かれる手紙から顔を上げると、背後の扉の内側で何かが動き、床がかすかに揺れた。

「厚かましい言い草でしょうが」まるで料理でも運ばれてきたように、マーガスフォンテイン・ラグのむんとした人間臭さが部屋じゅうに広がった。ラグの部屋着姿(デザビエ)が目に飛び込むや、お伽(とぎ)芝居で使うゾウの後ろ脚の衣装でもまとっているのかとキャンピオンは思った。ラグは馬鹿でかいウールの肌着を突き出すように握っていた。ついさっき、あの貴婦人は「とんでもない声」と言っていたが、詰まるところ、好みの問題だろう。大地を揺るがすような深みのある声は感情豊かで抑揚に富み、どんな役者もまねできまい。

「本人も、ひでえ野郎ですぜ。名前もバウェルズなら性根もクソ野郎(バウェルズ)だって、このクソ野郎とあいつが結婚したとき、言ってやったんでさあ」

「式の最中に?」キャンピオンは興味津津で従僕に尋ねた。

「そしたら、グラスに半分入ってたイギリス・シャンパンをぶっかけてきやがった」ラグはこの話を思い出し、満足そうだった。

キャンピオンが電話機に片手を置いた。

「あいつって誰だ。お前の彼女だったの?」

「なに言ってんですかい！　妹でさ。あの野郎は、あっしの義理の弟ってことだ。惨めに虫けらを掘り返してる野郎ですぜ。もう三十年も口も聞いてなけりゃ、いま、そいつを読むまで思い出しもしなかった」

キャンピオンは古き良き友と目が合い、はっとした。思えば、ここ数週間、彼と目を合わせてもいなかった。

「あの野郎、それを挨拶がわりにしやがった」たるんだ目元の奥で小さく光る瞳は食いつかんばかりにこちらを睨んでいたが、憎しみを露にしているだけでなく、狼狽さえうかがえた。「ジャスってのは、そういう野郎なんでさ。あっしの倹しい暮らしに踏み込んできたくせに、巻き込まれたみてえなツラしやがって。ビーティへの結婚祝いを手紙と一緒に送り返してきやがった。旦那やあっしには馴染みのねえ悪趣味な質問が二、三書いてありましたぜ。あっしは、水に流してやると返事しましたがね。それが、いまになって過去からよみがえってきやがって、ところで知ってのとおりあんたの妹は死んじまった、とかなんとか。できることなら助けてくれないか、ときたもんだ。こんな手紙、ただの偶然ですぜ。旦那、電話をかけるんなら外に出てましょうかい」

細身のキャンピオンは眼鏡の奥の目を机から上げた。

「お前、あらかじめたくらんでたのか」キャンピオンは単刀直入に訊いた。

ラグの両眉が本来の位置から、禿げ上がった頭の丸みのところまでつり上がっていった。ラグは丹念に時間をかけて肌着を畳んだ。

「おっしゃる意味がまるでわからねえ」重々しい口調だ。「荷物を整理してるとこなんですがね。万事順調ですぜ。ちょうど、あっしの広告を出したところなんでさあ」

「お前のなんだって?」

「あっしの広告さあ。『当方、従僕。やりがいのある勤め口のぞむ。職歴に申し分なし。爵位のあるお方を希望』ってわけです。旦那のお供はできねえ。お国を越えてまで事件に巻き込まれるのは、まっぴらごめんだ」

キャンピオンは腰を下ろし、先ほどの手紙を読み返した。

「これ、いつ届いたんだ」

「十分ほど前の午後の便でさあ。疑うんなら、封筒をお見せしますぜ」

「ルネ・ローパーがこの男に書かせたのかな」

「ルネさんがそのために、三十五年前ビーティとあの野郎をくっつけたとでもおっしゃりてえんですかい」ラグは呆れたような口ぶりだった。「落ち着いてくだせえ。パリノード一家の騒動の件で話がまた来たと思ってるのかもしれねえが、こんなのただの偶然だ。そう興奮しなさんな。興奮には当たらねえ。だいたいジャスが何だってんですかい」

「三羽目のカラスだ、いわばね」とキャンピオンは答え、やがて、静かに満足そうな表情を浮かべた。

第三章　時代に取り残された変わり者たち

件（くだん）の分区署の署長が、〈プレートレイヤーズ・アームズ〉の二階の個室で待っていた。この店は、彼の管轄区のなかでもとりわけ寂（さび）れた界隈にある地味で古めかしい飲み屋だった。

キャンピオンはヨー警視に言われ、午後八時過ぎにチャーリー・ルーク署長とこの店で会うことになった。ヨー警視は電話越しに、ほっとした嬉しそうな声を出した。それはそれなりに喜ばしいことだったとしても、電話の相手の眼鏡をかけた謙虚な男が、自分と話す数分前にドロウェイ卿とも電話で話していたとはヨー警視には知る由もなかった。政治家ドロウェイが困惑と屈辱といった思いを隠しきれないながらも「残念だ」と素っ気なく言ったあとでは、ベテラン警察官の満足そうな自信に溢れた口調はしつこくさえあった。

「あんたが抵抗しきれないのは、最初からお見通しだった」ヨー警視は上機嫌だ。大きな声に受話器が震えた。「まだらの皮は変えられないもんだ。聖書にも書いてある（旧約聖書「エレミヤ書」十三章二十三節参照。「豹はまだらの皮を変えられようか」）から、まちがいない。こういうときは、やり方があるんだよ。これは運命なんかじゃない――私は占いのたぐいは信じないからね。人間は性格によって、特定の出来事に引っぱられてく。そんな例はいくらでも見てきましたよ」

「われわれの運命のせいではない、われわれ自身のせいなのだ、ブルータスくん（シェイクスピア『ジュリアス・シーザー』第一幕二場）参照）」

「何くんだって？　ああ、小説かなんかか。誰のセリフ？」

「ジュリアス・シーザーですよ、ある偉い人によると（実際はカイアス・キャシアスの台詞）」

「へえ、そうか。じゃあ本当だ。警察本部はもとより、神様もあんたをパリノード家に送り込んだってことだろう。ジュリアス・シーザーはあの一家のお仲間だな、こりゃ。チャーリー・ルークとただちに連絡を取ろう。エドワーズ・プレイスのあいつらの行きつけのパブで、チャーリーと会えばいい。署の近くで人に見られるとまずいからな。きっと、やつを気に入るよ」

こうした経緯で、キャンピオンはいま木造の階段を上っていた。大きな円形のバーカウンターの上に張り出すように設えられたニス塗装の小さな一室に入ると、彼の薄青色（うすあおいろ）の目がビル・ルークの息子をとらえた。ヨー警視があれほど褒めちぎっていた理由が飲み込めた気がした。分区署のルーク署長はたくましい男だった。両手をポケットに突っ込み、帽子を目深にかぶってテーブルの隅に腰かけ、私服の外套が型崩れするほど筋骨隆々で、ギャングだったとしても驚かない。存在感はかなりのものだったが、がっちり頑丈そうな骨格のせいで背の高さが目立たないくらいだ。生き生きした浅黒い顔、しっかりした鼻、きらきらした切れ長の目、そして、まさに微笑まんとしている表情からは気性の荒さも見て取れた。

ルーク警部はさっと立ち上がり、片手を差し出した。

「お目にかかれて光栄です」この気持ちが天まで届けとばかりにルークは言った。

分区署の署長は所轄の唯一にして最高の責任者だが、所轄内で重大事件が起こったとき、ロンドン警視庁の管区担当の警視は署長のもとへ援軍を送り込もうとする。こうして援軍が送られてくると、署長は所轄内についてはより詳しいにもかかわらず、副司令官に甘んじなければならない。キャンピオンはこの事情を理解していた。

「いつものような居心地悪い状況にはならないと思いますよ」と、キャンピオンは相手を安心させるように言った。「パリノード家の捜査中の殺人事件はいまのところ何件ですか」

ルークの切れ長の目がちらりとキャンピオンに向いた。想像していたより若いな、とキャンピオンは思った。せいぜい三十四、五歳だろう。この役職としては異例の若さだ。

「その前に、何をお飲みになりますか」ルークはテーブルの上の山型の呼び鈴を叩いた。「しばらくチャブおばちゃんにはあっちへ行っててもらわないと。そのあとですべてをお話しします」

女主人自ら酒を運んできた。目配りが利き、身のこなしの軽い小柄なチャブおばちゃんは、客を気遣う表情を浮かべた。ヘアネットの下の白髪混じりの巻き毛が複雑な模様を織りなしている。仕事はてきぱきこなすが本心を隠せないタイプで、「このお巡りさんはあたしのお気に入りで、あなたもこの子を気に入ってくれるかどうか母親のように気が気でないんですよ」と、前にもそうお伝えしましたよねと言わんばかりの口調でキャンピオンに話しかけた。

「ダブルで八杯お持ちしましたよ。これが今日の割り当て分。お二人でうまく分けてね。お店にお酒があるあいだは出してあげてもいいんだけど、今晩はこれで足りるでしょ。お帰りになるときは呼び鈴を鳴らしてちょうだいね、ルークさん」

チャブおばちゃんは目を合わせずにキャンピオンにこくりとうなずき、ずらり並んだスコッチウイスキーのグラスをテーブルの上に残し、代金を手に小走りで行ってしまった。

「それでは」チャーリー・ルークの目がきらりと光った。土地の訛りをわずかに含んだ声は、彼の背中と同じく力強くしなやかだった。「どこまでお聞きになってるかわかりませんが、思いついたところを大まかにお話しします。ことの発端は、スミス医師に降りかかった災難でした」

スミス医師の話は初耳だったが、キャンピオンは瞬く間に、スミス医師も一緒に店にいる気分になった。まるで鉛筆で肖像画が描かれていくように、驚くほど鮮やかにスミス医師の姿が生き生きと形になっていった。

「背が高く、若くはない……と言っても、年寄りでもない。五十五ですから。口やかまし屋の奥さんがいる。働きすぎで真面目すぎ。毎朝ガミガミ言われながらフラットを出て、診療所に向かう……入り口がまるで洗濯屋みたいな診療所。診察は七時から六時。扁桃腺をちらっと見ただけでも、原因がわからなくてすみずみまで見直しても、診察料は半クラウン。薬一瓶込み。曲がった腰。ラクダみたいな背中。ぶかぶかのズボンは、背中の中央のボタンが見えない手で引っぱり上げられてるみたいに尻が飛び出てる。カメそっくりに突き出た頭は、かすかに揺れてる。おどおどした目。お人好し。親切。誰より物知りってことはないけど（勉強する暇がなかったんでしょう）、腕利き。優秀な医者です。古風だけど、それに縛られない。この仕事を天職と心得てる。そんな彼が、中傷の手紙を受け取るようになった。かなりの怯えようで」

単語の並びにも話の内容にも脈絡がなかったが、ルークは全身を駆使してしゃべった。背中の話のときは自分の背中を丸め、診療所の入り口の話のときは両手で四角形を作った。心に訴えるというより、力づくの表現法で、杭でも打ち込むように事実だけがキャンピオンの頭の中に叩き込まれていった。

中傷されて不安なスミス医師の気持ちが、キャンピオンにも手に取るようにわかった。ルークは雪崩のように話を続けた。

「のちほど、その下品な手紙のファイルをお見せしますが、いまは概略だけお話しします」ふたたび話が始まると、切れ長の目がきらきら光り、強靭な筋肉でできた口からは単語がぽんぽん吐き出され、それらの単語を両手がぐいぐいねじ込んできた。「よくある下卑た手紙なんですが、これまで見たなかで一番ひどい。狂人めいてる。そしてもちろん、書いたのは女でしょう。色恋の経験豊富。単語の綴りを見るかぎり人が思うほど無学でもない。スミス先生が殺人を見逃したと非難する文面です。ルース・パリノードって婆さんなんですけど、殺されたのに、調べもせずに埋葬したのは医者の責任だ、と。スミス先生はだんだんおかしくなりはじめてます。患者たちのところにも同じ手紙が行ってるんじゃないか、古い友人たちも疑いの目で見てる、とね。何気ない一言にも過剰反応する。かわいそうに、考えすぎだ。手紙の主の女と同じ症状ですよ。それはもう怯えてて。奥さんに相談したもんだから、奥さんにはそれを理由に責めたてられるし。神経過敏に陥って、同業者の世話になることになった。その医者に言われて、われわれのところに相談に来たんです。そして僕は、いまの話の一部始終を聞いた」

ルークは一息つくと、水割りのウイスキーをごくりとやった。

「スミス先生は『ああ、なんてことだ！』と、僕に言いました。『砒素だったのかもしれない。毒だなんて考えもしなかった』と。僕は『いや、先生。嘘っぱちかもしれないじゃないですか。ただし、疑ってる人間がいるのは確かだ。調べてみますよ。それで一件落着です』と、答えた。そこで、いざエプロン街に行かん、というわけです」

「協力しますよ」キャンピオンは興奮で息が荒くなっているのを気づかれまいとした。「パリノード家の屋敷ね」

「その前に、ざっとエプロン街の説明をしておきましょう。あの商店街が重要なんです。狭くて短い道です。両脇に小さな店が並んでます。一方の突き当りは、昔、友愛礼拝堂だったテスピス・レパートリー劇場。インテリが集まる人畜無害の場所です。もう一方の突き当りが〈ポートミンスター荘〉。パリノード一家の屋敷です。この界隈はここ三十年で、酔いつぶれてくみたいにうらぶれた。パリノード一家とともにね。かつて一家は馬車も持ってて、まるで地方の名士みたいに地元商人を支えてた。それがいま屋敷は、下宿屋の女将をやってる愛すべき舞台芸人の手に渡った。抵当権の価値が下落して、その女性が引き継いだんです。もとの下宿屋が空爆でやられたんで、自分のところの下宿人を連れて移ってきて、パリノード一家と折り合いをつけてるってわけです」

「ミス・ルネ・ローパーなら、古くからの知り合いですよ」

「そうなんですか」ルークのきらきらした細い目がダイヤモンドくらいに大きくなった。「でしたら、教えてください。手紙を書いたのはルネさんだって可能性はありますか」

　キャンピオンの両眉が眼鏡の奥でつり上がった。

「そこまで詳しくはわからないな」キャンピオンはぼそぼそと答えた。「でも、手紙に名前を書かないような女性じゃないと思うなあ」

「僕もそう思うんです。あの人のことは好きです」チャーリー・ルークは真顔で言った。「僕ら、一緒に舞台に上がるんですよ、個人的な話ですが。僕もルネさんも劇団の一員なんです。ご存じなかったでしょう」ルークは大きな手を突き出した。「でも、考えてみてください。女で独り身、楽しかった日々は過ぎ、仕事は苦労ばかり。退屈な毎日。お高くとまってる老いぼれた居候連中が憎くてたまらないかもしれない。あの連中、ルネさんに偉そうな顔することも、まああるにちがいないですから。オンボロ屋敷が彼女のものになったんで、〝うちの世話焼きおばさん〟に食ってかかってるかも」

ルークは一呼吸置いて話を続けた。「べつにルネさんが手紙の犯人だって言ってるわけじゃありませんよ」ルークが真剣そのものだったので、キャンピオンは感銘すら受けた。「誰だって心の底に澱(おり)のようなものを溜めてるでしょう。そんなものに驚かされることがあります。僕の見るところ、いま、その澱(おり)が引っかき回されてるんじゃないかな。かわいそうなあの女(ひと)に狙いを定めてるわけじゃありません。ただ知りたいんです。彼女じゃないなら誰だろうって。ルネさん、あの厄介な連中をまとめて追い出したいけど、どうしたらいいのかわからなかったのかもしれない。まあ、医者にふられて、その腹いせかもしれないですけどね。ああ、そんな年齢(とし)じゃないか」

「ほかに候補は？」

「あんな手紙を書きそうな人間ですか？　ざっと五百人はいます。スミス先生の患者全員です。先生、奥さんになじられると様子がおかしくなっちゃうから。あの二人、もともとそりが合わないんでしょうね。じゃあ、商店街に話を戻しましょう。通りの一軒一軒を説明する時間はありません。ここで夜を明かすことになるでしょうから。酒がもたない。ですので、通りの雰囲気だけお話しします。劇場の向かいの角は、食料品兼金物屋。店の主人は五十年前に田舎から出てきてロンドンっ子になった。どこぞの交易所みたいな商売をしてます。付けで買い物し放題。配給を巡ってもめごとを起こしてます。蠟みたいになったチーズが置きっぱなし。Dデー（第二次世界大戦中の一九四四年六月六日。英米連合軍がノルマンディー上陸作戦を開始した日）に息子を亡くした直後に奥さんも亡くして、人が変わってしまった。パリノード一家とは長年の付き合いです。店を開くときパリノード兄弟姉妹(きょうだい)の父親が力を貸してやったんですが、あの店主がいなかったら、兄弟姉妹の誰かが三か月ごとに餓死してるんじゃないかなあ。右目が斜視で肉付きのいい小男です……常連の一人です」

「パリノード一家の御用達ってこと？」

「違います。あの屋敷にやって来るってことです。戦争中の話で」ルークは大きな手で、大爆発の様子を臨場感たっぷりに表現した。「空襲が始まる、サイレンが鳴る、世話役が駆け回る、お茶が用意される、焼夷弾が降る。みんな台所マットの上で体を寄せ合って寝たんです。〈ポートミンスター荘〉ではルネさんの厨房は地下にあるんですが、前の家を爆弾でやられたんで、厨房を補強して防空壕にしたんです。ルネさんは親切な人だから、近所の住人が不便な地下鉄の中じゃなくて彼女のところにいつでも逃げ込めるようにしてやった。戦争は終わりましたが、厨房はいまもそのまま。お茶、噂話、ほぼ毎晩、馴染みの面々が楽しんでます」

「パリノード一家も加わっているの？」キャンピオンは興味津津で尋ねた。

「戦争中はイエス、その後はノーです。会話の中身が合わないんですよ」パリノード一家についてはさておき、取り急ぎルークは先ほどの話の続きに戻った。「食料品屋の隣は牛乳屋。古臭い陶磁器の白鳥がウインドーに置いてある。ウェールズ人で、素晴らしく信心深いが、それで敵をつくったりしない。素朴で善良な一家です。石炭販売所は飛ばします。店主も太めの奥さんも新顔ですから。その隣がスミス先生の診療所。地下はフランス人の靴修理屋の作業場です。この惨めな男は無視していいでしょう。なぜだか、いろんな情報を仕入れてますが。ほとんど出歩かないってのに。その隣が八百屋です。あの一家は問題ない。女ばかりの大所帯です。顔は白粉を塗りたくってるのに、手は泥だらけ。で、キャンピオンさん、その隣が薬屋なんです」

ルークは終始、声音を落としてしゃべっていたが、それでもその野太い声に羽目板が震えんばかりだった。言葉を切った瞬間の静寂がありがたかった。

「人気の薬屋？」ルークの身振り手振りにすっかり引き込まれていたキャンピオンが先を促した。

「人気なんかないですよ、ワイルドおじさんは。映画にでも出てりゃ別だけど」と、ルークは言った。「まあ、すごい店なんですよ！　何でもありの百貨店です！　〝おばあちゃんのリンゴ園特製・強力咳止め薬および整腸剤〟なんて聞いたことありますか？　もちろん、ないでしょう。でも、あなたのお祖父さんなら、それを飲んでひどい目に遭ったかもしれません。欲しければ、いまもあそこで買えますよ、当時の包装紙のまま。ちょっとばかりウジが湧いてるかもしれませんが。みんなの知ってる特許医薬品も取り揃えてます。ちゃんと商売はやってるんです。ウインドーに並んだ色水入りの大きな瓶、ゴミみたいなものが詰め込んであるたくさんの小さな引き出し、婆さんの寝床みたいなひっくり返りそうな悪臭。ワイルドおじさんはそんなものに囲まれて、干からびたおばちゃんみたいにしてますよ。髪は染めて、襟はこんなふう」ルークは思い切り顎を上げて、目を剝いた。「黒い小さなタイには、石が半分取れた女ものの指輪を通してる。縞模様のズボン、長年の汚れで上から下まで白茶けた黒いモーニングコート。バウェルズ葬儀店の道化師親子がミス・ルース・パリノードの遺体を掘り起こして、サー・ドーバーマンが瓶詰めを終えるのをひどい寒さのなか輪になって待つあいだ、まず頭に浮かんだのは、実を言うとワイルドおじさんでした。何であれ、ワイルドおじさんが首謀者ってことはないでしょうが、どうもあのあたりが臭い気がする」

「分析結果はいつ出るの？」

「暫定の結果なら、もう出てます。最終報告は今夜中です。深夜には出るはずです。犯罪としか思えないとなれば、葬儀屋をたたき起こして、ただちに兄貴のほうも掘り起こします。もう令状はもらってるんです。いやな仕事ですよ。墓石に囲まれて臭（にお）いも強烈」

ルークは水に濡れた犬みたいに頭をぶるぶる振ってから、酒をあおった。

「たしか長男だったね。兄弟姉妹（きょうだい）のなかで一番上？」

「ええ、エドワード・パリノード。今年三月の死亡時は六十七歳。ええと、七か月経ってますね。土に馴染んでてほしいものだ。じめじめした古い墓地です。造り替えたほうがいいんじゃないかなあ」

キャンピオンは笑みを浮かべて言った。「胡散臭い薬屋のところで話が止まっているよ。次はどこへ行くのかな。パリノード一家の屋敷にひとっ飛び？」

ルークは考えていた。「いや、その前に」なぜだか話を進めたくなさそうだった。「道の反対側には、あのいかがわしいバウェルズ葬儀店と、クラフ銀行の小さな支店と、廏小路（ミューズ）（ミューズは、馬小屋が立ち並ぶ狭い路地のこと）の入り口と、フットマンズっていう世界最悪のパブがあるだけです。では、お待ちかね、例のお屋敷へと行きましょう。薬屋と同じ並びの角にあります。バカでかい家です。さっきお話ししたとおり、地下があります。とんでもなく荒れ果ててる。片側が、小さな砂場と月桂樹の植え込みのある庭になってます。ネコと紙袋だらけですけどね」

ルークは一呼吸置いた。勢いがいくぶんなくなり、彼は盛り上がった頬骨越しに暗い目でキャンピオンを斜に見た。

「ああ、そうだ」ルークの表情がぱっと明るくなった。「大尉を見てもらえるかもしれません」彼は静かに立ち上がり、力持ちならではの慎重かつ丁寧な動作で内壁の中央に掛けてあったアイリッシュウイスキーの宣伝ポスターの大きな額縁を持ち上げると、床に下ろした。裏の壁に小さなガラス窓があった。抜け目のないパブの主人が、階上から店内をすみずみまではっきり見渡せるよう作ったのだろう。円形の中央カウンターから自転車の車輪のスポークのようにさまざまな長さのカウンターが放射状に伸び、それぞれに客が寄り集まっていた。キャンピオンとルークは少し下がって、頭を寄せ合い、見下ろした。

「ほら、いたいた」遠くで大砲を転がすような声でルークがささやいた。「ホールのほうです。隅っこにいる背の高い中年男です。緑の帽子の」

「〈シグナル〉紙のプライス＝ウィリアムズと話している男?」キャンピオンの目が見覚えのある背中をとらえた。犯罪報道記者のなかでもとりわけ抜け目のないプライス＝ウィリアムズは、形のいい頭部とそぐわない、ずだ袋のような胴体をしていた。

「プライスのやつ、新しい情報はつかめてないみたいですね。退屈そうだ。ほら、背中をぽりぽり掻いてる」ルークは声を潜めて言った。情熱を胸に辛抱強く待つ熟練の釣り師のような声だ。その声を聞くや、キャンピオンは腑に落ちた。かたわらの青年について最後まで胸に引っかかっていたものが、ついに取れた。さすがヨー警視、見る目がある。チャーリー・ルークは優秀な警察官になるだろう。

階下のカウンターでは、プライス＝ウィリアムズのずんぐりした指が首の後ろをさぐり、やがて肩甲骨のほうへ這っていき、そこで何度も上下した。刺激の快感を無意識に味わいながら、視線はと言えば、正面にいる男の穏やかで整った顔に据えられていた。

大尉は見るからに軍人らしく、四十年ほどまえに流行った優美な服に身を包んでいた。この離れた位置からでも、善良で物静かで、古いものに固執する雰囲気が伝わってきた。六十歳近いだろうか、痩せ形で、静かに年齢を重ねて枯れていくエドワード七世時代（エドワード七世の即位（一九〇一年）から第一次世界大戦が始まる一九一四年ころまでを指す。重厚さの好まれたヴイクトリア朝時代と対照的なスタイルが流行した）風の男だった。髪とちょび髭は短く刈り込んであったので色はよくわからなかったものの、金でもグレーでもなさそうだ。声までは聞こえなかったが、耳当たりのよい口調で偉そうにしゃべるのではないだろうかとキャンピオンは想像した。さらに想像を膨らませれば、手の甲にはカエルの皮膚のような斑点があり、ひょっとしたら控えめの認め印付き指輪（シグネット・リング）をはめ、名刺を持ち歩いているのではないだろうか。

　この男にボール紙とモータリング・ベールで頭を覆った妹がいるのかと驚き、思わずそう口にすると、ルークは申し訳なさそうな顔をした。

「先に言わずにすみません。彼はパリノード家の一員じゃないんです。あの屋敷の住人ってだけで。ルネさんが前の下宿から連れてきたんです。ルネさんお気に入りの下宿人だったんで、いま、いい部屋をもらってるんですよ。アラステア・シートンという名の正規兵ですが、第一次大戦が始まる前に傷病兵になった。心臓を悪くしたんじゃないかな。収入源は自分の年金と父親が残した恩給で、合わせて週に四ポンド十四ペンスほどを一年のうち五十週もらってます。あとの二週間は苦しいでしょうね。でも、紳士ですから、懸命に紳士らしくふるまってますよ。お気の毒。このパブは、あの男の隠れ家といったところです」

「ほう」と、キャンピオンは言った。「大切な仕事の打ち合わせがあるんだ、なんて彼が軽い調子で言ったときは、ここに来るわけね」

「ええ」いかにも、とばかりにルークはうなずいた。「打ち合わせの相手は安ワインとビール半パイントですけどね。しかも、そんなことができるのも、せいぜい週二回。本人の本音はどうあれ、このドンチャン騒ぎを楽しんでますよ。ここが一番気が休まるんでしょう。こんなむさくるしい場所に通うはめになって、ものすごく腹立たしく思う半面、この熱気が楽しくてたまらない。あの男の事情聴取の調書は一見の価値ありです。気持ちが手に取るようにわかる」

しばしの沈黙があった。キャンピオンの視線は、大勢の客のあいだを彷徨っていた。報道記者が少なからずいる。みな事件記者だ。辛抱強く待ちつつ静かに酒を飲んでいる。彼らにしてみれば事件の盛り上がりは最高潮に達していて、心のなかで記事をでっち上げているところにちがいない。こうして情報提供者と接触を図りながら、話もつなぎ合わせた。あとは、活字にできる瞬間まで温めておくだけだ。慌てることはない。行き詰まることもない。見通しは明るい。

キャンピオンは眼鏡をはずし、顔を動かさずに言った。

「警部、パリノード一家のことをなかなか話そうとしませんね」

ルークはグラスに酒を注ぎ、それをじっと見つめると、いきなり告白するような目をした。

「実は、話せないんです」

「なぜ?」

「連中の言ってることが理解できなくて」優等生が「わかりません」と答えるときのような顔でルークは打ち明けた。

「どういう意味です?」

「そのままの意味です。連中が何を話してるのかわからない」ルークはテーブルの上に深く腰かけると、筋肉質の両手を広げた。「外国語を話してるんなら、通訳を呼べばいい。でも、外国語じゃない。話してくれないわけでもない。何時間でも話しますよ。連中は話好きだ。でも、署に戻ると、頭がこんがらがってしまう。速記者が一語一語を文字に起こした報告書を読むんですが、本当にその単語を言ったのか、速記者のところにいちいち聞きに行ってもらう始末です。で、速記者も、意味がわからないと言う」

沈黙。

「えーと……長い単語を使うとか」キャンピオンは遠慮がちに問うてみた。

「いえ、そういうわけじゃありません」ルークは気分を害したふうもなく、ひたすら情けなそうな顔をした。「全部で三人いるんです」彼は重い口を開いた。「いまお話しできるのはこれだけです。二人死んで、三人生きてる。ミスター・ロレンス・パリノード、ミス・イヴァドニ・パリノード、そして、末っ子のミス・ジェシカ・パリノード。公園でお土産をもらってる女です。誰一人これといった金も持ってないのに、どうして殺されていくんだか。あの連中、頭がいかれてるわけじゃない。ここが肝心です。僕は最初にここでつまずきました。まったく厄介です。直接ご自分で確かめてみてください。いつ乗り込む予定ですか」

「すぐにでも、と思っていました。荷物も持ってきてある」

ルークは唸るように、「それはよかった」と、真剣な口ぶりで言った。「屋敷の入り口に刑事が一人いますが、あなたが来るのを知ってますし、あなたの顔も知ってます。コーカデールという名前です。邪魔はしません。あの連中の情報をお伝えできず、すみません、キャンピオンさん。とにかく、時代に取り残された変わり者たちです。好きな表現じゃありませんが、それ以外言いようがない」

ルークはグラスにかがみ込むようにして、腹を撫でた。

「あの連中のことを考えたとたん、軽い目眩(めまい)までするようになってしまいました。分析結果が出しだい、お届けします」

キャンピオンは自分のグラスを空けると、旅行かばんをつかんだ。そのとき、ふと、あることを思い出した。

「ところで、あの女の子は誰かな。若い子、黒髪の。顔はよく見えなかったけど」

「ああ、クライティ・ホワイトですね」ルークは静かな口調で言った。「連中の姪っ子です。一家はもともと六人兄弟姉妹（きょうだい）でした。一人、家を出て、医者と結婚して香港に行ったんです。途中、船が沈没して、あわや二人とも溺れ死ぬところだった。母親がまだ海水でびしょ濡れのときに、あの子が生まれた。だから、そんな名前だそうです。それ以上は訊かないでください。そう聞いただけですから。『だからそんな名前なんだ』って」

「なるほど。やはり、ルネさんのところに住んでるの？」

「ええ、戦争が始まってから伯母さんと一緒に暮らしてます。両親があの子だけ戻したんです。それが幸いでした。そのあと、両親とも死んでしまいましたから。ほんの子どもでしたよ。いまもまだ十八半ばです。〈週刊文芸〉で事務員をやってて、切手をなめて貼ったり、評論誌を売ったりしてます。タイプが打てるようになれば文章も書くでしょうね」

「じゃあ、あの少年は？」

「バイクに乗ってましたか？」ルークの吐き捨てるような口調に、キャンピオンは思わずのけぞった。

「バイクは見てないなあ。二人で公園にいたんだけど」

キャンピオンは語尾を濁した。チャーリー・ルークの少年の面影を残す顔に影が差し、三重のまぶたが輝いていた瞳を覆ったからだ。

「ブルドッグの子イヌと迷子の子ネコってとこですね」ルークは不機嫌そうに言い、それから目を上げ、完全に弱みを見せて潔く自分を卑下するように笑い出し、こうつけ加えた。「かわいい子ネコちゃんですよ。まだ目さえ開いちゃいない」

第四章　毒にご用心

ペンキの剝げかかった鉄の門に手をかけるや、斑入り葉の月桂樹のあいだから懐中電灯の光が剣のように飛び出し、地味な旅行かばんを手にしたキャンピオンをとらえた。光はしばらく彼の顔面を照らしていたが、そのあと、愛嬌と敬意のこもった動きで進むべき方向を示してくれた。崩れかけた玄関ポーチにつながる古びた石段でなく、脇道を通って地下室の扉に続く階段を下りるらしい。

言葉はなかった。コーカデール刑事は状況をわきまえていた。そこまで秘密めかす必要があるだろうかと思ったが。キャンピオンは足音を忍ばせて階段の入り口のほうへ進み、見下ろすと、鮮やかな色の格子を設えた窓の向こうに〈ポートミンスター荘〉の懐（ふところ）と呼べる部屋があった。

十年ほど前に初めて会ったときとほとんど変わらぬルネ・ローパーがいた。横向きで食卓に身を乗り出し、誰かと話していたが、相手の姿は見えなかった。あれから八、九歳は年齢を重ねているにちがいないが、ルネは相変わらず〝六十がらみ〟（前掲書『クロエへの挽歌』一九九頁参照）に見えた。曲線美は多少失われているとしても、地方の演芸場の舞台で楽しく跳ね回っていたころと変わらず、小柄な体は引き締まっていた。髪も茶色とは言えないが、いまも豊かだ。

客をもてなすときの服装だった。色のごてごてした絹のブラウスを、上品で短すぎない黒のスカートにきっちりたくし込んでいる。偽装爆弾のような牛乳瓶の列に沿ってキャンピオンが庭を半ばまで進んだところで、ルネは音に気づいたらしい。つんと上を向いた鼻とこぼれ落ちそうな目をさっと窓のほうに向けると、一足飛びで扉を開けにきた。

「どなたかしらぁ」歌う前の発声練習のように音階が上がっていった。「あらあら、あなただったのね、アヒルちゃん」普段の口調に戻ったものの、それでもいくぶん芝居めいている。「入ってちょうだいな。よく来てくれたわね。こんなに嬉しいことはありませんよ。お母さまは？　お元気？」

「絶好調です」母を亡くして十年ほどになるが、キャンピオンは投げられた球をみごとに打ち返した。

「そうでしょうね。まあまあ、お互い愚痴はやめましょ」えらいわねとでも言うようにルネはキャンピオンの肩をぽんぽん叩くと、部屋のほうに向き直った。

典型的な古い時代の地下厨房だった。むき出しの何本もの導管、用途不明のアルコーブ、石敷きの床。空爆で崩れそうになった部分は、比較的新しい荒削りの木柱で支えてあった。数百枚はありそうなあらゆる時代の劇場の写真が壁の半分を埋め尽くし、華やいだ雰囲気をそこそこ醸し出している。床マットの上には色鮮やかな布切れが何枚も敷かれ、古びた黒いコンロの前に置かれた大きな物干し台には寝具カバーが干してあった。

「クラリー」ルネはなおも明るさを装って、まくしたてた。「わたしの甥っ子のアルバートとは初対面よね。ベリーから来たの。うちの一族じゃおぼっちゃまの部類。弁護士さんなのよ。まさに、こんなとき必要でしょ。この子の母親が、役に立ちそうならこの子をよこすって手紙をくれたから、お願いって電報を打ったわけ。来なかったらいやだから黙ってましたけど！」

動揺一つしないまさに老練俳優のようにルネは演技し、かわいらしく笑った。老いを知らない体の奥から、はつらつとした若々しさが湧き上がってくるようだった。

キャンピオンがルネにキスし、「お会いできて嬉しいです、おばさま」と言うと、ルネは少女のように頬を赤らめた。

靴下をはいた両足を腰なげし（壁を保護するため、椅子の背もたれの高さの壁面に張られた木材）に押しつけ、パンにチーズと酢漬け玉ねぎを載せて食べていた濃紫のセーターの男が立ち上がり、テーブル越しに身を乗り出した。

「初めまして」と男は言い、丹念に爪の手入れがされた片手を差し出した。こんな爪をしていては誤解を招くにちがいない。眩いばかりの笑顔も、いまや生え際がずいぶん後退し整然と波打って流れ落ちている乾いた金色の縮れ髪も、すべてが誤解を招きそうだ。皺の深く刻まれた顔は情に厚そうで、第一級とは言えない端正なその顔には常識という刻印が打ちつけられていた。セーターのV字の首元から覗くピンクと茶色のストライプのシャツは、両襟の先端の擦り切れてできた穴が小さくかがってあった。

「グレースと言います」男は続けた。「クラレンス・グレースです。お聞きになったこと、ないでしょ」それが恨めしいとも思っていないようだった。「実は僕も、一シーズン、ベリーで公演しましたよ。三十九年です。しっちゃかめっちゃかになる直前」

「あら、それはランカシャー州のベリーでしょ、あなた」ルネがすかさず口を挟んだ。「この子はベリー・セント・エドマンズ（イングランド東部サフォーク州の都市）なの。ねえ、アルバート」

「ええ、そうです」キャンピオンは、いかにも残念で申し訳なさそうな声色をつくった。「とても平和なところです」

「だとしたって、地元の法律は知っておかなきゃならないのよね。どこの土地だってそうでしょうけど」ルネはなんて肝の据わった女性なのだろう。「お座りなさい、アヒルちゃん。お腹が空いたでしょ。あとで何か見繕いましょうね。いまはちょっと慌ただしい時間なの。いつものことですけど。やってもやっても仕事が湧いてくるわ。どうしてかしら。ラブさぁん！」

ミュージカルの一場面のような声で発せられた最後の呼びかけに応答がなかったので、キャンピオンは夕食を済ませてきた旨を伝えることができた。

「本当に？」二人が同時に、気遣うような目を向けた。「本当です。ステーションで食べてきました」

「駅舎で？」クラリーは自分の額をぴしゃりと叩いた。「何に乗って来たんです？　夢の国急行列車ですか？」

「いや、ステーション・ホテルのことです」キャンピオンは大物ぶった田舎者を演じたが、クラリーが赤面したので申し訳なくなった。

「まあまあ、それならよかったわ」ルネはまたもキャンピオンの肩をぽんぽん叩き、いかにもこの状況を楽しんでいるようだった。「お座りなさい。あなたのベッドを整えてくるあいだ、クラリーの黒ビールをいただいてなさいな。ラブさぁん！　とてもいいお部屋よ。少なくともわたしが来てから、あそこじゃ誰も死んでませんからね。だから心配しなくて大丈夫」ルネはふざけたように、ちょっとだけ声を張り上げた。「ラブさぁん！　あとの人たちも、いまに戻ってくるわ。大尉さんは必ず戻りますよ。大尉さんは、お食事に出かけてるの。昔の恋人とだと思うわ。まっすぐお部屋に行っちゃうでしょうけど。あの人は厨房があまり好きじゃないから。正面玄関の扉が開く音がしたら、大尉さんね。二人とも、あとでわたしの代わりにお盆を運んでちょうだいな。ラブさぁん！」

クラリーが両足を静かにマットの上に下ろした。

「僕が呼んできますよ」クラリーが言った。「あの子はどうしたんです？　女の子がこんな夜遅くまで出歩いてちゃいけないな。伯母さんに怒られるぞ」

「クライティね？　ほんとだわ」ルネは掛け時計に目を遣った。「あら十一時十五分。たしかに遅いわね。自分の娘だったら放っておきますけどね。根っからの世間知らずはよくないもの。そう思わないこと？　アルバート。世間を知らないままじゃ危なっかしくてしょうがない。それはともかく、クラリーはお黙りなさい。余計なこと言わなくていいの」

　昔ほど逃げ足が速いわけでもなく、ミュージカル・コメディの観客が主役の子どもに求めるほどの機転も利かないその男は、扉の取っ手を握って立ち止まった。

「はいはい、怪しい気付け薬かなんかの古い瓶が出てきたとしても、あの姪っ子だけは犯人じゃありませんよ、アヒルさん」クラリーは朗らかな声でそんなことを言ったが、顔は引きつり、後ろを向く直前に、何色だかわからない大きな瞳が苛立ったように光ったのをキャンピオンもルネも見逃さなかった。扉が閉まるのを待って、ルネは口を開いた。「ピリピリしてるのよ。でも、すぐに新しい仕事が見つかるわ」キャンピオンから問われたわけでもないのに、ルネは弁解するように言った。「田舎じゃ、クラリーよりずっとひどい大根役者がいっぱいいたわ。ええ、本当に。あの子は声がとても美しいの。人を惹きつけるのよ」それから息もつかずに、けれども声音はがらりと変えて、切実な口調でこう尋ねた。「ねえ、キャンピオンさん、もう一人も掘り起こされるのかしら」

　キャンピオンは愛情たっぷりの眼差しでルネを見下ろした。

「元気を出してください。あなたのお葬式じゃないんだから。正直なところ、僕にはわかりません」

　ルネが小さく年老いて見えた。白粉（おしろい）をはたいた頬骨と鼻筋に、細かい網の目のような静脈が透けて見えた。

「ああ、いやだ」ルネは低い声で言った。「毒が入るはずないわ。食べ物はみんな、ちゃんと鍵をかけてしまってるのよ。食べるときまで、努めて目を離さないようにしてるんです。この黒ビール、お飲みなさいな。これは安全。うちの家政婦さんがさっき運んできて、クラリーとわたしで栓を抜いたんだから」


と、突然、まるで大釜の蓋を開けたように、ルネは勇気ある雑談の芝居の下に隠していた恐怖心をキャンピオンの前にさらけ出した。恐怖心は不吉な雲のように明るい厨房に広がって、昂(たかぶ)り、好奇心、そして警察や世間の目や報道への抑えがたい興味といった恐怖以外の感情をかき消した。

「あなたに来てもらえて、本当によかった」と、ルネは言った。「きっと来てくれると思ってました。あなた、善い人だもの。このご恩は忘れないわ。シーツも乾いたようね。ラブさぁん！」

「何かご用？」


入り口から年老いた声がすると、満足そうに大きな音で鼻を鳴らしながら、鮮やかなピンクの上っ張り姿の小さな老婦人がおぼつかない足取りで入ってきた。血色がよく、澄んだスカイブルーの瞳は涙でしょぼついてはいるもののきらきらして、ヘアネットで覆った小さな頭にはピンクのリボンが鉢巻きのように縛ってあった。老婦人ははあはあ言いながら入り口で立ち止まり、おやっという目でキャンピオンを見た。

「あんたの甥御さんかね」甲高い声は言った。「ええ？　よく似てる、よく似てるよ」

「あら、嬉しいわ」ルネ・ローパーは声を張り上げて返事した。「これから一緒に、この子のベッドを整えてくださいな」

「ベッドを整える？」ああ、そうだった、という口ぶりでミセス・ラブは言った。詮索するような目つきになって、鼻息も荒い。「あんたにポリッジ（オートミールや穀類を水や牛乳で煮詰めた朝食用の粥）をつくっておいたよ。ほれ、ポリッジをつくっておいてあげましたよ。保温箱に入れて、南京錠をかけておいたからね。鍵が欲しいときは、ここ」ミセス・ラブはやせ細った胸を叩いて見せた。

あとから入ってきたクラリーが、やれやれといった顔で笑い出した。クラリーのほうを向いたミセス・ラブを見て、まるで人形みたいに着飾ったお転婆娘といったところだなと、キャンピオンはすっかりこの老婦人の虜になった。

「あんた、笑うけどね」しわがれたロンドン子特有の声は、屋敷の屋根の上から聞こえてくるようだ。「でも、用心に越したことはないよ。ほれ、用心に越したことはありませんよ」

ミセス・ラブはキャンピオンのほうに向き直ると、実に女らしい輝く瞳で彼の目を見つめた。「この子、わかっちゃいないね」役者のクラリーに向けて、ミセス・ラブは肩をすぼめた。「男ってのは、だめね。用心しやしない。この世にいたけりゃ気をつけないと。今日、美味しそうな厚切り肉を二枚買ったんですよ。持ってきてローパーさんに見せようと思ったんだけどね、でも、やめました。危ないでしょうが。あたしがここにいる理由はねえ、あたしがいまごろパブにいるだろうってお友だちが思ってるからなの。パブに行って話のネタにされたりお巡りさんやなんかとおしゃべりしたりするなって、この子が言うの。ローパーさんにつらい思いをさせるわけにいかないからね。だから、あたしは夜ここに来るの。ほれ、だから夜に来るんですよ」

「そうね。夜に来てくれて嬉しいわ」ルネ・ローパーはくすくす笑ったものの、喉に何かが詰まっているような声だった。

「あたしはね、前の下宿からローパーさんと一緒にここに来たんですよ」ミセス・ラブは吠えるように言った。「でなけりゃ、こんなところにいません。いませんよ、恐ろしい！　ここは危ないよ」

言いたいことを言ったので、ミセス・ラブはさっさと話題を変えた。

「まだこんな、よそ行きのもん、つけてたわ」ミセス・ラブは頭のリボンをクラリーに向けてゆらゆら揺らした。クラリーがリボン頭に帽子を載せるふりをすると、ミセス・ラブはいたずらっ子のようにけらけら笑った。「この子はね、あたしにとっちゃ二軍選手なの」ミセス・ラブはキャンピオンに言った。「ほれ、二軍選手なのよ。これがシーツかい？　枕カバーはあるの？　床掃除はしましたよ。ほれ、床掃除はしたんですよ」

温かくなった寝具カバーを抱え、ミセス・ラブは痛々しく踵を引きずりながらよろよろと出ていった。ルネももう一抱え寝具カバーを持って、あとに続いた。二人は絨毯のない奥の階段を、こつこつ足音を響かせながら行ってしまった。

クラリー・グレースはまた腰を下ろすと、グラスとボトルを客のほうに押しやった。

「あの二人、あちこちの舞台でラブさんをコケにした芸人連中をボロクソにけなしてましたよ」クラリーは言った。「ラブさん、まだたったの歳八十だからね、やりたいことが尽きないんです。人夫みたいによく働くし。倒れてあの世に行くまで働くんだろうな。ルネさんと二人だけで日常のこまごましたことを全部こなしてるんです。この仕事が好きなんだなあ。いや、まったく、この仕事が好きなんだなあ！」

「ある女性には毒でも、別の女性にはごちそうってわけですね」と、キャンピオンは深く考えもせずに言った。

グラスを口に運びかけていたクラリーの手が止まった。

「うまいこと言いますね」真面目な顔つきでクラリーは言った。「うまいこと言う人って、ときどきいるんだよなあ。そりゃあ、あなたは事務弁護士だからね、でしょ?」

「それを言われると困ります」キャンピオンは口ごもった。部屋はすみずみまで明るく、キャンピオンの青白い顔から皺が消えて見えた。

クラリーは笑った。心から楽しんでいる明るい笑顔と、もっと他人行儀だったり舞台の上だったりするときの引きつった笑顔とが入り混じっていた。

「あのさあ」クラリーは、いきなり砕けた口調になった。「僕は子どものころからルネさんと友だちなんだ。あんたがルネさんの甥っ子とは思えない。そんな話、聞いたことないよ。聞いてたっていいはずでしょ。ルネさんは飛び切りの善人だ。ご立派な身分の気の置けない友だちが過去に一人や二人いたって話も聞いてる。意味わかるよね?」クラリーはここで言い淀んだ。「言いたくなきゃ言わなくてもいいよ。自分は自分、他人は他人。僕はそれを信条に生きてきたから。僕は滅多なことじゃ驚かない。あんたは僕の世界じゃ、やっちゃいけないよ。その逆も然りだけど。人に『へえ!』と思わせるには労力がいるってこと。きょろきょろしてる間にバレちゃうよ。あんたの父さんはルネさんの兄さんじゃないでしょ」

「兄と言っても過言じゃない」人間はみな兄弟みたいなものだろうと思いながら、キャンピオンは答えた。

「それは深い話になったね」クラリーは楽しそうだった。「すごいな。そのセリフ、いつか僕も使わせてもらおう。色褪せないフレーズだ。〝そう言っても過言じゃない〟か……あんた、面白い人だね！　これから面白くなりそうだ。〝そう言っても過言じゃない〟。忘れないようにしよう。もちろん、使い込んでいかないとね」

「もちろん」キャンピオンは控えめに同意した。

クラリーはまだ声を上げて笑っていた。苛立ちを発散しているように見えた。

「頑張ってくださいね」クラリーはグラスを指差した。「あの人たちも瓶の中までは手を出せないと思うよ」

「あの人たち？」

「あの一家。上に住んでる仲良し家族パリノード。まさかと思うけど、ルネさんや僕や……〝手袋のままで失礼〟の大尉――あ、僕、大尉のこと、こう呼んでるんです――が、化学に詳しいなんて思ってないよね？　そんな脳みそがあったら、そもそも僕らは、あんなことしない。するわけない。僕らはまともな人間だから。安全な人間。うんざりするほど長いこと友だちなんだ。あれは仲良し一家の仕業だよ、まちがいない。でも、ビールにまでは手を出せないだろうから、封の切れてないやつを飲んだほうがいいよ」

キャンピオンは面目が立たない気がして、好きでもない黒ビールを口にした。

「無差別に毒を盛るような恐ろしい話とは思えないけど」キャンピオンは遠慮がちに言った。「確かなことは何かな。数か月前に一人の老女が死んで、警察が何らかの理由で遺体を掘り起こした。公式の分析結果は、まだ誰も知らない。死因審問のやり直しも始まっていない。この屋敷の住人全員が危険にさらされている証拠はないと思うけど。絶対にないと思いますよ。新たに誰かが殺されそうになった様子もなさそうだし……」

「殺されそうになってないと誓えるのか！　僕らがどうなれば、殺されそうになったと思うのか。仲良しパリノードの誰かが汚物を入れたくなるようなシチューにがっついたときか？」クラリー・グレースが突拍子もなく、威厳に満ちた声で怒り出した。やれやれ、演劇人には独特のもったいの付け方があるものだ。

キャンピオンは珍しく、自分の主張を曲げなかった。

「でも、君だって、警察が動き出すまで毒殺だなんて思いもよらなかったでしょう」キャンピオンも負けていなかった。

クラリーはビールのグラスをテーブルに置くと、「ねえ、あんたは弁護士だ」と、言った。「気を悪くしないでよ。僕は事実を言ってるだけ。もっと他人（ひと）の身になって考えてよ。僕ら全員、危険にさらされてる。決まってるじゃない！　殺人者がすぐそばにいる、そうでしょ。犯人は野放し状態。それに、爺さんのほうはどう？　長男の、一人目の爺さん」

きれいに手入れされた節くれだった手をクラリーは指揮棒のように振った。

「今年の三月に死んだ爺さんだよ。警察はあの爺さんも次に掘り起こすつもりだ。そりゃ、そうだよ。個人的には、掘り起こしてくれなきゃ納得いかない。爺さんが死んだとき、僕はまだ空軍にいたから、見てなくてね。一年間ずっとここにいるのはルネさんだけだから」

キャンピオンは、クラリーの論理展開に自分がちゃんとついていけているのか、まったく自信がなかった。それでも、少なくともクラリーの口調には素晴らしい説得力があった。主張が黙って受け入れられ、クラリーは満足そうだ。

「頭のてっぺんから足の先までドロドロだろうな」クラリーは言い放った。「妹とおんなじにね。僕らだって、そうなるかもしれない。ルネさんにも言ったんだ。上にいるあの人たちのなかの誰かが殺りはじめて、いつまで続くかわからないよって。旅回りの一座でも同じような経験があるから」

「本当に？」キャンピオンは驚きを隠さなかった。

「ほんものの毒じゃないけどね」クラリーは興奮していた。「嫌がらせってとこかな。白粉の容器にコショウを入れるとか、そんなこと。でも、すごく危険なんだ。目の潰れかけた女の子もいる。何が言いたいかっていうと、この手のことは歯止めがきかなくなる。誰にも止められなくなるんだ。仲良しパリノードは全員怪しい。これが僕の結論だ」クラリーは真剣だった。ぎざぎざに後退しつつある髪の生え際の下に皺が何本も平行に刻まれ、凧に描かれた不安の仮面のような顔になっていた。「自分の目で見たら、きっと衝撃だよ。もうすぐ会える」

　キャンピオンは心穏やかでいられなくなった。この酒の味に我慢できなくなりはじめた。

「型破りの一家のようだね」キャンピオンはぼそぼそと言った。

「型破り？」クラリーはキャンピオンを見つめながら立ち上がった。理由はわからないが、まるで自分が侮辱されたような態度になった。「いや、違う。型破りとは違う。あの人たちみんな、肩書きがすごく立派で、とにかく素晴らしいんだ。型破り？　脳みそが型破りってことなら話は別だけど。とっても優秀な一家なんだ。親父さんは天才だったらしい。教授だったから、本物の。芝居風に大げさに言ってるんじゃないよ。名前のあとに学位がついてた」この情報が相手の頭にしっかり浸透するのを待ってから、クラリーは熱心に話を続けた。「ルース——殺された婆さんね——は、一家の水準に達してなかった。ちょっとばかりイカレてたんだ。自分の名前を忘れたり、人前で入れ歯をはずしたり、そんなことばっかりしてた！　自分を透明人間と思ってたんじゃないかな。残りのみんなで集まって、そのことをあれこれ話し合って、出した結論は……」クラリーは身振りをつけながら言った。

「落第ってわけ」

キャンピオンは座ったまま、長いことクラリーを見つめていた。この男が真剣そのものだと確信するにつれ、しだいに気が重くなった。

「一家の誰かとは、いつ会えるかな」と、キャンピオンは訊いた。

「それじゃあ、二階に行ってくれるかしら、アヒルちゃん」ルネが盆を手に、奥側の厨房から出てきた。「これをわたしの代わりにミス・イヴァドニのところへ持って行ってちょうだいな。手伝ってくれるわね。クラリー、あなたは今日はミスター・ロレンスのところにお願い。やかんを持って行ってくれたら、あとはあの人が自分で混ぜるから」

第五章　少し不愉快

ミス・イヴァドニ・パリノードという人は、あるいは毒殺犯かと疑われているさなかにも奇妙な取り合わせの飲み物を夜食にするものだと思いながら、キャンピオンは慣れない階段をよろよろと上った。彼の運ぶ小さな盆の上には、チョコレート色の市販の乳製品のカップ、白湯（さゆ）の入ったグラス、冷水の入ったグラス、精製糖か、でなければ塩が入った陶器の深皿、乾燥卵の粉末に似た気味の悪いものが入ったショットグラス、〝エプソム〟という文字がバツ印で消され、代わりに〝エプソム塩〟（硝酸マグネシウム。入浴剤や医薬品に用いる）と記された缶、そして、ぎょっとしたことに、〝パラフィン　家庭用〟とラベルに書かれたべたべたの小瓶が所狭しと載っていた。

まだほとんど見ていないとはいえ、屋敷の内装には目を奪われた。自分が住むと考えると造りが何もかも大きすぎて、キャンピオンは学校に通っていたころの気分になった。

松材造りの階段室は、簡素なデザインに立ち戻ろうとしていた設計者の手によるものにちがいない。だが、一気に戻ることはできず、重厚な木造部分に一定間隔でハートだかスペードだかの雷文模様が控えめに施されていた。階段に絨毯はなく、ミセス・ラブがあと三十歳若ければぴかぴかに磨き上げていたことだろう。四角い吹き抜けの四方に沿って二階分を巻き上がってゆく階段は、シャンデリア用のロゼット（吊り電灯のコードを電気配線に接続する部分に用いる天井の装飾器具）からぶら下がった、周囲にそぐわない裸電球一つに照らされていた。各踊り場のそれぞれの壁には高さ八フィートほどの頑丈そうな扉が二つ一組で並んでいて、扉と扉のあいだの壁の水性塗料が色褪せた部分には、ワッツ（ジョージ・フレデリック・ワッツ。一八一七～一九〇四。英国の画家・彫刻家）やロセッティ（ダンテ・ガブリエル・ロセッティ。一八二八～八二。英国の画家・詩人）を模してサインまで入ったセピア色の巨大な版画が掛かっていた。

どの部屋に行けばいいのかは、わかっていた。階下にいる興奮した三人に、このまま終わらないのではないかと思うほど延々と説明を受けたからだ。それでも、キャンピオンはゆっくりと歩を進めた。一つには、盆の上のものをこぼさないようにするため、一つには、最初の印象を残らず、脳裏に注意深く焼きつけるためだった。

感情に左右されて記憶が変わってしまうことは避けられず、そうなる前の目から入ってくる第一印象がいかに重要かをキャンピオンは長年の経験から知っていた。これまでのところ、屋敷はがらんとして人けがなく、静まり返っている。伝わってくることは何もないと言っていい。と、そのとき、ここ数か月のあいだにこの剝き出しの階段を柩（ひつぎ）が二基も下ろされていったのかという思いが、キャンピオンの意識の下からむくむくと湧き上がってきた。その光景は目の前に、まるで子どもの空想のようにありありと現れた。運び手が角を曲がるたびに、キーキーと足元が軋る音や〝うんうん〟と唸る声も聞こえる。奥の部屋からは、無感情で事務的なお悔やみの常套句を響かせていた声の主が葬儀の始まったのに気づいてはっと口を閉ざす音まで聞こえてくる気がした。柩（ひつぎ）の不気味な形状も目に浮かんだ。ちょうど組んだ両手が置かれる、中央より上の部分がぽっこり盛り上がっているのを除いてやけに細い。哀しくなるほど無駄にごてごてと飾り立てられた真鍮の取っ手のきらめきが眩（まぶ）しい。あの中には何が入っているのか。ぽつんと一つ、巻貝が置かれているかもしれないし、丸めたゴミが入っているのかもしれないし、実は、あれは誰かが破獄したあとの古い監獄かもしれない。

キャンピオンは、はっと我に返って背筋を伸ばした。〝びくついているのか、キャンピオン君〟。いっそう慎重に足を踏みしめ、彼は最初の踊り場にあった上げ下げ窓のそばにきた。一階から一続きの幅広の階段を上りきった右手にある窓だ。いつもの癖で、通りから姿を見られないよう、体を離し気味に窓の外を見た。

洗いざらしの背景幕のような、街灯に照らされた通りを背に、屋敷の輪郭が不規則に広がり、趣に欠けるシルエットとなって浮かび上がっていた。キャンピオンの視線は、ほど近いところにある出っ張り部分に据えられた。ほかと比べて妙な形で、その一部が動いている。

キャンピオンは身じろぎせず、それをまじまじと見つめた。しだいに目が街灯の光に慣れてきた。外壁から突き出していた曲線部分はぺしゃんこになって消え、次の瞬間、キャンピオンとほぼ同じ高さの、思ったよりずっと近くに人影が現れた。この窓のすぐ下に台のようなもの――たとえば張り出し窓の屋根のような――が直接出ているにちがいない。

屋根に乗っているのは女性だった。その姿が一条の光の中を通り過ぎたとき、一瞬だがはっきりとキャンピオンはそれを認めた。派手な服が目に飛び込んできて、どきりとした。大きな蝶結びのリボンのついた白い帽子、細い首の周りを上まで覆う色鮮やかなスカーフ。まるで摂政時代（一八一一〜二〇。ジョージ三世が病気になり、皇太子が摂政を務めた時代）の装いだ。顔は見えなかった。キャンピオンに背を向け、通りを見下ろしていたからだ。人目を気にする動作で、音もほとんど立てなかった。それでも、こすったり引きずったりする気配がしたので、なおもごく近くにいることは推測できた。窓のすぐ外の、街灯の光が届かない暗がりにいるにちがいない。

キャンピオンは息を殺して、相手の動く音に耳を澄ませた。いったい何をしているのだろう。泥棒なら明らかにぐずぐずしすぎているし、コーカデール刑事が呑気なのにも呆れる。思い切って半歩近づいてみると、襞(ひだ)のある服の一部がさっと窓を横切った。それきりだったが、さらさらという衣擦れの音は続いていた。かなり時間が経ったのち、窓枠が持ち上がりはじめた。

キャンピオンが身を隠せる方法は一つ。彼は階段を一段下りてしゃがみ込むと、盆をしっかり握ったまま、手すりの頑丈な柵に体を押しつけた。窓は信じがたいほど静かに上がってゆき、その数フィート下でひざまずいていたキャンピオンは、どんどん広がっていく隙間を上目遣いに目の前で見ていた。

最初に現れたのは一足の新品の靴だった。ヒールがずいぶんと高く、レースのリボンが結んである。次に、少々汚れた小さくほっそりした片手が、その靴を窓台の上にそっと置いた。そのあと白い帽子が、そして花柄の絹のワンピースが出てきた。ワンピースはきちんと畳まれると、スカーフに包まれ結ばれた。最後に、これらの衣類の山のてっぺんに、丸めた絹の長靴下が載せられた。

キャンピオンはわくわくしながら次の展開を待った。これまでの経験では、人が二階の窓から家に入る理由は人が恋に落ちる理由に劣らずさまざまあったが、入ってくる前に服を脱ぐ話は聞いたことがない。

ついに、衣類一式の持ち主が姿を現した。分厚い黄褐色の長靴下に履き替えられた細い脚が注意深く窓台を乗り越えると、一人の少女が、いかにも慣れた動作で音も立てずにするりと踊り場に滑り降りた。みすぼらしい妙ちきりんな格好をしていた。流行に疎い人に「趣味がいいね」と言われそうな時代遅れの服を着ている。灰色の形崩れしたスカートは急いではいたらしく細いウエストからだらりと垂れ下がり、カーキ色の汚らしいウールのカーディガンの下からは濃い黄色のくたくたのブラウスが半分覗いていた。年齢も体格も彼女の四倍ほどある女性が着るなら、こんなブラウスもさして違和感はなさそうだったが。艶のある黒髪は二十年前に流行った真っすぐのボブヘアで、これまただらりと垂れ下がっている。乱れた髪に顔はほとんど隠れていたが、この髪を見て、キャンピオンはぴんと来た。

ミス・クライティ・ホワイトの二度目の登場だ。しかも今回は、屋根の上でお着替えだ。キャンピオンは盆を安全な場所に置いて、立ち上がった。

「瓦の上にいたの？」キャンピオンは愛想よく話しかけた。

ちょっとびっくりさせてしまうかなと思ったが、自分が急に姿を現しただけでこんなふうになるとは、キャンピオンのほうが驚いた。クライティはその場に凍りつき、銃で撃たれたように全身をぶるぶる震わせた。顔からはしだいに血の気が失せ、ぴたりと止まった動きは不気味でさえあった。気絶してしまうのではないか思うほどだった。

「気をつけて」キャンピオンは思わず言った。「頭を下げて。大丈夫。怖がらなくていい」

クライティはこちらにまで聞こえるほど大きく息を呑むと、周囲の部屋の閉ざされた扉におどおどと目を走らせた。彼女の恐怖心が、いっきにこちらにも伝わってきた。彼女は人差し指を唇に当てると、衣類一式をひっつかみ、気も狂わんばかりにひとまとめにしたが、抱えるには一苦労の大きさだった。

「悪かった」キャンピオンは声音を落として言った。「ずいぶん大切なものみたいだね」

クライティはまとめた衣類をカーテンの裏に突っ込み、背中で押さえながらキャンピオンに面と向かった。焦げ茶色の大きな瞳がキャンピオンの目をまっすぐに見た。

「ええ、命ほどに」クライティは不愛想に答えた。「これをどうするおつもり？」

このときキャンピオンは、彼女がとても愛らしいのに気づいた。チャーリー・ルーク警部が、それとなくそんなことをにおわせていた。そういえば、クラリーもこの娘が気になっている様子だった。たしかに、まるで子どもが不器用にサーチライトを扱うように、荒削りの魅力を一条の光のごとく放っている。美人とは言えないし、何よりひどい服装をしているので不思議だったが、彼女には貪欲なまでの生命力と、完璧な女性らしさと、紛れもない知性が漲っていた。

「僕にはどうでもいいことですよ」年上の女性と話すような口ぶりでキャンピオンは言った。「何もなかったことにしましょう。僕はあなたと、この階段で出会っただけ」

クライティが心の底から安堵したのを見て、この娘がまだほんの子どもなのをキャンピオンは思い出した。

「僕はこれをミス・イヴァドニのところへ運んでいるところなんです。この階だよね」

「ええ、でも、ロレンス叔父さまは一階の書斎にいますの。正面玄関の隣の。ですから……」一瞬、間があいた。「ですから、叔父さまの気が散るといけないと思って」クライティは口から出まかせを言った。「あなた、ミス・ローパーの甥御さんですわね。来るかもしれないってミス・ローパーがおっしゃってた」

とても澄んだ、美しい声だった。発音がわずかにもったいぶっているが、不快ではなかった。が、次の瞬間、その声は震え出し、動揺が露になった。

叱られる原因になるらしい衣類一式のてっぺんに載せてあった白い帽子がバランスを崩し、カーテンの裏から転がり出て、クライティの足元に落ちたのだ。クライティは急いでそれをつかみ上げると、キャンピオンがにこにこしているのを見て顔を真っ赤にした。

「すてきな帽子ですね」と、キャンピオンは言った。

「本当にそうお思い？」こんなに哀しそうな目を、キャンピオンはこれまで見たことがなかった。思い悩んでいるようだった。その素朴な疑問には、畏怖のようなものさえ感じられた。「一、二度、感じたことがありますの。わたしがかぶっていると、周りの人がじろじろ見るのを。思わず見てしまうというように」

「大人用の帽子だからでしょう」ご機嫌取りに聞こえないよう、キャンピオンは敬意を込めて言った。

「そうね、そうですわね。やっぱりそれが原因」クライティはぶっきらぼうに答えてから、口をつぐんだ。これについてもっとしゃべりたい衝動に駆られたようだったが、このとき屋敷のどこかで扉の閉まる音がした。ずいぶん遠くのほうからだったけれども、音がするなり、彼女は魔法にかかったようになった。みるみる蒼ざめ、こわばった表情になって、白い帽子をさっと背中の後ろに隠した。二人で耳を澄ませていたが、それ以上、物音も、すべすべした木床を歩く足音もしなかった。

　先に口を開いたのはキャンピオンだった。

「誰にも何も言わないよ」この娘にはそう言ってあげることが必要だとなぜ確信したのか、我ながら不思議に思いながら、キャンピオンは力強く言った。「安心しなさい、黙っていますよ」

「もしも他人（ひと）にしゃべったら、わたしは死にます」決然とした物言いに、キャンピオンはどぎまぎした。まるで魔法にかけられたお姫様の宿命とでもいうようなセリフだったが、芝居がかったところはなく、人を不安にさせる迫力があった。

　キャンピオンがなおも見つめていると、クライティはくるりと向きを変え、世間知らずの若い娘とは思えない優雅な身のこなしで、秘密の包みを抱きかかえて踊り場を軽やかに走り去り、丈の高い扉の一つの向こうに姿を消した。

　キャンピオンは盆をつかむと、目的の場所へ向かった。パリノード一家への興味が俄然湧いてきた。階段がふたたび始まるところで、壁のアーチ型のくぼみの下にある扉の中央をノックした。重厚で、周囲の雰囲気と調和した扉は、校長室の扉を思わせた。拳（こぶし）が木の扉にぶつかる音が大きく響き渡った。

　内側からの呼びかけを待っていると、いきなり扉が開き、黒っぽい背広に身を包んだ四十歳くらいの身ぎれいで小柄な男のおどおどした瞳が目の前に現れた。男は落ち着きのない笑顔でキャンピオンを迎え、脇に寄った。

「どうぞ」と、男は言った。「お入りください。わたくしはちょうど出るところなんです。では、失礼いたしますよ、ミス・パリノード。ごきげんよう」男は、いま来た相手のほうを見ながら低い声で言った。慇懃な口調だったが、自己紹介はなかった。しゃべりながらキャンピオンの横をすり抜け、外に出ると、後ろ手に扉を閉め、キャンピオンは部屋の内側の靴ぬぐいの上に残された。

　一瞬躊躇したあと、キャンピオンはノックに応えてくれなかった女性を捜して、あたりをぐるりと見渡した。おや、いないのか、と思った。通常の寝室の少なくとも三倍はありそうな長方形の部屋だった。天井は高く、正面の短辺のほうの壁には丈の高い窓が三つ並んでいたが、全体としては薄暗い印象だった。黒っぽい調度品はどれも大きく、所狭しと置かれていたので、あいだを通り抜けるのは一苦労のはずだ。右手の奥に家族全員が寝られそうな大きな天蓋付きベッドがあり、窓のほうには演奏会用にちがいないグランドピアノが置かれていたものの、全体を占める雰囲気は禁欲的だった。カーテンはほとんどなく、絨毯もなく、暖炉の前に敷物が一枚置かれているだけだった。味気ない壁には、部屋の外と同じくセピア色の複製画が何枚か掛けられていたが、こちらは主としてイタリアの巨匠のものだった。光沢のある書棚が三架、閲覧テーブルが一つ、ほかに目につくものと言えば、どっしりした両袖机が一台。とり散らかったその机の上の電気スタンドが、部屋の唯一の光源だった。だが、電気スタンドのもとには誰も座っていなかったので、いったい盆をどこに置けばいいものかとキャンピオンがなおも困っていると、わりと近いところから明瞭な声が聞こえてきた。「ここに置いてちょうだい」

声の主はすぐに見つかった。薄明りのなか、肘掛け椅子の上に投げ置かれた色物の毛布だと思っていたのが彼女だとわかり、キャンピオンはびくりとした。大柄でずんぐりして、ペイズリーの長いガウンをまとい、くすんだ赤の短いショールを頭からかぶって、顔はと言えばショールとほとんど変わらない色で皺と染みだらけだったので、椅子のさび茶色の紋織りビロードに溶け込んでしまっていた。彼女は微動だにしなかった。ここまで動かない生き物はワニ以外に見たことがない。だが、いまキャンピオンの目を下から睨んでいる彼女の瞳は、白目こそ濁っているが、きらきらして知的だった。「この小さいテーブルに」と彼女は言ったが、指で示すわけでも、自分のそばに引き寄せるわけでもなかった。教養人らしくはきはきした、有無を言わせぬ調子の澄んだ声だった。キャンピオンはただちに従った。

小さなテーブルは細い三本脚で、まるで薄いパイ皮のようだった。このときはあまり感じなかったが、あとから思い返すと、そのテーブルにはびっくりするような、ずいぶん奇妙なものが載っていた。どことなく埃っぽい乾燥花がぞんざいに入れられたずんぐりした鉢が一つ、やはり針金のような乾燥花の房が入った薄黄緑色の小さなグラスが二つ。その横には、プディングの容器を逆さまに載せた皿が一枚、ほんの一口ほどのイチゴジャムが入った古臭い取っ手のとれた小さなカップが一つ。どれも少々べとついていた。

彼女は手伝いもしなければ声も発さず、これらのがらくたをキャンピオンに触らせ、盆をテーブルの上に置かせて、その様子を愛情のこもった眼差しで愉快そうに座ったまま眺めていた。無礼かと思いキャンピオンも笑顔を見せると、こんなことを言い出し、キャンピオンを驚かせた（ジョージ・ピール（一五五六～九六）「田園詩――エセックス伯ロバートに捧げし祝意」、原書一五八九、冒頭部のパリノードの台詞。ピールはエリザベス朝の詩人・劇作家）。

牧夫よ、なにゆえ汝の笛は、かくもかまびすしく鳴り響きしか。
なにゆえ汝のまなざしは、かくもあだめかしく、かくも誇らしげか。
まことに、凡夫ピアーズよ、とまれ、かくも粋なるさまなれど、
つねに汝を妨げしこの悲しき定めとは似合わぬばかりなり。

キャンピオンは薄青色（うすあおいろ）の目をぱちくりさせた。「牧夫」、はたまた「凡夫ピアーズ」と呼びかけられて気分を害したわけではない。とはいえ、後者は少々余計に思えるが。実は前夜、興味をかき立てられていたこの姓について調べているとき、ジョージ・ピールを読まざるをえなくなり、作品の記憶が残っていたのだ。

「我を妨げしは、善人パリノードよ、定めなり」キャンピオンは思い出せるかぎり正確にこの詩の続きを暗唱した。「ピアーズは不運の星のもとに生まれたり」

「悲運ですよ」ミス・イヴァドニは思わずまちがいを正したが、驚いているにせよ、かなり気を良く

して、すぐさま人間味だけでなく意外にも女性らしさまで露にした。彼女が赤いショールをはらりと背中に落とすと、白髪混じりのまばらな巻き毛がピンできちんと留められた形のいい大きな頭が出てきた。「では、あなたも役者さんなのね」ミス・イヴァドニは機先を制したかったようだ。「もちろん、そうでしょう。わかっていましたよ。ミス・ローパーには役者のお友だちが大勢いますから。ですけど」彼女は品よく言葉を濁した。「あの方たちは、わたくしのよく知る役者さんとは違うときもあるの。わたくしの役者のお友だちは、どちらかと言えば、あなたのような感じ。それで、あなた、いまお店は畳んでるのかしら」

まるでギリシア語の引用句でも用いるように彼女は演劇界の隠語を使い、少々得意そうだった。これはやりにくいな、とキャンピオンは思った。気位の高い相手だ。そうとう持って回った言い方をしないかぎり、彼女の決めつけを否定するのは賢明と言えまい。優越感ゆえの気さくさは彼女の魅力でもあり、同時に絶対的な自信の表れでもあるので、そのふるまいは尊重せねばならないだろうとキャンピオンはもやもやしながら確信した。

「残念ながら、ずいぶん長いこと舞台からは離れています」キャンピオンは恐る恐る口にしてみた。

「それもいいわね。成り行きを見守りましょう」ミス・イヴァドニはキャンピオンに目を向けずに言った。驚くほどじっと椅子のなかに納まっていたが、やがて横の下のほうから、細かな美しい手書き文字で埋め尽くされたメモ帳を取り出した。「それでは」なかのページに目を遣って、彼女は言った。「では、運んできてくださったものを確認しましょう。スリープ・ライトのカップが一つ、はい。卵さん、はい。白湯、はい。冷たいお水、はい。お塩、お砂糖、それから……ええ、はい、パラフィン。上出来ね。そうしたら、卵をスリープ・ライトの中に入れなさい……そうよ、さーっとね。それから、かき混ぜて。こぼさないでね。お皿を汚すんじゃありませんよ。できたかしら。さあ、早く」

　子どものころからこんなふうに偉そうに命令された経験のなかったキャンピオンは、言われたとおりにしたものの、自分の手が震えているのに我ながら少々驚いた。チョコレート飲料は見るからに毒々しい色で、吐き気を催しそうなものが表面に浮かんだ。

「次はお砂糖」姉のほうのミス・パリノードがキャンピオンに命じた。「はい、お上手。そのコップをちょうだい。スプーンはいりません。あなたがしっかり混ぜてくれていたならスプーンは必要ありませんから。スプーンは冷たいお水の中に立てて。お水はそのためにあるのよ。缶はお湯のとなりに置いたままにしてちょうだい。パラフィンは暖炉の中に入れて。しもやけの薬ですから」

「しもやけ？」キャンピオンは、ぼそっと言った。まだ寒いとはいえない季節だ。

「再来月（さらいげつ）、しもやけになりますから」ミス・イヴァドニ・パリノードは満足そうに説明した。「いま適切に処置しておけば、十二月にしもやけにならずにすみます。大変よくできました。今度の火曜日にわたくしが催すお芝居関係の方のための午餐会に、あなたもご招待しなくてはね。もちろん来てくださるわね」

　これは問いかけではなかった。答える間をキャンピオンに与えなかったからだ。

「何かのきっかけになるかもしれなくてよ、お約束はできませんけど。今年のレパートリー劇場（専属の劇団がレパートリーの中からさまざまな演目を次々と上演する劇場）は満員ですのよ。ああ、ご存じよね」彼女は優しい笑顔を向けた。

　誰より控えめなキャンピオンだったが、柄にもなく、自分の正体を話したほうがいいのではないかという気持ちになりはじめていた。が、もうしばらく慎重にいくことにした。

「この近くにも小さな劇場がありますね」キャンピオンは大胆にもこんな問いかけをした。

「ええ、ありますよ。〈テスピス〉ね。とても頑張ってる小さな劇団。非常に才能のある方もなかにはいます。客寄せのために仕方なく演じた駄作を除いて、全作品を観ていますよ。月に一度、劇団のみなさんをここにお招きして、ささやかな懇談会を開いているんです。楽しくおしゃべりしますのよ」彼女は口をつぐんだ。年齢を重ねた美しい顔に影が差した。「来週の会は延期しようかどうか迷ったんですの。この家でちょっと面倒なことが起こったものだから。お聞き及びでしょ。でも、たいていのことは、普段と変わらずやっていこうと思いますのよ。一つだけ困るのは、あの浅ましい新聞社の人たち。まあ、あの人たちには、わたくしより弟のほうが遥かに悩まされていますけどね」

ミス・イヴァドニはその気味の悪い飲み物を、無遠慮にずるずると音を立ててすすった。自分なら多少の不快感を与えても許されると考えているようだな、とキャンピオンは思った。それでも彼女は魅力的だったし、存在感たるや目を見張るものがあった。

「扉のところで、弟さんにお会いしたと思いますが」と言いかけて、キャンピオンは語尾を濁した。ミス・イヴァドニが恐ろしい形相になったからだ。しかし、彼女はすぐさま怒りを収め、笑みを浮かべた。「違います。あれはロレンスではありません。ロレンスは……ああいうタイプではないのよ。あのね、この家のいいところは、通りに出ていかなくて済むことなんですの。通りがこの家にやって来てくれるんです。わたくしたち、ずいぶん長いこと、ここに住んでおりますでしょ。もちろん、戦争中は、この家を防空壕としてみなさんに開放しました」

「ええ、聞いています」キャンピオンはぼそぼそと言った。「商店の人たちがみな、直接訪ねてくると」

「お店の方々には、階下で用を済ませてもらっています」ミス・イヴァドニは笑顔でまちがいを正した。「ここまで上がってくるのは知的職業の人だけ。とても興味深いと思いませんこと？　社会的地位のヒエラルキーって、まだそれほど手がつけられていなければ、非常に面白い副次的研究課題になると、わたくし、常日ごろから思ってますのよ。あなたが会ったのはジェイムズ坊や。取引銀行の支配人です。用があるときは、いつもここに来ていただいてるんです。あの人にとってはたいした手間じゃないのよ。お向かいの銀行の二階に住んでいるんですから」

血色のよい顔で優雅に腰かけているミス・イヴァドニは、知性の滲む愛想のよい眼差しをキャンピオンの顔に向けていた。彼のミス・イヴァドニへの興味は膨らむ一方だった。ルーク警部が言っていたように、もし彼女がほとんど金を持っていないとしたら、人にかしずかせる才能たるや尋常でない。「あなたが入ってきたとき」と、彼女は言った。「新聞記者かと思いましたのよ。あの人たち、そういうおかしなことをするから。でも、わたくしの詠ったジョージ・ピールの一節を続けてくれたとき、そうでないとわかりました」

その決めつけはいかがなものかと思ったが、キャンピオンが何も言わずにいると、耳を傾けてくれる相手が現れたとばかりにミス・イヴァドニは嬉しそうにしゃべり続けた。

「わたくしたち、いま少し不愉快な目に遭わされてますでしょ」堂々とした物言いだ。「そういうわけで、庶民の異常な好奇心について考えているんです。もちろん、学術的な意味で申し上げてるのよ。このテーマで研究論文を書こうかしら、なんて思って楽しんでいます。話題が高尚に、あるいは深くなっていくほど庶民の関心は失われてゆくという面白い点に、わたくし気づいたんです。矛盾しているとお思いにならない？　気持ちを抑制しようという庶民のタブーのようなものかしら。それとも実際に興味を失うのかしら。あなたのご意見は？」

今回のパリノード事件にはさまざまな着目点があったが、この点についてはキャンピオンも今日まで見逃していた。だが、突然、扉が開き、キャンピオンは返答しなければならない状況を免れた。扉は壁にぶつかってがたがたと揺れ、度の強い眼鏡をかけた背の高い男がよろめきながら入り口に現れた。これこそ弟なのは明らかだった。姉と同じく長身で骨太、やはり姉のように頭が大きかったが、姉よりずっと神経質そうで、突き出た下顎は尖っていた。髪も服も暗い色で、だらしなく乱れている。細い首は驚いたことに顔より赤く、ふんわりした広い襟元から前にぐいと飛び出ていた。栞(しおり)をわんさと挟んだ一冊の分厚い本を、まるでそれで人をかき分けてきたかのように体の前で両手で抱えている。男は道端で前方から知り合いが歩いてきたと思ったときのようにキャンピオンを凝視したが、人違いとわかるやさっさと横を通り過ぎ、ミス・イヴァドニの正面に立つと、こんな声は滅多に出さないのだがといった様子でガチョウのような胡散臭い奇妙な声でしゃべり出した。

「ヘリオトロープ（ムラサキ科の常緑小低木）が、まだ咲いています。気づいていましたか?」

たいそう立腹した様子だったので、チャーリー・ルークの話を思い出さなかったら、キャンピオンはまったく違うことを考えたかもしれない。ルーク警部によれば、ミス・クライティ・ホワイトは海中とは言わないまでも、かなり海に近い場所で生まれたらしい。彼女の名はギリシア神話に由来する。たしか神話のなかのクライティ（ギリシア神話ではクリュティエ。クライティは、その英語読み）はオケアノス（ギリシア神話の海神）の娘だった。学校を卒業して久しいキャンピオンだが、記憶を頼りにすれば、海神オケアノスには、妖精(ニンフ)の伝承によくあるように植物のヘリオトロープに姿を変えた娘が一人いた。自信はないが、ひょっとしたらヘリオトロープとはクライティ・ホワイトの内輪での愛称ではあるまいか。少々大仰だが、充分にありうる。

キャンピオンが独り悦に入っていると、ミス・イヴァドニが素っ気なく答えた。

「いいえ。それが何か問題？」

「もちろん、問題でしょう」ロレンスは苛立った口調だった。「花咲かぬ雛菊の話を忘れたのですか」

キャンピオンは有頂天になった。ここでもまた、引用元の詩がわかったからだ。頭の中の忘れ去られていた引き出しから、こんな一節が瑞々（みずみず）しく飛び出してきた。

今日まで草一本生えないじゃないの
あの子の眠るこの場所には
一年前に雛菊を植えたのに
ちっとも花が咲きやしない
だから　あなた　そんなふうに　うろついてはだめ

クリスティーナ・ロセッティ（クリスティーナ・ジョージーナ・ロセッティ。一八三〇～九四。英国の女流詩人）の『ゴブリン・マーケット』（原書一八六二）だ。怪しい小鬼たちと会うために夜遅く出歩く愚かな妹を、賢い姉がいさめる物語詩だ。

　この小さな領土でしか通じない奇妙な言語を使っているにしては、ロレンス・パリノードの話の内容はずいぶん現実的なようだった。ルーク警部がこの領土独自の特殊な隠語を身をもって経験したのだとすれば同情の念を禁じ得ないが、キャンピオンは安堵した。もしパリノード家の〝家族語〟が古典作品からの引用で成り立っているとしたなら、優れた記憶力と引用句大辞典があれば、かなりのところまで対応できるのではないだろうか。

　ミス・イヴァドニの声で、キャンピオンは我に返った。

「ああ、そうね」姉は弟に言った。「ちゃんと〝従兄のカウンスロープ〟はやったの？」

キャンピオンはがっくりきた。このイヴァドニの一言には、他人には解読不可能な暗号、すなわち身内でのみ通用する引喩が含まれていたからだ。

この言葉がロレンスに与えた衝撃は大きかったらしい。彼はうろたえているように見えた。

「いや。いや、まだです。そうして来ます」ロレンスは扉を開け放したまま、どしどしと部屋を出ていった。

ミス・イヴァドニは空になったコップをキャンピオンに手渡した。おそらく、前かがみになってテーブルの上に置くのが難儀なのだろう。キャンピオンがこの部屋に入ってから、彼女は体の位置をまったく変えていなかった。ひょっとしたら背中の後ろに何か隠しているのではないだろうか。キャンピオンに礼を言おうとか椅子を勧めようなどとは思いも寄らぬようだったが、それでも、彼女はまだおしゃべりを続けたそうだった。

「わたくしの弟はね、とても賢いの」澄んで抑揚のない声で発される言葉が、耳に心地よかった。「独創性という点で優れているの。〈週刊文芸〉に載っているクロスワードパズルはすべて、あの子が空いた時間を利用して作っているんです。本業はアーサー王の出自の研究なんですけどね。あと一、二年で完成するはずよ」

キャンピオンは両眉をつり上げた。そういうわけか。なるほどロレンスは、身内にまつわる他人にはわかりえない表現を交えながら、クロスワードパズルのヒントの要領でしゃべっていたのだ。家族全員がそんなふうに話すのだろうか、もしそうなら、絶えずそんな調子なのだろうか。

「ロレンスはね、研究テーマを数多く抱えているの」ミス・イヴァドニは続けた。「わたくしたちのなかでもとりわけ、さまざまな方面に興味の目を開いているんです」

「園芸学もその一つですね」キャンピオンが鋭い指摘をした。

「園芸学？　ええ、そうね」ヘリオトロープと雛菊をロレンスが持ち出していたのを思い出し、ミス・イヴァドニは静かに笑った。「もちろん園芸学も。残念ながら机上だけですけど」

　わかってきたぞ、とキャンピオンは思った。つまり、この一家は、無礼なわけではない。不可解な言葉は行き当たりばったりで使われているのでない。パリノード家の人々は行き当たりばったりの行動になど滅多に出ないにちがいない。こうしているあいだにも、廊下からぶつぶつとつぶやく声が聞こえてきた。平和的な響きとは言いがたかった。そして、開いていた扉がばたんと閉まると、ロレンスがふたたび姿を現した。意気消沈した様子だった。

「姉さまが正しかった」と、ロレンスは言った。「カウンスロープしておくべきでした。書斎で仕事に没頭していたものだから、玄関扉の音が聞こえなかった。ところで、これを姉さまに持って来たんです。ようやく調べがつきました。いつも私が言っていたとおり、よそ者小麦は完全に気が狂っていた」

　そう言いながらロレンスは持っていた本を姉の膝の上に載せたが、視線は合わせなかった。ミス・イヴァドニは大きな柔らかい手でその本を包むように持ったものの、不愉快そうだった。

「いまさら、それがどうしたの」彼女は静かな口調でロレンスをたしなめると、辛辣な冗談でも言うように口元をわずかに緩めた。「もう、刈り取って束ねたんですから」

「よそ者小麦……よそ者、麦……ルース？（旧約聖書「ルツ記」参照。ルースはルツの英語読み。モアブ出身のルツは姑とともにベツレヘムにやって来て、大麦や小麦の落ち穂を拾った）」キャンピオンは考えを巡らせた。ふむ、いまサー・ドーバーマンの検査室にいる、いや体の一部だけだが、かわいそうなミス・ルース・パリノードのことにちがいない。キャンピオンがそう結論すると、ちょうどロレンスが言葉を発しようと息を吸ったところだった。

「それでも、調べずにいられませんでした。構わないでしょう」と、ロレンスは必死に姉に訴えた。

ロレンスが踵（きびす）を返すと、彼の眼鏡の分厚いレンズの焦点が、数フィート先に立っていたキャンピオンに合った。ロレンスは不意に、こんなに長いあいだ素知らぬ振りをして申し訳ないとでもいうような、はにかんだ優しい笑みを浮かべた。それから、後ろ手に扉をそっと閉め、黙って出ていった。

キャンピオンが盆を取り上げようとかがんだとき、ペイズリー柄のガウンに包まれたミス・イヴァドニの膝の上に置かれた本の題名が目に入った。まるでたくさんの細い蠟燭のように栞（しおり）が乱立している。

題名は『ラフの競馬場案内』だった。

第六章　真夜中のお伽話

階段を考案したのと同じ設計者が手がけた（松材に施された雷文模様とバーン＝ジョーンズ〔サー・エドワード・コーリー・バーン＝ジョーンズ。一八三三～九八。ラファエル前派の英国の画家〕風の絵画から判断したのだが）寝室でキャンピオンがぐっすり眠っていると、静かに扉が開いた。目を覚まし、さっと頭を上げたキャンピオンは片肘で体を支え、じっとしていた。

「明かりのスイッチは横にあるわ、アヒルちゃん」ルネ・ローパーのひそひそ声だった。「明かりをつけて。お手紙を持って来たの」

キャンピオンは照明のスイッチを見つけ、ベッド脇のテーブルに置いた腕時計を見た。午前二時四十五分。顔を上げると、ルネはすでに部屋のなかほどまで入ってきていた。キャンピオンの人生がまだほんの序章のころ、こんな仮装をしている人を見たことがある。妖精のようなピンク色のウールのパジャマの上に、まだ布地に折り目がついた、丈が短くけばけばしい色の法被を羽織り、いったいいつの時代のものなのか、レースとリボンでできた釣り鐘型のブドワール・キャップ〔髪型が崩れないよう女性が部屋でかぶった薄い生地の帽子〕をかぶっていた。さらに、胸には両腕で、サイフォンと半分だけ入ったスコッチウイスキーの瓶と、大きなタンブラーを二つ抱えている。青い封筒に入った手紙が、かろうじて二本の指の関節に挟まれていた。

こんな時間帯はジンを持って来るべきじゃないかと一瞬思ったが、茎がすっくと伸びたチューリップの象嵌模様が施された燻しオーク材の大きな化粧台の上にルネがそれらを置くあいだ、キャンピオンは封筒の手紙を抜き取った。便箋は警察の書簡用紙だったが、文字はと言えば、小学生が慌てて書いたような手書きだった。

前略
〈ルース・パリノード死亡の件〉午前〇時三〇分にサー・ドーバーマンから結果報告有り。購入可能なヒヨスチン三分の二グレイン（一グレインは〇・〇六四八グラム）を体内から検出。過剰な摂取量。臭化水素酸塩として摂取したものと思われるが、皮下注射によるものか経口によるものかを示す証拠はなし。医療用の場合、通常使用量は五〇分の一から一〇〇分の一グレイン。
〈エドワード・ボン・クレティン・パリノード死亡の件〉速やかな掘り起こしをすでに提案。ウィルスウィッチ北地区のベルベディア墓地にて午前四時前後を予定。おいでいただけるとありがたいですが、もちろん、お任せします。

分区署長　C・ルーク

キャンピオンは手紙を最後まで二回読むと、折りたたんだ。チャーリー・ルークか、この男を気に入った、とキャンピオンは改めて思った。速やかなエドワードの掘り起こしをすでに提案したって？かわいいやつじゃないか。きっと楽しい掘り起こしになるだろう。

すると、ルネが、グラスを手渡してきた。真ん中あたりで琥珀色の液体がゆらゆら踊っている。

「どうしてこれを？　僕を落ち着かせるためですか」

ルネの手が震えていたので、キャンピオンは戸惑った。「ねえ、あなた。悪い知らせじゃないわよね。お巡りさんが持って来たの。あなたの許可証か何かかもしれないと思って。これがいつ来るのか気にしながら寝てるんじゃないかって思ったのよ」

「僕の何ですって？」

ルネの間の抜けた優しい瞳が、きまり悪そうに泳いだ。

「いいえ、何でもない」言い訳がましい口調だ。「身元保証の書類か何かがいるんじゃないかと思ったのよ。万が一……万が一……」

「僕が毒で死んだ場合に？」キャンピオンはミス・ルネ・ローパーににっこり笑いかけた。

「あら、このウイスキーは大丈夫よ」ルネはとっさに勘違いしたようだった。「命を賭けてもいいわ。鍵をしてしまっておいたんだから。最近は、必ずそうしておかないとね。だから、ちゃんとそうしてますよ。ほら、わたしは自分のを飲むわ」

ルネはキャンピオンのベッドの端ぎりぎりのところにちょこんと腰かけ、ぐいと一飲みした。キャンピオンも、それほど気の進まない様子でちびちびすすった。普段ウイスキーは飲まないし、それより何より、どんな酒だとしても深夜のベッドで飲む習慣はなかった。

「警察に起こされたんですか」キャンピオンは尋ねた。「申し訳ない。緊急の用件でもなかったのに」

「いいえ、うろうろしてたから」ルネはあいまいに答えた。「たいてい、うろうろしてるから。戦争中に、夜でもだらだら起きてるのに慣れちゃったの。みんな、そうじゃないかしら。やらなきゃならないことも多いしね。ねえ、キャンピオンさん、ちょっとお話ししておきたいことがあるのよ。最初に訊くけど、その手紙はほんとに悪い知らせじゃないのよね」

「意外な事実はありませんでした」これは嘘ではなかった。「残念ながら、ミス・ルースは毒物による死亡と発表されるでしょう。そのことだけです」

「そりゃ、そうに決まってるわ。そんなこと伝えるために起こされたと思いたくないわね」ルネはくつろいだ様子でしゃべりはじめた。「そんなの当り前じゃないの。疑う人がいたらクソったれのボンクラね。あら失礼。ウイスキーのせいよ。ねえ、キャンピオンさん、これだけはお伝えするわ。わたし、あなたには絶対に誠実でいるつもり。来てくださったことに心から感謝しているわ。だから、わたしのことは信じてちょうだいね。隠し事は一切しません。本当よ」

ここにいる不思議な魅力の女性の口からでなければ、こうした宣言も胡散臭く聞こえたにちがいない。滑稽な帽子の下の、赤い鳥のような小さな顔は真剣そのものだった。

「隠し事をするなんて思っていませんでしたよ」キャンピオンはルネを安心させた。

「あら、わからないけど、誰だって、ちょこっとくらい内緒にしてることはあるものじゃないかしら。でも、わたしは内緒にしませんよ。わざわざここに来てくださったんですから、あなたにだけは正直でいるわ」

キャンピオンは優しい笑顔を見せた。「で、何が気になっているんですか、おばさま。屋根の上で着替える娘さんのことですか」

「屋根の上で。ああ、そういうことだったのね、子ザルみたいに」ルネは驚くと同時に、ほっとしたようでもあった。「どこかであの服を脱いでるのは知ってたのよ。先週、クラリーがベイズウォーター通りで、お洒落してるあの子を見かけたの。でも、夜、家に帰ってきたときはいつもの服だったから。そんなことしてほしくなかったのに……せめて人前では。そんな子じゃないのよ。ああ、かわいそうに」

ルネの溢れる同情心はミス・クライティ・ホワイトのこのよろしくない行為に向けられているのか、それとも、もっと広い意味のかわいそうな境遇に向けられているのか、よくわからなかった。

「あの娘さんのことが好きなんですね」と、キャンピオンは言った。

「あの子はいい子」ルネは優しさを滲ませ、思わずにっこりした。「ひどい育てられ方をしてきたから。あのどうしようもない年寄りたちに、女の子の気持ちがわかるわけないわ。そうでしょ。あの子はいま、大恋愛中なの。固い蕾（つぼみ）が開いていくよう。どこかで読んだセリフね。わたしが思いつくわけないもの。でも、まさに花開かんとしてる。苦しみもがきながら、薄桃色の部分がちょこっとだけ見えてきた感じ。クラリーが言うには、男の子のほうも、あの子にとても優しいみたい。腫れ物に触るようと言ってもいいかもしれないわ」

「男の子も、あのくらい若いんですか」

「いえ、もう大人よ。十九ですって。ものすごく骨ばった子で、よくあるフェアアイル・セーター（スコットランドのフェア島が原産の手編みのセーター。色とりどりの幾何学模様が特徴）がつんつるてんで、皮を剝がれたウサギみたいなの。クライティの新しい服はその男の子の見立てだと思うわ。でも、誤解しないでちょうだいな。支払いはもちろんクライティのはず。クライティはそういう子じゃないの。ただ、一人じゃ水着の買い方もわからないような子なのよ。でも、クラリーの話を聞くかぎり、そのときのあの子の服装は上から下まで男の趣味って気がするわね」

ルネはまたウイスキーをすすると、くすくす笑った。

「コーラスガールの服と洗濯女の服を足して二で割ったみたいな格好だったそうよ。きっとフリルだらけで、全身ぴたぴただったんでしょうね。まさに男の子が好きそう。しかも、オートバイの後ろに乗ってたっていうんだから、危ないったらありゃしない！」

「二人の馴れ初めは？」

「さあ。あの子、その男の子のことは一切しゃべらないから。ガソリンエンジンの音が聞こえただけで顔を赤らめるのよ。誰も知らないって思ってるみたいだけど」ルネは一呼吸置いた。「わたしにも、あんなころがあったわ」悔やんでいるように、そして、悔やんでいることを楽しんでいるようにルネは言った。「あなたはどう？　ああ、まだそんな年齢（とし）じゃないわね。いつか、こんな思いをする日が来るわよ」

キャンピオンはグラスを手にベッドの上に体を起こし、真夜中の時計が時を刻む音を聞きながら、そんな日は来なければいいと思った。ルネはわずかに真面目な顔つきになって、前のめりでふたたび口を開いた。

「実はね、お話ししたかったのは、しばらく前から、ちょっと気になることが起こってるのよ。それをお伝えしておいたほうがいいと思って。あなたが探りに行って腰を抜かした、なんてことにならないように……どなた？」

最後の一言は、静かに開いた扉に向かって発せられた。モール刺繍が施された洒落たデザインの分厚い青地のガウンに身を包んだ、いかにも軍人らしい痩せ型の男が入り口に立っていた。ためらいがちに現れたのはアラステア・シートン大尉だった。きまり悪そうな、何とも申し訳なさそうな様子を体から滲ませている。

「これは失礼いたしました」詫り丸出しだったが、その声はキャンピオンが想像していたより少しだけ深みがあった。「扉の前を通りかかりまして、たしかここは空き部屋だったと思っておったんですが、明かりが見えましたんで、気に……気になったもので」

「あっちへお行き。何か嗅ぎつけて来たんでしょ」ルネは声を上げて笑った。「はいはい、そこに歯磨き用コップがあるから、それを持って、こちらにおいでなさいな」

新しく加わった男は、無邪気ないたずらっ子のような人懐こい笑顔を見せた。端正な顔立ちだった。おそらく浅はかな男だろう。外見は洗練されているにもかかわらずいかにも純朴そうで、〝母性本能をくすぐる〟タイプだ。そう思ったキャンピオンは、ルネのほうをぎろりと見た。ルネはきっかり指二本分のウイスキーをコップに注いだ。一杯の決まった分量なのだろう。

「どうぞ」ルネは言った。「来てくれてよかったわ。ミス・ルースが具合悪くなったときの様子を、ミスター・キャンピオンに詳しくお話ししてあげて。お医者以外であの人を見たのは、あなただけですものね。ちっちゃな声でお願い。ここだけの話ですからね。それに、もっと人が来たらこのお酒がなくなっちゃう」

ルネはウイスキー瓶を二人に見せびらかすようにくるりと向けたかと思うと、同時にぱっと隠した。秘密の酒なのだろう。かなり高級そうだ。

シートン大尉は、スカンジナビアの玉座のような燻しオーク材の肘掛け椅子にゆったり腰を下ろすと、恭しい態度で酒をすすった。

「私はあのご婦人を殺しとらんですよ」嫌わないでくださいとでも言うように、シートン大尉ははにかんだ笑顔をキャンピオンに見せた。「むしろ逆に」

「あなたはミス・ルースに会ったことなかったわよね、アルバート」二人の関係の設定からはずれては大変だとばかりに、ルネが慌てて口を挟んだ。「とっても大柄な女性でね、一番大きかった。あんまりお利口さんじゃなかったの。クラリーはそう思ってないみたいだけど、あの子のまちがいよ」

「おかしっく思えるかもしれませんがね」シートン大尉が自分のコップの中に向かってぶつぶつ言い、ネコのような少々意地の悪い笑みを浮かべた。

「それが理由で、あの人たちが殺したってことはないでしょうけど」ルネはシートン大尉を無視してしゃべり続けた。「あの人たちみんな、ミス・ルースにとても腹を立ててたの。でも、ミス・ルースがお利口じゃなかったからじゃないのよ。彼女、病気だったの。かわいそうに。血圧が高すぎて測定器が壊れそうだって、お医者がはっきり本人に忠告したらしいわ。死ぬ二か月くらい前、『かなり安静にさせておかないと脳卒中になるよ、ルネさん』ってわたしもお医者に言われたのよ。『そうなると、あなたの負担が増えてしまう。きっと彼女も兄さんと同じ運命だろう』って」

キャンピオンは体を起こした。「ミスター・エドワードは脳卒中で死んだんですね」

「お医者によればね」ルネはこの一言に悲しみと疑念と注意喚起を込め、コマドリのように首を傾げた。「でも、どうだかわからなくてよ、でしょ? 哀れなエドワードはそっと眠らせておいてあげてほしいものだわ。あんなこと一人で充分。でね、ミス・ルースは亡くなる当日の朝早く、買い物袋を手に出かけていったの。その前の晩、ちょっとしたいざこざがあってね。あの人たちがミスター・ロレンスの部屋で寄ってたかってミス・ルースを怒鳴ってるのを、わたし聞いたのよ。まあ、とにかく、朝出かけて、お昼の十二時半ごろ帰ってくるまで、誰も彼女を見かけてないみたいなの。私はお台所にいたし、ほかの人たちは外出してたんだけど、このシートン大尉が玄関広間で彼女に会ったわけ。続きを話してくださいな、あなた」

親愛を込めたルネの呼びかけにシートン大尉は目配せすると、ご機嫌な様子で薄い唇を横に広げた。「具合が悪そうでした」シートン大尉はゆっくりと話しはじめた。「もう、見るからに。まず、がなりまくっておったのです。そういうことです」

「がなる？」

「とんでもない大声で、何かを言い続けておったのです」大尉は、持ち前の耳当たりのよい声を潜めた。「顔は赤黒くて、両腕をぶらぶらさせて、足取りもおぼつかなかった。たまたま顔を合わせただけでしたもので、当然できることは限られました」大尉は思い返しながら、ウイスキーをちびりと飲んだ。「すぐそこの医者に連れて行きました。実にお似合いの二人連れだったでしょうな。この界隈の窓という窓から、みんな顔を突き出しとりましたよ。私の気のせいじゃなければ」大尉は「わっはっは」と笑ったが、目にはなお怨恨の色が浮かんでいた。

「気恥ずかしかったでしょうに、立派な行いでしたね」と、キャンピオンは言った。

「まったく、そのとおりだわ」ルネが力を込めた。「本当に親切な人でしょ。わたしを呼ぶ前に、落ち着いて正しい行動を取ったんですから。この人らしい。お医者はいたのに、役立たずだったわね」

「いやいや、そんなことはありまっせん」大尉は恐縮したような目をベッドの上のキャンピオンに向け、医者への非難を速やかに否定した。「正直にお話ししますが、成り行きはこんなふうでした。まるで警官と酔っぱらい女みたいに、怒鳴り合いながら商店街を歩いて行くと、医者はちょうど診療所に鍵をかけるところでした。もう一人、無骨そうな大男がいて、見るからに不安そうなだけでなく、おいおいと泣いとったんです。二人は大仕事をやってのけるために飛んでいくところのようでした。おそらくお産が」シートン大尉は一呼吸おいて、語を継いだ。「難儀だったのでしょう」

そのときの光景が鮮明によみがえり、大尉は苦々しいながらも思い出すのを楽しんでいるにちがいなかった。

「われわれ全員、入り口の階段に立っとりました。私はよれよれの緑色の帽子を握ったまま、きっと顔も同じような色で、まったくの役立たずに見えたでしょうな。医者は、珍しいわけでもないその無骨者のふるまいに、うんざりしてるようでも心配してるようでもありました。一方で、春物の服を着ておった私の連れですが……ネルのペチコートの上から砂糖のずだ袋みたいなサリーを着とりましたかな、ルネさん」

「あれはワンピースが二枚だったわね、たしか。ペチコートじゃなくて。あの人たち、みんな、おかしな服を着るから。格好なんて気にしちゃいないのよ」

「ミス・ルースは気にしとりましたですよ」シートン大尉は険しい表情をした。「安全ピンをはずしていくにつれ、そのことが驚くほどはっきりわかりました。まあ、それはともかく、彼女は数字を叫んどったんです……」

「数字?」キャンピオンは聞き返した。

「ええ、数字です。彼女は家族のなかでは数学が得意でした。ルネさんからお聞きでありませんか? 警察はしつこく、『彼女は何て言ってた?』と私に訊くんですが、数字のように聞こえたとしか答えようがありまっせん。ろれつが回ってなかったですから。それで、体の具合がおかしいのだと思ったわけです。ただ頭が変になったわけじゃなく」

「診療所で寝かせておくべきだったのよ」と、ルネは言った。「お医者も忙しいのはわかるけど……」

「いや、医者の言いたいこともわかります」シートン大尉はあくまで公明正大だった。「正直なところ、あのときは、医者の対応はおかしいと思いましたし、どうしたらいいものか私も慌てました。でも、医者にしてみれば、彼女の自宅は目と鼻の先ですからどちらで寝るも同じことだし、やっぱり脳卒中になったかと思ったんでしょうな。彼女をちらりと見て、『おやまあ、はいはい、なるほど。部屋に連れて帰って、温かく包んであげなさい。できるだけ早く往診するよ』と、私に言ったんです。そんなしだいです」シートン大尉は自分を卑下するような引きつった笑みをキャンピオンに向け、先を続けた。「そうしてるあいだも、あなたや私より優に一フィートは肩幅が広く、三十歳は若い泣き虫の無骨者は、医者が私じゃなく自分と一緒に来るものと決めてかかっとりました。そりゃあもう勢い込んでそう言ってる姿が、いまも目に浮かびます。とにかく、私は諦めた。多少はごねたつもりでしたがな。そこで、そのときには口から泡を吹きはじめていた足元のおぼつかない愛すべき女を連れ、集まってきた人たちをかき分けて、この階の彼女の部屋まで上がってきたわけです。本が積まれてなかった椅子に彼女を崩れないように座らせて、着古した服を体じゅうにこんもり載せてから、ルネさんを捜しに台所へそっと下りて行きました」

「わたしがミス・ルースのところへ行ってるあいだ、この人、火にかけてた鍋をかき混ぜててくれたのよ」ルネ・ローパーは愛情いっぱいに大尉に微笑みかけた。「ほんとに、いい子」

「あの連中がどう言おうとね」シートン大尉はルネに代わってそう締めくくると、もっと褒めてくれと言わんばかりの目をルネに向け、「わっはっは」と笑った。

「さあさ、飲んでおしまいなさい。褒めてあげるのはここまでよ」と、ルネは言った。

「それでね、キャンピオンさん、私が部屋に上がっていくと、ミス・ルースはうつらうつらしてるみたいだったの。息遣いがおかしかったんだけど、そのうちお医者が来ることはわかってたし、いまはそっとしておいたほうがいいだろうと思って、もう一枚毛布を掛けて部屋を出たのよ」

シートン大尉はコップの酒を飲み干すと、ため息をついた。「そのときはもう死んだも同然だった。まあ、誰にも大きな迷惑はかけまっせんでした。もちろん、私を除いて」

「まあま、そんな意地の悪いこと言うもんじゃありません！」ルネの帽子についていたピンクのリボンがぶるぶる震えた。「そこまで大変じゃなかったでしょ、もちろん多少は大変だったけど。それでね、キャンピオンさん、ちょうどそこへミス・イヴァドニが帰ってきたから、二人でお部屋に行ったのよ。たしか午後二時に近かったわね。ミス・ルースはまだ眠ってたけど、いびきがひどくてね」

「ミス・イヴァドニは介抱したんでしょうか？」キャンピオンは尋ねた。

ルネはキャンピオンの目を見た。「いいえ、期待以上のことはしてないわ。呼びかけたけど起きないのがわかると、部屋を見渡して、棚から本を一冊取り出して、ちょっと目を通してから、医者を呼んでくださいって言ったのよ。まるでわたしの気が利かないみたいに」

「それで、医者が来たのは？」

「そうね、三時近くね。赤ちゃんが生まれてから、一度家に戻らなきゃならなかったんですって。片付けがあったからって言ってたけど、昼食に遅れるって奥さんに言いに行ったんだと思うわ。そのときには、ミス・ルースは亡くなってたの」

しばしの沈黙のあと、シートン大尉が口を開いた。

「血栓症という診断でした。結局のところ、最初からそう決めつけとったんでしょう。それが順当な判断と思ったにちがいない。誰も医者を責められまっせん」

「でも、誰かが医者に不審感を抱いた」キャンピオンが言うと、二人が揃って身構えたので、キャンピオンは少々驚いた。

「人はあることないこと言うのが好きだから」ルネは、まるで自分が非難されたように言い返した。「人間の性ね。誰であろうと突然死んだりすりゃ、みんな大袈裟に騒ぎ立てるでしょ。『ずいぶん急でしたね』とか、『驚いたでしょう。おや、ずいぶん肝が据わってますね』とか、『肩の荷が下りたんじゃないですか』とか。もう、うんざり」ルネの小さな顔が紅潮し、年齢を重ねた瞳が怒りに満ちた。

シートン大尉は立ち上がると、歯磨き用コップを置いた。彼も頬の周りが少々ピンク色になっていた。

「いずれにせよ、あの悪趣味なあばずれを殺したのは私じゃあない」悪意を押し殺すような口調だった。「いがみ合ってたのは事実です。殺す権利もあったと、いまも私は思っとりますよ。ですが、誓って言います。私は殺しとらんです！」

「しっ！」ルネは、そのいかにも軍人らしい声を家主の権限で制した。「家じゅうが目を覚ますでしょ。あなたじゃないことは、みんなわかってますよ」

引き締まった細身の体にエドワード七世時代風のガウンをまとったシートン大尉は、まずルネに、そのあとキャンピオンにおじぎした。大尉までも、動作が芝居がかっていた。

「お休みなさい」大尉の口調はぎこちなかった。「ごちそうさまでした」

「まったく」シートン大尉の背中を見ながら扉を閉めたルネは、口を開いた。「バカな人ね。何があったのか、ちゃんとお話しするわね。あの人、とにかく、とてもぴりぴりしてるの。一杯飲ませたから、ちゃんとお部屋に戻ってくれるわ」ルネは一呼吸置いて、偽りの甥っ子に困ったものだと言わんばかりの視線を向けた。「そもそも、原因は部屋なのよ。年取ると、みんな子どもみたいになるものだわね。あの人たち、やっかんでるの。わたしたちがここに来たとき、わたし、大尉さんにいいお部屋をあてがったのよ。ルースはその部屋をずっと欲しがっててね。小さいころから使ってた部屋だからって。わたしが言いなりにならないとわかると、怒りの矛先が大尉さんに向いたわけ。それだけのことなの。でも事実。口にするのもバカバカしいわ」

ルネが心から申し訳なさそうな顔をするので、キャンピオンは笑ってしまった。

「どのくらいのあいだ揉めいてたんですか」

「全部足したら、ずいぶん長いわね。ここに来てからずっとだもの。いきなり大騒ぎになったかと思うと、落ち着いて、また始まるって具合。この手のことって、たいていそうでしょ。根深い理由なんてないの。大尉もさっきはひどいこと言ってたけど、彼女の具合が悪そうなのを見て最初に手を尽くしたのはあの人ですからね。大尉はそういう人なの。心優しいおバカさんだって、いまにあなたもわかるわ。万一のときは、わたし、保釈保証人になってもいいわ」

「そうでしょうね」と、キャンピオンは答えた。「ところで、いまのが僕に明かそうとしていた恐ろしい秘密ですか?」

「え?　大尉さんがわたしにそれを隠してるってこと?」ルネは体をのけぞらせ、いかにも面白そうに腹の底から笑った。「あのねえ、あなた」楽しそうだが少々品がない。「わたしと大尉さんは三十年近く同じ屋根の下で暮らしてるのよ。大尉さんの秘密を暴くのに探偵さんはいらないわ。タイムマシンがあれば充分!　いいえ、そんなことじゃないの。わたしが話したかったのは、棺桶みたいな戸棚のこと」

キャンピオンの眠気が吹っ飛んだ。

「何ですって」

「もちろん、棺桶じゃないかもしれないけど」ルネ・ローパーは小さじ一杯ほどのウイスキーをグラスに入れると、申し訳程度にソーダ水を注ぎ、そわそわしたように話を続けた。「そんなふうなものよ」

「死体が入ってる？」キャンピオンは彼女の代わりに具体的に言ってあげた。

「やめてよ、アヒルちゃん」ルネはたしなめるような口調だったが、笑い終えると実の年齢より十歳くらい若い顔になっていた。「ただの木製品かもしれないし、あの人たちが普段使ってる何てことない安っぽい架台かなんかかもしれない。中を見たことはないの。見る機会もないし。あの人たち、いつも夜中に来るから」

キャンピオンはすっかり目が覚めた。「もっと詳しく話してください」

「そのつもりよ」ルネは哀れを誘うような声を出した。「地下貯蔵庫の一つをね、葬儀屋のバウェルズさんに貸してるの。正面玄関の横を回り込んだ庭の先にある小さな貯蔵庫で、離れになってるのよ。特別に貸してもらえないかって言ってきてね。断らないほうがいいと思って。だって、あの手の人とは仲良くしておいたほうがいいでしょ」

「いつなんどきでも、すばやく箱詰めしてもらえるように？　まあ、あなたがそう思うなら、いいでしょう。話を続けてください。いつから貸しているんですか」

「ずいぶん前から、ああ、数か月前ね。口数が少ない人なの。揉め事を起こしたこともないし。でも、鍵がかかってるか確かめて、あなたに開けてもらいたいのよ。もしかしたら、わたしの持ち物が入ってるかもしれないから。変な話に聞こえるでしょうけど」ルネは大真面目だった。灰色の大きな瞳がキャンピオンの瞳を静かに見つめた。「何を隠そう、今夜、あの人とその息子があそこにいるところを、あなたに聞いてもらえるんじゃないかと思って」

「もういるんですか」

「まだ来てなかったら、もうすぐ来るわ。さっきあなたがミス・イヴァドニの部屋にいるとき、ひょっこりやって来て、午前三時か四時ごろうろうろするけどびっくりしないでほしいって言って帰ったの。とても思いやりのある人なのよ。昔気質(むかしかたぎ)で」

キャンピオンは、もうルネの話を聴いていなかった。エドワード・パリノードの遺体掘り起こしは午前四時の予定だとチャーリー・ルークからの手紙に書いてあった。だが、場所はウィルスウィッチの墓地だ。まだ自分は寝ぼけているのだろうかと思ったが、そのとき、はたと気づいた。

「ああ、そうか！　エドワードを埋葬したのはその親子じゃないんですね」キャンピオンはまるで手柄を立てたように叫んだ。

「ええ、そう。バウェルズ親子はミスター・エドワードを埋葬してないの」ルネは困ったような顔をした。「ええ、それについちゃ一悶着あったのよ！　ミスター・エドワードがそう遺書に書いたの。浅はかな爺さんだわ。どんなに人に嫌な思いをさせようが、お構いなしだったんだから。自分は死ぬからって。遺書の中身はこんなふう。『不快極まる地下の部屋で、敵軍の恐ろしい銃声や突然の爆音を聞きながら、気味の悪い夜を幾日も過ごした。バウェルズという男が私をじっと見ている。腐肉を納める安ピカの棺桶を作ろうと、私の体の寸法を目測している。万一、この男より先に私が死ぬことになろうとも、それをこの男に知らせるつもりはないが、この男や、この男のちんけな店で働く何者にも私の体が埋葬されることはないと、私はここに明言する』」

ルネの物まねはそれは堂に入っていて、身振りとともに締めくくられた。

「すっかり演じきったわ。とにかく不愉快な文面に思えたのよ」

一人きりの観客は満足そうな様子だった。

「かなりの人格者ですね」と、キャンピオンは言った。

「偉ぶったアホじじいだったわ」実感を込めてルネは言った。「頭はそうとう良かったけど、礼儀がなってなかったわね。墓場に行ってからもこの始末。賢いくせに、一家の金を使い果たしたのよ。あっ、ほらほら、来た来た。ドタバタ聞こえるでしょ。葬儀屋さんが来たんだわ」

「これ以上の喜びはありませんね」とキャンピオンは言うと、ベッドから降りて部屋着のガウンを羽織った。

「一緒に見に行ってみるでしょ」ルネがとても嬉しそうにしたので、キャンピオンはぴんと来た。ルネは最初からそれが狙いだったにちがいない。「こそこそ盗み見ようなんて思ったこともないのよ」秘密でも打ち明けるような口調だった。「盗み見る理由もないし、そもそもわたしの部屋からじゃ見えないし。こうしてあの人が来るのは、三、四か月ぶりだわね」

部屋の入り口のところでキャンピオンは足を止めた。

「コーカデール刑事は何をしてるんです？」キャンピオンは問うた。

「ああ、あの人なら大丈夫。台所で寝てるわ」

「は？」

「あのね、アルバート」大胆にもファーストネームで呼んだな、とキャンピオンは思った。「必要以上にことを荒立てないで。かわいそうなコーカデールさんを面倒に巻き込まないでちょうだい。わたしはね、コーカデールさんとバウェルズさんがばったり顔を合わせるのがいやだったのよ。だから、『住人はみな、家の中にいるんですから、家の中だけを見張っててくださいな。中に入って暖かい場所でゆったりお座りになってて』って言ったの。もちろん、あの人は来ましたよ。わたし、何かまちがったことをしたかしら」

「いいえ、優秀な男の士気をくじいただけですよ。そのせいで地獄に落ちるかもしれませんが」キャンピオンはいかにも楽しそうに言った。「さあ、案内してください」

二人は広い踊り場に沿って静かに進み、屋敷のなかを下っていった。おおむね静かだった。パリノード一家はほかの住人などまったくお構いなしに、ぐっすり眠っている。どこかの一室から猛烈ないびきが聞こえてきたので、ロレンスがガチョウのような声なのは扁桃肥大だからなのだろうとキャンピオンは思った。

一階に下りてくると、ルネ・ローパーは立ち止まった。後ろにいたキャンピオンも立ち止まったが、彼の注意を引いたのは音でなく臭(にお)いだった。地下から漂ってくる。何かを撃退する蚊取り線香のようなものだろうか。臭(にお)いは鼻を直撃し、キャンピオンは咳をこらえた。

「何です、これは」

「ああ、大丈夫。気にしないで。お料理してるだけだから」ルネは何気ないふうを装っていた。「ねえ、聞こえる？」

物音がする。キャンピオンにも聞こえてきた。遠くてくぐもっていたが、木でもくりぬいているのだろうか、ギコギコ、バタバタいっている。

地下から立ち上る鼻の曲がりそうな臭い(におい)は死体置き場のそれとはまったく違ったが、音と相まって不気味だった。廊下はひどく冷たく、暗闇が、幾重にもなった薄織物のように二人を取り巻いていた。ルネに触れられ、キャンピオンはぎくりとした。

「こっちよ」ルネはささやいた。「応接室に行くわよ。あそこの窓は地下貯蔵庫の扉の真上にあるから。ちゃんとついてきてね」

キャンピオンはルネの法被(はっぴ)の裾をつかむと、擦り切れた絨毯の上をすり足で進んだ。ルネは応接室の場所を完璧に覚えているのだろうか、それとも暗闇でも目が見えるのだろうか。ルネが応接室の扉を押すと扉は軋んだが、やがて静かに二人が通れるくらい開き、だだっ広い薄暗い部屋が現れた。エプロン街の角に一本立つ街灯はここから遠く、光はほとんど届かなかった。

一方の壁の大半を占めている張り出し窓はカーテンが部分的に引かれ、上のほうは引き上げられた板すだれで四角く覆われていた。いまや物音はずいぶん近くから聞こえていて、二人がじっとしていると、中央の窓ガラスの下の部分に光がちらちらと当たった。

キャンピオンは列島のように並んだ調度品のあいだを用心しながら通り抜けると、最後の障壁である、小テーブルの上の、針金でひとまとめに結わえられた数個の空っぽの植木鉢越しに外を覗き見た。

突如、棺桶が現れた。窓ガラスの向こう側に垂直に飛び出してきたのだ。地下貯蔵庫の開いた扉からうまく出そうと、誰かが下から持ち上げたのだろう。見るなりルネは息を呑み、声にならない悲鳴を上げた。同時にキャンピオンは、これまで使うまいと思っていた懐中電灯のスイッチを入れた。

幅広の白い光線がサーチライトのように棺桶を照らした。不吉な寸胴の箱は、木材がすべすべと黒光りしているせいでこの上なく不気味に見えた。横幅が広く重厚で、化粧板は滑らかで、まるでピアノのような光沢だった。

覆っていた埃除けカバーが落ちかけていて、大きな真鍮の銘板が二人の前に露（あらわ）になった。文字が太くて鮮明だったので、拡声器で叫んでいるようにさえ思えた。

エドワード・ボン・クレティン・パリノード
一八八三年九月四日生
一九四六年三月二日没

静まりかえった息苦しい部屋のなかで、二人がそれを見据えたまま立ち尽くしていると、やがて棺桶は静かに傾き、視界から消えた。同時に、窓の下の狭い空間から、用心して歩く音がはっきり聞こえてきた。

第七章　お役に立つ葬儀屋です

薄切りハムのような淡いピンク色の幅広の顔が、庭の空所からキャンピオンの顔を見つめた。懐中電灯の弓形の光の中に、大柄でがっしりした男の姿が現れた。肩幅が広く、胸と腹は雄牛のようだ。黒い山高帽の下から白い巻き毛が覗き、艶のある糊のきいた襟の上に肉付きのよい顎が載っている。立派な真新しい大理石の墓碑のような、堂々たる雰囲気が全身に漂っていた。

「こんばんは」ぶっきらぼうではあるが、礼儀正しさと分別の感じられる響きだった。「ご迷惑でしたでしょうか」

「いえ、まったく」懐中電灯を手にしたキャンピオンは、おおらかな口調でぼそぼそと答えた。「何をなさっているんでしょう。急きょ、在庫を調べてるとか？」

ピンクの幅広の顔の中に、心地よい白い光が現れた。おちょぼ口から覗く二本の大きな歯が短い縦の線になって光ったのだ。

「いえ、そういうわけじゃありませんで。まあ、似たようなことかもしれませんが。予定した上のことでして。誰も……」

「死んじゃいない？」細身のキャンピオンが先回りして言った。

「いえ、そうじゃございません。やましいことはしておりませんと申し上げたかったんです。お宅様はミスター・キャンピオンでいらっしゃいますね。あたしは二十四時間いつでも駆けつけるジャス・バウェルズです。こいつは、せがれのローリーでして」

「はい、父さん」少々戸惑うほどそっくりな顔がもう一つ、光の輪の中にすっくと現れた。息子のほうは黒髪で、父親より少しばかり抜け目のなさそうな表情をしていたが、それを除けば、これほど正真正銘の息子だと断言できる息子はいないだろうとキャンピオンは思った。使い込んだ自転車用空気入れで二、三回空気を吹き込めば、そっくり同じ顔になるはずだ。

しばしの気まずい沈黙のなかで、三人は互いの顔を見つめた。このときばかりはキャンピオンも頼りなかった。

「こいつを運び出してるところでして」父親のほうが不意に口を開いた。「こちらの貯蔵庫をお借りしてるんですがね、一か月ほど前からこいつを置かせていただいてるんです。というのも、通りの向こうが手狭になりまして。でも、あれやこれや――警察やなんかのことです――で、自宅に戻したほうがいいだろうと思いましてね。そのほうが、面倒がなさそうだ。お宅様は紳士でいらして、こういうことには慣れてらっしゃるでしょうから、おわかりいただけましょう」

最後のせりふは接客のときの決まり文句なのだろうと、真に受ける前にキャンピオンは気づいた。

「ずいぶんと上等そうな代物ですね」キャンピオンは慎重に水を向けた。

「ええ、そのとおりです」ジャス・バウェルズは自負を隠さなかった。「格別な逸品ですよ。あたしどもの提供する最高級品だ。あたしとせがれのあいだじゃクイーン・メアリーなんて呼んでまして。どんな紳士のなかの紳士だろうとここに納まることを誇りに思う、と言っても過言じゃない。いわば自分だけの馬車に乗って地下の世界に行くようなものですから。意見を請われたときは、必ずこうお答えしています。人生の締めくくりです、後悔のないように、と」

　青い瞳にいかにも善人そうな笑みを湛えて、バウェルズはしゃべり続けた。

「ものを知らない人間ばかりで、実に残念です。いつなんどきだとしても、これほど美しい逸品が道を横切るところを誰だって見たいはずだとお思いになりませんか。それなのに、みな忌み嫌うのです。縁起が悪い、不安になる、ときたもんだ。そういうわけで、誰もいない時間帯にこっそり運ばなけりゃならない。これは素晴らしい棺です。実に美しい棺だ。誰だって誇りに思うはずでしょう」

　話に水を差すのは申し訳ない気がしたが、寒さが身に応えはじめていたキャンピオンはこう問いかけた。

「でも、その銘板に刻まれた名前の男性はそう思っていなかったということでしょ」

　男の小さな目はしっかり前を見据えていたものの、ピンクの顔は赤みを増し、腹の内を見せるような哀しい笑みが醜いおちょぼ口を歪めた。

「ああ、ご覧になったんですね。それならお話しするしかなさそうだ。いや、隠すことじゃございませんで。おい、このお方はお前の作った銘板をご覧になったそうだよ、ローリー。ミスター・キャンピオンは実に目ざといお人だ。お前のマーガス伯父さんから聞いてたから、父さんはわかってたはずなのにな」

　マーガスフォンテイン・ラグに甥がいるというのは、どうにも実感が湧かなかったが、それはそれとして、こんなふうにお世辞を言われたり、媚びるようにわざとらしく目をぱちくりされたりするのは何とも居心地が悪く、キャンピオンは黙っていた。

　葬儀屋は少々長すぎる沈黙を許していたが、やがて、ため息を漏らした。

「慢心でした」厳めしい顔でバウェルズは言った。「慢心。この言葉を教会でどれだけくり返し耳にしてきたことか。ですが、あたしには、期待されたほどの効き目がなかったようだ。慢心。キャンピオンさん、この銘板こそ、その表れなんです。ジャス・バウェルズの慢心です」

面白そうな話ではあったが、心が奪われるほどではなかった。キャンピオンは黙ったまま、しゃべり出そうと息を吸ったルネ・ローパーの体に手を置いて彼女を制した。

ジャスは哀しそうな顔をした。「お話ししたほうがよさそうですね」やっと、そう言ってくれた。「このお屋敷に以前、ある紳士が住んでいらっしゃいましてね。あたしもせがれもそのお方が大好きだった。そうだろ、ローリー」

「そのとおりだよ、父さん」若いほうのバウェルズは熱い口調で答えたが、父親がどんな話を始めるのかと目をきらきらさせていた。

「ミスター・エドワード・パリノードです」ジャスは噛みしめるように言った。「墓石に刻めば、いかにも映える名前だ。あのお方は体格もご立派で、あたしくらい大きかった。胴体が太くて、肩幅も広くて、そういう体格は美しい棺ができるんです」

考え抜いた結論というより、いまだ思案中といった様子で、ジャスは澄んだ目をキャンピオンに向けた。

「あたしは職人として、あのお方が好きだった。この気持ちがおわかりいただけるかどうか」

「鏡もて見るところおぼろなり（イン・ア・グラス・ダークリー）（"In a glass darkly"、アイルランドの怪奇小説家シェリダン・レ・ファニュ（一八一四〜七三）の短篇集の原題、原書一八七二、およびアガサ・クリスティの短編「仄暗い鏡の中に」（短編集『黄色いアイリス』収録、中村妙子／訳、早川書房）の原題、原書一九三四）」とキャンピオンはもごもご答えてから、しまったと思った。葬儀屋の期待を裏切る口ぶりだったからだ。ジャスはわずかに警戒するような顔をした。

「自分と違う職業の人間の自負を理解するのは、なかなか難しいことでございましょう。これは芸術家の自負と言えますから」ジャスは威厳を漂わせて続けた。「少々前の話になりますが、あたしはこの女将さんの台所に腰を下ろし、爆弾の落ちる音を聞いていたものでした。気持ちを落ち着けるために仕事のことだけ考えてましてね。ミスター・エドワード・パリノードを見つめながら、『ミスター・パリノード、あなたのほうがあたしより先に逝ってしまったら、必ずやあたしがお弔いいたしましょう』と、心のなかで言ったものです。本気でそのつもりでした」

「父さんは本気でしたよ」キャンピオンが黙っているのが気に食わなかったらしく、唐突にローリーが口を挟んだ。「父さんは職人だからね。根っからの」

「いいから」ジャスは息子の賛辞を受け止め、そして軽くあしらった。「この手のことはわかってくれる人もいれば、わからない人もいる。だからといって、責めたり褒めたりすることじゃございません。これからあたしがする話は、ミスター・キャンピオンにならおわかりいただけるはずだ。あたしがまちがってたんです。馬鹿な真似をした。これこそ慢心。まさしく慢心でした」

「そうおっしゃるなら、そういうことにしましょう」否定しても仕方ない。キャンピオンは寒さに震えていた。「目測でそれを作った、そういうことですね」

ジャス・バウェルズの顔が満足そうな笑みで輝き、目がようやく、きりりと活力を帯びた。

「お宅様は話のわかるお人だ。あたしの話が」ジャスはマントでも脱ぐように、喜劇を思わせる素振りをやめた。「マーガスと夜遅くまで語り合っていて、あたしはこう思ったんです。『あんたを雇うお人だ。物の道理をよくわかってるにちがいない』と。ですが確信はなかったですよ。ええ、おっしゃるとおりです。あたしはこれを目測で作った。ミスター・パリノードが亡くなったら、当然、うちに注文が入るものと思ってましたから。実を言うと、ミスター・パリノードの容体が悪くなったときに、あたしはこの最高傑作の製作に取りかかったんです。脳卒中になったと聞くや、『きっと、ぴったりなものを作って差し上げますよ』と、心のなかで言った。『このときが来ちまいました。あたしは作業を始めますが、まだ早すぎるとおっしゃるなら、そのまま取っておきましょう』とね。まさか、こんなに長いあいだ取っておくことになろうとは」ジャスは腹の底から面白そうに笑った。「慢心です。これこそ慢心だ。試用販売の代物を、案の定、死にかけのご老人はいらないと言った。とんだお笑い種だ。あたしが観察してたのを、あのお方は気づいておいでだったんです。おわかりいただけましたか」

みごとな出来栄えなのに、無駄にせざるを得なくなったとは実に残念、とキャンピオンは思った。「こうしたものは、本人の寸法を実際に測って作るんじゃないんですね」キャンピオンは敢えて訊いてみた。

ジャスは動じなかった。「いや、測って作ります。それが普通です」彼は熱心に答えた。「ですが、あたしらみたいに腕に年季が入ってくると、多少の誤差はあれ、見ただけでわかる。実を言うと、あたしはこれを自分に合わせて作ったんです。『あたしと同じくらいの体格だ』と、あのお方を頭に思い浮かべながら、あたしは言ったものです。『あたしより大きくて、あたしの目をごまかしてたんだとしたら、お体をつまみ縫いさせていただきますよ』なんてね。これは本当にみごとな作品です。頑丈なオーク材、黒檀の化粧張り。夜が明けたら店のほうへおいでになりませんか。明るいところでご覧に入れましょう」

「いま見ますよ」

「それはお断りです」やんわりとした、だが、有無を言わせぬ口ぶりだった。「懐中電灯の光や狭い通り道じゃ、こいつを正しく評価していただけません。申し訳ありませんが、お見せできません。お宅様が我が国の王だったとしたってだめです。お屋敷のなかに持ち込むのもごめんですよ。知った顔が下りてきて、面倒なことになっちまう。今夜はご勘弁ください。朝までにこいつをピカピカに磨き上げておきますから。そうしたら、『みごとな仕事ぶりじゃないか、バウェルズ』とおっしゃるだけじゃあ、すまないはずだ。『これを取り置きしておいてくれないかい、バウェルズ。いまに僕の体もそいつにぴったりになるだろう。僕が使わなかったら友人が使うさ』なんておっしゃっても、あたしは驚きませんよ」

顔は笑っていたし、目も嬉しそうだったが、黒い山高帽の硬いつばの下に小さな汗の粒がついているのをキャンピオンは見逃さなかった。

「いますぐ、そこに下りていきますよ」キャンピオンは言った。「ねえ、僕はこんな夜中のほうが購買意欲が湧くんです」

「でしたら、お宅様にはお勧めしません」ジャスは不愛想に言った。「さあ、そいつを運んでくれ、ローリー。夜が明けないうちに道路を渡っちまわなきゃならんからな。では、ごめんください」

ジャスのふるまいは堂々としたものだった。動揺するでもなく、むやみに急ぐわけでもなかったが、ただ、汗だけが心の内をさらしていた。

「ラグは、お宅にいるんですか?」

「ええ、寝てますよ」ジャスの青い目が、また子どものようになった。「グラスを傾けながら、あの男の天に召された妹のことを夜遅くまで語り合いましてねえ。あたしの家内だったんですがね。かわいそうにマーガスはみごとに酔いつぶれちまった。ベッドに運んで休ませてあります」

ラグは気の短さに劣らず酒が強いのを知っていたので、そんなことがあるのかとキャンピオンは思ったが、そこには触れず、最後にこんな探りを入れてみた。

「この家に夜勤の警官がいるから、せめて、その男に手伝わせますよ」

懸命に作業していた葬儀屋は、一瞬、動きを止めた。

「いや、結構です」間を置いたすえに、彼はこう言った。「ご親切に、どうもありがとうございます。ですが、大丈夫です。あたしもせがれもこの仕事には慣れてますんで。これが空っぽじゃなけりゃ、まあ、話は別ですがね。重いといっても木材の重量だけですから。お休みなさいまし。お会いできて光栄です。また朝に、お目にかかれますように。勝手ながら、ここで失礼させていただきますよ。お宅様が薄い部屋着のまま開いた窓の際に立っていらっしゃるといけませんから。お宅様のお気が進まなくても、またお目にかからしていただきますよ、必ずや。それでは、お休みなさい」ジャス・バウエルズは闇のなかに静かに消えていった。

「とっても、いい人なの」二つの人影が音を立てずに庭の階段を縦に揺れて上っていくあいだ、ルネ・ローパーは窓を閉めながらささやいた。「エプロン街じゃ、すごく尊敬を集めてるのよ。でも、心の底までは見えない気がするわね」

「ええ」キャンピオンは上の空で返事した。「クイーン・メアリーのほうの底には何が入っていたのかなあ」

「あら、アルバート。あれは棺桶よ。死体が入ってることはないでしょうに」

「そうですかね？　見知らぬ子どもの死体でも入っていたかも」キャンピオンは楽しそうに言った。

「ところで、おばさま。僕ら、互いに照れている時期は過ぎたようですから、本音で話そうじゃありませんか。地下から漂ってきた臭(にお)いのこと、もう黙っているわけにいきませんよ。さあ、本当のことを教えてもらいましょう。何を料理しているんですか」

「わかりましたよ！」慕われると応えざるを得なくなるところが、いかにもルネらしい。「ミス・ジェシカなの。あの子も嬉しそうにやってるし、誰にも迷惑はかけてないでしょ。でも、昼間はやらせないの。仕事の邪魔だし、何と言っても臭(にお)いがね。今夜はいつにも増してひどかったわね」

キャンピオンの顔が曇った。ミス・ジェシカといえば、公園にいたボール紙帽子ではないか。しかも、ヨー警視から聞いた、もっと詳しい彼女の日ごろのふるまいを思い出すと、いったい何をしているのか憶測を掘り下げる気になれなかった。

「この家には愛すべき変わり者ばかりいるんですね。彼女はいったいどんなことをしているんです？」

「何だかドロドロしたものを作ってるわ」ルネは何気ないふうを装っている。「薬のたぐいじゃないと思うけど。あの子、それが食事なの」

「何ですって？」

「やめてちょうだい。これ以上ぴりぴりさせないで。今夜は、もう充分に心臓に悪い経験をしたんだから。棺桶の名前を見たとき、ギョッとしたのなんのって。バウェルズさんの説明を聞くまではね。あの人ったら、あんなふうに注文を取ってるだなんて！　ミスター・エドワードがそこまであの人をがっかりさせたなんて、あなた信じないでしょ。結局のところ、そんなにいい棺桶でもなかったのよ。安っぽいって思ったわ。黙ってたけど。だとしたって、ものは出来上がっちゃってて請求書も用意できてたでしょうに、ミスター・エドワードも人を嫌な気分にさせなくたっていいのにね」

「ミス・ジェシカに話を戻しますよ」感情を抑えた声でキャンピオンは言った。「蒸留酒でも作ってるんですか」

「いいえ、違います。わたしの家では、そんなことは許しません」ルネはカッとなったようだった。「違法ですからね。クラリーにも言ったの。あの子、ジンを作ってほしいなんて言うもんだから。家の中で人は殺されたかもしれないけど、だからって法を犯して生計を立てるつもりはありませんから」ルネはいらいらしたように金切り声を上げた。「あなたたち男もみんなそうだけど、ミス・ジェシカもちょっと凝り性でね。それだけのこと。〝新食材（ニュー・フード）〟とやらに入れ込んでるの。好きなようにやらせてるんだけど、草を食べようとしたり、二、三年前に殺されそうになったとかいう相手に自分の配給食糧を送ろうとしたりするときは、わたしもカンカンに怒りますけどね。『勝手にしてくれていいけど、でも、週に二オンスのあなたの配給をその飢えた人たちに与えるくらいなら、骨という骨が服地から突き出てきそうなあなたのお兄さんが下の部屋にいるのを思い出しなさい。配給はお兄さんに食べさせて、送料を節約しなさい』って言うの。そうすると、『島国根性に毒されよ』なんて言い返すのよ。何が言いたいんだか」

「彼女はどこにいるんです？　会ってきていいですか」

「もちろんですよ。そのために、あなたに来てもらってるんだから。あの子、いま、わたしに腹を立ててるの。わたしはペリシテ人（英国の詩人で批評家のマシュー・アーノルド〔一八二二～八八〕が著書『教養と無秩序』〔一八六九〕で、ヴィクトリア朝社会の中産階級をペリシテ人と呼び、その俗物性を批判した）なんですって。ええ、わたしはペリシテ人よ。だから、わたしは一緒に行きませんよ。悪意のない子だし、三人のうちで一番賢いとも言えるわ。自分の面倒は自分で見てるって点ではね。下に行けば、いるわよ。臭(にお)いをたどっていけばいいわ」

キャンピオンはにやりとして、懐中電灯をルネに向けた。

「わかりました。では、美容のために早く寝てください」

ルネは思わず、レースの帽子をぽんぽん叩いて形を整えた。

「ええ、そうするわ。あら、笑うなんてひどい子！ それじゃあね。あの恐ろしい場所はあなたにお任せしますよ、アヒルちゃん。ほかのおバカさんたち全員もね。わたしは、あの人たちにはうんざりですから。じゃあまた朝ね。いい子にしてたら、お部屋にお茶を持って行ってあげますよ」

この世の幽霊のようにルネが足早に行ってしまうと、キャンピオンは散らかった部屋に独り残された。鼻を頼りに地下へ続く階段の上まで来たものの、なかなか思い切れなかった。ミス・ジェシカが皮なめしでもしているとすれば、凄まじい光景だろう。キャンピオンは腐臭のする暗闇のなかへ静かに下りていった。

階段を下りきると、扉がいくつか並んでいた。そのうちの一つがわずかに開いている。たしかこれは、さっきクラリー・グレースと話していた主厨房の扉だ。明かりは消えていたが、コンロ脇の椅子から規則正しく聞こえてくるいびきから察するに、コーカデール刑事は自分の職責にも半ば呼吸困難の状態にも鈍感らしい。

空気は淀み、これまでになく強烈になった臭(にお)いは、不快であると同時に嗅いだ経験のないものだった。まさに〝竜のねぐら〟の悪臭ではないだろうか。正体がわからないのが恐ろしい。

右手の扉の裏側から音がしたので、ここだとわかった。そっと扉を押してみると、部屋は意外にも大きかった。過去の飽食の世代が使っていた、だだっ広い食器洗い場だ。床は石敷きで、壁は水漆喰(しっくい)

塗りだったが、でこぼこした木のテーブルが壁に造りつけてある以外はがらんとしている。テーブルの上にはガスコンロが一台と石油コンロが二台、そして糖蜜の缶がずらりとみごとに並んでいた。缶のほとんどは調理具として使われているようだった。

ミス・ジェシカ・パリノードは、体格が彼女の二、三倍はある軍人が着ていたにちがいない政府払い下げの食肉処理用作業着に身を包み、天井からぶら下がった薄暗い電球一個のもと、せっせと作業していた。振り向きもせず、しかも、キャンピオンの気配を感じたとも思えないのに、こう言った。

「どうぞ入って。扉は閉めてくださるかしら。少しのあいだ邪魔しないでください。すぐに終わりますから」

とても澄んだ、賢そうな声だった。姉より歯切れのよい話し方だ。キャンピオンはここでも、一家の有無を言わさぬ威厳のようなものを感じ、はっと足を止めた。同時に、公園で小型望遠鏡越しに観察していたとき、顔を上げた彼女の、これまで見たことのないような幼さを残した警戒の表情が頭の中によみがえった。魔女が実在するとしたら、彼女こそ、それだ。

いまは、公園にいたときほど魔女のようでなかった。身に着けているのは作業服一枚だけだったし、ボール紙の帽子もなかったので、ほつれた髪が自然に流れ、多少なりとも魅力的だった。キャンピオンが黙って待つあいだ、彼女はガスコンロにかけた糖蜜の缶の中の得体の知れない液体をかき混ぜつづけていた。彼女は何もかもお見通しなわけでなく、自分をコーカデール刑事と勘違いしているのだとわかりキャンピオンは少しほっとした。

「あなたがお庭の警備の人だってこと、わたし、知っているのよ」ミス・ジェシカは言った。「ミス・ローパーがお気の毒に思って台所に入れてあげたんでしょ。誰にも告げ口しないでおいてあげるから、あなたもわたしのこと誰にも言わないでちょうだいね。わたしは咎(とが)められるようなことは何もしてないから、あなたの不滅の魂も、あなたの昇進も、危うくなることはなくてよ。わたしは明日とあさってのお食事の用意をしているだけなんです。おわかり？」

「いや、あんまり」キャンピオンが言った。

ミス・ジェシカはさっと振り返り、キャンピオンがその日の午後にも見た理知的で鋭い眼差しをこちらに向けたかと思うと、ふたたび顔を缶に戻した。

「あなた、どなた？」

「ここに滞在しています。においがしたので下りてきたんです」

「誰も前もってあなたに言わなかったのね。この家ときたら非効率極まりない。まあ、気にしないでください。睡眠を妨げたのでしたら、ごめんなさい。さあ、においの原因がわかったのですから、もうお休みになって」

「眠れそうにないなあ」これは本心だった。「手伝いましょうか」

ミス・ジェシカは申し出を生真面目に考えていた。「いいえ、結構ですわ。だいたいのところは終わりましたから。まずこれをやって、手を洗ったらおしまい。よかったら、あとで拭き掃除でもしてください」

キャンピオンは、ただ待つだけという、子どものよくやる作戦に甘んじた。中身が充分に煮えたと判断したらしく、ミス・ジェシカは缶をガスコンロから下ろすと火を消した。

「難しい作業じゃないんです。気晴らしに楽しんでさえいるわ」と、彼女は言った。「人は食べることを単調な苦行にしてしまっているでしょ。もしくは、何より優先される神聖な儀式のようなものにしてしまっている。そんなの実にバカバカしいわ。わたしにとって食事は安らぎで、それで体も絶好調ですから」

「そのようですね。あなたは感覚がとても鋭い。食生活が不適切だったら、そんなふうにはなれないでしょう」

ミス・ジェシカはまたキャンピオンにちらりと目を遣って、にっこりした。なんとも愛らしく、心を和ませるこの笑顔は、彼女の兄がキャンピオンに見せたのと同じ表情だった。品格と教養が滲み出ている。突如として、半ば身勝手に、ミス・ジェシカが親近感を示してきたのをキャンピオンは感じた。

「ええ、そのとおり」彼女は答えた。「座れるものがあったら、座ってちょうだいと言いたいんだけど。でも、いまはまるでスパルタのような時代。そのバケツはどうかしら。ひっくり返して座ってみたら?」

そう提案してくれるのを断るのも野暮だろう。とはいえ、ナイフのように尖ったバケツの縁は、部屋着の薄手のガウンしか着ていないキャンピオンにとって新たな拷問となった。キャンピオンがそれに腰を下ろすと、ミス・ジェシカはまたにっこりキャンピオンに笑いかけた。

「美味しいイラクサのお茶はいかが?」ミス・ジェシカは言った。「すぐにできるわよ。マテ茶みたいに美味しいうえに健康にもとてもいいの」

「ありがとう」キャンピオンは屈託ない顔をしていたが、内心はそうでもなかった。「それはそうと、まだよくわからないなあ。いったい何をしているの」

「お料理よ」純真な少女のような笑い声だった。「自分の家なのに真夜中にお料理しなきゃならないなんて変だと思うかもしれないけど、これには歴とした理由があるの。ハーバート・ブーン氏をご存じ？」

「いや」

「でしょうね。まず誰も知らないわ。戦争の始まるちょっと前に安売りの露店でその人の著書に出会わなかったら、わたしも知らなかったでしょうね。本を買って読んでみて、そして、人生に目を開かされたのよ。素晴らしいでしょ」

　返事を求めているようだったので、キャンピオンはお決まりの愛想のよい声を発した。

　ミス・ジェシカは虹彩の周囲にくっきり線の入った茶色がかった緑の不思議な色の瞳で、わくわくしたようにキャンピオンを見つめた。

「とても魅力ある内容なの。題名が安っぽくてお粗末だから、一日でくだらないって思われちゃうんでしょうね。『一シリング六ペンスで暮らす方法』っていうの。一九一七年に書かれていて、物価指数はそのころから約四十パーセント上昇しているから、だいたい二シリング一ペニーと理解すべきかしらね。それでも驚異的だと思わないこと？」

「たしかにそうだね」キャンピオンは真剣な面持ちで同意した。「一日に使うお金でしょう？」

「あら、いいえ、一週間よ。本当に素晴らしいでしょ」

「にわかに信じがたいね」

「そうなの。喜ばしいことを伝えてる題名なのに、あからさまだから馬鹿げて聞こえちゃうのよ」

「え？」

「物欲的で陳腐だからってこと。『永遠の歓び』（"A Joy For Ever"、英国の批評家ジョン・ラスキン〔一八一八〜一九〇〇〕の著書。原書一八五七）や『創造的進化』

（"Civilization and Its Discontents"、オーストリアの精神科医ジークムント・フロイト〔一八五六～一九三九〕の著書。原書一九三〇）

だって、『一シリング六ペンスで暮らす方法』と同じように文字どおりに受け取れば、どれも馬鹿げた題名だと思わない？　ええ、馬鹿げてる！　その本を見たとき、はっとしたの。なにしろ、少額のお金でいかに暮らすかが、そのときのわたしの最大の関心事だったから。知性を身につけて活かすのも、もちろん結構なことだけれど、まずは本体の整備をしっかりやらなきゃね」

キャンピオンは、バケツの上で座りづらそうに体をもぞもぞ動かした。知性を駆使して言うとすれば、言葉を交わしているこの相手は、環状通路の対極にいて、しかも互いに背を向けて立っている気がした。その一方で、もちろん、不思議の国に迷い込んだアリスのふりをすることもできた。

「いや、まったくそのとおり」キャンピオンは用心深く言った。「で、あなたはそれを実践しているの？」

「二シリング一ペニーで暮らしてるかってこと？　それはちょっと無理。ブーン氏はもう少し田舎のほうに住んでいたし、それに、もちろん、味にもあまりこだわってなかったわね。ある意味で唯美主義。わたしは違う。母親似なの」

十九世紀の著名な女流詩人ミセス・セオフィラ・パリノードの顔が思い浮かび、キャンピオンははっとした。なるほど似ている。心地よい幻想を追い求めて生き生きと輝く浅黒い顔。まるで洗濯かごの中のように襞（ひだ）飾りでいっぱいだった祖母の寝室の整理だんすの上に、小さな赤い本が一冊置かれていて、その口絵でこちらに微笑みかけていたあの顔だ。ほつれ髪が巻き毛だったら、ミス・ジェシカと瓜二つではないか。

澄んだ力強い声がして、キャンピオンは我に返った。

「だいたいのところはやっているけどね。本をお貸しするわ。たくさんの人の問題を解決してくれる本よ」

「きっとそうでしょうね」キャンピオンは誠意をもって答えた。「そう思いますよ。ところで、そこには何が入っているの？」

「この缶の中？　においが強いのはあっちよ。食料雑貨店のご主人の膝痛のための塗り薬なの。こっちは羊の顎の骨のスープ。頭丸ごとじゃないの。値段が高すぎるから。ブーン氏の本には『下顎の骨二つで一ファージング（四分の一ペニー）』って書いてあるけど、住んでいる場所も田舎だし時代も少し違いますからね。最近の肉屋さんって、まったく融通が利かないのよ。でも、煙草と交換で望みのものをくれるお店を見つけたの。顎の骨二つで煙草一本。二ペンスをちょっと超える計算ね。ブーン氏のようにはとてもいかないわ」

キャンピオンは呆気にとられてミス・ジェシカを見つめた。彼女はその表情を勘違いしたようだった。

「法外な値段でしょ」

「ねえ、そんなことが本当に必要なの？」

ミス・ジェシカの表情がゆっくりと険しくなっていった。彼女の機嫌を損ねたのは明らかだった。

「こんなふうに生活しなきゃならないほどお金がないのかっていう意味？　それとも、頭がおかしいのかと思ってるの？」

心の内をずばり見透かされ、キャンピオンは狼狽した。ミス・ジェシカの頭の回転の速さは、魅力であると同時に脅威でもあった。正直であることが最善策、というより唯一の策だろう。

「悪かった」キャンピオンは素直に謝った。「よく理解できなくて。ぜひ本を読ませてもらうよ」

「ええ、貸して差し上げるわ。でも、これだけは忘れないで。知識を与えてくれる有意義な本の例に漏れず、この本の真の魅力は感情的欲求に訴える点なの。ある種の愛について心の底から理解したいと思わなければ、プラトンの『饗宴』を読んでも最大限の意味を見出すことはできないでしょ。それと同じで、自分の理想より安価に暮らそうと思っていないなら、この本の真髄は伝わってこないでしょうね。うっとうしくて嫌気が差すだけかもしれないわ。おわかりいただけて?」

「たぶん、わかったと思いますよ」キャンピオンは大真面目に答えた。

気が重くなるくらいずらりとテーブルに並んだ缶に視線を走らせたキャンピオンは、ふたたびミス・ジェシカの賢そうな自信に溢れた顔に目を戻した。兄や姉より十歳から十五歳くらい若そうだ。

「糖蜜の缶を鍋として使うのもブーン氏の発案?」キャンピオンは尋ねた。

「ええ、そう。わたしは実践的な人間じゃないから、黙って著者に従うだけ。だから、そこそこうまくいってるのかもしれないわ」

「かもしれないね」キャンピオンの不安そうな顔に、声を上げて笑ったミス・ジェシカはさらに何歳か若返って見えた。

「わたし、姉や兄よりお金を持っていないの。末っ子だからじゃないのよ。遺産の大半を、運用目的でエドワード兄さまに託したんですの」ヴィクトリア朝時代のような気取った口調でミス・ジェシカは言った。「エドワード兄さまは発想豊かな人で、どちらかと言えばロレンス兄さまやイヴァドニ姉さまより母やわたしに近くて、あまり実務向きじゃなかったから、わたしたち家族のお金をぱあにしちゃったの。かわいそうな人。わたしはいまでもエドワード兄さまにとても同情してる。わたしのいまの収入をあなたに教えるつもりはないけど、ポンドじゃなくてシリング単位。それでも、神のご加護とハーバート・ブーン氏の洞察力のおかげで、ちっとも貧しい女なんかじゃない。自分の知力を駆使してわたしなりの方法で生きてるんだもの。ずいぶん奇妙な方法だと思うかもしれないけど、わたしのやり方だし、誰にも迷惑はかけていない。さあ、わたしのこと変わり者だと思う?」

その一言はキャンピオンの体を射貫き、身動きできないようにした。ミス・ジェシカは答を待っていた。

だが、キャンピオンも魔力をもっていないわけではない。彼は人懐こい笑顔を見せた。

「いや、あなたは合理主義者なんでしょう。最初はそう思わなかったけど。これがお茶だね。どこでイラクサを採ってきたの?」

「ハイド・パーク」ミス・ジェシカは肩越しにさらりと答えた。「探してみると、あそこには雑草——つまり薬草ね——がたくさん生えてるの。最初の一、二度は見誤ったりもしたけど。正確な知識を持っていることが大切。植物のね。体の具合がものすごく悪くなったこともないとは言わないけど、いまは完璧に習得したと思ってるわ」

ひっくり返したバケツの上の男は、手渡された小さなジャムの瓶の中で湯気を立てている灰色の飲み物を訝しげに見つめた。

「あら、大丈夫よ」ミス・ジェシカは言った。「わたしは夏のあいだずっとこれを飲んでたんだから。味見なさって。どうしてもだめなら仕方ないけど。それはともかく、あの本は読むべきよ。わたしは自分が変身できた気がしてる」

キャンピオンは頑張ってみたが、その味たるや地獄に落ちた心地だった。

「ロレンス兄さまも好きじゃないの」ミス・ジェシカは笑いながら打ち明けた。「でも、飲んでくれるわ。わたしの煎れるノコギリソウ茶も飲んでくれる。兄は好奇心旺盛だけど、わたしに比べると冒険しない人。お金を必要としないわたしの生活を快く思ってないの。でも、わたしが浪費家だったらどういう態度だったかしらね。兄さまだってお金がないのに」

「それでも、六ペンス硬貨は欲しいんだね」キャンピオンがぼそりと言った。何も考えていないわけではなかったが、まるで彼女に魔法をかけられたように、ついつい口から出てしまった。ミス・ジェシカが勝ち誇ったような表情をしたのを見て、本当に魔法をかけられたのだと気づき、キャンピオンはうろたえた。

「それを言わせようとしたのよ」ミス・ジェシカは言った。「あなたの正体はわかってるのよ。今日、木の下にいるところを見たから。探偵さんでしょ。だから、包み隠さず話してあげてるの。あなたのこと、嫌いじゃないわ。理解が速いから。うちに来てる惨めなお巡りさんと大違い。どうやったら意志の力で人に白状させられるかって興味深いと思わない？　どんな力が必要なんだと思う？」

「テレパシーで命令するのかな。たぶん」キャンピオンは体ががたがた震え、イラクサ茶を飲むことができなくなった。「あなたは意志の力で、あの太った女性から六ペンスもらえるようにしてるの？」

彼は思い切って、そう口にした。

「違うわ。ただ拒まないだけ。彼女はそうするのを楽しんでる。そして、六ペンスはとても有益。これだって合理主義でしょ」

「ああ、そのとおりだ。あなたの超能力に話を戻すけど、あなたは自分の背後も見えるの？」

気づかれないように探りを入れたつもりだったが、ミス・ジェシカはしばし考えたのち、こう答えた。

「クライティとガソリン臭い男の子のことを言ってるのね」声高に彼女は告げた。「二人が今日、あそこにいたことは知ってるわ。こそこそ話してるのが聞こえたもの。でも、振り返らなかった。あの子たち、仕事をずる休みしたか、使い走りに行くふりでもして出てきたんでしょうね。きっと二人ともクビになるわ」ミス・ジェシカは人間味溢れるいたずらっ子のような目でキャンピオンをじろりと睨んだ。「あの二人にも、わたしの本を貸さなきゃならないようね。でも、ブーン氏も、未熟者が摂るべき食物については述べてないから、きっと、難題ってことなんでしょうね」

「あなたは本当に変わった女性だ。どうしてこんなことをしているの？　注目でもされたいの？」

「そうかしら」ミス・ジェシカは言った。「考えたこともなかったけど、そうかもしれないわね。それはそれとして、わたし、クライティの気持ちが痛いほどわかるのよ。わたしもかつて恋をした経験があるから。一度きりだけど。賢明な理由のもとで、プラトン的恋愛だったの。言っておくけど、『饗宴』みたいって意味じゃないわよ。ピクニック風でもなかったわね。わたしのなけなしの知性をもっと磨いてはどうかと勧められたの。そのあと、その魅力的で知性的な男性は自分の奥さんを苦しめるためにそんなことを言ってたんだって、わたしは気づいた。彼が奥さんの肉体だけを愛していたのはまちがいないわ。だって、そうでなければ、わざわざわたしとそんな関係にならないでしょ。わたしは自分を殺して寛容になったんじゃなくて、合理性を考えて身を引いた。それでも、クライティの恋愛を楽しみに見守るだけの女性らしさは、まだ持ってるのよ。さあ、これで、ルース姉さまに毒を盛った犯人の手がかりはつかめた？」

キャンピオンはしばらく目を上げず、床を見つめていた。

「さあ、どうなの」ミス・ジェシカは言った。

キャンピオンは頭を起こし、彼女の顔をまじまじと見つめた。才色兼備なのに宝の持ち腐れだ。

「あなたは知ってるんだね」キャンピオンは恐る恐る口にした。

「いいえ、知らない」思わず言ってしまったことに、ミス・ジェシカは自分でも驚いたようだった。

「わからないのよ。わたしの超能力もそこまで優れてないみたい。わたしのように孤独に生きている人間は顔を合わせた人のふるまいに敏感になるものなのに、それでも、ルース姉さまに誰が毒を盛ったのか、皆目見当もつかない。嘘じゃないわ。本音を言うと、犯人に感謝していなくもないのよ。このことは、いまにわかるでしょうから、先に言っておきます」

「ルースはそうとう扱いづらい人だったんだね」

「そうでもないわ。滅多に顔を合わせなかったしね。わたしたち、共通点がほとんどなかったから。姉は父方のおじに似てた。天才的な数学者で、ちょっと頭がおかしくなっちゃったの」

「それでも、お姉さんが死んで嬉しかったの？」キャンピオンはわざと酷な言い方をした。ミス・ジェシカに恐れを覚えたからだ。感じのよい女性だったが、それでもどこかおかしい。得も言われぬ不気味さがある。

「わけあって、姉さまが怖かったの。ご存じのとおり、パリノード家は見捨てられた小舟に乗っているようなものでしょ。そのうちの一人が割り当てられた水を全部飲んでしまった――ちなみに姉さまは大酒飲みではなかった――としましょう。あとの人たちができることといえば、その一人が渇きで死ぬのを黙って見ているか、水を分け与えるかのどちらかだけど、分け与える水はわたしたちにもほとんどないの。たとえ、ハーバート・ブーン氏の力を借りてもね」

「あなたが教えてくれることはこれで全部？」

「ええ、あとはご自分で突き止めてください。さほど面白い話じゃなくてよ」

細い体に部屋着のガウンを羽織っただけのキャンピオンは立ち上がると、ジャムの瓶を置き、ミス・ジェシカを見下ろした。彼女はとても小柄で、枯れた花びらのようなよれよれの魅力を全身にぶら下げていた。無表情なほうではないキャンピオンの顔が、ひどく陰鬱になった。疑問が一つ湧いてきて、この事件のどんな謎よりずっと重要に思えたからだ。

「どうして」という一言が、キャンピオンの口を突いて出た。「どうして」

ミス・ジェシカはキャンピオンの言いたいことをすぐに察した。浅黒い彼女の顔が赤らんだ。

「わたしには才能がないから」穏やかな口調でミス・ジェシカは言った。「わたしは間抜け。アメリカ人がよく甲高い声でこんな言い方するわよね。創造力も文章力もないし、弁も立たないの」彼女の言葉の意味の大きさを理解しようとしながらキャンピオンがミス・ジェシカに向かって目をぱちくりさせていると、また静かに話が始まった。「母さまの詩はひどい出来のものばかりだった。わたしは父さまの知力をほんの少し引き継いでいるから、それがわかるの。それでも、母さまの詠む詩は、いつでもわたしの心に語りかけてくるように思えた。でも、たいていの人はナンセンスだと思うでしょうね。だってこんな詩よ。

藺草（いぐさ）で家をこさえましょう。
籠（かご）をこさえるみたいに　ややこしく編み込んで。風が吹き抜ける　茎のあいだを。
こっそり見に来たのね　わたしの器用な指先を。風が吹きすさび　邪魔をする。
でも　気にしているひまはない。わたしは忙しい。

お茶のお代わりはいかが？」

三十分ほどして部屋に戻ったキャンピオンは、震えながらベッドに入った。ベッドカバーの上に、ミス・ジェシカの貸してくれた本が置いてある。印刷が悪く、手がつけられないほどページの隅がぼろぼろで、表紙に荒っぽく判子が押してあった。見返しには、ひと昔前の長文の広告がぎゅうぎゅう詰めに掲載されていた。当てもなく本を開き、たまたま読んだ一節が、目を閉じてからも頭から離れなかった。

凝乳（知識不足の主婦が瓶や缶の中によく残したままにしている、こびりついたサワーミルク）……これらは細かく刻んだセージ、チャイブ（ネギ属の葉菜、または根菜）、贅沢できるときはクレソンを加えることによって美味しくなる。私は大食漢でないので、違うハーブを混ぜることで日々変化をつければ、これに少量のパンを添えて数日間は実に満足に過ごすことができる。

エネルギー……エネルギーは温存しよう。いわゆる科学者は、エネルギーとは熱に過ぎないと言うかもしれない。だとしても、一回に必要な量より多く消費してはいけない。私の計算によれば、睡眠一時間の消費エネルギーは一常用ポンドの不消化物に等しい。倹しくあれ。侮蔑的に与えられた物であっても、与えられたならばすべて受け取ろう。高潔な精神による行為だとしても、単なる見せつけだとしても、与える側はその魂に応じた報いを受ける。穏やかであれ。不安や自己憐憫は、思索に耽るのと同量のエネルギー（すなわち熱）を消費する。従って、それらから解放されれば、親戚縁者や地域社会の重荷になることもなくなる。同時に心も軽くなって、瞑想したり、花鳥風月や人間の奇想に親しんだりするのに適した状態になるだろう。どちらも、知的人間だけが意のままに享受できる金のかからない贅沢である。

骨……大きくて滋養分に富む雄牛の脛骨は一ペニーで購入できる。肉店からの帰り道、賢い人なら生垣にタンポポの根を発見するだろう。運が良ければニンニクが……

キャンピオンはうつぶせになって言った。「やれやれ、まったく」

第八章　エプロンの紐

伝奇小説の世界に迷い込んでしまったという強烈な、だが、にわかに信じがたい思いで、キャンピオンは目を覚ました。事件について頭を整理しようと苦しみもがいていると、目を覚ましたのは部屋の扉の開く音がしたからだと気づいた。誰かが扉の取っ手をつかんだまま外の廊下でしゃべっている。チャーリー・ルークだ。

穏やかな甘い声でしゃべっていたとしても迫力があって、部屋のなかの軽めの置物がぶるぶる震えた。彼の溢れんばかりの活力が、入り口を通り抜けキャンピオンにまで迫ってきた。

「……屋根の上でだらだら過ごしてたって言うのかい」無理して優しい声を出している。「首の骨だって折るぞ。僕には関係ないかもしれないし、余計なことを言ったんだったら謝るよ。でも……そんな顔しないでよ。ちょっと注意しただけだろう」

言葉が聞き取れなかったとしても、声音だけで状況が目に浮かんだ。どんな反応が返ってくるかとキャンピオンは耳を澄ましていたが、聞こえてきたのは細い糸のような声ばかりで、何を言っているのかわからなかった。

「ごめん、ごめん」柄にもないルーク警部の声だ。「誰にも言わないから。もちろんだよ。僕を何だと思ってるんだ。駅の構内放送とか？　えっ、何だって、ミス・ホワイト。怒鳴ってるつもりはなかったよ。あっ、おはようございます！」

廊下がばたばたして、扉ががたがた揺れながら一インチほど開いたが、また閉じ、ルークの捨て台詞が聞こえてきた。

「危険なまねだけはするなと言ってるんだ」

ようやく部屋に入ってきたルークは、うんざりというより心配でたまらなさそうな顔だった。

「お高くとまった小娘だ」ルークは言った。「僕が注意しなかったとは言わせない。おはようございます、キャンピオンさん。僕が部屋に伺うと言ったら、ルネさんにこれを渡されました。それで僕の分もお願いしたんです」彼は紅茶茶碗が二つ載った盆を化粧テーブルの上に置いた。「人が殺されたにしては、家庭的で居心地のいいところですね」寝室を見渡しながら彼は言った。「夜通し作業してた場所じゃ、お茶も飲めなかったもので。『ここに並んだアーン（"urn"。ここでは墓石に彫刻された壺の装飾を指しているが、茶沸かしポットの意味もある）の中に何か入ってればな、なんてお思いでしょう』と警視に言ったんですけど、意味をわかってもらえませんでした。警視、つれなくて。あんな場所じゃ、何を言われようと気が滅入るだけですけどね。で、あの老いぼれ爺さんを掘り起こして、サー・ドーバーマンの深鍋に放り込みましたよ」

ルークは寝覚めの一杯をキャンピオンのベッド脇に運ぶと、自分は玉座のような肘掛け椅子にどっかと腰を下ろした。

「表向きは、僕はルネさんの甥っ子の弁護士のところに話をしに来てるってことですよね」ルークは言った。「そんな作り話がいつまでも通用するとは思えないですけど、できるだけ貫き通しますよ」

ルークは大きな椅子にすっぽり体を納め、なかなかさまになっていた。外套の上からでも石のような筋肉がわかり、ひし形の目は一晩ぐっすり眠ったかのように輝いていた。墓場で作業を見守っていたとは思えない。

「ミス・ジェシカにも、あなた、探偵でしょと言われた」キャンピオンは言った。「僕らが公園にいるのを見ていたんです」

「そうなんですね」ルークは驚かなかった。「あの連中、誰一人、頭がいかれてるわけじゃないって話はしましたよね。そもそも僕は、そこでつまずいた。言ったとおりだったでしょう」

ベッドの上で細身のキャンピオンは首を縦に振った。考え込むような目をしていた。

「うむ」

ルークは冷めたお茶を飲み干した。

「ルネさんが、昨夜のバウェルズの親父さんのバカげた話をしてくれました。エドワードに試用販売の棺桶を作ったって話ですよ。『そんなの嘘に決まってる』と僕は言いましたが」

キャンピオンはうなずいた。「うん、かすかに魚みたいな臭い(におい)がしたんですよ。どういうわけだろ。君はわかりますか？　ちなみに、ラグが彼の家に泊まっているから、これはラグに探らせましょう。褒められたやり方じゃないかもしれないけど、あの二人は宿敵だからね。彼は何を運んでいたのかな。煙草かな、それとも毛皮かな」

ルークの顔が怒りでどす黒くなった。

「あのオヤジ！　僕の管轄区でそんなとんでもない悪さは許さん。うまくいくと思うなよ。棺桶を使った密輸か。大昔からある忌々しい手口だ。糞(バウェルズ)食らえ。この商店街のことは、自分の首の後ろくらい知ってるつもりでいたのに」

「いや、僕の思い違いかもしれないよ」慰めに聞こえないよう気遣いながらキャンピオンは言った。

「葬儀屋としての意気込みにも思えた。あの話が本当だとしても、僕は驚きませんよ」

ルークは、「わかりました」というようにキャンピオンに向かって片方の目をつり上げた。「腕利き職人がそんなに〝欲ボケ〟って話は聞きませんからね。あ、失礼。つい口を滑らせました。少々気が立ってしまいました。それだけです。でも、たしかにそうなんです。この界隈の老いぼれ爺さんたちみたいな人間を相手にするとき、難しいのはそこなんです。とんでもなくバカげた話が真実だったりする。ジャスがあくどい商売人だとは言いませんが、偉大な芸術家うんぬんの話を信じるかって言ったら、どうでしょうかね」

「何かしら手を打ちますか？　彼のところに行って入念な家宅捜索をする？」

「ええ、何をしてるにせよ、怪しいとわかった以上は。こっちの事件が片付くまで放っておけと、あなたがおっしゃるなら別ですが。その手のことは、当然なかなかやめられないでしょうから、ブツを抱えてるところをしょっぴいて長い休暇をとってもらうのもいいかもしれません」

キャンピオンはバウェルズのことを考えた。「君らが来るのは覚悟してるんじゃないですかね。僕の宣伝係にも基本情報は伝えておかないと怒られそうだな」

「ラグですね。噂は聞いてます。会ったことはありませんが。塀の中にいたことがあるとか」

「そう、だらしない体型になる前の話。つまらない夜盗をやらかしてね。いや、たとえ形の上だけでも、君はバウェルズ葬儀店に行くべきだと思いますよ。もし何か見つかっても、君が来ると予想してただろうから、たいした悪さじゃないんじゃないかな」

「何も見つからなかったら、危険は去ったと確信するまで鳴りを潜めるつもりでしょう。時期がきたら、しょっぴくまでです」ルークは内ポケットから片手いっぱい紙切れを取り出すと、一枚一枚丁寧に見ていった。その手が動くたび、キャンピオンはここでもまた、彼の描写力の高さに感心した。なぐり書きのようなものがちらっと見えるごとに、まるで拡声器でも通しているように、書かれている内容がはっきり伝わってきた。ルークは、これは可能性がない、これは重要でない、これは保留といった具合に、はつらつとした骨ばった顔の上でちらちら瞬く光を頼りに作業を終えた。

「ヒヨスチンの臭化水素酸塩を」ルークが不意に言った。「薬剤師のワイルドおじさんが薬品棚にしこたましまい込んでる可能性はどのくらいでしょう」

「低い」キャンピオンは相手の期待に応えて、威厳たっぷりに言った。「医薬品としては滅多に使われない気がしますよ。四十年ほど前に躁病患者の鎮静剤として使うのが流行したけど。アトロピン（副交感神経の興奮を抑制する薬物）と同じような作用だけど、もっと強力です。クリッペンが夫人のベル・エルモアに使って以来（一九一〇年、米国の医師クリッペンが歌手である妻のベル・エルモアをロンドンで毒殺したとされる事件）、毒物という印象のほうが強い」

　チャーリー・ルークは納得していないようだった。がっしりした頬骨の上の目を細めると、こう言った。

「あなたもあの店を一度見てください」

「そのうちね。でも、君がどうしてもと言うときまで薬屋はそっとしておきましょう。まず、医者に話を聴いてみてくれる?」

「わかりました。そうします」ルークはちびた鉛筆で紙切れに印をつけた。「ヒヨスチンの臭化水素酸塩っていったい何かな。ご存じですか」

「ヒヨス（ナス科の越年草）だと思う」

「へえ、それは何です。雑草ですか」

「たぶん。珍しいものじゃない」

「でしょうね。植物なんだったら」低くて迫力のあるルークの声は管楽器の咆哮のようだった。「学校に通ってたとき、大好きになった女の先生がいましてね。僕は自然科学の教科書を手放しませんでした。きれいな線画の挿絵が載っていて。『はい、先生、一生懸命勉強しました……ありがとうございます、先生……今日は薄いブラウスじゃないんですね、先生……』なんてね。ヒヨス、憶えてますよ。小さな黄色い花をつける、ひどい臭いのやつ」

「ああ、それです」鼻息の荒い男を相手にするのも大変だ、とキャンピオンは思った。

「どこにでも生えてる」ルーク警部は、あれっという顔をした。「てことは、公園にもあるのか」

キャンピオンはしばらく無言になったのち、答えた。

「そう。うむ、でしょうね」

「でも、それなら、ドロドロの液状かなんかにしなけりゃならない」ルークは子羊のようなくるくるした黒い巻き毛の頭を横に振った。「まずは医者に話を聴きます。もし、もう少し視野を広げようと思ったら、あなたもワイルドおじさんに会ってみてください。あとは、銀行の支配人を攻めてみます。この人のことは話しましたっけ」

「ああ、身ぎれいな小柄な男ね。ミス・イヴァドニの部屋から出ていくところを、ちらっと見ました。紹介はしてもらえなかったけれど」

「紹介してもらったところで、ミス・イヴァドニはあの男に仰々しい肩書きをつけるだけで、何の情報も得られませんよ。彼については、いずれ出頭させるつもりです。『召喚令状がないかぎり、銀行はいかなる情報も公開しない』なんて言うもんだから」

「で、意地悪するの？」

「違いますよ」ルークのひし形の目は大真面目だった。「最初はどうかなと思ってましたが、話を聴いてるうちにあの男は実直だとわかりました。もちろん彼の言ってることが正当なんです。僕も理屈の上じゃそれを認めます。僕だって、郵便局に半クラウン白銅貨を二枚預けてることは、僕と鉄条網の向こうの女の子との二人だけの秘密にしておきたいですからね。だとしても、個人的にちょっとくらい話してくれてもいいじゃないですか。どう思いますか？」

「あの一家の友人として？　まあ、そのうち詳しく聴けるでしょう。ミス・ルースは生前、金遣いが荒かったようだね、僕が聞いたところでは。それが動機かもしれないし、そうじゃないかもしれない。金は殺人の唯一の見苦しくない動機だっていうのがヨー警視の持論ですよ」

ルークはそれにには反応せず、手元の大量の紙切れに視線を戻した。

「ああ、あった」ややあって、彼は口を開いた。「これ全部、ルネさんに聞いた話です、おだててね。ミスター・エドワードはルネさんに週三ポンド払って、洗濯もしてもらってた。ミス・イヴァドニも、いま同じだけ払ってます。三食付き。ミスター・ロレンスは二ポンドで、食事は一部だけ。でも結局、三食賄ってもらってる。だってルネさんは、誰かが腹を空かせてるところなんて見たくないですからね。ミス・クライティは二十シリング。それしか払えない、かわいそうな娘だ。昼食はなし。ミス・ジェシカは五シリング」

「え？」

「五シリング。本当です。僕はルネさんに言ったんですよ。『そんなバカな。それで、あなたはどうやってやりくりしてるんですか』って。そしたらルネさん、そんなにもらえるわけない、あの子が食べるものといえば自分で茹でた馬の餌だけだし、部屋は屋根裏よ、とかなんとか言いまして。『ルネさん、頭おかしいよ。いまどき、イヌだって五シリングじゃ養えませんよ』と言ってやったら、ミス・ジェシカはイヌじゃなくてネコね、なんて答える。『お伽話を演じてたところに戻ったつもりでしょう。主人公を救う妖精の役ですか』と言ったら、本音が出ました。『ねえ、チャーリー、家賃を上げたところでどうなると思う？　お兄さんやお姉さんから出してもらうしかないでしょ。そしたら、その人たちの金払いも悪くなる。結局、損するのは誰？　おバカさん。わたしでしょ』と。たしかにそのとおりです。もちろん、全員を追い出したっていいはずだけど、ルネさん、あの連中が好きなんだと思います。上流階級の非凡な人間のような気がしてるんだ……カンガルーを飼うようなもんです」

「カンガルー？」

「いや、アルマジロかな。興味をそそられる不思議な生き物ってことです。近所の人たちについつい話したくなるような。最近は、あまり楽しいことがないですからね。手近なところで楽しみを見つけるしかないんです」

例によってルークは身振り手振りに表情まで変えながら話し、さらには親指と人差し指でつまむような妙な手つきをしてルネの顔を表現した。ルネのつんとした小さな鼻とペラペラとよく動く舌を、こんな仕草だけで、どうしてそっくりに再現できるのか不思議でならなかったが、とにかく、まるで本人が目の前にいるようだった。長いこと麻痺していた心の隅に感覚が戻ったように、キャンピオンは元気が湧いてくるのを感じた。

「じゃあ、ミス・ルースは？」キャンピオンは笑いながら訊いてみた。「一シリング九ペンスだけ払って、逝っちゃったとか？」

「違います」お楽しみは最後まで取っておいたようだ。「去年は、払い方にむらがあったようです。七ポンドも持って来るときもあれば、文字どおり数ペンスしか持って来ないときもあった。ルネさんはきっちり帳簿をつけてたということなんですが、最終的には五ポンド足りなかったようです」

「それは聞き逃せないな。契約はどうなっていたの？」

「ほかの下宿人と同じく、三ポンドです。でも、ルネさんは金に不自由してないから」

「そのようだね。現代のシャフツベリ卿（第七代シャフツベリ伯爵アントニー・アシュリー＝クーパー。一八〇一～八五。英国の政治家・慈善家。博愛主義者として著名）ってところだ。事実が語っている」

「ルネさんは金を持ってるんです。大金を」ルークの口調は暗かった。「ジャス・バウェルズと何かしら関わってなきゃいいですが。そんなことがあったら、僕のご婦人方への信頼は木っ端みじんに砕けますよ。本当に」

「関わっちゃいないでしょう。関わっていたら、真夜中に僕を一階まで引っぱっていって、バウェルズを見てちょうだい、なんてことしないんじゃない？」

「そうですね」ルークの表情が明るくなった。「もう、行きます。宿題に取りかかってきます。銀行のオヤジさんのところに一緒に行きますか？　ヘンリー・ジェイムズって名前です。どっかで聞いたような名前だなあ（ヘンリー・ジェイムズはアメリカ生まれの英国の小説家。一八四三～一九一六）。十時くらいに行こうと思ってますが」

「いま何時かな」まだベッドの中にいたのでキャンピオンは申し訳ない気持ちになった。腕時計が止まっているらしい。六時十五分前を指している。

ルークは外套のポケットから取り出した銀の懐中時計をちらりと見ると、荒っぽく置いた。

「だいたい合ってますよ。六時十分前ってところ。僕は五時過ぎにここに着いたんですけど、キャンピオンさんは昨晩遅かっただろうと思って、しばらく待ってました」

「年を取ると、寝るのだけが楽しみでね」キャンピオンはにやりとした。「君はこれから二、三時間、通常職務もあるんでしょ」

「ええ、仕事は待っちゃくれませんから。いま、人出も足りなくて。そういえば、こんな情報が届いたんです。メモしてきたんですが、ああ、読めませんよ。僕の手書きですから」ルークはほかより少しきれいな紙切れに目を落とした。「これはただのメモ書きです。昨晩、電話があったんです。チャールスフィールドの刑務所長からで、ルッキー・ジェフリーズという押し込み強盗で二年間ぶちこまれてる男がいま所内の医務室にいるそうなんです。死にかけてるみたいで。たちの悪いものを食べたとか」ルークはいったん口をつぐんだ。「哀れな男ですね」そして、真剣な表情になった。「とにかく、その男は意識朦朧のなかで、『エプロン街、オレにエプロン街をのぼらせないでくれ』と、ずっと譫言（うわごと）を言ってるらしい。何度も何度もはっきりと。意識が戻って、そのことを尋ねられても、もちろん説明できない。いや、わざと言わないのかもしれない。そんな場所は聞いたことがないと言う。でも、また錯乱しはじめると、とたんに『エプロン街、オレにエプロン街をのぼらせないでくれ』と、くり返す。ロンドンにはエプロン街が三か所あるんで、それぞれの管轄の署に連絡したってことなんです。今回の事件とは関連ないかもしれませんが。一応、お耳に入れておきます」

キャンピオは上半身を起こした。またいつもの雫（しずく）が背骨を伝ってゆっくり落ちていった。ある意味で快感の、しかし、人には知られたくない快感の雫だ。

「怯えてたってこと?」詰問するような口調だった。

「そのようです。最後にこんなメモもしてます。『医者によれば大量の発汗と激しい興奮状態。普通の声で汚い言葉を吐くなか、その通りの名を言うときだけ必ず声を潜める』」

キャンピオンはベッドの上掛けを押しやった。

「起きよう」

第九章　金は語る

本物の骨董品で溢れかえった、目を見張るばかりの部屋だった。銀行の支配人室にしては、ペニーブラック（英国で一八四〇年に発行された世界最初の切手）か、はたまたクリケット見物にシルクハットをかぶっていくような時代遅れの感があった。こぢんまりして深紅と金色の壁紙が貼られ、床はトルコ絨毯、暖炉では石炭が燃えていた。部屋の隅に据えられた戸棚にはシェリー酒と葉巻でも入っているのではないだろうか。マホガニー材の机は仰々しい貴重品保管庫のような形で、来客用の緑色の革張りの肘掛け椅子は背もたれが高く、真鍮の鋲で縁取られた耳覆いがついている。

暖炉の上には、ほどほどの出来のヴィクトリア朝中期の油絵が掛かっていた。描かれた紳士はごてごてと飾りのついたチョッキを着て、大きな立ち襟に顔の下半分がほとんど隠れていた。キャンピオンはこの紳士像を眺めながら、そういえば昔、〝破産者〟という語はあたかも不道徳であるかのように〝破ー者〟と表記されていたな、と脈略なく思った。

この部屋の内装と比べると当世風のヘンリー・ジェイムズ支配人は、少々落ち着きのない様子だった。机の後ろから、訪問者を不審そうに品定めしている。少々やり過ぎなほど身なりを整え、後退しつつある薄茶色の髪をぴったり頭に撫でつけて、まるでそこだけニスでも塗ったようだ。シャツは粉砂糖のように白く、喉元の小さな蝶ネクタイの柄は控えめすぎて、あるのかないのかわからない。彼はピンク色の手を揉み合わせていた。

「おやおや、どうしたらよいものやら。生まれてこのかた、こうした件に対処したことはございませんですから」身なりと同じくらい快い発声だった。母音は美しく、子音も発音が正確だ。「申し上げましたでしょう、警部さん。当銀行は」まるで創造主とでも言うような力の込めようだ。「召喚令状がないかぎり、いかなる情報も公開いたしません。そして、そうした事態にならぬよう心から願っておりますよ。ええ、心から」

この状況では、チャーリー・ルークがこれまで以上に悪党に見えた。ルーク警部は文字どおり口を真横に大きく広げてにやにや笑い、まるで、愛想のよい顔をしながら飼い犬に〝こいつを嚙んでよし〟と合図でもするように、かたわらの連れに目を遣った。

細身のキャンピオンは角縁眼鏡の奥から、獲物をしげしげと見つめて言った。

「個人的な親睦を深めようかと思いまして」

「何ですって」

「ああ、すみません。少しのあいだ、銀行家であることをお忘れいただけないかと思ったんです」

目の前の丸い顔に、うっすら笑みが浮かんだ。

「それは、できかねますな」

おそらくたまたまだろうが、二人の来訪者は同時にくるりと横を向いて暖炉の上の肖像画を見遣った。

「創設者ですか」キャンピオンが尋ねた。

「創設者の孫であるジェファソン・クラフ氏が三十七歳のときのお姿です」

「もう亡くなっているのですか」

「ええ、もちろん。一八六三年の作品ですから」

「業績のほうは上々ですか」

「上々とは言えませんな」やんわりとたしなめるような口調だった。「こう申してはなんですが、そうしたこと以外で注目される銀行こそ優れた銀行なのです」

キャンピオンは人懐こい笑顔を見せて言った。

「では、この業績上々でない銀行のことは抜きにしてお話ししましょう。パリノード一家とは個人的なおつき合いがあるんですね？」

相手の男は片手で額を拭った。

「なんてこったい」こんな言葉が出てくるとは驚いた。「ええ、そう言っても差し支えないでしょう。子どものころからのおつき合いです。ですが、同時に、当銀行を古くからご贔屓にしてくださっています」

「では、お金の話題は避けます。それで、よろしいですね」

ジェイムズ支配人の表情は、残念そうにも見えたし、心から楽しんでいるようにも見えた。

「もちろん、そうしていただかないと。いったい何をお知りになりたいんでしょうかな」

ルークがため息をついて椅子を引き寄せた。「いちおう形式的に進めますよ。ミス・ルース・パリノードが殺されました……」

「これは正式な事情聴取でしょうか」

「ええ、そうです。二度目の死因審問が終わるまでは口外しないでください。われわれは警察なんですからね」

　ジェイムズ支配人は「わかりました」とばかりに、不安そうに見開いた目をぱちぱちさせた。

「わたくしがあの方とどのくらい親しくて、最後に会ったのはいつなのかをお知りになりたいんでしょうかね。ええ、あの方のことは、わたくしが子どものころから知っていました。最後に会ったのは亡くなった週の朝で、何曜日だったか思い出そうとしているんですが、たしか、あの方の具合が悪くなった日の前日の朝だったような気がします。こちらへ来られたのです」

「銀行に用事で？」

「さようです」

「ということは、ここに口座があったんですね」

「そのときは、ありませんでした」

「ということは、その寸前に解約したんですね」

「お答えできましょうか」ジェイムズ支配人は怒りで顔を赤くした。「お客様のお預け入れ状況については一切お話しできません」

「はい、そこまで」と、緑色の革張りの肘掛け椅子からキャンピオンが口を挟んだ。「あなたが子どものころの話に戻りましょう。当時はどこにお住まいで？」

「ここです」

「この建物ですか」

「ええ、そうです。少々説明が必要でしょう。これらの執務室の上に居住部分があるのです。当時はわたくしの父が支配人をしておりました。そのうち、わたくしがシティ（ロンドン旧市街にある英国の商業・金融の中心地）にある当行の本店へ行くことになりまして、そして父が亡くなったあと、ここに支配人として来たのです。当行は銀行としては規模の大きいほうではございません。もっぱら個人のお客様との取引を業務としております。お客様のほとんどが何世代にもわたるおつき合いです」

「支店はほかにもたくさんあるんですか」

「五店舗だけです。本店はバターマーケットにあります」

チャーリー・ルークが口を開きかけ、喜喜として郵便貯金局の冗談を言い出しそうな目をしたので、キャンピオンは慌てて話を繋いだ。

「パリノード家の羽振りがよかったころのことは憶えていらっしゃるんでしょうね」

「ええ、もちろんです！」ジェイムズ支配人の口調がにわかに熱気を帯びたので、二人は目を丸くした。悔やむような様子は悲哀に満ちていた。「三十五年前、この通りには馬車がずらりと並んでいたものです。裏手の廏小路(ミューズ)には美しい馬がたくさんいましてね。使用人たちが足早に行き交っていた。商店も繁盛。歓迎会に晩餐会……銀食器やら、グラスやら……」次の言葉が出ず、ジェイムズ支配人は手振りで示した。

「枝付き燭台も？」ルークが助け船を出した。

「そう、そう」ジェイムズ支配人は、どうも、という顔をした。「パリノード教授とわたくしの父は友人だったと言っていいでしょう。あのご老人のことはよく憶えています。顎髭を蓄えて、山高帽をかぶり、眉毛は……そう、たいそう立派な眉毛でした。その緑色の椅子に腰かけて、仕事中の父と無駄話をしていましたが、それでよかったのです。なにしろ、この界隈はパリノード家中心に回っていたのですから。思ったようにわかりやすくお話しできないものですね。うまい言葉が見つかりません。

とにかく、華やかな時代で、あの一家は素晴らしかった。教会に毛皮を着ていくんですから！　パリノード夫人はダイヤモンドを散りばめて劇場に行ったものですよ！　クリスマスパーティに招待された人は何たる幸運！　ええ、わたくしがここに戻ってきて、いまの有様を見たときは愕然としました。大きな衝撃を受けました」

「いまでも魅力溢れる人たちじゃありませんか」キャンピオンは敢えて言ってみた。

「ええ、もちろん。この界隈の人はみな、いまも一家には恩義を感じています。ですが、あの末路ときたら！」

「おそらくエドワード・パリノードが、金に関して父親ほどやり手じゃなかったんですね」

「ええ」ジェイムズ支配人は短く答えた。「ええ」

無駄な沈黙が流れた。

「ミス・ジェシカが、自分の収入はだいたい週に数シリングだと話してくれました」キャンピオンがふたたび口を開いた。

「ミス・ジェシカ！」またもジェイムズはこわばった表情になり、両手を顔の前に突き出した。「そのお話はできません」

「ええ、わかっています。では、あなたがミス・ルースと最後に会ったのは亡くなる前日でまちがいないですね」

「さて、何とも確信がありません。ちょっと、ここに立ち寄られた程度ですから。それでは、はっきりさせましょう。お待ちください」

ジェイムズ支配人は足早に部屋を出ていったかと思うと、ジェファソン・クラフ氏の右腕だったのではないかと思うような人物を連れて、ただちに戻ってきた。長身でがりがりに痩せ、かなりの高齢だったので、毛のない頭の皮が頭蓋骨にぴったり貼りついて、見るに堪えない。まばらな白い毛がたるんだ顔面の思いがけない部分から飛び出ていて、何より特徴的だったのは顎から小さな塊のようにぽってり突き出し、醜く震える下唇だった。それでも、しょぼついた目は鋭く、こちらが身分を明かしても動揺を見せなかった。

「亡くなる前日の午後か、当日の午後じゃったですよ」かすれ声は説教じみていた。「とにかく、午後じゃった」

「さて、それは違うでしょう、コングリーブさん」ジェイムズ支配人は、コングリーブに話しかけるときは声を張り上げた。「前日の朝だった気がしますが」

「いいや」老人らしく頑なに、コングリーブは自分の証言を変えなかった。「午後じゃった」

「故人は昼食のちょっと前に具合が悪くなって、午後二時に亡くなったんですよ」ルークが遠慮がちに言った。

老人がぽかんとしてルークを見つめたので、ジェイムズ支配人は声を張り上げてルークの言ったことをくり返した。

「それは噂じゃろう」コングリーブは確信に満ちていた。「たしかに午後じゃった。あのご婦人が来たのを見て、上流社会も変わってしまったと思いましたんじゃ。死んだ日の午後じゃった。そのときは、たいそうお元気で……大柄のご婦人でね」老人が背筋をしゃんと伸ばし胸を突き出すと、膝がわずかに曲がった。

ジェイムズ支配人は、申し訳なさそうにキャンピオンに目を向けた。

「その週の朝でした。それはまちがいないと思います。ええ、まちがいない」

老人は見下すような、しかし寛大な笑顔で、ぶるぶる震える唇をきゅっとすぼめた。

「お好きになさるがいい、ジェイムズ支配人」老人は忍び笑いした。「お好きになさるがいいですぞ。かわいそうなご婦人は、もう亡くなってしまわれたんじゃから。あれは午後じゃった。旦那様がた、これ以上お役に立てないようでしたら、ここで失礼いたしますぞ」

ルークは出ていく老人を見送ると、自分の唇をごしごしこすった。

「うむ。あの人に証人席に座ってもらうのはやめましょう」ルークは言った。「外の執務室で、ほかに話を伺える人はいませんか？　ジェイムズさん」

小柄で身ぎれいなジェイムズ支配人が気まずそうな顔をしたので、何か隠しているのではないかと二人は疑うところだった。

「残念ながら、おりません」間を置いて、彼は口を開いた。「もちろん考えてみたのですが、ミス・ウェッブはあのときインフルエンザでしばらく休んでいまして、コングリーブとわたくしだけで切り盛りしておりましたもので」ジェイムズはわずかに顔を紅潮させた。「人手が足りているのかとお思いでしょう。ええ、とても足りません。近ごろは、ふさわしい人材の確保が非常に難しいのです。かつては、こんなふうでなかったのですが。会計室の机に十四人もの行員が座っているのを見たことがありますが、かなり規模の大きい支店の話です」

クラフ銀行がどんどん縮んでいくのをジェイムズ支配人が目の当たりにしているのかと思うと、キャンピオンはいたたまれない気持ちになった。

「では、亡くなる前日の朝ということでまちがいないですね」と、キャンピオンは念を押した。「そのときは、とても元気だったんですね」

「いや、まったくの逆です」支配人は少々憤慨したような口調になった。「わたくしには、かなり体調が悪そうに見えました。カッカと興奮して、やけに横柄で、無茶な要求をしてきたのです。そして翌日、ええ、たしかに翌日でした、脳卒中になったと聞いたときは、さもありなんと思いました」

「脳卒中という診断に疑問を持たなかったんですね」

「ええ、少しも持ちませんでした。スミス医師は非常に真面目な方ですし、信頼も厚い。話を聞いて思わず、『まあ、仕方のないことです。あの哀れな一家も肩の荷が一つ下りたということでしょう』と言ってしまったくらいです」口を突いて出た言葉に、ジェイムズ支配人ははっとして、困惑の表情になっていった。「あなたがたとお話しするべきではありませんでした。わかっていたのに。こうなることは、はじめからわかっていたというのに」

「いや、気にしないで」キャンピオンはぼそっと答えた。「ミス・ルースが厄介者だったというのはおおかたの評判です。身内同士で神経を逆なでし合うのはよくあることです。まあ、実際に手を下すことは滅多にないでしょうが」

小柄な支配人は、ほっとしたようだった。

「そうですね」と、その場を取り繕い、「もちろん、わたくしもそう申し上げたかったのです。誤解なさったのではないかと一瞬不安になりました」と、言った。

ルークが帰る素振りを見せ、立ち上がると、扉が開き、ふたたびコングリーブが姿を見せた。

「警部さんに会いたいと言う方がお見えじゃが」老人は潜めたしゃがれ声でもごもごと言った。「ジェイムズ支配人、窓口のほうには入っていただきたくないもんで、直接ここに来てもらいますじゃ」

老人はルークに向かってうなずきながら、「追い返しませんでしたぞ」と、言った。

　コングリーブは先ほど害した気分も寛大に収めたようで、みごとな計らいをした。そして、返事を待たずに一歩脇に寄ると、背後の人物に向かって前に促す仕草をした。

　皺が深く刻まれた陰気な顔の私服警官が、冷静な厳しい目を鈍く光らせながらつかつかと入ってきた。明らかにルークしか見えていない。

「隣の家まで一緒に来ていただけますか、警部」

　ルークはうなずき、二人は言葉も交わさずに部屋を出ていった。コングリーブは扉を閉めると、通りに面した窓にすり足で近づいていった。そして、レースのカーテンをつまんで一インチほど片側に寄せると、はばかりもせず隙間に片目を当て、ほどなく大声で笑いはじめた。年寄りにありがちな、「うひゃうひゃ」という無遠慮な甲高い声だった。

「右隣のミスター・バウェルズのところですぞ。さて、どんな悪さをしたのかのう」

「きっと、エプロン街をのぼってしまったんでしょう」キャンピオンがうっかりこんなことを言った。彼は薄青色（うすあおいろ）の目で老人の頭をぼんやり見つめていたが、コングリーブはぴくりとも動かなかった。コングリーブは身じろぎもせず、通りをうかがっていた。そして、かなり時間が経ってから、背筋をしゃんと伸ばした。

「いや、それはありませんでしょう。ここがエプロン街なんじゃから」厳しい口調だった。「そんなことをおっしゃるとは、地元のお方じゃありませんな」

「コングリーブさんの耳は聞こえたり聞こえなかったりするんです」ジェイムズ支配人は申し訳なさそうに言い、通りに面した扉までキャンピオンを案内しながら、こうつけ加えた。「あの人は当銀行で長いこと働いていまして、ある意味で特別扱いなのです。まあ、本人がそう思っているだけですが」支配人は立ち止まると、ため息をつき、眩しさに目をしばたたかせた。「よろしいですか」突如として怒ったような口ぶりになった。「お金でさえ昔と違うというのは単なる邪説ですが、わたくしでも、そんなふうに思うときがあります。では、よい一日を」

第十章　オートバイの少年

「弱ったな」ジャス・バウェルズは言葉を噛みしめるように言った。「ほかに言いようがありません。弱った。あれの中には、もうあの紳士を閉じ込んでしまいましたから。いや、本当です」

　バウェルズは手の込んだ黒装束をまとった厳かな姿で、廏小路（ミューズ）に敷きつめられた玉石の上に立っていた。フロックコートは普通の人が着るものより少し丈が長いようだが、彼が着ていると滑稽さはなく、小さく波打った白髪が貫録を放って、堂々たる姿だった。バウェルズは上等なシルクハットをそっと撫でた。てかてかしすぎず、これ見よがしな新品でもなく、しっかりと丈夫そうな、悲しみを誘うシルクハットだった。

「あたしの格好を見てるんですね、ルークさん」我が子に向けるような温かい目で、彼はチャーリー・ルークに微笑みかけた。「あたしはこの格好を、晩顔（モーニング・グローリー）なんて呼んでるんです（"mourning glory"（「哀悼の誉れ」の意）。"morning glory"（朝顔）を言い換えている）。駄洒落みたいなもんだ。ご遺族の慰めになるでしょう。この服は冷やかしで着てるわけじゃありませんよ」

　私服警官が苦笑いした。馬車置き場から転がしてきたばかりの重厚な霊柩馬車の出発準備に忙しい日雇い会葬者の一団の誰より、この男のほうがずっと悲しみに打ちひしがれた顔をしている。

「こっちにとっちゃ慰めにならんよ」私服警官は言わずもがなのことを言った。「警部がここまで足を運んでおられるんだから、もう一度、話してくれ。昨晩、〈ポートミンスター荘〉の地下貯蔵庫から運び出した棺桶がどこにあるのか」

「ランズベリー・テラスの五十九番地です。ちょうど、これから向かうところで」バウェルズは、勝ち誇ったような口調を改めるつもりはなさそうだった。深く哀悼しているにしては、口から這い出してくる言葉は揮発油のようだ。「ルークさん、お宅があれを見たいと知っていたら、右手を切り落としてでも、あれを使わなけりゃよかった。お宅さんには協力しなきゃならんと常日ごろから思ってますんでね。いや、本当に」

ルーク警部は笑顔ともなんともつかない表情をした。

「ご親切にどうも、バウェルズさん。で、そいつの中に入ってるのはまちがいなく遺体なんでしょうね。たったいま親族一同が周りを囲んで立ってるところなんだね」

「ひざまずいてます」悪意のない瞳は、にこりともせず、「信仰に厚いご一家でしてね。息子さんは弁護士だ」と、バウェルズはしばらく考えてから言い足した。

私服警官はどんよりした目で上司を見上げた。これ以上、ジャスに尋ねることはなかった。いままでのところ、ジャスの勝利だ。

「今朝（けさ）、急にそいつを使うことになったそうなんです。たまたま寸法が合ったらしくて。客のために作ってたやつが、とんだことになったそうです。われわれがそいつに関心を持ってることを、この人は知りませんでしたから」私服警官は陰気な調子で言うと、狭くて雑然とした廏小路（ミューズ）のあいだを吹き抜ける冷たい風に外套の襟を立てた。

「あたしの代わりに言ってくださいましたね、ダイスさん」ジャスは目を丸くしながらも嬉しそうだった。「困ったもんです。あまりいい話とは言えないんで、黙ってようと思ってたんですがね。あたしがあの老紳士のためにこさえた棺が反り返っちまったんです。若い楡材でした。最近ときどきあるんですが、ぎょっとしますよ。水分が抜けるんです。『なんてこった』と、あたしはせがれのローリーに言いました。『なんてこった、嘘だろ。到着する前に底にひびが入っちまうぞ』と。せがれは『それより父さん、教会でひび割れたらもっと大変だ』って言う。それはごめんだった。ピストルみたいな音が鳴りますから。大騒ぎになるにちがいない。『ああ、ローリーよ、そうなったら、世間様に二度と顔向けができねえな』。『ああ、そうだね』とローリーが言うので、『ああ、そうだ』とあたしは言いましたよ。『どうすりゃいい？』と訊くと、『父さん、父さんにはあの傑作があるじゃないか。さっき、道の向こうから運んできたやつが』とローリー。『おお』とあたしは……」

「もう結構」ルーク警部は悪意なく、バウェルズの話を遮った。「あとは思い出のなかにしまっておいて。迷惑でなけりゃ、もう一度お宅を調べさせてもらいますよ」

　バウェルズは腹のあたりの隠しポケットから、少々大きすぎるとはいえ美しい金の腕時計を引っぱり出した。

「いや、大変申し訳ないですが」バウェルズは言った。「それにはつき合っちゃいられません、ルークさん。ランズベリー・テラスまでひとっ飛びで行けるってなら話は別ですが。誤解しないでいただきたいし、お気を悪くしないでいただきたい。ですが、折よく、あたしの義理の兄貴が家の台所にいます。でかい頭の男が火の前に腰かけてるはずです。兄貴が家のなかを案内してくれるでしょうし、証人にもなってくれる」ここで間を置き、バウェルズは訳知り顔でおちょぼ口を歪めた。「あたしとお宅さんのあいだに信頼の絆はございませんからね、あとから変な言いがかりをつけられないよう警察が家主に一緒に来てほしいのはわかります。家に入って『ミスター・ラグ、バウェルズから言われて来た』とおっしゃってください。お望みなら遺体置き場から鐘楼まで案内して回るでしょうよ、大喜びで」最後の一言には棘(とげ)があった。

「わかった。そうしよう」ルークは満足そうな表情を隠さなかった。「じゃあ、お楽しみ会が終わったあとで、また会いましょう、バウェルズさん」

バウェルズは艶のある白髪頭を悲しそうに横に振った。

「冗談はいけませんよ、ルークさん。こうした折には」いかにも誠実な物言いだった。「あたしはこれを生業(なりわい)としてますし、喜んで商売させてもらってます。ですが、故人にとってはこの上なく由々しいことですから、故人は笑っちゃくれませんよ」

「そうですかね」ルークが骨ばった顔を片手で撫でおろすと、肉が引っぱられて頭蓋骨の形が浮き出た。

ジャス・バウェルズはぴくりとして、完全な無表情になった。

「あまり感心できませんな」厳めしい声でバウェルズはそう言うと、行ってしまった。

二人の警察官は、台所にいるラグを見つけた。が、彼は一人ではなかった。ラグと向かい合って、キャンピオンが背もたれの高い肘掛け椅子に座っていた。二人が入ってくると、キャンピオンは立ち上り、弁解がましくこう言った。

「君ら二人が黒装束の集団のなかで話しているのを見かけたんで、僕はこの店の前をうろうろしてから中に入ってみたんだ。ラグは昨晩、ミッキーフィン（睡眠薬や下剤をこっそり混ぜた酒）を飲まされたらしい」

怒りのあまり涙さえ浮かべた蒼白い巨体が、柳枝編みの肘掛け椅子から、入ってきた男たちを見上げた。ラグは一張羅の背広に短いゲートル（足を保護するために足の甲から足首までを覆うもの）を着けていたが、シャツは襟なしでボタンもはずしていた。むかっ腹を立てているようだ。

「ギネス一杯と、ビターズで割ったのを二杯でさあ。あっしが飲んだのは！」ラグは憎々しげに言った。「義理弟(おとうと)の商売相手みてえに、あっしはこてんと行っちまった。いまも義理弟(おとうと)の客の気分でさあ。ジャスのやりそうなこった。そういう野郎だ。死んだ妹の話を出してきて大泣きさせといて、眠り薬を忍ばせる。しかも、てめえの家でだ。お気づきでしたかい。てめえの家でですよ！　女だって、非力な女だって、こんなまねはしねえ」

驚いたことに、この怒りにうまく対処したのはダイス巡査部長だった。

「手を出して」ダイス巡査部長は、握手の手を差し出した。「分別がおありなら」

ラグは自分に降りかかった災難にもかかわらず、まんざらでもない顔をした。

「はじめまして」とラグは言い、ソーセージが並んだような手を自分の新しい英雄に向けて突き出した。キャンピオンが恐る恐るルーク警部に目を遣ると、彼はこの一部始終にすっかり心を奪われていた。取り急ぎキャンピオンがルークを紹介すると、ラグは気持ちを落ち着けたようだった。「ここには、なんにもありゃしませんや」ラグはダイス巡査部長に言った。「ふらつく足で安物道具一式を探ってみたんだが、どっからも蠟細工の花一つ出てきやしねえ。あの偽善野郎がどんな悪さをしてるのか知らねえが、なんかをやってるのは確かだ。なんにしろ、エクストラなことだ」

「尋常(エクストラオーディナリー)じゃないってこと？」キャンピオンが言った。

ラグは怒ったようにキャンピオンを見た。

「いいや。あっしも英語を話してるつもりですがね。〝もっと別の(エクストラ)〟という意味でさあ。道の向こうの、〝ムショ送りはお前だ〟の事件とは関係なさそうだってことです。お慈悲があるなら静かに座ってくだせえよ。今朝のあっしは、ハエが歩く音さえ聞こえるんで」

二人の警察官が腰を下ろすと、ラグはそろりそろり説明を始めた。

「ジャスは何かエクストラなことに手を染めてる。墓場の虫ケラを掘り返すとか、パリノード一家とかには関係ねえ。最初に野郎の手紙が届いたときから、あっしらも、それはわかってたはずなんでさあ。野郎はあの屋敷の騒動が一刻も早く収まってほしいと思ってる。なぜって、ポリ公……ああ、失礼しやした、ダイスさんとそちらの旦那、ルークさん、口癖なもんで。なぜって、警察隊がめでたく事件を解決して家に帰ってくれれば、野郎は、なんだか知らんが自分のやりたい作業が進められるってわけです。だから、あんな手紙をよこしてきやがった。哀れなクソ野郎ですぜ」ラグは自分の気持ちを表現しようと、テーブルを叩こうとしたが、すんでのところで考え直した。「ここにいるあっしの旦那がなんだってやってのけるお人だってのを、野郎はわかっちゃいなかった。それに、身内のあっしが泊まりにくるとも思っちゃいなかった。あっしがまだ戸口の踏み段にいるとき、野郎はあっしとあっしの小さなカバンをじっと見たまま突っ立ってるんで、こう言ってやったんでさ。『弟よ、あっしが来てこれ以上の喜びはねえってなら、嬉しくて顎がはずれねえよう、しっかり縛っておくんだな』ってね。もちろん、野郎はすぐ我に返りましたがね。野郎にとっちゃ、あっしはローリー坊やの金持ちの伯父貴だあ。ヒースのにおいのハリスツイードの高級品を着てるんですぜ」

ラグの体調はめきめき回復していた。黒い小さな瞳は輝きを取り戻しつつあった。話を夢中で聞いているルークの浅黒い顔を見て、キャンピオンはこの成り行きに安堵した。

「あっしらをおびき寄せたんでさあ！」ラグは話を続けた。すっかりいつもの調子に戻っている。

「あっしらをここにおびき寄せたんですぜ。なんか秘密でも明かすようなふりして。ところが、たいした秘密じゃあなかった。秘密を聞かされたあと、応接間に行って哀れな妹のビーティの墓石の写真を拝みましたぜ」

「賭け事にまつわる秘密だった？」キャンピオンが鋭い口調で尋ねたので、三人はいっせいに彼を見た。

「子爵様の賢い跡継ぎは、それをご存じだったんですかい」ラグはたいそう気分を害し、キャンピオンと二人きりでないのを忘れるところだった。離れ業のように、彼は完全に復調していた。「あっしは旦那に話してるんじゃねえですから」白くて分厚いまぶたが、血走った眼を静かに覆った。「あっしは独りごちてるだけですぜ。で、ジャスの野郎、あんなふうに思わせぶりに期待を持たせといて、話したのはこんなことだけだった。ミス・ルース・パリノードは馬に一シリング賭けるのが好きだった、と。珍しいことでもありゃしねえ。でも、こっそり隠れてやってたもんだから、こいつはネタになると思ったらしい。頭の悪い野郎は、よく、こういうまちがいをやらかしやがる」

ルーク警部はまるで収集家の品定めのように、使用人から主人へと視線を移した。

「どうしてそれに気づいたんですか、キャンピオンさん」

角縁眼鏡の奥の薄青色の瞳が、どことなく申し訳なさそうになった。

「勘かな」キャンピオンは遠慮がちに言った。「彼女は堕落してたって、みんな言うから。でも、アル中じゃなかった。数学に強かったって話だから、そこからの推論ってところかな。ルースのためにローリーがノミ屋に金を渡してたのかな」

「ノミ屋の名はシアボールドでさあ」ラグはまだ少々むっとしているようだった。「その女、一日に

一、二シリングしか賭けなかったんで、死んで一か月ほどするまでローリーもほとんど忘れてたらしい。母親似でのんびりしてやがる。ローリーはただの親切心で、仲介になってやった。これまた母親のビーティそっくりだ。だが、あっしは、野郎がその哀れな婆さんの金をちょろまかしてたんじゃないかと睨んでる。ジャスはそういう野郎だ」

「面白いね。ルースは儲けてたの？」

「たまには。だが、最終的には損してるらしい。女なんてそんなもんだ」

「そのとおり」激しい感情を抑えるような口調でダイス巡査部長は言うと、また寡黙になった。

「なるほど、いろいろ解明できそうだ」ルークのダイヤのエースのような瞳が、またもきらりと光った。「金に余裕がない。誰かが無一文になると残りの家族に負担がのしかかる。全員の生活が苦しくなる。収入はなし。愚かな女は無駄使いしつづける。不安。お先真っ暗。どうにかこの女を止めなければ……」ルークはいっきにまくし立てると、はたと考え込んだ。「これが動機でしょうか」キャンピオンに目を遣った。「ありえますよね。違うかな。弱いか」

「人殺しに、申し分ない動機なんてありませんよ」とキャンピオンは言ったものの、自信はなさそうだった。「たった半クラウンの稼ぎのために最善を尽くす優秀な医者がいるみたいにね。ラグ、ジャスはどんな悪さに手を染めてるんだろう。わかった？」

「まだでさあ、旦那。でも、あと一時間もありゃ充分だ」ラグは勢い込んで言った。「あっしは正気に戻ってから、まだ三十分しか経ってねえんだ。アホな真似はしたくねえんで、おつむを使いますよ。きのうの晩、あっしがここに来てすぐ、誰かが訪ねてきて、ジャスが玄関でそいつと話してた。男か女か知らねえが、一人だった。姿は見えなかったですがね。野郎はニヤニヤしながら戻ってきた。やらしい口元から例の墓石みてえな歯が二本突き出てやしたぜ。仕事が入った、と野郎は言った。ってことは、誰かがくたばったってことだ。イヤな仕事じゃねえですか、え？　野郎は慣れっこでしょうが。なのに、野郎は震えてやがった。汗もかいてやがった。ニヤニヤしながら汗かいてた。良からぬことをしてるにちがいねえ。酒を運ぶとか」

「なぜそう思うんだ」ラグの見解に、ルークがテリアのように食いついた。

ラグは、謎だらけの話を続けた。「そんな気がしたってだけですぜ。何か重てえものを用心して運ぶっていったら何だろうってね。それだけじゃねえ。野郎はこんな面白い話もした。楽しくてたまらねえ仕事があるって言うんでさあ。バルサミック・ホテルから頼まれるらしい。ホテルってのは、あんまり気持ちの良くねえもんを客に見られちゃあ困る。上品ぶってやがるからな。泊まり客が死んじまったときは、棺桶が階段を下ろされてくのを見た客に大騒ぎされたくないもんで、ジャスと息子が呼び出されるんだとさ。で、この親子は死体をグランドピアノの中に入れて下ろすらしい」

「噂に聞いたことがある」キャンピオンは言った。「酒の話とどうつながる？」

「ホテルがらみってことくらいですかね」ラグは不機嫌そうに答えた。「これが真相だと言ってるわけじゃねえですよ。あっしの考えを言ってるんでもねえ。あっしがいま言いてえのは、ジャスがこそこそ何かやってやがるってことと、それは道の向こうの人殺しとは関係ねえってことだ」

轟くような低く太い声の最後の一吠えが消えると、彼らの背後で扉がばたんと開き、大はしゃぎする汚れた小さな顔が戸口に現れた。

「おじちゃんたち、お巡りさんだろ」せいぜい九歳くらいだろうか、小さな男の子だった。痩せこけて、口元は天使のようで、目は少なくともそのときはペキニーズのようだった。「早く、早く、おじちゃんたち、一番乗りになれるよ。ほかの人が、通りの向こうにお巡りさんを呼びに行ったんだけど、ぼく、おじちゃんたちがここにいるのを知ってたんだ。早く、早く！　人が死んでるよ！」

愉快なくらい、すばやい反応だった。目眩（めまい）から回復したばかりのラグも含め、全員が弾丸のような速さで立ち上がった。

「どこだい、坊や」ルークが巨人のように子どもを見下ろした。

子どもはルークの上着の裾をつかんで引っぱった。自分の重要な役割に狂喜乱舞している。

「あっち、あっち、あっち！　あっちの廏小路（ミューズ）。早く、一番乗りだ。警察バッジは持ってる？」

ダイス巡査部長は扉に向かいながらも、暖炉の前の敷物の上で小躍りしている新しい友人を容赦なく睨みつけた。

「近ごろの母親ときたら、子どもの躾（しつけ）もなっちゃない」とダイスは言って、バウェルズの家屋の裏口から北側に続く、すり減った三段の階段を下りていたキャンピオンとルークを追った。裏口はエプロン廏小路（ミューズ）に直結していた。

子どもはルークを引っぱって、玉石の上を走った。バウェルズの裏庭から少し行ったところにある、壊れかけの灰色の扉が開いていて、数人が集まっていた。そこを除いて、狭い路地の周辺にはもう誰もいない。葬儀屋バウェルズもカラスのような雇われ会葬者たちもいなくなっていた。

野次馬たちはルーク警部のために道を開けた。ルークは立ち止まると、案内してくれた子どもを入り口にいた女にしっかり手渡した。ルークとキャンピオンは、薄暗い小屋に踏み入った。かつては馬小屋だったが、いまは、使われなくなった庭飾りがいくつかと古いオートバイが一台置いてあるだけのようで、最初は誰もいないと思ったが、隅に屋根裏に続く梯子（はしご）がかけてあり、四角に開いた入り口からすすり泣く声が聞こえてきた。

　キャンピオンたちの背後にいる野次馬は静まり返っていた。まさに、興奮した集団が固唾を呑んで見守っているといった状況だ。梯子（はしご）に先に手をかけたのはキャンピオンだった。埃っぽい踏み板を上っていくと、目にしたのは思いもよらぬ光景だった。水漆喰（しっくい）の壁の上のほうにクモの巣の張った窓があり、そこから射し込むロンドンの湿っぽい陽光が、心配そうにかがみ込んだ数人の作業者で半分隠れている、汚れたフェアアイル・セーターの上に落ちていた。倒れた体のかたわらに、油染みのついたレインコートの上でひざまずく青黒い髪のみすぼらしい姿があった。しくしく泣いているのはミス・クライティ・ホワイトだった。

第十一章　こういう年ごろ

　金色の髪にこびりついた黒く固まった血の筋は、ぞっとするさまだった。髪の毛の下の、心持ちパグ（ブルドックに似た愛玩犬）に似ているとはいえ痛々しい少年の顔は一刻を争うような色だったものの、息はあった。

　クライティの震える背中に、キャンピオンは手を置いた。

「心配しなくても大丈夫だ」キャンピオンは静かに言った。「それにしても、どうやってこの子がここにいるとわかったの？」

　ぶざまに横たわる体の反対側にしゃがみこんでいたチャーリー・ルークが、元気づけるようにうなずいた。

「医者がすぐに来る。鉄パイプで容赦なく一撃されたようだが、慣れた手口だな。でも、この子は若いし頑丈だ。もう大丈夫だよ、お嬢さん」

　クライティは顔を上げなかった。艶のある黒髪がカーテンのように頬を覆っている。

「誰にも知られたくなかったんです」不安で消え入りそうな声だった。「誰にも知られたくなかったけど、死んでると思ったんです。死んでると……死んでると思ったんですの。誰かを呼ばなきゃと。死んでると思ったから」

クライティは子どものように、人目もはばからず悲痛な思いを露にした。名家パリノードの最年少者の威厳は、完全に涙に沈んでいた。事務員の制服は似合っていないというより形崩れし、見るも惨めで、うずくまった姿にますます悲愴感が漂った。

「ああ、死んでると思ったんですの」

「いや、死んでないよ」ルークは聞き取れないような声でぼそぼそ言った。「どうやってこの子を見つけたの？　ここにいるって知ってたの？」

「いいえ」クライティは泣きじゃくる幼い子どものように、涙に濡れて汚れた顔でキャンピオンを見上げた。「いいえ、知っていたのは、ここにオートバイを置けるようになったということだけですの。きのう、話が決まって。きのうの夜遅く、この人とは別れました。十時過ぎに。わたしが家に帰ってきたところをご覧になったでしょ。でも、今朝、会社でこの人からの電話を待ってて」声を絞り出そうとしたが、それ以上は無理だった。小さな鼻を伝って涙がぽろぽろとこぼれ、なんとも哀れで、キャンピオンはハンカチを差し出した。

「喧嘩でもしたの？」キャンピオンは言った。

「ありえませんわ！」クライティは、怯えるような顔になった。「違います。この人は毎日電話してくるんです。たいていは仕事の件で。わたくしたちに写真を売ってるんですの……勤めている会社がって意味ですけど。でも、電話がなかった。今朝は電話をしてこなかった。わたしと一緒に一階の事務室で働いてるミス・フェラビーがもうすぐ出社してきてしまうから、わたしのほうが先に会社に着いていたから、それで……それで……」

「それで、自分から電話してみたんだね」心から同情し、キャンピオンは丸眼鏡の奥からクライティを見つめた。

「この人は会社にいなかったんです。この人の近くの席のミスター・クーリングが、今日はまだ来ていないって、体調が悪いわけじゃないとしたら感心できないねっておっしゃって」

ルークは口を挟む代わりに、両目を片手で覆った。キャンピオンは引き続き、考えを巡らせている様子だった。

「それで、この子の自宅に電話したんだね」なだめるようにキャンピオンは言った。

「いいえ、この人には家がありませんの。わたしは下宿屋の女将さんに電話しました。そしたら、その……その……その……女将さんが、ああ、もう話せない！」

「『だめです、取り次ぎませんよ、お嬢さん。あなたが誰だとしてもね！』」ルークが、いかにも電話口でしゃべっているような嫌味っぽい金切声を上げた。「『だめです！　いい機会だから言いますけどね、恥を知りなさい。一晩じゅう遊び歩いて……金を無駄遣いして……役立たずだよ……哀れな娘さんだこと……あたしにも生活があるんだからね……慈善事業と思われちゃ困るんだ……』と言われた。で、あなたの前に立ちはだかった女将さんは何をしたって？　この子を追い出したんだろう？」

このとき初めて、クライティはルークにまともに目を向けた。この悲劇も、少年が死んだと思ったことも、少年を愛していることさえ、驚きのあまり忘れてしまったようだった。

「どうしてご存じですの？」

ルークはまだ年若く、それなりに男前でもあった。その二つの要素がとくに際立った瞬間だった。

「前にも、同じようなことがあったでしょう」意外なほど繊細な優しさで、彼は続けた。「さあ、お嬢さん、現実をしっかり見るんだ。ショックな出来事だろうが、こんな経験も必要だ。レモンおばさんは遅くまで起きて、この子の帰りを待ってて、この子のあと一枚しかないシャツと母親の写真を投げつけたんだろ？」

　クライティ・ホワイトはひどく泣きじゃくった。

「シャツは投げなかったと思いますわ」

「短角牛（たんかくぎゅう）みたいなおばさんだからな」ルークは言った。「それで、この子がバイクのそばにいるんじゃないかと思った。そうだね」

「ええ、この人の持ち物は、これだけですから。わたし以外に」

　ルークはキャンピオンと目が合うと、視線を逸らした。

「やっぱり、君は切れる男ですね」キャンピオンがぼそっとルークに言った。

「いや、以前ほどの切れはなくなりましたよ」ルークはぼんやりそんなことを言い、前かがみになって金髪頭の中の傷をもう一度確かめた。「髪が多いですね。そのおかげで助かったのかもしれません。それにしても、慣れたやり方だ。卑劣です。これは本職（プロ）の仕業ですよ」ルークはクライティに目を戻した。「君は職場を出て、ここまで歩いてきてこの子を見つけた。というか、この子がいる気配を感じたってことでまちがいないね？　扉は鍵がかかってなかったの？」

「ええ、ミスター・バウェルズが今日、鍵を取りつけてくれるはずだったんですの。きのう、借りることにしたばかりでしたから」

「ここはバウェルズ家の持ち物なんだね？」

「バウェルズのお父さまのものですけど、息子さんが貸してくれました。最初は、お父さまに言わないつもりだったんだと思いますわ」

「なるほど。君は職場を飛び出して、ここに来て、小屋のなかを覗いた。どうして屋根裏に上がったの？」

クライティ・ホワイトは考えていた。即答できないことを隠さなかった。

「ほかに見るところがありませんでした」考えたのち、クライティは答えた。「もしここにいなければ……失踪したってことですもの。それが怖かったんだと思います。愛する人が消えてしまったらどんな気持ちになるか、おわかりになって？」

「もちろん、わかるよ」キャンピオンは淡々と答えた。「当然の成り行きだ。見回してたら、梯子（はしご）があった……ええと……だから、上った。憶えてるかぎり、こんな順番です、警部ってとこかな」

チャーリー・ルークは唸るように言った。「憶えてるかぎりね。で、そのあとどうしたの？」

火がついたように真っ赤だったクライティの顔が色を失って蒼白になり、表情はこわばった。

「それから、この人を見つけて、それで死んでると思いましたの」階下で足音がして、クライティはくるりと振り返った。援軍の到着だった。

「一つだけ教えてくれる？　ルーク」気後れしたようにキャンピオンは言った。「この少年は誰なの？」

「ハワード・エドガー・ウィンダム・ダニング。少なくとも、最後に運転免許証の提示を求めたときは」ルークは、苛立ちを声に出さないようにしていた。

クライティ・ホワイトの勝利だった。「わたしはマイクって呼んでますわ」

最初に梯子（はしご）を上ってきたのはダイス巡査部長だった。ダイスは振り返って、半ば憤慨している医者に手を貸した。スミス医師だ、とキャンピオンは確信した。会ったこともないのに、ルークの説明を聞いていただけでスミス医師とわかったのは驚きだった。ここにいるのは、まさしく「やや背が高く、若くもなく、ガミガミ言われ、働き過ぎで真面目すぎ」の男ではないか。襟から頭がカメのように突き出ている。滑稽なほど清潔感があり、この埃まみれの屋根裏部屋になじまない。

「おはよう、ルークさん。何があったの。また事件かい、え？　はい、はい、あれまあ」歯切れよく、小さな声で言うと、スミス医師は自分の大切な持ち物に近寄るように、迷いなく、倒れている少年に向かっていった。「警察医が見つからなかったので、君の部下は私をここに連れてきたそうだ」スミス医師はそう言って、少年の横にひざまずいた。「陰になるからどいておくれ、お嬢さん。おやおや、クライティじゃないか。ここで何しているんだい。まあいい、後ろに下がって、ほら！」

長い沈黙が続き、隣に立っていたクライティ・ホワイトの震えがキャンピオンにも伝わってきた。ルークは両手をポケットに突っ込み、広い肩を丸めて医者の後ろに立ち、まるで彼自身が太い棍棒のようだった。真っ黒の目を細め、不安と嫌悪で口はひん曲がり、しかめ面をしている。

「はい、はい。ふむ、息はあるね。ちょっとした奇跡だ。鉄の頭蓋骨を持ってるにちがいない」一語一語が冷静だった。「容赦ない一撃だ、ルークさん。残虐極まりないよ。うっかりぶつけたなんてもんじゃない。明らかに殺意がある。こんな子どもを。まだ、ほんの子どもじゃないか。聖ベーダ病院に電話しなさい。救急だと私が言っていると伝えておくれ」

ダイス巡査部長が階下に姿を消すと、ルークがスミス医師の肩に手を置いた。

「凶器は何でしょう。わかりますか」

「実際に凶器を見せてくれんことにはわからんねえ。私も千里眼じゃないから。おそらく、こんなふうに叩くための道具だろう」

「え、本物の護身用の鉄パイプってことですか？　タイヤをはずすときの梃子みたいなものじゃなくて」

「違うと思うね。もちろん、血と髪の毛がこびりついた梃子があるっていうなら別だよ。加害者は超人的な力の持ち主にちがいない」

「もし、そうじゃなかったとしたら？」

「凶器の威力がかなりのものだったんだろうね。いまわかるのはこれだけだ、ルークさん。この子をすぐ病院に運ばないと。体が冷たくなってるじゃないか。この汚らしいレインコートしか体に掛けられるものはないのかね」

クライティは自分の着ていた丈も幅も大きすぎるラグランコートを脱ぐと、黙ったままスミス医師に差し出した。スミス医師は片手を上げてそれを受け取ったあと、ちょっと考え、クライティの顔をちらりと見て、小言を言おうとしたけれども気が変わったようだった。そして、もう一度、少年の脈を取り、はずしていた腕時計をつけながら、あいまいにうなずいた。

「犯行時間はいつごろですか、先生」ルークが尋ねた。

「どうだろうね。体がずいぶん冷たい。正確には答えられんが、昨晩遅くか……今朝早くか。いまは先を急がねばならんよ」

ルークは梯子を下り、数人で到着していた部下に話しかけた。キャンピオンはクライティ・ホワイトの肘をつかんで言った。

「もう心配いらない。僕が君なら、ほかのコートを取りに家に戻るよ」

「いいえ」クライティの腕は石のように動かなかった。「いいえ、わたくし、この人と一緒に行きますわ」落ち着きを取り戻した彼女は、冷静になって少々警戒心を抱いている。多くを語らない頑固さに、ミス・イヴァドニと同様の自信が見て取れた。

スミス医師はキャンピオンにちらりと目を遣り、「無駄ですよ」と、つぶやくように言った。「やりたいようにやらせたほうが、面倒がない。病院で待っていればいい。恋人が怪我したんだから」

「スミス先生」クライティが、辛うじて平静を保った声で言った。

「なんだい」

「このことを、おばさまたちや、あの……あの、ロレンス叔父さまに言わないでいただけますか」

「もちろんだよ」医者は思わずそう言った。「大丈夫だ。触れ回ったりしないよ。どのくらい、この子と交際してるの？」

「七か月です」

スミス医師はよっこらしょと汚らしい床板から立ち上がり、ズボンの埃を払った。

「ほう、君は十八歳と半だったね？」医者は小さな頭をクライティのほうに傾け、心配そうな瞳で彼女の表情を探った。「こういう年ごろだ。男はもっと大人になるまで馬鹿をしでかすものだ。それが人間らしさでもある。敢えて言わせてもらえば、君の家族も変わるときだ。君はこのとき現場にいたの？」

「いいえ、たったいま見つけましたの。何を使って……どうやって……誰がやったのか、見当もつきませんわ。死んでると思いましたの」

医者はクライティをじっと見た。嘘かどうか確かめようとしているのは明らかだった。それから、いつものようにうまく気配を消していたキャンピオンのほうを向いた。

「また新たな事件ですね」

「そのようですね」キャンピオンは少々上ずった声で、うかつにもこんなことを言ってしまった。

「もちろん、例の事件と関係ないとしたら、ですけど」

「何ですと！」スミス医師は目を大きく見開き、曲がった背中をますます丸めた。「それは恐ろしい。不安なことです！　そんな可能性が……そう思うのも無理はないか……」

　クライティがいきなり話を遮った。

「おやめになって！」突き刺すような声だった。「そんな話、わざわざ持ち出さないでください。くだらないことを言うのはおやめになって。この人、元気になりますか？」

「おやおや」スミス医師はすぐさま、詫びるような穏やかな口調になった。「きっと大丈夫だよ。必ず元気になる」そう言いながら、医者は頭を上げて耳を澄ませた。救急車の鐘の音が聞こえてきた。心細くなるような甲高い鐘の音が、遠くで低く唸る車の往来の音をかき消した。

　やがて、白いバンに怪我人が運び入れられると、予備の寝台に身をこわばらせて他人行儀に並んで座るダイス巡査部長とクライティを乗せて車は走り去った。野次馬は集まってきたときと同じように、いつの間にか消えていた。小屋に残ったチャーリー・ルークはしかめ面で、ポケットの中の小銭を指で弄んでいた。

「先生、ちょっと話が」ルークは言った。「警察医の助手からこんな報告があって」

「ほう」曲がった腰にさらなる重荷が載ったように、若くない医者はうなだれた。

　キャンピオンが早々にその場を立ち去ろうとしていると、ルークが彼を小屋の隅に引っぱっていった。

「実を言うと、ジャス・バウェルズと二人だけで十分ほど話せないかと思っています」ルークは言った。「さっきの少年と話せなくても、何かつかめるんじゃないかと。意味わかりますか」

「もちろん」キャンピオンは満足そうに答えた。「ダニング少年が話せるようになるまで、彼のベッド脇には部下を置いておくつもりでしょ？」

「ええ、あの娘が家に帰るまで、いや、帰っても帰らなくても、ダイスを置いておきます。あの一撃は偶然と思えませんし、むしろ、事件全体の新たな側面を見せてくれた。できるだけ早く、この件を話し合う場を設けませんか。正午ごろ、〈プレートレイヤーズ・アームズ〉で、チャブおばさん特製の昼食限定、一本一ペニーのソーセージにかぶりつくっていうのはどうでしょう」

「十二時半にしよう。思ったより時間が経ってるよ。陽の高さを見るかぎり」キャンピオンは機嫌よく言った。「じゃ、昼食で会おう。成功を祈っているよ、君の……君の……企て（アンダーテイキング）（“undertaking”には「企て」の意味と「葬儀屋業」の意味がある）の」

秋の朝の霞んだ陽射しのなかに出てきたキャンピオンは、廏小路（ミューズ）を静かにあとにした。何かに酔いしれているような見慣れぬ趣の灰色の街並みが、ぼんやりと、埃っぽく、多くの謎を孕（はら）みながら、巨大ジグソーパズルのようにキャンピオンの周りに広がっていた。エプロン街を足早に通り抜けた彼は、北側の迷路のような路地のなかに吸い込まれていった。

ランズベリー・テラスを見つけるのには少々手間取った。たどり着いてみると、そこは運河からそう遠くない広い道路で、もともとは摂政時代に建てられた家が並んでいたのだが、チューダー王朝時代を模した窓と切妻屋根のモダンな小さめの家々に取って代わっていた。どの家もきれいにペンキが塗られ、手入れが行き届いていて、裕福で平和で上品ぶった雰囲気の一帯だった。

五十九番地も例に漏れず、感じのよい、個性のない家の一つだった。深紅の扉は閉ざされ、レースのカーテンが品よく引いてあった。

キャンピオンは幅広の石段を駆け上がると、呼び鈴を押した。家政婦用の濃い色のエプロンをつけた中年女性が扉を開けたので、彼は胸を撫で下ろした。その女性を前に、キャンピオンは人懐こい照れたような顔をした。

「すみません。遅れてしまいました」

「ええ、そうですね。みなさま、三十分以上前にお発ちです」

キャンピオンはもじもじしながら立っていた。細い棒のような体でいかにも困った顔をされては、仕事を手際よくこなす女性が心をくすぐられないわけがない。

「どっちの方向ですか。あっちですよね」キャンピオンは曖昧に後ろのほうを指差した。

「ええ、遠いですから、タクシーにお乗りになったほうがよろしいかと思いますよ」

「そうですか。そうします。わかりますかね、あんなふうに大きな共同墓地は……一度に二つも三つもやってるかも……困るだろうなあ。違う人の……えと……違う葬式に行ってしまったら、イヤだなあ。ああ、僕はなんてバカなんだ！　遅れるなんて。ええと、みなさん、リムジンで行ったんですよね」

はばかりもせずうろたえているので、家政婦も気の毒に思っているようだ。

「いえいえ、必ず見つかりますよ。四輪馬車をお使いですから。とても立派な旧式の馬車です。お花がいっぱい飾られてますし、参列の方も多いですから。ミスター・ジョンもおられるはずです」

「ええ、ええ、たしかにそうでしょうね」キャンピオンは踵を返し、石段を下りた。「急がなくちゃな。わかりました。きっとわかるでしょう。花で溢れかえった真っ黒な柩だろうから」

「いいえ、柩はオーク材です。明るめの色ですよ。すぐにわかります。ええ、大丈夫ですよ」

家政婦はキャンピオンの姿を、少々訝しげに見守った。無理もない。おどおどと帽子を持ち上げたキャンピオンは、違う方向へ足早に進んでいったのだから。

「タクシーをつかまえます」キャンピオンは肩越しに言った。「ありがとうございました。タクシーをつかまえますよ」

誰の葬式に参列するのかわかっていないようねと思いながら、家政婦は家の中へ戻った。一方で、キャンピオンは電話ボックスを探していた。一歩ごとに足取りは軽くなり、背筋は伸び、薄青色の目はすっきりしていった。

埃っぽい道路の角に小さな赤い礼拝堂があったので、キャンピオンは中に入り、鎖でつないであった住所人名録を調べた。

「ナップ、トス、懺悔者。トビト。無線電話地区」

人名録のページから、これらの文字がキャンピオンを見つめた。番号はダリッチ（ロンドン南東部の地区）のもので、彼は敢えて期待せずに電話のダイヤルを回した。

「あいよ」甲高く胡散臭い声だった。キャンピオンの心臓が高鳴った。

「トスか」

「誰だ」

キャンピオンは満面の笑みになった。

「過去からの声だ。バーティーだよ、昔の名前だがね。嫌な思い出だ」

「うぎゃあ！」

「大袈裟だな」

「いや」声が高くなって上ずった。「もう少し話を続けろ」

「年取って、用心深くなったみたいだな、トス。むろん、悪いことじゃない。だが、お前らしくない。そうだな、十七年前……いや、むかしむかし、しょっちゅう鼻をすすってる背が高くてがたいのいい男が、由緒あるお屋敷に貴婦人の母親と一緒に暮らしておりました。男のすてきな趣味は、文字どおり電話いじり（M・アリンガム『ミステリー・マイル』参照。原書一九三〇、小林晋／訳、ROM叢書2。トス・ナップはかつて英国政府の電話事業で電話修理の仕事をしていた）。名はトス・T・ナップ。僕の憶えているかぎり、〝T〟は〝ティック〟のTだ」

「お前か！」電話口の声は言った。「どっからかけてる？　地獄か？　お前、まさかまだ生きてたとはな。元気か？」

「ほざくなよ」キャンピオンも相手に調子を合わせた。「お前こそ、いま何やってる？　商売を始めたんだよな」

「いやあ……」愛想のいい声になった。「やってるような、やってないような。知ってのとおり、おふくろが死んでさ」

「いや、知らなかった」薄汚くて図体の大きな女性の姿をありありと思い浮かべながら、キャンピオンは取り急ぎお悔やみを言った。

「やめな」トス・ナップは湿っぽいことが嫌いだ。「おふくろは年金もらってただろ。なのにお迎えが来て、ぽっくり逝っちまった。酒瓶片手にな。うちへ寄りなよ。噂話でもしようじゃねえか。電球、十万個いらねえか。返品オッケーだぜ」

「いまのところ足りてる。ご親切にどうも。憶えとくよ。ちょっと先を急いでてね。トス、エプロン街の話を聞いたことあるか？」

長い沈黙があった。そのあいだにキャンピオンは、トスのフェレットのような小さい顔と強欲そうな高い鼻を頭に描いていた。そんな鼻の下に、いまごろ口髭を生やしているにちがいないと考えるとうんざりした。

「どうなんだ」キャンピオンはぼそっと言った。

「知らねえ」百パーセント信じられるわけがなかった。ナップは真相を知っているようだ。すかさず、こう続けたからだ。「よく聞け、バーティー兄貴。ダチとして言うぜ。あそこへは近づくな。わかったか」

「よく、わからん」

「不吉だ」

「何がだ？　あの場所がか」

「その通りのことは知らねえが、噂じゃ、そこには行かねえほうがいい」

キャンピオンは立ったまま、電話の受話器に向かって顔をしかめた。

「わけがわからんな」間を置いて、キャンピオンは言った。

「こっちもさ」か細い声は興奮気味で、真実味があった。「近ごろは内情に疎いが、これに嘘はねえ。オレは堅気の女房をもらった。それでも、ときには情報も耳に入る。こいつは最新情報だ。エプロン街には近づくなと言われた」

「周りに誰かいるのか？」

「いたって構やしねえ」ナップの快い返事を聞くかぎり、昔の血が騒ぎだしたようだ。

「五ポンドでどうだ」

「こっちはなんも損しねえなら、大歓迎だ」トス・ナップはきっぷのいい男だ。「合点だぜ。住んでるとこは同じか？」

第十二章　ケシ茶

「あの女を見たんでさあ」ラグが力を込めて言った。「この目ではっきり見た。あの女があっしのところに、また来やがった」

「感動的じゃないか」キャンピオンが晴れやかな声で言った。〈プレートレイヤーズ・アームズ〉の円形バーカウンターの上に張り出したミセス・チャブの部屋に、ちょうど入ってきたところだった。古い友人の従僕は来ていたが、ルーク警部の気配はなかった。階下はカウンターを囲んで昼食目当ての客が押し合いへし合いで、話し声が低い轟きとなって、二人のいる見張り台の薄い壁を突き破って聞こえてきた。

いまも眼窩（がんか）の周囲がどことなく白っぽかったものの、ラグは復調していた。それほど腹も立てていなかった。頭を何度も後ろに反らすのは気持ちが昂（たかぶ）っている証拠で、好奇心いっぱいの表情をしている。

「どうも妙だと、旦那も思うはずでさあ」ラグは言った。「あそこにはアルコールも置いてあるし、カウンターの奥のオヤジも普通じゃねえ」

「いったい何をしゃべってるんだ」キャンピオンはテーブルを挟んで腰を下ろした。

「やっぱり、お役人みてえにふるまうんですね。こっちの話を聞きもしねえで質問だけしてくる」ラグは小ばかにしたような顔をした。「旦那が総督さんになるはずだった島も、さぞかしがっかりでしょうよ。『わざわざ三回も手紙を出したのに、そいつを破り捨てた』ってね……まったくお役人のやりそうなこった。あっしはね、ベラ・マズグレイブを見たと言ってるんでさあ」

「ベラ・マズグレイブ」キャンピオンはその名前をぼんやりくり返したが、記憶がよみがえるや目を見開いた。「ああ、あれか……あの警察裁判所の」キャンピオンは言った。「狭くてぞっとするような警察裁判所で、まだ警部だったオーツのおやじさんが陳述してた……ああ、あの女、憶えてるよ。小柄で身なりのちゃんとした童顔の女だ」

「いま、子ども二人」ラグは言葉少なに言った。「だが、元気だ。相変わらずの黒いベール、その下は相変わらずのツヤツヤしたぼんやり顔、相変わらずの偽善者ぶった優しそうな目でしたぜ。あの女の得意技を憶えておいでですかい？」

主人は従僕の顔をしばらく見つめていた。やがて、穏やかだった眼差しに当惑の色が浮かんだ。

「たしか……死人だ」キャンピオンはようやく口を開いた。

「そうですぜ。それが商売道具だった」ラグは、黒い瞳を輝かせた。「安っぽい聖書を手に、街を歩き回ってた。新聞に死亡記事を見つけるや、いそいそとその家に出かけてって、こうほざく。『まさか、お亡くなりになったんじゃないでしょうね』」ラグが哀れんでいるふりをした女の声色を遣ったので、なんとも気色が悪かった。「『なんとお悔やみ申し上げてよいやら。あたくしも本当に寂しくなりますわ。故人がこれをお買いになって、少額の手付金だけ払っていらしたのです。残金はわずか十五シリングですの』遺された家族は、女を追っ払うためにしぶしぶ金を払い、大量販売でたった九ペンスの聖書を手渡される。憶えておいでですかい、旦那。ありゃあ、ひどいしろもんだった」

「ああ、憶えてるよ。ほかにも事件があったろ。ストリーサム保険金詐欺事件じゃ悲しみに打ちひしがれた未亡人じゃなかった？　ひたむきな女性を演じてた」

「それですぜ。思い出したんなら、このちょっとした話が気になるはずだ。あの女が、またもやうろついてる。しかも、エプロン街をでさあ。たったいま見たんですぜ。非難がましい目をこっちに向けたが、あっしとは気づかなかったようで」

「どこで？」

「潰れそうな薬屋の中でさあ。さっきから言ってるじゃあねえですか」ラグはいまにも爆発しそうな勢いだ。「きのうの晩、あんなひでえ目に遭わされたもんだから、強壮剤でも買おうとあっしは薬屋に入った。で、そこの下痢止めオヤジとしゃべってたら、あの女が入ってきたんでさあ。オヤジは女に一瞥くれて、女はオヤジに一瞥くれると奥へ入ってった」

「本当か？　かなり奇っ怪な話だな」

「だから言ってるじゃねえですかい」でっぷりした男は不機嫌そうに、椅子のなかでもぞもぞ動いた。「何してるんですかい。ホワイトクリスマスのことでも考えてるんですかい。悪いが、旦那、あっしには関係ねえ話だ。だとしても、怪しいでしょうが」

「奇っ怪だよ。ところで、お前の古い友だちと話したよ。トス、憶えてる？」

ラグの巨大な白い顔が、驚きのあまり破裂せんばかりになった。

「なんとまあ、時計が逆回りした気分だ」ラグはやっとのことで声を出した。「トスかあ！　旦那、お立場をわきまえなきゃいけませんぜ。あっしらも、あのころから成長したはずだ。二十歳（はたち）のころなら赦されたことも、四十五歳になっちゃあ赦されねえ、とか、いろいろだ」ラグはここで口をつぐんだ。その後に身につけた分別と、情とのせめぎ合いに苦しんでいるのだった。「で、あやつは元気でしたかい?」ようやく言葉を発した。「まだ、首吊りの刑になってなかったんですね」

「いいや、それどころか、結婚して立派にやってる。僕らのために一肌脱いでくれる」

「おや、雇うんですかい」ラグは落ち着いてきたようだった。「いいでしょう」偉そうな態度だ。「分をわきまえてりゃ、使える野郎だ」

キャンピオンは呆れたようにラグを見た。「冷静に考えると、お前、ひどい男だな、ラグ」

でっぷりしたラグは言われるままだった。「あっしは年取っちまったんで、もう女なんてどうでもいい。そういうもんでしょうよ。ところが、あの薬屋のオヤジはどうだ。もちろん、ベラがあのオヤジの親戚ってこともあるかもしれねえが。考えてみりゃ、そうかもしれねえ。あんな親戚のいそうな男だあ。とは言っても、やっぱり怪しい。あの女が死人愛好家だとしたら、このエプロンはあの女にお似合いってことじゃねえですかい」

「親戚と言えば、ジャスだが」キャンピオンは話の腰を折った。「ルーク警部はまだジャスの家にいるの?」

「だと思いますぜ。あっしがジャスの店に入ってったら、あのお方があっしのところまで出てきた。棺桶屋のなかで話すのもどうかと思いましたがね、あっしもここに来るなら遅れるかもしれないと旦那に伝えてほしいと、そりゃもう丁寧に頼まれたんでさあ。かなり張り切ってやってるようでしたぜ」

「お前の義理弟(おとうと)はどうしてた?」

ラグは鼻を鳴らした。「野郎のもがき苦しむ声は聞こえなかったなあ。でも、あのお方なら、うまいことやるんじゃねえですかい？　あのチャーリー・ルークさんなら」

「へえ、どうしてそう思う？」

「何ごとも放っておけねえ性分でしょうが」黒い瞳が茶化すように笑った。「あのお方の仕事は週五日じゃねえ。月曜の朝が待ちきれなくて卒中になるタイプだ。おっ、ご登場ですぜ！」

通りに面した木の階段を軽快に駆けのぼる音が聞こえてきた。扉ががたがた揺れて開き、ルークが姿を現した。彼が入ってくると、部屋が少しばかり縮んだように思えた。

「申し訳ありません。あのオヤジから離れがたくなってしまいまして」ルークはキャンピオンを見て、にやりとした。「あのオヤジと息子ときたら、まるで田舎の二人組コメディアンですね。仕事に追われてなきゃ、連れてきて、ここで一発あの余興を披露させたかったものです。ああ、今度の警察主催の催しに出演させるのもいいいな。『あたしの知らないところであの小屋を貸してたとは、なんてこったい！』って具合に始まりました」例によってチャーリー・ルークは、一番鮮明に印象に残ったものに変身した。今回は、フリルがたくさんついたバウェルズのフロックコートだ。すっかり惹きこまれたキャンピオンの目に映っていたのは、光沢のある幾重もの折り目だった。「『ぼくのせいだ、父さん。ぼくが悪い。許しておくれよ』」ルークはしゃべり続けた。今度は、もっと細身のローリーが目の前に現れた。「『親切でやってやったんだよ。だって、父さん、いつもぼくにそう言ってるじゃないか。あいつ、土下座して頼んできたんだ……』ってな感じで」

ルークは席に着くと、呼び鈴を鳴らしてミセス・チャブを呼んだ。

「一日じゅうでも聞いてられましたよ」ルークは真面目な顔になった。「ジャスはカンカンに怒りましてね。ローリーに怒ってたんですけど、もう一人、別の誰かにも憤慨してた。ダニング少年でしょうかね、でも、違う気がするなあ」

「親子のどちらかが鉄パイプを持っている可能性は？」

「ありうるかもしれませんね」ルークは顔をしかめた。「あの二人、何をやってるんだろうな。あそこには、もちろん部下を一人置いてきました。気のいい真面目な若手なんですが、ちょっと鈍くて」

ルークはキャンピオンとラグに、おどおどした犬のような目で鼻詰まりの、頭が弱い小僧といった顔をして見せた。「残念ながら、いまは、そいつが一番ましなんです。とにかく戦力不足で。おまけに、グリーク街（ロンドンのソーホーにある通り）の発砲事件に大々的な出動命令が出たせいで、もっと仕事が増えましてね」

ラグが蔑むような表情を露にした。

「まったく、ひどい事件でさあ。宝石屋のウインドーをめちゃくちゃにして、お巡りさん目がけて撃った弾が一般市民に命中したってんだから」ラグは徳の高い人になったような口ぶりで言った。「しかも、まんまと逃げおおせやがった。次はもっと大勢でやって来るにちがいねえ」

「ほかの管区の同僚が、すでに犯人の身元は特定してます」ルークは自負を隠さなかった。「われわれは人手が足りないだけなんです。それでも、ジャス・バウェルズの尻尾はつかんで見せますよ。だとしても、毒を盛ったのがあのオヤジさんとは思えないなあ。キャンピオンさんはどう思いますか？」

女主人がビールとサンドイッチの載った盆を運んできたので、細身のキャンピオンは開きかけた口を閉じた。そして、物憂げに立ち上がると、バーカウンターを見下ろす小さな窓にふらふら近づき、数分ほどそこにたたずんで、階下でカウンターに沿ってVの字になって揺れている客たちを眺めた。すると、突然はっとして、頭を前方に突き出した。彼の眼鏡の奥の瞳に困惑が走った。

「あれを見て」キャンピオンはルークに言った。

酒場のホールに二人の男が入ってきて、ほかの客をかき分け、カウンターに向かっていくところだった。二人が連れ立っているのは明らかで、ひそひそ話をしているように見える。一人はまちがいなく銀行のミスター・コングリーブ、もう一人は、とてつもなく胴の長い青の外套が擦り切れていたとはいえ、お洒落したクラリー・グレースではないか。二人は打ち解けた様子で仲良さそうに話していた。

「二人のあんな姿なら、以前にも見ました」ルークは考え込んでいるようだった。「ここ一週間ほどですかね。よくあるパブの常連客同士ってところでしょうが、あなたの目線になって僕も見てみましょう」ルークはとてつもなく大きい表現力豊かな両手で、角縁眼鏡の形をつくった。「なるほど、たしかに怪しいですね。あの老人とは、今朝までしゃべったことがありませんでした。機会がなくて。でも、もちろん、この界隈で見かけてましたし、どこの誰かも知ってました。あの老人を見て、それからルネさんのところのお払い箱の役者を見ると……ええ、たしかに奇妙な取り合わせだ。今後、注意しておきますよ」

「面白いご近所さんばかりですな」ラグが上流階級を気取ったような声で口を挟んだ。「たとえば、薬屋に来るおばちゃんはどんな人です?」

それを聞いて、ルークは愉快そうな顔をした。鋭い目をきらきらさせ、ラグに顔を向けた。

「ワイルドおじさんに新しい女ができたんだね」

「ええ、ご婦人でしたぜ」ラグは、それ以上話すつもりはなさそうだった。「女の出入りが多いんですかい?」

「たまにね」ルークはにやにやしていた。「地元じゃ、笑いの種なんだ。滅多にないが、ときどき女が夜に来る。毎回違う女で、でも必ず、びっくりするほどきちんとした身なりをしてる。そういえば、キャンピオンさん、ワイルドおじさんには会いましたか」

「いや、まだ。会うのが楽しみだね。そういう女性には似合わないタイプってこと？」

「似合うタイプなんてものがあるでしょうか」ルークは訳知り顔で悲しそうに言った。「これこそまさに、原則のないテーマです。きっとおじさんは、哀れを誘うような、葬式にでも来たみたいな淑女が好みなんだ。そして、そんな女たちと、たったの十分ほどしか楽しまない。なんとも妙だが、それに関しちゃ、人間誰でも妙なところがあるものでしょう。だとしても、あのおじさんはそうとう妙だ」

「失礼ですが」ラグが体を起こした。芸術的な言葉遣いだった。「いま、〝葬式〟とおっしゃいましたかい」

「ああ」ルークは、ラグの母音と子音の緻密な発音に一瞬のけぞったようだった。「少なくとも、必ず黒い服を着てるし、たいていはちょっと涙ぐんでるらしい。僕は見たことないが」

「あっしは見やした。ベラ・マズグレイブです」

ルークがぽかんとしたので、ラグのまん丸顔が満足そうににんまりした。

「そりゃあ、おめえさんはまだお若けえから」ラグは気取った様子を滲ませて、低い声で言った。

「実は、あっしと、ここにいらっしゃるあっしのご主人様が……」

「僕のほうが二十は若いがね」キャンピオンが強引に口を挟んだ。「君にすごいことを教えてあげましょう。その女は、大博覧会（一八五一年にロンドンで行われた第一回万国博覧会。ここでは大袈裟に言っている）くらい昔に、僕らの目の前で一年半のムショ送りになった三流ペテン師かもしれないんですよ。ところで、例の医者は、君の見せた分析報告にどんな反応をした？」

「ああ、甘んじて受け入れたってところですね」ルークは同情を隠さなかった。「スミス先生にも言ったんですが、先生のせいじゃない。で、先生は一つだけこんなことを教えてくれました。それを聞いて、引っかかるところがありまして。とりわけ、今朝のあなたの自然科学の授業と考え合わせると。パリノード家の末っ子のミス・ジェシカはご存じですよね。いつも公園にいる女。スミス先生によれば、彼女は乳製品販売所の店主にケシの茶を飲ませてるそうなんです。店主はスミス先生の所に通ってて、膿瘍に苦しんでる。つまり、ちょっとした痛みがあるんですが、神経痛の前触れだと思い込んでる。そして先生が、明らかに麻薬中毒の症状が出ていることを伝えると、店主は、あの女が痛み止めと称して持って来る効き目抜群の怪しい飲み物以外に思い当たる節がないと言う。先生によれば、しかるべき季節のしかるべき種類のケシを使ってたら、店主は未精製のアヘンの過剰摂取で、あっという間にあの世行きだっただろうと」

　ルークは浅黒い顔を曇らせて、口ごもった。

「ミス・ジェシカを容疑者として拘束することはできます。でも、気が進みません。そんなバカげた話がありますかね」

「彼女のことはずっと気がかりだった」キャンピオンは告白でもするように言った。「だけど、彼女が公園で採ってきたヒヨスからヒヨスチンをつくったとは思えない」

「そうですね」ルークは言った。「もちろん引き続き捜査しますが、僕もそれはない気がするなあ。妙ちきりんな中年女だが、お伽話を思わせる、なぜだか。あの女……」ルークはここで口を閉じ、立ち上がって耳を澄ませた。キャンピオンとラグは彼の視線を追って、扉に顔を向けた。扉がゆっくりと用心深く、一回に一インチずつ開いていくところだった。

衣をつけて揚げたマッシュルームが恐る恐る入ってきたのかと思い、三人はぎょっとした。散歩用の服を身に着けたミス・ジェシカは、どこで見たとしても、まさか、と思ってしまうが、このタイミングで現れた衝撃は空想小説のような出で立ちと相まってとてつもなく大きかった。三人の視線が釘付けになっていると、彼女はおずおずと不安そうに周囲を見回しながら、すり足で近寄ってきた。だが、テーブルの向こうにキャンピオンを見つけるや、半分照れたような笑みを顎の尖った小さな顔に浮かべた。

「ああ、いたわね」バーから伝わってくる低いざわめきのなかで、彼女の澄んだ声はよく通った。「散歩に行く前に、あなたをつかまえたかったの。ちょうど時間が空いてるから。一緒にいらして」

ルークはあからさまに不審そうな目で彼女を眺め回した。

「どうしてここがわかったんですか」

ミス・ジェシカは、初めてルークをまともに見た。

「わたし、観察力が鋭いほうですから」彼女は言った。「下の階で飲んでいなかったし、ここにちがいないって思ったの。それで、捜しに来ました」彼女はキャンピオンに向き直った。「さあ、行けるかしら」

「もちろん」キャンピオンは彼女に向かって部屋を横切った。「どこへ行くの」キャンピオンのほうがずいぶん背が高かったので、彼女はいつにも増して痩せこけた奇人に見えた。モータリング・ベールが普段より少しだけ丁寧に結んであり、ボール紙を隠すように前側にピンが留めてあった。しかし、幾重にもなったスカートは相変わらず丈がまちまちで、その下からぼろぼろの靴とずるずるした長靴下が見えていた。今日は手提げ袋を持っていた。一枚の古い防水布を下手くそに縫い合わせた代物で、裁縫の基本以上のことは知らない人間が作ったにちがいない。半分は紙類、半分は生ごみが入っているようだった。その両方が、心もとない縫い目という縫い目から飛び出さんばかりだった。

　彼女は何も言わずにキャンピオンに手提げ袋を手渡した。女っぽい、甘えるような、かわいらしい仕草だった。

「もちろん、うちの弁護士さんのところ。わたしたち一家は警察に協力しなきゃだめだってあなたが言うから、わたし、そうねって答えたでしょ。忘れるだなんて」

　そういえば、地下の食器洗い場を出ていくとき、たしかそんなことを言ったとキャンピオンは思い出した。

「それで、そうすることにしたんだね。おおいに助かるよ」

「あら、でも、わたしはいつだってそのつもりだったの。たったいま兄さまと姉さまに会ってきて、あなたに必要な情報を示すことができるのは、うちの弁護士のミスター・ドラッジしかいないって、二人とも言ったんです」

　この珍しい名前をルークが聞き流したのにキャンピオンは気づいた。よく知る弁護士事務所なのだろう。お行儀よく、安堵したような顔をしている。

「われわれが必要としてるのは、まさにそれなんです。確信（コンフィデンス）です。ミス」ルークがしゃべりはじめた。「われわれは決して……」

「わたくしの秘密（コンフィデンス）はこの袋の中ですけどね」ミス・ジェシカはルークの言葉を遮り、キャンピオンに微笑みかけたが、そのふるまいに茶目っ気はなく、あくまでも淑女であり知性の人という態度だった。

キャンピオンは手提げ袋を握った。「素晴らしい。では、行きしょう。それとも、まずは昼食にしますか？」

「いいえ、結構。もう食べましたから。わたしはね、この訪問を午後のお散歩の前に組み入れたいの……ご存じのとおり、公園に行く前にね」

通りに出ると、ミス・ジェシカは道の端に寄り、キャンピオンに前を歩かせた。

「あの男の子、お気の毒にね」二人がエドワーズ・プレイスを行き止まりまで歩くあいだ、ミス・ジェシカは言った。目ざとい通行人たちが二人に興味をかき立てられていた。「あの子が事故に遭ったって、靴の修理屋さんが教えてくれたの。きっとオートバイに乗っていたんでしょ？　あれは危険ね。でも、わたし、一度あれに乗ってみたいと思っているのよ」

「オートバイに？」

「ええ、そう。もちろん、おかしく見えるでしょうね。重々承知。でも、無知と無関心では、まったく違うでしょ」彼女は一番上に着ている、遠い昔に流行した薄手の夏用ガウンをそっと撫でた。赤い厚手のニットのような服に上着として、あるいは埃よけとして羽織っていた。

「そりゃあ、天と地ほどの差だよ」キャンピオンは誠心誠意で応じた。「だとしても、美的観点は別にしたって、オートバイには反対だね」

「ええ」ミス・ジェシカは、前夜の作業からは信じられないような潔癖ぶりを見せた。「そうね。臭いものね」

ミス・ジェシカのちぐはぐな面に初めて接し、キャンピオンは気持ちが和んだ。

「事務所はどこかな。タクシーをつかまえる？」

「いいえ、バロー通りを曲がったらすぐよ。父は地元の人を雇うことを信条にしてたの。とりわけ優秀とはいかないかもしれないけど、親身になってくれるからって。どうして笑ってるの」

「笑ってた？　そんなふうに地域を区切るにはこの街は大きすぎると思ったからかな」

「そんなことない。ロンドンはたくさんの小さな村の集合体ですもの。わたしたちパリノード家はそんな地主階級による支配のようなものを貫いたばかりに、馬鹿げた結末を迎えたんですけどね。わたしたちを哀れと思わないでいてくれるなら、何でも赦してあげる」

「僕はあなたたちを恐ろしいと思うね」

「そう思われるほうが、ずっとまし」パリノード家の末っ子は答えた。

第十三章　法の観点

優雅ではあるが古めかしい真鍮の手すりと擦り切れた絨毯は悲哀に満ち、薄汚い事務所の建物はキャンピオンの想像どおりだった。キャンピオンとミス・ジェシカは埃っぽい階段を二続き上り、事務所に向かった。一階の小さな地元新聞社から流れてくる新聞用紙のにおいが充満していて気が滅入る。

二人を迎えた初老の事務員もまた、この雰囲気にぴったりだった。ディケンズの小説の登場人物のような服を着ているのは、まちがいなく意図的だろう。お父さまをよく憶えていますよと言い、ミス・ジェシカ・パリノードにはしぶしぶしながら敬意を示した。

八人から十人の事務員が働けるよう設計されたのだろうが、いまはその男と十四歳くらいにしか見えない二人の女性だけが働く広々とした秘書室を、彼のあとについて通り抜けるあいだ、キャンピオンは、老齢の庭師のように偏見に満ちた堅物の長老とやり合う覚悟をしていた。そういうわけで、ミスター・ドラッジとついに対面したときは、なんとも拍子抜けだった。骨董品ではないにしろ、古くて珍しいのは確かな机の向こうでミスター・ドラッジは飛び上がると、前に出てきて二人を迎えた。一見したところ、まさかと思うような、三十歳にも届かないような風采で、浮かれ気分とまでは言わないにしろ、スポーツでもするような格好をしていた。駱駝の毛のチョッキは汚れてはいたが派手な色合いで、スエード革の靴は、もともとはいかしたデザインだったにちがいない。若々しい顔は質素なリンゴの花のように純朴で、台所の流しを洗うブラシさながらの途方もなく幅広の口髭のせいで滑稽にさえ見えた。

「おや、こんにちは。ミス・パリノード。よくお立ち寄りくださいました。お屋敷で少々不愉快なことが起こってるとお察ししますよ。お座りください。おや、お目にかかったことはありませんね、ミスター」

新聞社の輪転機の音を上回る元気いっぱいの声が、ご機嫌に響き渡った。

「ここまでは、ぱたぱた聞こえないでしょう」ドラッジ弁護士は言った。「静かなもんです。ご用件をお伺いしましょう」

ミス・ジェシカは二人を引き合わせた。仰天したことに、彼女はキャンピオンの正体、そして今回の事件との関わりをちゃんと知っていた。秘密にしていたから驚いたのではない。教科書に書いてあるのかと思うほど、情報が寸分たがわず正確だったからだ。彼女はよく観察もしていた。弧を描いた唇を見るかぎり、彼女は楽しんでいた。

「こちらのミスター・ドラッジが、うちの父の面倒を見てくださっていたミスター・ドラッジのお孫さんなのはおわかりになるわよね」ミス・ジェシカは落ち着いた調子で話を続けた。「彼のお父さまは終戦のころに亡くなったので、こちらのミスター・ドラッジが事務所を継いでいらっしゃるの。もっとお話ししてしまうと、この人は法律に関して必要な資格のほかに空軍殊勲十字章と法廷弁護士資格もお持ちなのよ」

「もう、いいから、いいから！」話を止めさせようとドラッジは一吠えした。

「そして、名前はオリバー」邪魔など入らなかったようにジェシカはしゃべり続け、「またの名を」

と、痛烈な一言をつけ加えた。「頓馬」

二人の男が居心地悪そうにジェシカに目を遣ると、彼女はわずかに歯を覗かせ、にやりとした。「省略して呼ぶときの名ね」と、彼女は言った。「それでは、この手紙を読んでくださいな、ミスター・ドラッジ。一通がイヴァドニから、もう一通がロレンスからです。そのあと、ミスター・キャンピオンに、彼の知りたがっていることをすべて教えて差し上げてください」ミス・ジェシカは二枚のメモ書きを彼の手の上に置いた。メモは両方とも信じられないほど小さな紙に書かれていたので、ドラッジの太い指は扱うのに苦労した。

「ずいぶん広範囲にわたってますね」しばらく経ったのち、ドラッジ弁護士は大きな淡い灰色の目でジェシカを凝視した。「お気を悪くしないでいただきたいんですが、ミスター、私には依頼人を守る義務があります。ここには、言ってみれば、洗いざらい打ち明けるように、との指示がありましてね。何一つ隠すことのないように、と」

「そのとおりよ」ミス・ジェシカはおおいに満足した様子だ。「兄と姉と相談して、無条件にミスター・キャンピオンを信頼しようと決めたんです」

「これが賢明な、あるいは一般的なことなのか、私にはわかりかねます。能力の劣る人間であっても、それなりの忠誠心はありますから」彼はキャンピオンに向かって親しげに笑って見せた。「まあ、暴露する秘密はそう多くありませんが」

「そうね、それでも、残らずこの人に教えてあげてください」ミス・ジェシカはまとわりつく深紅のアンダードレスを花綱のように飾る、綿モスリンのガウンの裾を撫でた。「いい?」彼女はキャンピオンに言った。「わたしたちは馬鹿じゃないの。自分たち中心の世界をつくって、世間から隔絶して暮らしているだけ……」

「それを貫けるなら、賢いやり方だと思いますよ」彼女の弁護士が、見るからに羨ましそうな顔で口を挟んだ。

「そのとおりね。でも、申し上げたように、わたくしたち、まったく非現実的というわけではないんです。ルース姉さまの死が低俗な疑惑の対象になっているあいだは、すべてを無視するのが良策だと考えましたの。古臭いやり方だという印象を、あなたがたお二人はお持ちになるかもしれませんけど、わたくしたちはそのように育てられてきましたから。お行儀よく無関心でいるという単純な方法が、不必要な不安からどれだけ人を守ってくれるか知ったら、きっとあなたがたも驚くわ。ところが、事態はわたくしたちが望んでいたより深刻になっているので、警察が犯そうとしている過ちから自らの身を守るために最善を尽くそうと、わたくしたちは決めたんです。そして、最善策というのは、キャンピオンさんが指摘なさったように、警察にあらゆる便宜を図ってあげることなのは明らかね」

ミス・ジェシカが堂々とした態度でちょっとした弁舌を振るうと、頓馬のドラッジは意外にも、一瞬、鋭い視線を彼女に投げてから、ほっとしたようにため息をついた。

「私もそれに賛成」ドラッジ弁護士は真面目くさって言った。「まちがいなく、それに賛成。では、進めましょう、ミスター」

キャンピオンは、かつては高級な赤い革張りだったはずの椅子に腰を下ろした。弾力がほとんどなく、おそらく人の声に反応するのだろう、かすかに揺れた。

「かなり参考になりそうなこと以外、立ち入るつもりはありません」キャンピオンが言いかけると、ミス・ジェシカが横から口を挟んだ。

「当たり前よ。でも、金銭がらみの動機をもつ人間がいるかどうかは確かめたいでしょ。それに、まだ明らかになっていない別の動機があるかどうかも。ルース姉さまの遺書をサマセット・ハウス（ロンドンのストランド街に建てられた官庁用建物。戸籍本署などがある）まで見に行ってもいいけど、わたしやロレンス兄さまやイヴァドニ姉さまに関する但し書きのことをご存じないでしょ」

「はい、そこまで」頓馬のドラッジが口を挟んだ。「それ以上はお話しにならないほうがいいと思います」

「そうは思いませんよ。詳しいことを話さないかぎり、警察は悪い方向に考えるわ。お願いよ、エドワード兄さまの話から始めてちょうだい」

「ことの発端はエドワードさんですからね」ドラッジは、まるでおしゃべりな口髭を黙らせようとでもするようにその髭を撫で、それを認めた。「少々お待ちを。資料を取ってきます」

　ドラッジが立ち去ると、ミス・ジェシカは内緒話でもするように体をかがめた。

「正弁護士に相談に行ったんだと思うわ」

「ああ、正弁護士がいるんだね」キャンピオンは安心したようだった。

「ええ、ミスター・ホイーラー。わたしたちのミスター・ドラッジは残念ながら、まだ依頼人は多くないけど、とても頭の切れる人なの。彼の語彙に惑わされないで。弁護士たちが習慣的に使う語彙とさほど変わらないでしょ」

「そうだね」キャンピオンは笑った。「ずいぶん楽しんでるみたいだね」

「合理的に進めようとしているだけ。まずエドワード兄さまについて。ずばり言うけど、あの人は投機家だったの。将来の展望も勇気もあったんだけど、判断力がなかった」

「それはがっかりな取り合わせだね」

「ええ、そう。でも」思いがけず、彼女は理知的な瞳を輝かせた。「どんなにわくわくしたことか、想像もつかないでしょ。たとえば、コンソリデーテット・レジンズ社。ある日、何十万ポンドもの利益が出たの。ロレンス兄さまなんか図書館に寄付しようとしてたわ。次の日、そんな状況を現実として受け止めたとたん、ほぼすっからかんになった。ドラッジのお父さまはそれはもうご立腹よ。そのストレスが引き金になって命を落としたのかどうかは知らないけど。それでも、エドワード兄さまは堂々としたものだった。デンジーズ社のことも信じていたし、フィリピーノ・ファッションズ社もいつも手元にあったわね」

「いやはや！」キャンピオンは畏怖の念さえ抱いた。「ビューリミアズ社にも手を出したの？」

「ああ、その名前、憶えてるわ。それから、なんとかスポーツ社。ゴールド・ゴールド・ゴールド・ユナイテッド社も。面白い名前ね。ブラウニー鉱業会社もあった。どうしたの？　顔色が悪いわよ」

「ちょっと目眩が」キャンピオンは気を奮い立たせて言った。「お兄さんには、ある種の才能があったように思えるよ。株は目論見書を見て判断してたんだよね？」

「いいえ。兄さまはかなりの情報通だったから。とても研究熱心だったし。まちがった株をたまたま選んじゃったのね。イヴァドニ姉さまとロレンス兄さまはエドワード兄さまへの信頼を失って、それぞれ七千ポンドを確保したの。わたしはもう少し続けた。エドワード兄さまが亡くなったとき、遺産は七十五ポンドの現金と、さまざまな銘柄の株券十万ポンド分だったわ」

「額面価格だよね？」

「そう」

「いま株券はどこにあるの？」

「兄さまが、いろいろな人に遺したの。どれもいまは売却さえできない。残念ながら」

細身のキャンピオンは座ったまま、角縁眼鏡の奥から彼女をしばらく見つめていた。

「やれやれ、ずいぶんな善行だ」キャンピオンは口を開いた。「そんな投機が成功すると、お兄さんは信じ続けていたのかな。損を取り返せると思っていたの？」

「わからないわ」ミス・ジェシカは穏やかに言った。「そうした株券が紙切れ同然だとわかっているのかしら、それともまだお金と同じように思っているのかしらと、わたしも考えたけれど。兄さまは裕福な生活に慣れっこだった。慣れの影響って、とてつもなく大きい。言いたくはないけど、死ぬのは潮時だったと思うわ」一瞬の沈黙ののち、彼女はこんなことを言い出した。「何も知らない人には、エドワード兄さまの遺書は、まるで莫大な財産を遺したように見えるかもしれない。わたしたちの遺書はどれも、あたかもお金があるみたいに書かれているのよ。だから、わたし、あなたにここに来てもらって、真実を知ってほしかったの」

「なるほど。あなたたちはみな、そこらじゅうの親切な古い友人に、ゴールド・ゴールド・ゴールド・ユナイテッド社の額面価格千ポンドほどの株券をささやかな贈り物としてばらまいているんだね？」

「できることなら地元のみなさんの面倒を見るつもりだったことを示しているのよ」頑なな態度でミス・ジェシカは言った。

「やれやれ。それらの有価証券のどれか一つでも、値の上がる望みはあるの？」

ミス・ジェシカは少々むっとした顔になった。「まだ全部の会社が破産したわけじゃないわ。ミスター・ドラッジがわたしたちの代わりに管理してくれてるの。でも、エドワードさんはその道を極めた人だったね、なんて言うのよ。もちろん冗談」

返事はしないほうが賢明だ、とキャンピオンは思った。ミスター・エドワード・パリノードは、投資についての才能が逆方向に長けていたようだ。

事務所の壁掛け時計が三十分を告げると、ミス・ジェシカは立ち上がった。

「日課の散歩を中止にしたくないの」彼女は平然と言った。「三時過ぎには、いつもの小径の脇のベンチに座っていたいのよ。よろしければ、書類の件はあなたにお任せするわ」

キャンピオンは部屋を横切って、ミス・ジェシカのために扉を開けた。手提げ袋を彼女に手渡すと、しおれた葉っぱをつけた小枝が一本飛び出してきたので、キャンピオンはあることを思い出した。

「近所の人に」キャンピオンは静かな口調で言った。「医者のような真似をするのはやめたほうがいい。ケシの茶はもうおしまいだ」

ミス・ジェシカはキャンピオンと目を合わせなかった。手提げ袋を受け取る手が震えていた。

「ええ、そのことがずっと気になっていたの……」ミス・ジェシカは言った。「でも、わたし、自分で決めたルールはしっかり守っているから。どんなものでも必ず、まず自分で毒味をしているから」

彼女は目を上げた。真剣、かつ哀願するような眼差しだった。「わたしが兄さまを殺したとは思っていないわよね？　たとえ故意でないにしろ」

「もちろん」キャンピオンはきっぱり言った。「思っていない」

「わたしだって思ってないわ」ほっとした口調だったのが、意外だった。

しばらくして、ドラッジ弁護士がフォルダーを抱えて戻ってきた。聞くに堪えないほどでもない鼻歌を、小声で歌っていた。ご機嫌だったので、自分では気づいていないようだ。

「さあ、これです」ドラッジは言った。「あれ、彼女、消えちゃったんですね。まあ、そのほうがいいかな。ならば、少しばかり、ざっくばらんにお話ししましょう。いま、うちの所長と雑談程度に話してきたんですが、ぶちまけちまえ、楽しいショーの始まりだ、パリノード一家の内部に初めて光が当たる、なんて言ってましてね。すべての真相はここにあります。イヴァドニとロレンスは二人とも、利率三パーセントの利付国債から年間二百十ポンド受け取ってるんです。かわいそうなジェシカちゃんは完全敗者で四十八ポンド。同じ国債なのに、こっちは四十八ポンドですよ。はした金だ。ミス・ルースにいたっては、死亡時の譲渡可能な資産は最終的に十七シリング九ペンスと〈ジュネーブ聖書（十六世紀のプロテスタントによる英訳聖書）〉一冊とザクロ石のネックレスだけで、私どもがそのネックレスを質に入れて葬式代にしたんです。誰が財産目当てにあの一家を亡き者にしましょうか。ご納得いただけましたか」

「ある程度は。あとの株券は実質的に無価値なんですね？」

「底なし大暴落ですよ、物知り博士さん……おっと失礼、すっかり打ち解けた気になってしまいました。ええ、完全に泥沼にはまった状態です」

ドラッジはさらに突っ込んだ新たな話を、少々どもりながら続けた。

「わ、わ、私どもが、予想してなかったと思わないでくださいよ。所長はずっと目を離さなかった、オ、オ、オコジョみたいにね。私だって気にかけてた。私どもは仮証券をワシの目で観察してました。まさにワシの目ですよ。まったく呆れたことに、あの爺さん、ヤ、ヤ、ヤギ臭いソーセージみたいな株しか買ってないときた。私の父が心臓麻痺になるのも無理はない」

「どうしてそんな株を」

「道理のわからない人でしてね。頑固で、誰の手にも負えなかった。体当たり人生で、何も学ばない」

「その紙切れ同然の株券は身内で分けたのですか？」

「そんなもんじゃ、すみませんでしたよ。この界隈の人たちに、ばらまかれました」ドラッジの灰色の丸い目は真剣そのものだった。「考えてもみてくださいよ。私の父はノアの大洪水以来あの一家の面倒を見てきたせいで、エドワード・パリノードがすっからかんになってぶっ倒れる直前に、あの世行きになりました」

　キャンピオンは、少し飲み込めてきたとばかりにうなずいた。

「聞いてくださいよ」頓馬のドラッジは言った。「うちの正弁護士、つまり所長なんですけど、エドワードの遺書の内容を相続税の取り立てが来るまで知らなかった。所長はそいつらに、換金可能だがほぼ無価値な紙切れを見せつけてやった。その仕事を片付けてるあいだは、もうパリノードで腹いっぱいだったそうです。ちょうどそのころだ。私がこの事務所に飛び込むことになって、所長はこの件の一切合切を私に投げつけてきた。私はすぐさま仕事に取りかかりましたよ。まず手をつけたのは、スポーツマン精神にそれほど欠けていないルース婆さんの説得です。ビューリミアズ社やフィリピーノ・ファッションズ社の一万ポンドかなんかの株券よりも五ポンド紙幣を遺したほうが愛する家族のためになるんじゃないですかってね。そしたら彼女、宿題をやり直してきましたよ。それなのに、このおバカなペテン師婆さん、まもなくしてぽっくり逝ってしまう前に、その五ポンド紙幣さえ使い果たしてたんです」

「なるほど」キャンピオンは深い同情の念を抱きはじめていた。

「株券を受け取るはずだった人たちの名前を教えていただけますか。それから、その人たちが現金を手にできたか否かも」

「もちろんです。概要はここに。私どもは充分に目を通しましたから、どうぞ家にお持ち帰りになって、好きなようになさってください。ミス・ルースの困った点は、博愛主義者だったことです。ご機嫌な食料雑貨屋のオヤジ、薬屋、医者、銀行支配人、下宿屋の女将さん、葬儀屋の息子……みんな遺書に載ってますよ。自分の弟と妹たちまでもね。家族にしてみりゃ、気が狂いそうでしょうよ、まちがいなく」

キャンピオンは複写のフォルダーを手に取ったあと、しばらくためらっていた。

「ミス・ジェシカがたったいま、ブラウニー鉱業会社のことを話していたんですが」キャンピオンは思い切って切り出した。「数か月くらい前に、会社が息を吹き返すかもしれないという小さな噂が立ちませんでしたか」

「おみごと！」ドラッジは称賛の声を上げた。「さすが事情通でいらっしゃる。ルースの死んだ直後にそんな噂がありました。ルースはそのどっしり重い包みを手離さずにいましてね。私は我ながら、名前も中身も頓馬だなあと思ったものですよ。なにしろ、その仮株券は煮ようが焼こうがトイレットペーパー同然ですよと彼女に断言してたんですから。私が実際にそれをドサッと置いたとき、あんまり分厚かったんで、彼女、自分の部屋を横取りした男に全部くれてやるって言い放った。下宿人の一人ですよ。名前はそこに載ってます。ビートンでしたっけ」

「シートンです」

「そうそう。その男性に嫌がらせしたんです。会社の噂が立ったときはギョッとしましたよ。でも、噂は噂に過ぎませんでしたね」

「冗談にしても、ひどいことをしますね」キャンピオンは考え込みながら言った。

「まさに！」ドラッジの灰色の目は飛び出さんばかりだった。「私もルースにそう言ったんです。あの一家、何を言おうが、聞く耳なんぞ持ちゃしない。パリノード一家についてお話ししておきましょう。あの集団のことはよくわかってるんです。私が初めて会ったのは戦争中でした。あの一家、考えることが好きでね。自分たちがどう感じてるか、まで考える。人間なんて、そんなことばかり考えてたら、あんまり感情も湧かなくなっちゃうでしょ。理解しがたいでしょうが、これが衝撃の真実です。卑劣なことをされたら、自分たちがどう考えるかはわかるけど、哀れな〝頓馬〟がどう感じるかは理解できない。なぜって、あの一家は感じることがないからです。わかります？」

「ええ、わかる気がしますよ」キャンピオンは興味深そうにドラッジを見つめた。「あなたと正弁護士は、ブラウニー鉱業会社の噂についてはどう思ったんでしょう。考えてみましたか」

「考え尽くしましたよ」ドラッジはもったいぶった顔で言った。「いやいや、私どももそこそこ鋭いほうでね。利益の出る気配がしてきたとき、その下宿男がルースを亡き者にしたのでは、と思いました。けど、あとから考え直したんです。その男は遺産について知っていたかもしれないが、知っていた証拠はない。これが理由の一つです。その後、ブラウニーの内部情報は現実になる兆しすらなくなった。とはいえ、最終的には、所長はこう思ってますよ。あんな境遇になったら酒を飲まない男でも酒瓶で女の頭を殴るかもしれない、とね。あなたはどう思われます？」

キャンピオンはシートン大尉のことを考えた。考えれば考えるほど、その説に同意する気にはなれなかった。

「わかりません」キャンピオンは答えた。「これを読ませてもらってからお答えしましょう」

「そりゃあ、楽しいショーが見られますから。またいつでも、ご遠慮なくどうぞ。私どもの顧客であるあの一家は、変わり者ではありますが人殺しまではしないでしょう。さらに言うなら、皆殺しにされる事態も想像できません。あの一家が亡き者にされるとしたら犯人は私どもだ、というのが我が法律事務所の見解です」

秘書室を通り抜け、階段のところまで案内するあいだも、ドラッジは愛想よくしゃべり続けた。キャンピオンは考え込んだままだった。

「ダニングという名の少年については資料に載っていますか」握手をしながらキャンピオンは尋ねた。

「ないと思いますが。なぜです」

「とくに理由はないんですが、たったいま、酒瓶か何かで頭を殴られまして」

「それは、それは！　同じことが起こったんじゃないかと？」

「そんなふうに見えるものでね」

ドラッジ弁護士は口髭を引っぱったまま手を離さなかった。「関係があるとしたら、打ちひしがれた気分になりますよ」

「まったく同感です」キャンピオンは心の内をさらけ出すと、その場をあとにした。

バロー通りに出ると、ロンドン特有の不思議な、密やかな雨が降っていた。擦り減って無数のさざ波模様ができた車道のタール塗りの舗装石は、漆黒の川のように光っていた。先を急ぐ通行人たちは、体の飛び出た部分にじっとり湿った当て布でも貼っているように見える。それなのに、空中にも、澄んだ飴色の歩道の上にも、雨粒は見えない。建物はどれもぼんやりした灰色だった。

キャンピオンはバロー通りをそのまま北に進んだ。エプロン街のほうには曲がらなかった。雨に構わず、顎を外套の襟に押し込んで、当てもなく歩き続けた。知恵の輪を作っているさまざまな色鮮やかな糸に、気持ちを集中できる初めての機会だった。いままでのところ、この知恵の輪は、人間の愚かな行為がキャンピオンも見たことがないほど複雑に絡まり合っていて、解くのが不可能に思えた。絡まり合う一本一本の糸を思い浮かべ、飛び出ている端のすべてを、たどれるだけたどりながら長いこと歩きつづけた。有意義な時間だったが、解決までの道のりは遠かった。雨が遅い午後の青い霧に変わるころ、彼はバロー通りをはずれ、〈ポートミンスター荘〉に戻れるはずの入り組んだ路地に入っていった。頭の中はパリノード一家からクラリー・グレースへ移ろうとしていた。キャンピオンが歩道から踏み出て狭い脇道を横断しようとしていると、黒い幌をぶるぶる震わせた一台のおんぼろ貨物自動車が向かってきた。ほかに人けはなく、キャンピオンは脇道の半ばで立ち止まり、車をやり過ごそうとした。

突如、車は殺意を持ったような勢いでキャンピオンに向かってきた。とっさに飛びのき命拾いしたものの、キャンピオンは度肝を抜かれた。進路の変え方は明らかに向こう見ずで衝動的、そして故意的に思われた。その古めかしい車に嚙みつかれたかと思うほどキャンピオンは仰天した。運転手は停止しようともしなかった。無駄に車を追いかけたのち、キャンピオンはもとの方向に足早に歩き出した。車の後部で束ねられた防水シートのカーテンが、ブタのしっぽのように揺れていた。

がたがた走る車が青い陰のなかに消えていく直前、内部がちらりと目に映った。とても長くて妙に細い荷箱が一つ、揺れの激しい荷台に寝せてあり、その上の闇から女の丸い顔がキャンピオンのほうを覗いていた。目が合うと、見覚えのある、腹立たしくなるようなおどおどした笑みが女の口元に広がった。

　ベラ・マズグレイブだ。最後に見たときから年を取って太り、黒いコートの上に軍払い下げの防水布マントを引っかけていたが、紛れもなくあの女だ。車がぐらつきながら角を曲がって消えていくあいだ、女は荷箱に腰かけ、ずんぐりした体を揺らしていた。

　丸々して薄気味悪く座っていた女の姿は、危機一髪で車を避けたことよりキャンピオンを震え上がらせた。あの女のさまざまな経歴を考えると、運転していたのは髑髏（どくろ）だったのではないかなどと気味の悪いことを思ったのち、ひょっとしたら運転手はローリー・バウェルズで、キャンピオンを見るや轢いてしまいたい衝動に駆られたのかもしれないという考えが頭をよぎった。

　ローリーにまちがいないと確信したところで、五分ほどしてエプロン街を神妙な面持ちで歩くバウェルズ親子にばったり出会ったので、キャンピオンはぎょっとした。同時に、この出来事はキャンピオンにとって非常に興味深いものとなった。なぜなら運転手が誰であれ、キャンピオンを知っている人物だったのはまちがいなく、なおかつ、キャンピオンを宿敵とみなすほど強い殺意を持つわけではなかったからだ。これをきっかけに、探偵に徹しようとキャンピオンは心に誓った。これまでエプロン街にはこれといった本職（プロ）の悪党はいなかった。ついに悪党の痕跡を見つけ、ほっとしたとは言わないまでも、光を見た。

第十四章　二脚の椅子

一時間あまり経ち、あたりはほぼ暗くなって、湿り気を帯びた夕刻の艶めく青いカーテンのなかで、エプロン街に並ぶ黄色い街灯の光が妖精のようだった。キャンピオンはヨー警視宛てに細心の注意を払って書いた手紙をポケットに入れ、自分の部屋をそっと抜け出すと、〈ポートミンスター荘〉のひんやりした薄暗い空間に出てきた。

明確な情報が欲しいときは書面にして伝えるのが大切なことを長年の経験から知っていたキャンピオンはいま、手紙を届けてもらうためにラグを捜していた。足音を忍ばせ、暗い階段を下りながら、手紙の質問一覧（リスト）にもう一度目を通した。とてつもなく長いリストで、まずチャールスフィールド刑務所に服役中のルッキー・ジェフリーズについて、具体的な犯行内容、確定済み、もしくは容疑のかかっている共犯者の名前、そして裁判に関わった警官の名前と階級を尋ねる控えめな要求から始まっていた。

ほかには、ベラ・マズグレイブの面白い前科に最近新たに加わったものがないか、また、どこにでも生えているがとりわけハイド・パークにある雑草ヒヨスについて、植物学上の簡単な質問もしていた。

最後の質問は煩わしいだろうなとキャンピオンは申し訳なく思った。

手紙はこんなふうに結ばれていた。「最近、(a) 長さ五フィートから六フィート、(b) 特異な形状、(c) 壊れやすい、といったものを捜しておられませんか? 巻かれた状態の絹布あるいは名画を思い浮かべましたが、この説明から、製造が厳しく制限されている、もしくは法律で禁じられている高価な精密機械装置などに思い当たる人物がそちらにいないかと考えたしだいです。関連するいかなる情報も歓迎。以上、よろしくお願いします」

玄関広間をつま先で歩いて横切り、ルネに呼び止められることなく無事に屋敷を脱出した。手に触れた鉄の門はじっとり湿り、霧雨はしっかりと降っていて、舗道に出るころにはキャンピオンはびしょ濡れになっていた。ジャス・バウェルズの店の簡素な装飾のウインドーのほうに向かいながら、彼はエプロン街の華やいだ側に何気なく目を遣った。牛乳屋のウインドーのなかの陶磁器の白鳥が、蜂蜜色の光を受け輝いていた。八百屋の店先は緑や黄や赤で色鮮やかだった。カーテンが引かれそこだけ薄暗いスミス診療所の下では地下のウインドーが煌々(こうこう)として、フランス人の靴屋が今日最後の作業をしている。ワイルドおじさんの薬局のごちゃごちゃした陳列棚の上にある青い液体の入った瓶は、巨大なアメジストのようにきらめいていた。

色とりどりの戸枠にアーチ型の乳白グラスがはめ込まれた薬局の出入り口をキャンピオンが見ていると、なかから見慣れた小山のような人影が現れた。ラグは道に出てくると、左を見て右を見て、また店内へ引っ込んだ。

つるつる滑る道路を急いで渡り、ラグを追ってキャンピオンが足を踏み入れた先は、ぽっかり空いた狭い空間だった。周りを取り囲んでいたのは、変色した天井の四方にまで届く、信じられないほど乱雑に積み上がった紙箱や包みや細口瓶や広口瓶だった。

カウンターはあったものの、せいぜい瓦礫に開いた穴というところで、その後ろの暗い壁に置かれた台や棚や引き出しやケースには、目の届くかぎり、埃まみれの商品の包みがぎっしり詰め込まれていた。

右手は、瓶が所狭しと並ぶ凹んだ一画だったので、おそらく調剤室だろう。その横に、丸薬の容器や芳香剤の瓶がくくりつけられたチラシが花綱のごとくぶら下がったトンネルのような通路があり、どこやら謎めいた場所へと続いていた。

ラグの気配はなかった。それどころか、誰の気配もなかったが、すり減ったリノリウムの上を歩く音がして、調剤室を包囲する商品のバリケードの上の空間にチャーリー・ルークの苦悩の顔がひょいと現れた。頭に帽子はなく、短い針金のような黒髪が両手でかき乱されたようにくしゃくしゃだった。

「もう、何もかもおしまいだ」ルーク警部は言った。「お騒がせ集団はどこに行きましたか」

キャンピオンは空気のにおいを嗅いだ。店内はさまざまな異臭に満ちていたが、それを上回る、緊急非常事態を思わせるにおいがキャンピオンの喉を突いた。

「そんな悪党どもと関係なく、僕はたまたまここに入ってきただけですよ」と、キャンピオンは答えた。「いったいどうしたの。アーモンドの精油でもこぼしたの?」

ルークは背筋を伸ばすと、ぺらぺらとまくし立てはじめた。目は悲嘆に暮れている。

「伝言は受け取ってくれただろうと思ってましたが、まさか三十秒で来てもらえるとは。今回は僕のせいです。銃殺刑も覚悟してます。縛り首になってから銃殺刑になってもいい。ちくしょう、こんなことやっちまうだなんて! この狭い隙間、見てください」

ルークは、年代物の医薬品の崩れそうな山にのしかかった。キャンピオンは首を伸ばして化粧品の壁の向こうを覗き込み、凹んだ一画の中を見下ろした。埃まみれで擦り切れた縞模様のズボンの裾の折り返しが見え、その奥へ二つの足が不気味に伸びていた。

「薬剤師？」

「ええ、ワイルドおじさんです」ルークはしゃがれ声で言った。「事情聴取ってわけじゃなかった。事情聴取なんてたぐいのもんじゃなかったんです。始めてもいなかった。おじさんは、そのときまだカウンターの向こうでした。奇妙な目つきでこっちを見て……」ルークはまん丸にした目を心持ち上に向けると、困ったような、恐怖を抑えきれないような、ぎょっとしたような表情をつくった。「……それから、するりとここまで出てきたんです。おじさんは昔からスズメみたいに移動が速くて、しかもスズメみたいにみすぼらしかった。『ちょっと待ってちょうだいよ、ルークさん』って、おじさんはいつもの甲高い声で言った。『ちょっと待ってちょうだいよ、ルークさん』って。僕は歩み寄った。僕は怒ってもなかったし、疑うような素振りだってしてないのに、おじさんは自分の口に何かを押し込んで、そして……ああ、なんてことだ！」

「青酸かな」キャンピオンは後ずさりした。「僕が君だったら、そこから出ますよ。強力な物質だし、そこはもう、まともな空気じゃない。頼むから、そこを覗き込まないで。君、一人だったの？」

「いえ、ありがたいことに、目撃者がいます」ルークは薬の容器のトンネルをくぐって、店の真ん中に出てきた。赤ん坊のおしゃぶりのチラシが彼の髪をこすった。蒼ざめた顔で背中を丸め、ズボンのポケットの中の小銭を指でじゃらじゃらいわせている。「お宅のラグが、ここのどこかにいるはずです。たぶん奥の部屋であなたに電話してるんじゃないかな。ここには一緒に来たんです。通りの角のところで待ち合わせて。あなたが〈プレートレイヤーズ・アームズ〉を出たあと、僕はエドワードの死因審問に行かなければならなかった。形式上に過ぎなかったんですけど。審問は三週間先延ばしになりました。それでも行かなけりゃならなくて」

「一時間半ほど前に、ベラ・マズグレイブがバンに乗ってここを発ったようなんだ」キャンピオンが言った。

「そのときラグを見ましたか」

「いや。彼女しか見てない」

「ああ」ルークはキャンピオンに向かって目をきらりとさせた。「ラグもその女を見たんです。僕は界隈を見回っておこうと、いったんラグと別れまして。そして、ワイルドおじさんから自分で直接話を聴いてみようとバカなことを考えた。ラグはテスピス劇場の前で僕のことを待っていました。四時を回ったころ、バンがやって来て荷箱が積み込まれるのを見たそうです。ずいぶんと重かったようで、ワイルドおじさんが男たちに手を貸していたそうです」

「男たち？」

「ええ、男が二人、前の座席にいたそうですが、それ自体はおかしなことじゃありません。薬局はビールの醸造所と同じくらい空き箱が出ますから」

「ラグは、その男たちを見たのかな」

「遠くてわからなかったんじゃないですかね。何も言ってなかったから。最初は怪しいとも思わなかったらしいですが、荷箱が積み込まれるとすぐ、その婆さんが店から飛び出してきてバンに乗ったそうです。たとえラグに正当な権限があったとしても、婆さんに制止を命じるのは無理だったでしょうがね。ラグ、興奮してましたよ。せめて話だけでもしたかったって。でも、三人は猛スピードで走り去ったそうです。車のナンバーも見たそうですが、役に立たないでしょうね」

キャンピオンはうなずいた。「僕もそう思った。僕もすぐに書き留めたんだけど、おそらく偽造でしょう。荷箱の形については、ラグは何か言っていた？」

「どうだったかなあ」いまルークには、それより心配なことがあった。「ラグはすぐ戻ってくると思います。署の連中も来ます。今回は、警察医を呼びに行ってもらってます。賭けで三万ポンド儲かるとしたって、こんなことになってほしくなかった」

キャンピオンは煙草ケースを取り出して、言った。「ねえ、チャーリー君、もっと強く迫ったところで、ワイルドさんは〝おしゃべり〟してくれなかったでしょうよ。ここにはいろいろな手がかりが隠されているね。おじさんにどんな言葉をかけたか、正確に思い出せる？」

「ええ、長くはしゃべってませんから。僕はラグより一歩先にこの店に入ったんです」ルークは無意識だろうが、漫画の吹き出しを片手で描きながら話しはじめた。「『こんにちは、おじさん。さっきのガールフレンドとはどんな具合なんです？　あの女の正体、知ってるんですか』って訊くと、『ガールフレンド？　ルークさん、そんなものは三十年もいないねえ。この年齢になって、こんな仕事をしてるとねえ、そのうち女なんてものには幻滅する。そういうもんだ』と答えた」ルークは鼻を鳴らした。「『そういうもんだ』っていうのがおじさんの口癖でした。テーマソングみたいなものです。ああ、かわいそうに。僕は言いました。『さあ、さあ、おじさん、ベラとはどうなってるんです。体まで涙の滴みたいな形のベラとは』って。おじさんは、封蠟を溶かすのに使う小さなライターをいじってた手を止めて、鼻眼鏡越しに僕を見た。『何のことかわからんねえ』と言うので、『お情けはここまでですよ。でなきゃ、僕らも男が立たない。いつでも喪に服してるベラ・マズグレイブのことですよ。

とぼけないでください、おじさん。たったいま、箱と一緒にここから出てったでしょう』と言うと、『箱と一緒だって？　ルークさん』と、言ってきた。『おじさん、これでも手加減してるんですよ。あの女、何してたんですか？　おじさんを捨てて、ジャス・バウェルズに走ったとか？』」

ルークは記憶をたぐりながら、そのときの様子を演じた。容赦ないユーモアが冴えて、恐ろしくさえあった。

「すると、おじさんはガタガタ震え出した」ルークは続けた。「あんなに怯えるなんて思ってもみなかった。それでも、そんなふうにされても、僕は態度を変えなかった」ルークは片手を押しつけて顔を覆うと、頭からすべてをこそげ落とそうとでもするように髪をかき上げた。声は悲愴感そのものだった。

「『とぼけないでよ、おじさん。ちっちゃな黒いハンドバッグを持ったあの女を僕らは見たんだから』なんてことを、ああ、僕は言ってしまった。ラグと一緒に通りを歩いてるとき、たしか、そんなことを聞いたものだから。何にせよ、その一言が決定的だったんです。さっきもお話ししたとおり、それを聞いたおじさんは僕をちらっと見て、『ちょっと待ってちょうだいよ、ルークさん』と言いながらここまで出てきた。この魚の目の薬の山のあいだを頭が通り抜けてくのが見えた。何かを口に入れるところも見えたんです。そのときでさえ、僕は何が起こってるのかわからなかった。だって、そんなことする理由なんかないじゃないですか。そのあと、おじさんはキジみたいな声を出して、薬瓶のあいだにひっくり返った。僕はぽかんと口を開けて郵便ポストみたいに突っ立ってるしかなかった」

「そりゃ、驚いたろうね」キャンピオンは同情した。「勇ましいラグは何してたの？」

「ガスタンクみたいに立ってやしたよ。口は閉じてたがね」薬の箱のトンネルの向こうから、だみ声が響いた。「あっしら、どうすりゃよかったってんですかい。おじさんの気持ちを読めってか？　とにかく、理由もなく、こんなことしやがったんでさあ、旦那。薬屋にもゴミ溜めに捨てられたサケの切り身くらいの分別はあったろうに。こちらの旦那は、小指はおろか眉毛さえ上げてないんですぜ」

ルークがキャンピオンのほうに向き直った。

「こんなことをしなけりゃならなかったなんて信じられません。というか、おじさんが何か重大な犯罪に手を染めてたなんて信じられない。この人にそんな度胸はない。ヒヨスチンがここから持ち出された可能性はあるかもしれないけど」ルークは、三人を取り囲むごた混ぜの薬の箱の山に向かって片手を揺らした。「でも、おじさんが首謀者だなんて考えたこともなかった」ふたたび調剤室のほうへ回り込んで入っていったルークは、キャンピオンを手招きした。

二人は無残なその死体を見下ろした。ねじ曲がった屍は、生きていたときの印象よりずっと小さく見えた。突如、我慢しきれなくなったようにルークは肩をすくめた。

「ひどい」と、彼は言った。「僕の気持ち、とても表現できません。おじさんはバカだ。自分勝手で、器が小さすぎる。もう哀れなオヤジですらない、ただの着古した服の山だ。小さな口髭を染めてるのがわかりますか？　自慢の口髭だったのに」いまや深い紫色になって、判別のつかなくなった顔をルークは覗き込んだ。「バスの車体にこびりついた綿毛みたいになってしまった」

キャンピオンは考え込んでいた。「この人が何をしたかじゃなくて、何を知っていたかが問題だったんじゃないかな」キャンピオンは言った。「ラグ、ベラを乗せて走り去った男たちの正体はわかってる？」

「わかりやせんな」ラグはでっぷりした体で静かに答えた。「ちょっとばかり道を下ったところにいましたんでね。最初に車から飛び出してきてこの店に入った野郎は、これっぽちも知らねえ顔だった。これはたしかでさあ。ですが二人目の野郎は、おそらく運転してたんでしょうな、車は通りの向こうであっしから見てあっち向きに停まってたんで……どことなく見覚えがあった。頭に浮かんだのはピーター・ジョージ・ジェルフって名前だ。再会を果たしたってとこですかい、旦那」

「なんと」キャンピオンの口調は穏やかだった。「お前の言うとおり、旧友たちとのご対面だな、まさに」

キャンピオンは目を細めて、ルークのほうを向いた。

「フラーっていう悪党集団がいたのは、君が警官なる前でしょうね」キャンピオンはぼそぼそと話しはじめた。「彼らが全盛を極めたのは二十年代後半でね。手当たりしだいに何でもやることで知られていた。ピーター・ジョージ・ジェルフは一味のナンバー・スリーだったが、強奪の罪で、まあコソ泥みたいなもんだったが、七年間塀の中に送られた。ナンバー・ワンの器じゃなかったと仲間内じゃ言われているけど、用意周到な男だったし度胸もなかったわけじゃない」

「雇われ悪党だ」ラグが嬉しそうに口を挟んだ。「あっしじゃねえぜ、判事がそう言ったんだ。今日、そやつが歩いてやがった。違ったかもしれねえが、あっしはそう思う」

ルークは、ポケットから引っぱり出したぼろぼろの紙束に何か書きつけた。

「舞台裏の小さな謎がまた一つ出てきたってわけですね。ほかにも謎が出てきたら本部に答えてもらってください、僕じゃなくて。この現場を見たら、本部の連中は絶望するだろうな。そりゃ、もちろんだ。もう僕はこの仕事から降りる……優秀な男に引き継いでもらえるなら」

「重曹は置いてるかね」

店の入り口の内側でいきなり声がしたので、三人は飛び上がった。敷物の上によろよろしながら立っていたのはコングリーブだった。下唇を震わせ、目はしょぼついていたものの、ぎらついて鋭かった。

キャンピオンは店に入ったとき、扉は閉めたが旧式のかんぬきは下ろしていなかった。コングリーブはじりじり静かに進んできたので、三人とも足音が聞こえなかったのだ。

「薬屋はどこじゃろうか」刺々しいが力ない声が、静まり返った店内に耳障りに響いた。老人は、何ごとか、とでもいうように一歩前に出た。

ルークが長い腕を伸ばし、白い錠剤の入ったずんぐりした瓶をカウンターの前方から取った。その距離からでは「効き目三倍」という文字しか見えなかった。ルークは薬瓶をぼんやり見つめてから、突き出した。

「さあ、これだよ、爺さん。カスカラ（植物の名。樹皮を乾燥させて緩下剤に用いる）だ。よく効くよ。代金は今度でいい」

コングリーブは差し出されたものを受け取ろうとしなかった。それ以上は歩み寄ってこなかったものの、細い首を伸ばし、きょろきょろと目を動かした。

「薬屋と話したいんじゃが」秘密でも打ち明けるような流し目で老人は言った。「あたしのことを、よくわかっとるんじゃよ」店内の異臭に気がついたらしい。息を深く吸うと、はて、という顔をした。

「どこに行ったんじゃ」

「地下に下りていきましたよ」とルークは言ったが、裏の意味を含めたわけではなかった。「またあとで来てください」ルークは店内をどすどすと横切ると、老人の手に薬瓶を押しつけ、その体をくるりと後ろ向きにした。「足元に気をつけて」

コングリーブが舗道に出ると、ちょうど到着した一台のパトカーから体格のいい男たちが飛び出てきて、店の扉に突進していった。コングリーブを見た男たちの目に入ったのは、憤慨してぎらぎらした瞳と、ぶつぶつ独り言を言いながら震わせている突き出た下唇だけだった。

キャンピオンがラグの袖に触れた。二人は後ろに下がって、入ってきた集団のために道を空けた。そして、薬の箱のトンネルをくぐり、暗がりの、半分だけガラスの入った扉のほうへさりげなく移動していった。ラグが音を立てぬよう扉を足で開けた。

「あの薬屋は、ここで寝起きしてたんでさ」と、ラグは言った。「なんて人生だ。え？　この仕事一筋ってわけだ」レパートトリー劇団員が熱心に作り込んだ錬金術師の店のような部屋に向かって、ラグは丸々した手を揺さぶった。生活をにおわせるのは、片隅に置かれた小さなベッドだけだった。それ以外は大量の瓶や皿や鍋ややかんが整理されないまま、埃っぽいヴィクトリア朝の家具の上にごちゃごちゃと積み上げられていた。

「女友だちが長居しねえわけです」ラグが、まるで高潔な人のように言った。「こんな部屋じゃあ、誰だって嫌気が差すでしょうよ。たとえベラでも。そっちへ行く必要はねえですよ。そっちは台所で、おんなじようなもんですから。面白い場所があるとすれば一つだけ、上の階でさあ。デカさんたちがドスドス乗り込んでくる前に、どのくらい観察できるかわかりやせんがね」

「そうだな」とキャンピオンは言い、この小さい部屋を横切って外に出ると、暗がりに階段があるのが目に入った。

「家じゅう回ってみたんですがね、ほとんどの部屋は何年も開けられてませんでしたぜ」ラグは階段に息を切らせながらも、楽しそうだった。「最上階には家具が一つもねえ。この踊り場の前の部屋は寝室みてえに設えてあるが、蛾の楽園ってとこだ。見る価値があるとすれば、ここの家具一式ですぜ」

ラグは陰気な廊下を進み、左手の扉をさっと押し開けた。部屋は漆黒の闇だったが、ラグが照明のスイッチを探ると、天井中央に一個つけられた電球が突然、眩い光を放った。キャンピオンは狭い部屋に足を踏み入れた。一つだけある窓は、板で注意深くふさがれていた。ほぼ何もないと言ってよかった。床はむき出しで、奥の壁に沿って細長いテーブルが一台置いてあった。テーブルの横には、ぼろぼろのクッションが積まれた一脚の古めかしい柳枝編みの肘掛け椅子が無造作に置かれ、そのほかは背もたれの高い木製の椅子が二脚あるだけだった。木製の椅子は、部屋の中央に数フィートの間隔を開けて向かい合わせで置かれていた。

キャンピオンはラグの全身を眺め回した。

「手がかりが山ほどありそうじゃないか」

「ここは何のための部屋です？　重役会議室かね？」少々嫌味っぽい口調だったが、ラグは心からは不思議に思っているようだった。「娘っ子が二人であやとりしてるところを、男が肘掛け椅子に座って眺めるとか？」ラグがそんな案を出した。

「それはないな。家のなかのどこかに梱包材はないかな？　岩綿みたいなものは」

「家の奥が鉋くずで溢れてやしたぜ。台所のすぐ裏でさあ。でも、二階にはねえ。みじんも」

キャンピオンは何も言わなかった。部屋を歩き回って床板をなめるように見ていた。床板はそこそこきれいだった。ラグはさっきから顔を輝かせている。ずいぶん嬉しそうだ。

「いいこと、教えましょうか」ラグは言った。「ジャスがここにいましたぜ。まちがいねえ」

キャンピオンが食いつくようにラグに顔を向けた。「なぜわかる」

幅広の白い頬が、お上品に赤く染まった。「はっきりした証拠があるわけじゃねえ。もちろん指紋を見つけたわけでもねえ。その前に、あの椅子の上のクッションを見てくだせえ。薬屋は小(ちい)せえ男だった。ちょうどそんな体格の人間が座ったんだぜ、旦那」

「一理あるな」キャンピオンの薄い唇が横に広がった。「それについて学術論文を書くといい。そういう研究はまだ歴史が浅いからね、データがたくさん必要だ。ヨー警視に知らせて意見を請おう。彼の意見はおおいに参考になる。で、ほかには？」

「あの野郎がここにいました」ラグは主張をくり返した。「野郎はちょっとイヤな臭(にお)いの煙草を吸うんでさあ。最初にここに入ったとき、その臭(にお)いがした。いまは消えちまいましたがね。旦那は、野郎がここにいたと思わねえですか」

キャンピオンは動きを止めた。妙な具合に置かれた二つの椅子のあいだに、ひょろりと立っていた。

「ああ、そのとおり。彼はここにいた。たびたび来ていたんじゃないかな。問題はあれに何を詰めているのか、だ」

「何に、ですかい」

「箱だよ」とキャンピオンは言い、箱の形を片手で描いた。細長い箱の両端がそれぞれ椅子の上に載っている様子だった。

第十五章　三日目

大部屋を整然と見せようと、ぼろぼろのパイプをつなぎ合わせて作った壁で仕切っただけの狭い病室だった。いまここに、人が集まっていた。出入り口のそばに一つだけある電球には分厚い笠がかけられていたので、ぼんやり薄暗い。包帯が巻かれているせいで怯えたブルテリアにますます似た顔になっていたマイク・ダニングは、目眩と、一時的とはいえ警察にオートバイを没収されたのではないかという大きな不安のなかで、彼なりに懸命にしゃべっていた。

体調は、いまもかなり悪そうだった。強い吐き気と、思い当たる節もないのにこんな目に遭わされた鮮烈な恐怖にくり返し襲われ、まるで酔っぱらったように、口ごもったかと思えば秘密めいてにやにやした。

出入り口を行ったり来たりしているダイス巡査部長と、白い鉄製のベッドの両端にそれぞれ腰かけているチャーリー・ルークとキャンピオンは、暗がりのなか輪郭しか見えない。一方で、陽の光のもとにいたならデボン（イングランド南西部の州。観光・保養地）での休暇の広告のモデルのような若い看護婦は、すらりと長身でダニングの足元に立っていた。室内のわずかな光を受けた白い帽子が心を和ませた。ダニングはときおり思い出しては、看護婦に自分の話をした。

「クライティのことが」ダニングはふたたび口を開いた。「クライティのことだけが心配なんだ。あの子は世間知らずだから。そんなふうに育てられてきたんだ。あんたにはわかんないだろうけど」ここで頭（かぶり）を振りたかったにちがいないが、ちょうど痛みが襲ってきて、それは叶わなかった。「まだ子どもなんだ。とってもかわいいんだ。でも、初めて会ったときは世間のこと、なんにも知らなくて。ハラハラさせられた。外に出すのも危険だった。どうしてあの子をここから出したんだよ」

「すぐに戻ってくるから」看護婦は言った。「ここにいる方たちに、怪我した経緯（いきさつ）をお話ししてちょうだい」

「ウソつくなよ、姉ちゃん」まばらな金色のまつ毛に縁どられた黒い瞳は、不安の色をしていた。「あんた、パリノード一家のこと知らないだろ。また、あの子をつかまえて閉じ込めて、あいつらみたいな大人にするつもりだ。だから、俺が面倒見ることにした。そう決めたんだ」秘密めいた笑みが、少年らしい柔らかな口元にうっすらと浮かんだ。言い訳がましい、間の抜けた笑みだ。「俺にはあの子を守る責任がある」ダニングは目を見開いた。「あの子には俺しかいないから」

「誰に殴られた」ルークがこう問いかけるのは五回目だった。

　マイク・ダニングはしばらく考えたのち、「わからない」と答えた。「変な話だけど、まったくわからない」

「下宿屋のおばさんのところを出たあと、君はバイクのもとで寝ることにしたんだね」キャンピオンが優しく問いかけた。

「そうです」ダニングは驚いたような顔をした。「浴槽の栓みたいな顔のあの婆さんに追い出された。俺はすげえ頭に来た。夜十二時過ぎてたけど、婆さんは旦那の監視員用の防寒上着を引っかけて頭にカーラー巻いて下りてきた。俺に食糧配給手帳を渡すと扉を閉めやがった」ダニングはしばし口をつぐんだ。「そして、俺は歩いたんだろうな」

「すぐあそこに向かったのか」ルークが暗がりで唸るように言った。「どのくらいして、あそこに着いたんだ」

「わからない。二、三時間か……いや、そんなにかかってない。あいつらを見てるとき二時の鐘が聞こえたから」

「誰を見てた」少しばかり気がはやって、ルークの声がわずかに荒立った。ダニングは目を閉じた。

「忘れた」と、ダニングは言った。「いまクライティはどこですか」

「ドアのすぐ外の廊下で、左側の三番目の椅子に座っているよ」キャンピオンがすかさず答えた。

「安心しなさい。で、見てるときに雨は降っていた？」

まばらなまつ毛に半分隠れた瞳が、また考え込むような様子になった。

「いや、そのときは止んでた。暗かった。街灯って早く消えるだろ。でも、バイクのところに行ったほうがいいだろうと思った。あの扉には鍵がなかったから心配だった。ほかに行くところもなかったし。泊まれる金もなかったし」

ダニングは口をつぐんだが、このときは誰も急かさなかった。やがて、疲れ切った声で話が続いた。

「エプロン街のほうに曲がって、廏小路(ミューズ)に向かった。空は、道が見えるくらいの明るさはあった。けど、面倒なお巡りにいろいろ言われたくなかったから、音を立てないように行った」ダニングは戸惑ったように目をぱちくりさせた。「おっと、口がすべった。けど本当のことだ。ちょうど棺桶屋のとこまで来ると、扉が開いてあいつらが出てきた。バウェルズの親父と、俺に小屋を貸してくれた息子だ。そのとき一番会いたくなかったヤツらだったから、俺は慌てて脇に寄った。隠れられる場所といったら、その店のウインドーしかなかった。一フィートくらい壁からせり出してるだろ。見つかっちまうだろうと思ったけど、真っ暗だったし、俺は息を殺してた。あいつら、何だか手間取ってるみたいだった。玄関先で何やらごちゃごちゃやっててね。鍵をかけるのに苦労してたのかな」ダニングはにやりとした。「若いほうが頭を突き出してきたときは、俺に息がかかるくらいだったよ。で、『道には誰もいないよ、お父ちゃん』って子どもみたいに言ったんだ。俺は思わず笑いそうになった。あいつが飛び出してきたんで、声を出して笑ってやろうかと思ったけど、俺もそこまでイカレちゃいない。そのうち、二人して道を渡っていった。あたりは写真のネガくらいの灰色っぽい明るさだったから、何とか見えた。親父のほうは腕にシーツをかけてた」

「何だって?」影絵のような少年の姿に不気味な光が差し、ルークはこれまでの慎重さを吹き飛ばした。

「シーツだよ」ダニングは語気を荒らげた。「たぶんね。シーツにしか見えなかった。でなきゃテーブルクロスかな。きちんと畳んで腕にかけてあった。ゾクっとしたよ。二人は道を渡って薬屋まで行って、しばらくそこに立ってた。呼び鈴を押してるんだろうと思った。二階の窓が開く音がしたから。それから誰かの声が聞こえたんだけど、何て言ってるかわからなかった。しばらくするとシーツに反射してた光が見えなくなったから、二人とも中に入ったんだなと思った」

「薬屋にまちがいないね」

「ああ。どんなに暗くたって、いまの俺はエプロン街についちゃ知らないことはない」

ルークが余計なことを言い出しそうだったので、キャンピオンが先に口を開いた。

「時計が二時を打ったのはそのときなんだね」ルネの屋敷の応接室の窓越しに葬儀屋と話したのはた

しか三時過ぎだったと思い返しながら、キャンピオンは訊いた。

マイク・ダニングは口ごもっていた。そのときの光景がゆっくりとよみがえってきて、ふたたび衝撃を感じているのだった。

「ちがう」ダニングはようやく言葉を発した。「ちがう。二時を打ったのは、大尉とロレンスを見てたときだ」

「その二人もそこにいたのか」

「薬屋にいたんじゃない。死体泥棒親子が消えたあと、俺はパリノード屋敷のほうへ道を渡った」

「何のために」ルークが責めるように訊いた。

「見に行った」疲れてきたらしくダニングの口調は喧嘩腰でなくなっていた。部屋のなかの誰一人、ダイス巡査部長でさえ、目的がわからないという顔はしなかった。「クライティの部屋の窓は明かりが消えてた。あの子の部屋は表側なんだ。たとえ小石があったとしても、投げるつもりはなかったよ。寝てるのを確かめたかっただけだから。そこから離れようとしたとき、ロレンス・パリノードを見たんだ……あの子の叔父さんで、あいつらのなかで一番たちが悪い。あいつは正面玄関からこっそり出てきて階段を下りた」ダニングはいたずらっ子のような意地の悪い笑顔になった。「俺のあとをつけるつもりだろうと思った。あいつ、X線みたいな目を持ってるから。でも、そのあと、X線が当たってるのは俺じゃないとわかった。あの角の街灯だけは夜通し点いてるんだけど、あいつは庭の小道をはずれて、ちょうど街灯の下を通ったんだ。そして、そっと茂みを押し分ける音がして、あの家で壁と呼ばれてる一列に並んだ漆喰(しっくい)塗りの飾り壺の前にひょこっと出てきた。俺からそんなに離れてない場所だったんだけど、俺は完全に屋敷の影の中にいたから、あいつが月桂樹のあいだから身を乗り出したときも、あいつの顔は半分しか見えなかった」

「大尉はどこにいた。ロレンスと一緒だったのか」

「いや。そいつはバロー・アベニュー（バロー・クレッセントを指すと思われる。ダニングが言いまちがえている）の向こう側の、ビショップ・テラスの角の郵便ポストのところにいた。ロレンスはそいつを見てて、俺はロレンスを見てた。まったくバカげた状況だったけど、俺、そこから動けなかったから。みんなして暗がりで虫けらみたいにコソコソ何やってんだか。バロー通りのローマカトリック教会の時計が二時を打ったのはそのときだ」

「そんな位置から、どうしてシートン大尉だとわかったんだ」

「いや、わからなかった」ダニングの生来の明るい性格が見えてきた。「ずいぶん長いこと、まったくわからなかった。老いぼれロレンスが何だか向こうのほうを眺めてるんで、俺もそっちを見た。そうしてると、誰か男が門から出てきて、郵便ポストの前を通り過ぎて、バロー通りのほうを見ながら、そこに一分くらいいたあと、こそこそ戻ってきた。しばらくすると、また同じことが起こった。男の体形とか帽子のかぶり方に、何だか見覚えがあると思った」

「そこまでわかるほど明るかったのか」ルークは必死だった。

「ああ、写真のネガぐらいだって言ったろ。真っ黒い影と、あとは寒々しい灰色だ。その男が出てくるたび、いろんな角度で影が見えて、それで、だんだん、あのおっさんだってわかってきたんだ。あいつは悪いやつじゃない。クライティはあのおっさんが好きだ。そのあと、女が現れた」

ルークが白目を剝いたのが、キャンピオンには見えた。見えた気がしただけかもしれないが。ルークが黙ったままだったのは立派だった。

「女は舗道をわっさわっさと歩いてきた」かすれ声でダニングは続けた。「もちろん顔は見えなかったけど、歩き方からするとちょっと年取ってたんじゃないかな。そうとう厚着してたけど太っちょなのはわかったよ。大尉が歩み寄って、その女に話しかけた。顔見知りみたいだった。そこで十分間くらい立ち話してた。口喧嘩してるんだと思った。おっさんのほうが、やたらと両手を動かしてたから。ロレンスは壁越しに身を乗り出してた。首をにょっきり煙突みたいに突き出してたよ。二人が何を話してるのか聴こうとしてたんじゃないかな。怒鳴り合ってたとしたって無理なのにバカだね。最後に、女がプイと顔をそむけ、こっちに歩いてきた。歩いてくると思ったんだけど、エプロン街の向こう側に渡って廏小路（ミューズ）に入ってった。大尉は屋敷に戻ってきて、ロレンスもなかに引っ込んだ。ロレンスがいなくなるまで俺はそこから動けなかったから、最後まで見てたってわけ」

　ルークが頭をぽりぽり掻いた。「その男はおそらく大尉で、女を待ってたように聞こえるな。女の顔が見えなかったのが残念だ。女が廏小路（ミューズ）に入ってったのはたしかだな？」

「まちがいない。ずっと見てたから。あそこからバロー通りに抜けられるんだ」

「バウェルズ親子が戻ってきて廏小路（ミューズ）に入ってったってことはないな？」

「それはない。ありえないだろ。薬屋から続く裏道はないし、俺は薬屋のウインドーから十ヤードも離れてないところにいたんだから」

「で、それから？」

　ダニングが枕に頭を沈めたので、「面会はおしまい」と看護婦は宣言しようとしたようだったが、彼はまた元気を奮い起こして必死に話を続けた。

「俺は廏小路（ミューズ）に入ってって、バイクを確認した。そうだ、バウェルズんちの裏口の明かりが点いてたんで、親戚が泊まりにきてるとバウェルズの息子が言ってたのを思い出した。俺は横歩きで小屋に近づいた。親戚とやらに気づかれたくなかったんでね。バイクは無事だった。小屋の扉を閉めてからマッチを擦って確かめたんだ。懐中電灯を持ってなかったから」

「人の気配は？」

「なかった。一階は誰もいなかった。屋根裏に誰かいるのが聞こえた気がして、しゃべりかけてみたと思うんだけど、思い出せない。でも、そのあと静かになったから、隣の小屋の馬だと思った。腰を下ろせるものがなかったし、レンガはじっとり濡れてたから、上に行ったほうがよさそうだと思った。すごく疲れてたし、考えなきゃならないこともあった。なにしろ給料日まであと一ポンドしかなくてね」包帯の下でダニングは額に皺を寄せた。「これは、いま関係ないね」彼は人懐こく、にやりとした。「このことは、あとで一緒に考えてくれよ。で、俺はマッチを擦って足元を照らしながら、よろよろ梯子(はしご)を上った。記憶はここでぷっつりだ。誰かに殴られたんだと思う。誰だろ」

「大尉のガールフレンドじゃなさそうだ」キャンピオンがピントはずれのことを言った。

キャンピオンとルークが立ち上がると、ダニングがキャンピオンに向かって手を伸ばした。

「あの子を呼んでください。俺だけが頼りだから」ダニングはもごもごと言った。「あの子に話したいことがあるんだ。俺がいなけりゃ、あの子、どんな目に遭うか、あんたたち知らないだろ」

「もちろん知らないね。重大事件にでもならないかぎり」ここでの用が終わり、病院のコンクリートの階段を下りながらキャンピオンはルークに言った。

「面倒なガキどもだ！」ルークはいきなり吐き捨てるように言った。「二人とも誰にも大切にされてないから、いたわり合ってるんですよ」ルークはいったん言葉を切った。「まるで二人組の酔っぱらいだな。それはいいとして、殴った犯人はラグの身内じゃないようですね」

「ああ、そのようだね」キャンピオンは途方に暮れた様子だった。

「ジャスと話したいな」

「そちらはお任せします。僕はいまからサー・ドーバーマンに会わなけりゃならないんです。ダニングのことで病院から電話をもらう直前に、サー・ドーバーマンから伝言を受け取って。今度はいったいどんな検査結果が出たんだか」

門まで来るとルークはしばし立ち止まった。苛立っているような、思い煩っているような表情だった。目は不安の色を浮かべ、落ちくぼんでいた。

「この忌々しい事件は、いったいどう決着するんでしょう。まず、人手が足りない。本部が半分の人員を持って行ってしまったせいだ。次に、まったくやりづらい。パリノード一家があんなふうに変人ばかりだから。こんななかで、あなたは光を見出せますか？　僕は判断力が鈍りはじめたみたいだ」

相手より縦も横も小さいキャンピオンだったが、眼鏡をはずし、優しい目を彼に向けた。

「見えてきていますよ、チャーリー君。もつれは、解れてきている。僕が思うに、いま肝に銘じておくべきは、違う色の糸が二本あるのはまちがいないってことです。えっと……ぐるぐる巻きになってね。知りたいのは、その二本が端っこで結ばれているのかどうかだ。結ばれている気がするが、まだわからない。君はどう思う？」

「自分にわかるときが来るのか、ときどき自信がなくなります」と、チャーリー・ルークは言った。

第十六章　葬儀屋の応接間

バウェルズの店にやって来ると、ガラス戸は鍵がかかっていたが店内はまだ照明が点いていたので、キャンピオンは呼び鈴を押して待った。冷静に見ると、なかなか興味をそそるウインドーだ。ここ以外の場所にあったらどぎまぎしてしまいそうな黒い大理石の骨壺が一つ置かれ、窓ガラスには蠟でできた花輪が二つ留められていた。

それぞれの花輪には、バラの花がその大きさだとしたらスズメほどしかない陶磁器製のハトが、まるで死骸のように羽を広げて淡色の花に埋もれてくっついていた。

ほかにはミニチュアのイーゼルが置いてあり、小さいけれどごてごてした飾り文字で「信頼の埋葬。味わい深く、手際よく、無駄なく、厳かに」とタイプされた黒縁のカードが載っていた。

信頼できない埋葬があったら想像するに耐え難いなとキャンピオンが思っていると、扉からちょうど見える階段の吹き抜けに、バウェルズの親父さんが上ってくるのが見えた。食事中だったようで、上着を着るのに手間取っていたものの、もたもたせずにやって来て、すぐさまガラスに顔を押しつけた。

訪問者が誰だかわかるや、かぶってもいない帽子に手を遣る仕草をし、扉の上と下のかんぬきをはずして、愛想よく、恭しく出てきた。

「ミスター・キャンピオン！」朗らかな声だった。「これは、これは、よくいらっしゃいました」そう言ったあと、葬儀屋の笑顔はおどおどした心配顔に変わった「不躾なことをお伺いしますが、仕事のご相談ということではございませんね。まさかと思いますが」

キャンピオンは気さくに返した。「それは、あなたと僕、どちらの仕事かによりますね。差し支えなければ、ちょっとだけ地下の台所でお話しできませんか」

幅広の顔からさっと表情が消えたが、キャンピオンが気づく間もなく笑顔に戻り、瞬時に慇懃な態度になった。

「もちろんですとも、喜んで、ミスター・キャンピオン。こちらです。失礼して、前を行かせていただきますよ」ジャス・バウェルズは腰をかがめ、キャンピオンの前に回りこんだ。声をゴングのように建物じゅうに響かせていた。

キャンピオンはジャス・バウェルズのあとに続いて階段を下り、狭い廊下に出た。整理整頓され、がらんとした店内に比べると、かび臭く暖かかった。ひょこひょこ頭を上下させ小刻みで前進するあいだ、ジャスは終始しゃべり続けた。

「粗末なところですが、居心地は抜群でして。あたしもせがれも立派なお屋敷はいやというほど目にしておりますが、楽しい思い出ってわけじゃない。ですから、普段の生活は飾り気のないほうが好きなんです。ああ、忘れておりました。先日、マーガスが酔いつぶれた夜ですが、その節はどうも。あれは哀れな男です」

ジャスは足を止め、狭い扉の掛け金に手をかけた。満面の笑みで、小さな下唇が大きな前歯にほぼ隠れていた。

「お先に入らせていただきますよ」と言って、ジャスは部屋に入った。

とたんにジャスは、さらに嬉しそうな顔をした。「あたしらだけのようですね」そう言いながら薄暗い散らかった部屋を奥まで進み、客のために椅子を食卓の前に置いた。「せがれがいると思っておりましたが、仕事に戻ったらしい。あいつは優秀な職人でして……こちらにお座りください。あたしの右側にお座りいただければ、お声がよく聞こえますんで。いや、ローリーは自分の好みに引きずられないものを作れたはずなんですがね。『お前、お入りになる方が誇りに思えるものを作るべきなんじゃないかい』とあいつには言っておりますんですが。『それこそが最高の作品だ。覚えとけ』ってね」

キャンピオンが腰を下ろすと、戸惑うほどの怪力で椅子が食卓のほうに寄せられた。それから、ジャスは上座の自分の席まで食卓を回りこんだ。波打った白髪がやんわりした光を受けて輝き、広い両肩には貫禄があった。表向きは卑屈にふるまっていても、ここでは、いままで見せなかった威厳があった。腰を下ろした姿は、意外にも四頭立て馬車のように華やかで、存在感たるや前世紀の遺物のようだった。多少の非礼も適度に洗練され、善人ぶった態度も板について、みごとに善人になりきっていた。

「マーガスはおりませんよ」小さな青い目は鋭く、詮索しているのが見て取れた。「向かいの店であの悲劇が起こったあと慌てて入ってきて、じゃあな、と言ったきり音沙汰ありません。ご存じでございましょ」

キャンピオンはうなずいたが、詳しい話はしなかった。ジャスは頭を下げた。そつがなく従順な態度としか表現しようがない。

ジャスは話題を変えた。「ああ、ワイルドさん、お気の毒に。いたく衝撃を受けました。あたしども親子とはそれほど仲良くもなく、言ってみれば、会えば挨拶するってくらいでした。ですが、とんでもなく長いこと、この商店街で一緒に商売してきましたから。あたしは死因審問に行きませんでしたが、敬意を表してローリーに行かせました。〝精神の安定を失ったことによる自殺〟という評決だそうで。穏当な評決ですな」

ジャスは格子柄のテーブルクロスの上で両手を組み、探るような視線を下に向けた。

「明日の朝、ご遺体を納めます。儲けにはならんでしょうが、万が一、お宅様にお仕えするときと同じように、豪勢にお弔いするつもりです。友情の証が半分、商売目的が半分ってところでしょうかね、ミスター・キャンピオン。考えてもみなかったことで嘆かわしいとお感じになるかもしれませんが、こういった悲劇はあたしどもの一番の宣伝になりましてね。見物人がわんさとやって来て、葬列がその人たちの記憶に残る。ですから、あたしどもは商売を続けていくために、いつでも最高の仕事をするのです」

家の主（あるじ）の話しぶりがこれまでになく堅苦しくなったので、キャンピオンは、おや、と思った。あたかもほかに人がいるような、お茶会でのおしゃべりのような口調になっている。この空気を台無しにする覚悟で、キャンピオンは一発目の癇癪（かんしゃく）玉を投げた。

「一昨日（おととい）の午前二時、会えば挨拶する程度の知り合いの家をあなたが訪ねたとき、腕に掛けていたものは何ですか」

ジャスは驚いた様子はおくびにも出さず、困ったお人だ、と咎めるような表情を見せた。

「そういった質問は警察がするものと思っておりましたよ、ミスター・キャンピオン」ジャスはきっぱりした口調で言った。「しかも、失礼ながら言わせていただければ、警察のほうが、まだ気遣いがあったでしょうな。商売人には割に合わない仕事がつきものです。あたしはそんな思いでやっています」

「そうでしょうとも」キャンピオンはもったいぶった口ぶりで返した。「では、一昨日（おととい）の午前二時の話に移りましょう」

ジャスは声を上げて笑った。半ば悪党のような、半ば哀願するような笑顔には愛嬌があって、いかにも楽しんでいる様子だった。

「人間の性（さが）とでも申しましょうかね」ジャスはあたかも自分の犯したささいな過ちをかき集めて、世界じゅうの罪悪が溜めてある巨大な池に投げ込んだような態度になった。「あの下宿屋の庭を見張ってるコーカデール刑事がたまたまあたしどもを見かけたんですかね」

細身のキャンピオンがその質問を受け流すと、葬儀屋の顔に悔やむような笑みが広がった。

「そんなに夜遅いとは思っておりませんでしたが、おそらく遅かったんでしょうな。マーガスが三十年ぶりに泊まりに来た日の夜でした。死んだ女房の話をしてるうちにマーガスは眠りこんで、文字どおり前後不覚になりました。惨めな男だ」ジャスは一呼吸置き、話を進めていいものかと小さな目で相手の顔を探った。口を挟んでくる気配がないとみると、臆することなく話を続けた。

「憶えておいででしょうか、ミスター・キャンピオン。あちらのお屋敷でお会いしたとき、棺のことで少々困っているとお話ししたのを」

「そうでしたか？　僕に棺桶を売りつけようとしているんだと思いましたが」

「違いますよ、ミスター・キャンピオン。あれは冗談です。ランズベリー・テラスの葬儀に使うんで、大急ぎで棺が入り用になりましてね、通りの向こうに借りてる地下貯蔵庫に一基しまってあったのをローリーが思い出した。『でも、その前に』と、あたしはせがれに言ったんです。『その前に、ミスター・ワイルドのところに約束のものを届ける時間がありそうだ』ってね」

ここでまた、意味のない沈黙があった。キャンピオンが無表情で耳を傾けていると、ジャスは先ほどより打ち解けた口調になった。

「お宅さんもあたしと同様、世慣れたお方だ、ミスター・キャンピオン。おわかりいただけましょう。かわいそうなワイルドさんは、そりゃあもう、きれい好きで。見た目がきちんとしてないとイライラするたちだった。あの店の二階に、通りに面した部屋が一つあるんですが、みすぼらしいカーテンがかかってたもんで、からかったんですよ。そしたら、『布地が手に入らなくてねえ、バウェルズさん』と言う。『配給券は使えないだろうし』なんて……」ジャスは声を低くした。「あたしどもは仕事で、ちょいとばかり綿布を使うんです。内張りやなんかにね。丈夫じゃないが、丈夫な必要もない。それでも見栄えは悪くない。早い話が、店の見た目を考えて、綿布を一、二ヤード譲ると約束した。商店街が華やかになったほうが、結局のところ、あたしらもありがたい。ほかにも近所に欲しがる人が出てきたら面倒なんで、あたしはそれを夜中に持って行ったんです。あの人のご遺体を安置所に運ぶために引き取りに行ってみると、綿布は使われずに置いてあったので、持って帰ってきた。いま作業場にあるんで、お見せしてもかまいませんよ。以上が事の顚末です、ミスター・キャンピオン。お宅さんは、いわば紳士でいらっしゃる。こんなつまらない話を警察のみなさんにするとなれば、沽券にかかわるんじゃないでしょうかな」ジャスは仰々しく作り話を終えると、満足そうに椅子にもたれた。

「はあ」キャンピオンは肯定とも否定ともつかない返事をした。「もう一つだけ伺いたいんですが、そもそも、どうして僕をここに来させようとしたんでしょう?」

ジャスの体がこわばった。恐れが全身に潮のように満ちたようだ。幅広の顔は血の気を失って蒼ざめ、小さな口は抗議を示してすぼまった。彼がこんなふうに動揺をあからさまにするのは初めてだった。

「あ、た、し、が? あ、た、し、がお宅さんをここに来させたと?」ジャスはけたたましい声で言い返した。「とんでもない勘違いをなさってますな。あたしはそんなことはしておりません。あたしもせがれも、お宅さんとお近づきになれて嬉しくないとは申しませんよ。それどころか、この上ない光栄です。だとしても、お宅さんを来、さ、せ、た? そんなことは一切しておりません! だいたい、あたしの出る幕じゃございませんでしょ。仮に理由があるとしたって」ジャスは口をつぐんだ。赤と白の格子柄のテーブルクロスの上で、ごつい手が震えていた。「あたし自身が新聞に載るようなことでもあったら、あの身内の男になれなれしい手紙を送ったかもしれませんがね。ですが、あの手紙に特別な意味を読み取ったんだとしたら、ええ、ええ、あの男はあたしが思った以上に馬鹿ですね。ここにいらしていただけたのはあ、り、が、た、いことです、ミスター・キャンピオン。あたしだって、事件が解決するところを見たいですから。そりゃたしかにそうですが、あたしがお宅さんをここに来させたというのは違います」

キャンピオンはますますわけがわからなくなった。自分のせいになるのが嫌なのは理解できるとしても、そこまで怯える必要はないだろう。

「警察の取り調べを受けたりしたら、商売に良くない影響が出るのはわかります」キャンピオンは慎重に言葉を選んだ。「たとえ巷(ちまた)の評判が良かったとしてもね。ミス・ルース・パリノードがときおり馬に一、二シリング賭けていたのをバウェルズさんが知っていたという話は聞きました。でも、僕をここに来させる動機としては弱すぎる」

バウェルズは大きな白いハンカチで鼻をかんだ。明らかに時間稼ぎだ。

「あたしはお宅さんをここに来させちゃいないが、だとしても商売が何より大切なのは確かだし、警察はそんなことには無頓着です。まあ、仕方のないことですがね。あたしの商売に必要なのは、一に思慮分別、二に思慮分別、どんなときにも思慮分別だ。たとえ最低限の仕事はするとしても、人を見下したり軽口だったりする葬儀屋に誰が頼みたいでしょうか。とはいえ、あたしもお宅さんとお近づきになりましたし、証言台みたいなありがたくない場所にあたしを上がらせたりしないと信用してのことですが、お伝えしておいたほうがいいかもしれない些細な出来事が一つありまして。ミス・ルース・パリノードが亡くなられたとき、一つだけ、とても奇妙な光景を目にしました。実につまらないことなんで何の意味もないかもしれませんが、ちょいと気になりましてね。ミスター・ロレンス・パリノードが食器を洗っていたんです」

優しい笑顔で、ひょろりと背が高く、近眼で、意味不明の会話をする男の姿がキャンピオンの目に浮かんだ。

「どこでです?」

ジャス・バウェルズは相変わらず蒼ざめていたものの、本来の如才なさが戻ってきた。

「台所でじゃなかったんでございますよ」秘密めいた口調でジャスは言った。「ミス・ルースは午後の早い時間に亡くなった。珍しい時間帯です。ご存じないかもしれませんが、死亡率という点では、午後の早い時間はもっとも低いのです」

「あなたがそこへ行った時間は？」

「お茶の時間でした。五時近かった。ミス・ローパーがミスター・グレースをここによこしましてね。例の一家は、指一本動かさなければ足も動かさなかった。予想はついてましたがね。人間味はあるが役立たず。それがパリノード一家です。実務的な行為は良くないことと思ってるもんで、ますますたちが悪い」

先ほどの怯えから立ち直りつつあったジャスは、ふたたび力説を始めた。この話とその前の話の内容にさほど違いはなかったが、それでも聞き逃すわけにはいかなかった。この話には、安易に即興で作ったでっち上げは含まれていない。それなりに嘘でない気がする。

「ミスター・グレースが扉を叩いたとき、あたしは食事中でした。あの一家は知った仲です。あたしはすぐに立ち上がって、黒の外套を着て、巻き尺を持って駆けつけました。ミスター・グレースは、二階には行かないと言いました。ですが、驚くことじゃございません。そういう役を引き受けたがらない人間も少なくない。たとえ相手と親しかろうと。一方で、その手のことを買って出る人もいる。性分の問題でしょうな。とにかく、ミスター・グレースがあたし一人に階段を上らせたときも、あたしは動じなかった。『お任せください』と、言いましたよ。『人違い、なんてとんでもないことはしでかしませんから』と軽い冗談を言ったが、ミスター・グレースはぽかんとしてました。とにかく、あたしは独り静かに、気持ちを込めて階段を上った。あたしどもは、できるかぎり足音を立てないで歩くようにしておりましてね。確認のために入り口で立ち止まり、そして、あの方を見たんです……食器を洗っていたのを」

「ミスター・ロレンス・パリノードが？」

「はい」

「ミス・ルースの部屋で？」

「はい。ご遺体にはシーツが掛けられてました。そして、弟さんがいたんです……正直なところを言えば、無表情だが神経が昂ってるようにお見受けしました。古めかしい洗面台の上に部屋じゅうのありとあらゆるコップやグラスやスプーンが置いてあって、あたしが入っていくと、あのお方は最後のスプーンを広口瓶に突っ込んだところでした。扉の開く音を聞くや、万引きでも見つかったみたいに振り返りましてね。すぐに親切丁寧に応対していただきましたが、もちろん、あのお方が何かしてたのを、あたしは見たわけです。一人になったとき、いったい何をしてたのか確かめてみました。きれいになった食器が大理石の上に広げられてました。むき出しで」

ジャスは少々憤慨したような口ぶりだった。

「以上ですか」

「はい、すべて事実です。何か意味があるのではと思いましたもんで」

「誰かにこの話をしましたか」

「いいえ。父の膝の上で聞かされたものです。『葬儀屋たるもの、お客様よりしゃべっちゃいけねえよ』と。それが父の信条でした。もちろん、あのご婦人のご遺体を掘り起こす仕事をさせていただいたときも、心の中に留めて口外いたしませんでした。ついこないだの話ですよ。これは、父に倣ったあたしの信条ってとこですかね」

かなり真実味のある話だ。この情報とその重要性をキャンピオンが頭の中で整理していると、ジャスが立ち上がった。

「何かお飲みになりますか？　死体防腐剤割りでも飲んでるんだろうなんて、ルークさんはあたしにおっしゃるんです。ご冗談のつもりでしょうが」

「いえ、結構。お邪魔しました」キャンピオンは少々気ぜわしく立ち上がった。彼がいきなり動いたので、バウェルズはびっくりしたようだった。そして、キャンピオンの背後の、部屋の隅にすばやく鋭い視線を送った。

　小鳥のように機敏にそちらに目を向ける若さはなかったが、キャンピオンは椅子をテーブルの下にしまい、引き留めるつもりのなさそうな家の主のあとについて部屋の扉に向かいながら、何気なく横に目を遣るや、この日一番の衝撃が彼を襲った。

　レンジ脇のアルコーブに大きな振り子時計が置いてあり、その隣、つまりキャンピオンの座っていた椅子の背から四フィートも離れていない時計と壁との隙間に、体をぺったり貼りつかせて男が立っていたのだ。ぴくりとも動かず、陰に隠れている。キャンピオンたちが話しているあいだ、ずっとそうしていたにちがいない。

　ジャスが扉を開けて押さえていてくれたので、キャンピオンはそのまま部屋を出た。きびきびした足取りで、何事もなかったように表情一つ変えなかったので、キャンピオンは何もおかしなものを目にしなかったにちがいないと家の主は確信した。

　キャンピオンはといえば足早に道路を渡り、畳んだ傘を手にした身ぎれいな銀行支配人ミスター・ジェイムズが愛想よく挨拶してきたので、こくりとそれに応えると、襟を立て、〈ポートミンスター荘〉の表門の外に集まりはじめていた数人の記者のあいだをいざ通り抜けんと構えた。いつにも増して思いに耽っている表情だった。

つやつや頭と、ぽってりして小刻みに震える下唇が目に焼きついていた。これまで気に留めていなかったが、たびたび登場していたミスター・コングリーブをキャンピオンはこのとき初めて強く意識した。

第十七章　屋敷の庭に吹きすさぶ風

「わかりましたよ。もう何も言わないで。出ていくから。もうたくさん。あなたには誤解されてるわ。もうたくさん」

庭から戸口まで来ると、ちょうど怒鳴り声が聞こえ、キャンピオンは立ち止まった。クラリー・グレースが厨房の真ん中あたりに立っていた。意識したわけではないだろうが、さながら芝居の一場面だ。すっかり旅支度をしている。着古されたツイードの外套は、細いががっちりした彼の上半身を包んでボタンがきっちり留められ、キツネの面が散りばめられた柄のスポーツ用襟巻きもまた細い首にきっちり巻きつけられていた。復員者に与えられる愛用の緑色のフェルトのソフト帽が、皺の刻まれた額からちょっと離れたところに載っている。尋常じゃない腹の立てようだ。

ルネがコンロを背にクラリーと向かい合っていた。真っ赤な顔で震えている。だが、怒りが頂点に達しているときでさえ、彼女のぱっちりした瞳は心配の色と静かな思いやりを湛えていた。

「ああ、クラリー」ルネは叫んだ。「その口に靴下でも詰め込んでちょうだいな！　行きたきゃ行きなさい。でも、わたしが追い出したなんて言わないでちょうだいよ。通りに出て触れ回ったりするんじゃありませんよ。外は人だかりなんだから、わかってると思うけど」

クラリーは閉じていた口をまた開いた。キャンピオンを見て、願ってもない観客が来たと思ったのだ。

「ねえ」クラリーはルネに言った。「ねえ、優しい優しいルネおばさん、ほんのちょっとでいいから常識で考えてよ。僕はあなたのために言ってるんだ。あなたが笑い者になるのを見たくないから。僕が余計な口出しをしたと思ってるなら、残念だ」そのあと、精一杯声を張り上げた。「まったく、あなたの頭はどうかしてる。以上！」

「以上で結構」ルネはきっぱりした命令口調で言った。「二度と口を開きなさんな。充分わかりましたから。このことは一生忘れないわ、クラリー。騒ぎを起こしたのはこの人なのよ、アルバート。ボーイフレンドをここに連れてきなさいって、あの子に言っただけなのに。だって、かわいそうじゃないの！　寝る場所が必要でしょ。家もない、お金もない。いつまでも病院にいるわけにいかないでしょうよ。女の子は追い詰められたらバカなまねをするものなの。そっぽ向いて、責任を全部女の子に負わせるわけにいかないでしょ。さあ、アルバート、あなたはどう思うの」

多くを語らずあいまいな態度のまま、突然姿を消せたらどんなにいいだろう、とキャンピオンは思った。

「何のことだか、よくわかりませんが」キャンピオンは恐る恐る口を開いた。「クライティとマイク・ダニングですかね」

「当たり前じゃないの。バカな人ね」痛烈な一言が、馬車用の鞭（むち）のようにキャンピオンの耳のあたりをぴしゃりと打った。「孤児院をやろうって言ってるわけじゃないのよ」

「やるつもりかと思いました」クラリーが憎々しい調子で言ったので、ルネは食ってかかった。

「もう、うんざり。あんたたち男には。こっちは母心で言ってるのに……笑いなさんな、クラリー。

笑ってるのはわかってるのよ……ほんの子どもで、打ちひしがれて、ひどく殴られて、路頭に迷ってる、ケガをしたかわいそうな男の子なのよ。そんな子がここにいたら、面倒見て当然でしょ。もしここにふさわしい子じゃなかったら、あの人たちが会ってみるまでわかりませんけど、そのときは慈悲深い方法でクライティから離せばいいわ……」

クラリーが怯えた馬のような声を出した。

「へえ、あなたはあの哀れな子どもたちを厳しく躾けようなんて思ってるわけだ。そりゃ初耳だね。そんな話聞いたことなかった」

「くだらない！　クライティを我が子のように育てようと思ってるだけじゃないの」

クラリーはテーブルに腰かけて腕組みし、その腕の上に帽子ごと頭を垂れた。

「どうしてです」

「どうしてか？」

「そうだ、どうしてです！　そもそもこれが、このくだらない喧嘩の発端でしょ。ねえ、キャンピオンさん、審判を下してよ。この荒れ果てた世界を救うことなんてできないよと、母親のように慕ってきた愚かなおばさんに何度も言い聞かせようとしてきたんです。だって、そうじゃありませんか。そうでしょ」

ルネの反応は予想を越えて激しかった。

「まるでブタね！」ルネは目のあたりをくしゃくしゃに縮めた。ブタの顔をまねているにちがいない。

「ほんとにブタみたい！　ああ、あんたのせいじゃないわね。あんたの母さんはまともな人だった。あの人とは友だちだったから。心が広くて働き者。それに引き換え、あんたの父親ときたら！　あんた、そっくりじゃないの。人間のクズよ」

クラリー・グレースは父親をかばうつもりはなさそうだったが、傷ついて意気消沈したようだった。急所への一撃だったみたいだな、とキャンピオンは思った。ルネもそう思ったらしく、詫びるつもりはないにせよ弁解はしたいようだった。

「他人がどんな得をしてるか目を光らせてるなんて、ほんとに品がないこと。上にいる一家に、もらう家賃以上のことをちょっとしてあげてるからって、それが何なのよ。してあげられるから、してるだけで、ほかの人には関係ないの。こそこそ嗅ぎ回って、銀行のコングリーブさんからわたしの預金を聞き出そうとするなんて、紳士のやることじゃないわね」

「そんなの、もちろん嘘だ」と、クラリーは言ったものの説得力はなかった。「それに、コングリーブさんはたいしたこと教えちゃくれない。むしろ、僕から話を聞き出そうとするばかりだ。あの人が馴れ馴れしくしてくるって話したでしょ。そしたら、あなたは——もし違ってたら、そう言って——銀行の人なんて所詮知りたがりよって言ったじゃないか」

「話をはぐらかすのが上手だこと。ほんとにお上手」ルネはキャンピオンに向かってぎこちない笑みを見せた。「わたしは、自分の行動に責任を持ちます」

「それなら結構」クラリーは疲れ切った声を出した。「僕はあなたを守ろうとしただけなのに、おバカなバアさんだ。入れる金より持ち出す金のほうが多いような、肩書きだけはご立派な年寄りが片手の指の数ほどここにいる。なんであんな連中をここに住まわせてるのか、そんなこと知りたいわけじゃない……それを妙だと思ってる人もいるけどね。僕は、あなたがどうしてやっていけてるのかが不思議なだけだ。やっていけると言うんだし、慈善箱を置くつもりもないとはっきり言うんだから、もう口出ししませんよ。あの恋人同士を養えばいい。なんだったら、この商店街の半分の人も養えばいいさ。こっちの知ったことか」

ルネはクラリーにキスした。「お詫びのしるしよ。さあ、もう邪魔しないでね。家のなかでは帽子はお脱ぎなさい。ほら、アルバートは脱いでるわ」

「悪かったね、わかってるよ！」クラリーは叫ぶと、そんなふうに言われたフェルト帽をひっつかみ、コンロに向かって投げつけた。帽子は深鍋のあいだを転がっていき、たちまち変な臭いがしはじめた。落ち着いてきていたルネに、ふたたび火が点いた。ルネはトカゲのような素早さで五徳に火かき棒を突っ込んで、帽子を炎の中に押し入れた。鉄の五徳の下で、帽子は永遠に消えてしまった。ルネはまっすぐ正面を見たまま、もったいを付けて鍋ややかんをやたらと動かした。

クラリーは顔面蒼白で切れ長の青い目に怒りの涙を浮かべ、立ち上がると、口をあんぐり開けた。ここにいても何も役に立ちそうにないと思ったキャンピオンは隙を見つけ、仲良し二人組を残して裏の階段に続く扉の外に出た。と、バケツを横に置いて階段の下でひざまずいていたミセス・ラブにつまずきそうになった。

「あの子は出てったかね。ほれ、あの子は出てったのかね？」ミセス・ラブはひょいと身を起こすと、キャンピオンの外套の袖をつかんで迫ってきた。「全部は聞こえなくてね。ほれ、全部は聞こえなくてさ」

ミセス・ラブはキャンピオンに声を張り上げた。いや、きっと一つも聞こえていないにちがいないと思ったキャンピオンは、「聞こえないほうがいいですよ」と、ピンクのリボンに向かって怒鳴った。

「そうだね」ミセス・ラブは驚くほど普通に小声で言ったかと思うと、不意にこうつけ加えた。「だけどさ、おかしいでしょ。ほれ、まったくおかしいでしょ」

キャンピオンはミセス・ラブの横を回り込みながら、この人が同じことをくり返して言うのは返事をただ期待しているのでなく強く求めているのだと気づいた。

「おかしい？」階段を上ろうとしながらキャンピオンはあいまいに答えた。

「そりゃ、そうだよ」ミセス・ラブはバラ色の老いた顔をキャンピオンにぐっと近づけた。「なんで、あの人はあの連中にあんな好き勝手させるんだろ。ただの下宿人でしょうよ。あの連中に借りでもあるんじゃないかと思わない？　ほれ、借りでもあるんじゃないかと思わないかね」

甲高い声は刺々しく耳障りだったものの、これには、なるほどと思わせるところがあって、キャンピオンは思わず足を止めた。ラブ婆さんはすかさずキャンピオンの腕をつかんだ。

「あたしらニュースになってるよ。ほれ、あたしらニュースになってますよ」ミセス・ラブはキャンピオンに向かって絶叫した。「見てごらん！　ほれ、ちょっと見てごらんよ！」

単行機関車のような怪力でミセス・ラブはキャンピオンを押して階段を上らせ、玄関広間を横切って小さな窓の一つまで行かせた。昼間は、この窓から申し訳程度の光が正面玄関横の広間に射し込む。ミセス・ラブは暗いガラスに顔を押しつけた。

「街灯があるから見えるでしょ」ミセス・ラブは声を張り上げた。「あのコーカデールがあいつらを追い払ってるよ。ほらほら、見なさい」

何か動きがないかと期待の目で黙って屋敷を見つめている無神経な集団のなかにコーカデール刑事が分け入っていくところだったが、彼は今日もまた愛想のいい眼差しをしていた。ミセス・ラブの興奮ぶりには目を覆いたくなったものの、とくに不愉快な事態が起こっているわけではなかった。彼女は誕生日当日の子どものように得意げな我が物顔だった。

「ここに夕刊があるの」ミセス・ラブは糊のきいたピンクの上っ張りのポケットをぽんぽん叩くと、折りたたんだ新聞を取り出した。「ほれ、ここに夕刊があるの。ほかのニュースはみんな取っ払われて、あたしらが一面」

「それは、めでたい」キャンピオンの気のない返事に、ミセス・ラブは不満そうだった。

「グリーク街の発砲事件が取っ払われたんだよ。紙面にも限りがあるからね、なんとも残念じゃないの。知った顔があそこにあるかね」

「いえ」とキャンピオンは言ったが、正直な答ではなかった。門のところでコーカデール刑事と話しているのは〈シグナル〉紙のプライス＝ウィリアムズのような気がしたからだ。そうだとすれば、自ら足を運ぶ価値があるとみなした貴重な情報をあの男がつかんだということにちがいない。

「グリーク街のチンピラどもは、もう捕まったんですね」

「いんや、まだ」ロンドン下町特有の、鳥さながら情報に敏感で油断もない目がキャンピオンをとらえた。「あれは街なかの発砲事件だったんだから、普通なら一面でしょ。ほれ、普通ならあれが一面でしょうよ。お巡りさんは街なかの発砲事件が嫌いだから。警察はにっちもさっちも行かなくなってる。ほれ、にっちもさっちも行かなくなってるんだよ」

大きな声は甲高く、単音のサイレンのように廊下いっぱいにこだました。

「いろんなことが起こったもんで、あたしらが新聞の一面からあいつらを追っ払ったの、でしょ？ほれ、いろんなことが起こったもんで、あたしらがあいつらを追っ払ったのよ。クライティさんのお友だちは葬儀屋の小屋でオートバイと一緒に殴り倒されるし、お巡りさんと話してた薬屋のワイルドさんは毒を飲むし。エドワードさんも掘り起こされたでしょ。ルースさんがことの発端なのは言うまでもないけどね。こりゃ、おかしいって誰だって思うよ。こりゃ、おかしいって誰だって思うでしょ」ミセス・ラブは知らず知らずに、にんまりしていた。「あたしらが一面にのし上がって当然よ」

面白いところに目をつけたなと思い、キャンピオンもミセス・ラブに向かってにやりとした。

「あなたが仕事に来るのはもっと遅い時間じゃないんですか」キャンピオンは尋ねた。

「いんや、いまは違うの。あの人たちが毒であの世に行っちゃってからは何時に来ようがルネさんは気にしないの」ミセス・ラブが小さな頭でうなずくと、ピンクの鉢巻きリボンが光を受けてちらちら光った。「誰だって毒なんか盛られたくないでしょうよ。まったく卑劣。ほれ、まったく卑劣じゃないの。まあ、ほんとのところ、いまじゃあんまり気にしなくなってるけどね。あたしゃ、これから買い物に行ってくるよ。ルネさんは外に行かないの。ほれ、ルネさんは外に行かないから」

理由を尋ねてほしがっているのは明らかだったが、黙っていたほうが、いい答が聞けそうだとキャンピオンは考えた。

「ルネさんは外に出たくないの」ラブ婆さんは怒鳴った。「ルネさんは外に出たくないんだよ。ショックを受けてるの。ロレンスさんとお気に入りの大尉さんが、二人で何かたくらんでるから」

「あの二人が?」

ロレンス・パリノードの部屋の扉は、ここから五フィートほど先だ。キャンピオンは興味津津で扉に目を遣った。

「いないよ!」ミセス・ラブが唸った。「一緒に出かけたの。立派な殿方は知らないような、いや、知ってても使わないような言葉で互いを呼び合ったあとにね。ちょうど、あたしが通りかかったときだったの。ほれ、ちょうど通りかかったときだったんだよ。なんかしゃべってるのは聞こえたけど、なんてしゃべってるのかわからなくてね。そのあと、二人して出かけたの。二人ともオランダチーズみたいに真っ赤な顔してましたよ。大尉さんときたら、そりゃあ舞い上がっちゃって、そりゃもう舞い上がっちゃって、『これから、あるご婦人と会うんですよ、ミセス・ラブ』なんて言ってケタケタ笑ったのさ。ルネさんにその話をしたら、ショック受けちゃったの。ほれ、ショックを受けちゃったのよ。ルネさんと大尉さんは仲良しだろ？」

　ミセス・ラブはキャンピオンを食い入るように見た。驚きか非難か、どちらかの反応を求めていた。どちらも見せてくれないとわかるや、さらに秘密めいた声色になった。

「あんたの部屋に行こうよ」そう言ったとたん、ミセス・ラブはひれ伏さんばかりになった。「ああ！」彼女は言った。「ああ！　あんたに言ってなかったよ。すっかり忘れてた。いろんなことがありすぎて、すっかり忘れちゃった。三十分くらい前に紳士が訪ねてきて、あんたの部屋にいるんだよ。ずいぶん身分の高そうなお方だった。ほれ、身分の高そうなお方だったから、部屋にお通ししたんですよ」

「そうですか」来客の予定はなかった。キャンピオンが階段に向かうと、背中でミセス・ラブのはしゃいだ声がした。

「まともな人はみんなお通しすることにしてるの。大事な用事だったら困るでしょうが。ほれ、大事な用事だったら困るでしょうよ」

　ミセス・ラブの声は屋敷じゅうに聞こえているだろうなと思いながら、自分の部屋の前で立ち止まったキャンピオンは、「はて？」と思った。

なかから紛れもない会話が聞こえてきたのだ。言葉までは聞きとれなかったものの、優雅な懇談を思わせる声が耳に届いた。キャンピオンは両眉をつり上げ、扉を開けて部屋に入った。

ミス・イヴァドニが化粧台の前に置かれた北欧の玉座風の椅子に、鏡を背にして腰かけていた。初めて会ったときと同じペイズリー柄の長いガウンを羽織っていたが、このときはレースの肩掛けをまとい、形のよい大きな手に古めかしい金台のダイヤモンドの指輪を輝かせていた。足元には、爪やすりを手にして壊れた電気ケトルのプラグと格闘している男がひざまずいていた。正装用の黒い外套と縦縞のズボンを身に着けた、白髪混じりの丸々した男だった。

頭を上げたその顔は、金融専門家で大蔵省顧問のサー・ウィリアム・グロソップだった。面識はあったが、さほど親しいわけではなかった。

第十八章　スレッドニードル街の糸（スレッド）

　キャンピオンが入っていくと、このにわか電気工は助かったとばかりに立ち上がるつもりだったのだろうが、ミス・イヴァドニに身振りで制され、ひざまずいたままだった。

「お続けになって。お上手にやっていただけそうだから」優雅で気品ある声は威厳に満ちていた。「小さなネジがそこじゃなくて？　あら、違うかしら。ずいぶん長い外出でしたこと」最後の一言は、キャンピオンに向けられたのだろう。

　やんわりしたお小言だった。

「明日のささやかな懇談会の準備をしてるところですの。そうしたら、厄介なものが壊れているじゃありませんか。まったく腹立たしい！　残念ながら、わたくし手先がとても不器用で」

　嬉しそうな笑い声から、彼女がこの馬鹿げた出来事を面白がると同時に、なんとか男二人をおだてようとしているのが伝わってきた。

「だから、あなたを捜しに来ましたのよ。あなたがた演劇人はいろいろな能力に長けてますでしょ。あなたはいらっしゃらなかったけれど、お仲間がわたくしを助けてくださったわ」

　サー・ウィリアムはまつ毛の下からキャンピオンを見た。苛立ちで、品のある小さな口がすぼんでいる。これほど役者と程遠い人間にこれまで会ったことがあろうかとキャンピオンは思った。キャンピオンは両手を差し出した。

「僕がやりましょう」キャンピオンは言った。

「そうしてもらえれば助かる」キャンピオンより年嵩の男は心からそう言うと、立ち上がり、暖炉の前の敷物の上でもう少し楽な姿勢を取った。

ミス・イヴァドニは男に微笑んだ。

「『息子よ、動じているようだな』」引用が始まった「『怖気づいているように見えるぞ。元気を出すがいい。宴(うたげ)は終わった』」（シェイクスピア『テンペスト』、第四幕第一場、プロスペローの台詞）ミス・イヴァドニがからかうように、許して差し上げますわといった目で男の顔を見たので、男は当惑した。

「こういった文明の利器は私の手には負えませんな」男はしかめ面で言った。笑顔は社会の潤滑油とは思わないタイプだ。ミス・イヴァドニは、彼を内気とみなしたようだ。

「シェイクスピアをお読みにならないのね」ミス・イヴァドニは優しい口調で言った。「読んでいらっしゃると思いました。どうしてお読みじゃないの？」彼女はフォルスタッフ（シェイクスピア『ヘンリー四世』および『ウィンザーの陽気な女房たち』に出てくるにぎやかな肥満男）のような男の胴回りに視線を落とすと、あることを思いつき、目を輝かせた。「まあ、いいわ。あなたがたお二人とも、もちろん、明日、来てくださいますわね。今週はとりわけ有力な方がいらっしゃるかどうかは存じませんけど、きっと楽しい集いになりましてよ」

ミス・イヴァドニは作業中のキャンピオンを見下ろした。

「近所の親しい方々も何人かお呼びすることにしてるのよ。ご商売なさっている方々などをね。テスピス劇場のわたくしのすてきなお友だちも、観に来てくださる人とお会いするべきだと思っていますの。でしょ？」

作業を終え、キャンピオンは立ち上がった。「それは、いろいろな意味で有意義な会になりそうですね」キャンピオンが朗らかに言うと、ミス・イヴァドニはぎくりとし、それと同時に嬉しそうな笑みをつくった。

「ええ、わたくしもそう思うの。ところで直ったんですの？　おみごとね！　お二人ともご免ください。明日、六時過ぎにお会いしましょう。あんまり遅れてはだめよ。おしゃべりしていると、すぐ疲れてしまうから」

ミス・イヴァドニは電気ケトルを手に取ると、キャンピオンにこっくりうなずいて部屋の扉を開けさせ、王宮広間さえ華々しくなりそうなふるまいで退出しようとしたが、敷居のところで立ち止まると、振り返ってグロソップを見た。

「果敢に挑戦してくださって感謝いたしますわ。わたくしたち二人とも、ここにいる心優しい男性ほど手先が器用じゃありませんでしたわね」

ミス・イヴァドニは自分が失礼なことをしたと感じ、これは和解のしるしのつもりなのだろう。そう思ったキャンピオンはにやにやしながら扉を閉め、部屋のほうに向き直った。

まるでモリス（ウィリアム・モリス。一八三四～九六。英国の小説家・美術工芸家。植物模様の室内装飾が有名）のモチーフのなかにアザラシが一頭紛れているように場違いに見えるサー・ウィリアムが、どんよりした目でキャンピオンを見た。

「君を待っていたら、あのご婦人が入ってきた。私を顔見知りと思ったようでね。誰と勘違いしたのだろうか。警官かね」

金の何たるかを熟知している人間によくある賢者の哀しげな目を、キャンピオンはやや遠慮がちに見つめた。

「いいえ、あの女性は、僕ら二人を役者と思い込んでいるふりをしてるんです」

「役者とな！」男は思わず、かたわらにあったハート形の巨大な鏡に自分の姿を映し、会話しているときと同じく笑顔になりそうでならない表情をした。「なんとな！」ぶっきらぼうな口調だったが、まんざらでもなさそうだった。次に彼は、こんなことを思いついた。「君が目星をつけている殺人犯はあの婦人かね」

「第二候補ってところですかね」キャンピオンはご機嫌に言った。「おいでくださるとは予想もしていませんでした、サー・ウィリアム。いったいどんなご用件でしょう」

　相手はキャンピオンをしげしげと見つめた。

「ああ」ややあって、彼は口を開いた。「もちろん用があったから来た。盗み聞きされる恐れはないか、確認してもらえるかね。馬鹿げていると思うかもしれんが、用心に越したことはない」

　キャンピオンが周辺を調べているあいだ、サー・ウィリアムは先ほどまでミス・イヴァドニが座っていた立派な椅子に腰かけ、ぴかぴかの小さなパイプを取り出すと、葉を詰め、火を点けた。

「スタニスロース・オーツ君と話をしていた。というより、先方が一方的にしゃべっていたんだがね」やっと本題に入った。「君はヨー警視に宛てた手紙のなかで、ある質問をしていた。どの質問かわかるかね」

「見当もつきません」

「よろしい」サー・ウィリアムは安心したようだった。「われわれがこの件を一切外に漏らさなければ、不都合の生じる可能性は極めて低い。君の手紙はヨー警視への私信だった。ヨー警視はオーツ君のところへ行った。オーツ君は幸いにも、この件を私に直接話してくれた。オーツ君と私はたまたま別件で一緒に仕事をしているところでね。つまり、信頼できる四人ということになる。これなら大丈夫だろう。さて、キャンピオン君、ブラウニー鉱業会社について、いったいどの程度ご存じなのかな」

角縁眼鏡の奥の薄青色（うすあおいろ）の瞳が一瞬困惑し、キャンピオンはため息をついた。ずっと嫌な予感がしていた。ついにカードが表に返されたと、いつもの興奮を覚えながらキャンピオンは思った。

「ほぼ何も。殺害された女性がその株券を大量に持っていた。いまは紙切れ同然らしい。数か月前、その株券について、ある噂が立った。僕が知っているのはこれだけです」

「本当かね。それなら、思っていたよりありがたい状況だ。この件については一切口外しないでほしい。絶対にだ」

「ええ、できるかぎり」キャンピオンはやんわりと正した。

サー・ウィリアムは首を横に振った。「それでは困るのだよ。親愛なるキャンピオン君。ほのめかすことも許されんのだ。わかったかね。報道記者にも誰にも、それとなくにおわすことも許さん。いいね。もっとわかりやすい説明が必要かな？」

「殺人犯が喜ぶでしょうね」キャンピオンがそれとなく言った。

「ん？　ふむ、なるほど。君はこう言いたいのかね。その悲運な女性はそれを所有していたから毒殺されたのだと……」

「言いたいんじゃなくて、お尋ねしているんです」キャンピオンは痩せたフクロウのように、もったいぶって言った。「たった三ポンド十シリングを得るために人殺しを働くような狂人も僕は知っています。僕の……ええと……ええと……僕の依頼人は、覚えているかぎり、ブラウニー（スコットランドおよび英国北部の伝説で、夜間に民家に現れ農作業などを手伝ってくれる妖精）っていうかわいらしい響きの銘柄の八千ポンドを超える価値の譲渡可能な何とやらを所有していた。実際にそれだけの価値がその株券にあった可能性が万に一つあるなら、僕と警察にとっちゃ大問題だということをご理解いただきたい。事件を解明するのが僕らの任務です。あの女性は、価値があるのかわかりゃしないようなものを持っていたわけではなかった。そういうことですね」

　サー・ウィリアムは体を起こすと、「君の言いたいことはわかった」と、ゆっくり言った。「厄介な状況なのだ。私がこの問題をどれほど重要視しているか、君もわかるだろう。でなけりゃ、わざわざここに足を運ばん。君がそれ以上の情報はさして持っていないのは確認できた。君があっさり質問してきたということは、むろん、ことの深刻さを知らないという意味だろう。私としては、自らここに赴いて、できるだけ早く君の口を封じたい一心だった」

「考えてみてください」キャンピオンは遠慮がちに、ちょっとした取引を持ちかけた。「僕もルーク警部も、多額の金融投資に手をつける気などありません。手がかりをつかんだいま、僕らが知りたいのは、その手がかりが僕らに価値があるかどうかだけです。あなたや政府にとってどれだけ重要だろうと、僕らの知ったことではない。あなたのブラウニーちゃんがどれほど危険なものなのか教えてくれたら、僕らはこれ以上そのかわいい名前を口にしませんよ」

「何のブラウニーだって？　ああ、言葉のあやか。私自身はこの件に関わることはない。率直に言うが、この件は何かしら知る人が少なければ少ないほどありがたいのだよ。だが、君にこれだけは教えておこう。放置されている金鉱が三か所ある……もちろん場所は言わん。そこから、ある金属が産出できるのではないかと考えられている」

「金属の名前は明かせない」キャンピオンは言った。

「然り。非常に希少な金属だ。我が国の防衛に絶対不可欠なものの製造に必要な金属なのだ」サー・ウィリアムがいったん口をつぐむと、キャンピオンは視線を落とした。サー・ウィリアムは唸るように続けた。「現在調査中でね。最重要機密だ。親愛なるキャンピオン君、いったいどこに埋まっているか、君も知恵を絞ってくれたまえ！」

ロンドンのチェルシー地区か、はたまたペルーか、ブラウニーがどこの金鉱に杭を打ち込んだかなど見当もつかないキャンピオンは、とりあえず訳知り顔をしておいた。するとサー・ウィリアムが、こんな推理を引っぱり出してきた。

「その仮証券目当てに老女が殺されたのだとしたら、キャンピオン君、そいつは本職(プロ)だ。この秘密は極めて固く守られているのだから。犯人は危険人物であり、同時に、由々しき情報漏洩が存在するということだ。ぜひとも犯人を捕まえてくれたまえ。一刻を争う」

「何につけても鈍いもので」キャンピオンはのんびりした口調で言った。「いいでしょう。動機はそこにあるかもしれないという有力な手がかり以外、僕らはなんにも知らないということで」

サー・ウィリアムの賢者の目は、本当にこれでよかったのかと思っているようだった。

「完璧だ」サー・ウィリアムは言った。「任せたよ。逐一報告を頼む。君の裁量を信頼している。もろん言うまでもないが」言葉とは裏腹に、声と顔に疑念が表れていた。

キャンピオンは、むっとする間も惜しんだ。思いついたことがあったのだ。

「あなたが来たとき、もう暗くなっていましたか」キャンピオンの口調は鋭かった。

「いや、それほどでもなかった。残念ながら」サー・ウィリアムは後ろめたそうな顔をした。「君の言いたいことは察しがつく。顔を見られたかもしれないと思っているのだろう。屋敷の周りの人だかりを見たとき、私もそれを考えた。見物人がいるとは思ってもみなかったよ。こんな陰気な場所に！」サー・ウィリアムは言い淀み、しばらく考え込んだ。「この界隈の廃れ方は実に奇妙だ。クラフ銀行の支店があるエプロン街というのは知っていたが。この近代社会における、なんとも現実離れした特異な場所じゃないか！」

「昔気質と理解していました」

「旧態依然。あの金融機関は堅実だよ。過去にしがみついてはいるが。小さな支店を二、三残すのみでね。レミントンに一つ、トンブリッジに一つ、バースに一つだったか。いまは消滅したと言っていい上流階級御用達の銀行だった。出納係は白い手袋をはめて紙幣を渡す。ちょっとした面会の約束さえ、受け継がれてきたやり方にのっとって行われる。給料はどの銀行より安いが、行員はよく働く」サー・ウィリアムはため息をついた。「異様な世界だよ！ さて、お邪魔して悪かったね。面倒な話でもあったろう。一緒にいるところを目撃されたくなかったので、社交クラブや私の事務所で会う段取りにはせず、ここに足を運ぶことにした。誰も私の正体なんぞ気づいちゃおらんだろう。私は有名人ではないからね。加えて、いまの話が漏れないかぎり、噂が立つこともあるまい。あの話とこの話をつなぎ合わせて結論を出せるのは君以外にいない。違うかね」

サー・ウィリアムが厚地の外套を着るのに手を貸していたキャンピオンは、不安になったときの常套手段である人懐こい困り顔をして見せた。

「僕と、もう一人、この一件にもっとも関わりの深い人物がいるでしょう」キャンピオンは挑むように問いかけた。

訪問者は食い入るようにキャンピオンの顔を見た。

「殺人犯かね」厳しい口調だった。「まさか、犯人が屋敷の外をうろついてるというわけじゃなかろうね」

キャンピオンの穏やかな笑顔は、実に間が抜けていた。

「ええと、いるなら、もちろん暖かい家のなかですかね」キャンピオンはぼそぼそ言った。

十分ほどして、用心に用心を重ねて客が無事に敷地から出ていくと、キャンピオンは部屋に戻り、ベッドの端に腰を下ろし、しばらくのあいだ煙草も吸わずにじっとしていた。思い返してみると、これまで関わってきた事件には必ず、偵察が不意に攻撃に変わる明確な転換点があった。まさしく、いまがその瞬間だ。事件は第二段階に入った。

下草のあいだを這いつくばるように思考を巡らせていたキャンピオンは、ある自明の事実に行き着いた。ミス・イヴァドニは自ら装っているほど浮世離れした女性ではない。つまり、こんなときに、これまで続けてきたからという親切心だけで、意固地になって大勢の客をもてなすようなことはしないはずだ。それでも懇談会の開催に固執するのは、なぜだろう。

答を出すことのできなかったキャンピオンは、次に弟のロレンスと、葬儀屋バウェルズが話していたロレンスの興味深い行動について考えてみた。ジャス・バウェルズが明白な事実を見逃しているのはまちがいなかった。

いきなり扉が開いて、思案はここで中断となった。断りもせずにチャーリー・ルークが部屋に飛び込んできた。彼はレインコートのポケットから一クォート瓶を二本引っぱり出した。

「ビールしかないなんて」ルーク警部は言った。「ひどい国だ。ああ、なんてひどい国なんだ！」

キャンピオンは好奇心いっぱいに目を上げた。「いいニュース？」

「勝利の旗を掲げるような話じゃないです」ルークはレインコートに抵抗でもされているようにそれを脱ぐと、帽子を整理だんすの上に滑らせ、歯磨き用コップに長い腕を伸ばした。「あなたは品よく飲んでください。僕は瓶のままで」そう言って、彼はコップを満たした。この男が入ってきて、部屋はさながら満室状態になった。「サー・ドーバーマンは無能ですね。違う男を掘り起こしてないか確かめるためだけに僕を呼んだんです。ひどいオヤジだ！　空っぽの包みをもらった子どもみたいにがっかりしてましたよ。あと一日か二日もらえるなら、もう少し調べたいと言ってました」

ルークは瓶からビールをぐいと一飲みすると、いかにも満足そうに息をついた。浅黒い顔はいままでになく肉が削げ、内に秘めた活力が目に見えるようだった。

「お決まりの、〝逮捕の遅れ〟に関する質問が本部であったんです」ルークは威勢よく話を続けた。「でも、今日は身が入ってなかったなあ。本部はみんな意気消沈です。グリーナーの目撃情報がフランスから届いたんですよ。グリーク街のドンパチ事件で逃走中の犯人二人のうちの一人なんですが、これについちゃ、おかしな話がありまして。相棒のポールのほうが煙みたいに消えたんです」

キャンピオンは深刻な顔をした。「それは困ったね」

「ええ」ルークはやたらと嬉しそうだった。「事件の全容がわかって十日後にですよ、警官という警官がヤツの動向に目を光らせてたっていうのに、学校の催しで最後に残ったパンから目を離さないみたいに港という港を監視してたっていうのに、イギリスじゅうの新聞記者がどんな批判記事を書こうか待ち構えてたっていうのに、消えたんです。そんななか、この小さなエプロン街には必要な数の半分しか人員を割いてくれてない。まあ、高尚な書物じゃ……」ルークはビール瓶をそっと両足のあいだに置いた。「誰の得にもならない風は吹かないって言ってますがね。ようやく、ワイルドおじさんのところの仕入れに関わってた連中数人と話ができました。僕の気持ちは遺体安置台好きのベラに向いてたんですけど、まだ面白い話は出てきてません。わかったのは、ワイルドおじさんがどんな悪事を働いてたにせよ、たいした金儲けにはなってなかったということだけです」ルークは心の底から深いため息をついた。「ああ、なんて気の毒な薬剤師なんだ！　あんな事態を防げたなら、僕は自分の年金を一ポンドあげたってよかった。それはそうと、あなたにお土産を持って来ました」

ルークは内ポケットを探った。

「例の医者のところに、また匿名の手紙が届いたんです。同じ筆跡、同じ消印、同じ便箋。汚い言葉はいつもの基準に達してませんけど」ルークは無意識に自分の大きな鼻をつまんだ。「でも、いつもの熱気はうまいこと表れてるなあ。この女、われわれに焼け死んでほしいそうです」

ルークは一枚の紙を取り出した。追跡できないよう特殊加工された紙かもしれないと、キャンピオンはふと思った。薄くて、ありきたりの、黄色味がかった白い紙で、透かしはなかった。大きな町ならどの店でも大量購入できる商品だ。手書きの文字さえ月並みだった。下手くそな右下がりの書体で、無教養に見えた。

嫌悪感を覚えながら、キャンピオンはそれを手にした。一目で、さまざまな折に何度となく目にしているたぐいの手紙とほぼ変わりないと確信した。それでも、丹念に観察してみると、興味を惹かれないわけではなかった。印刷がはばかられる単語の羅列を見ると、それらは無頓着に並んではいるが、ある種の不快な趣向のもとに選ばれていて、書き手の人物像が透けてきた。

この老いぼれ××野郎　医者ってもんはどいつもこいつも腑抜けぞろいだからお前も逃げてやがる　今回の屍からはなにも出てこなかった　理由を教えてやろうか　いつもよりお前がまともだったからだ　この××野郎。

死者の弟の欲深い卑劣な××野郎はおつむがいいと思ってるから哀れでアホな大尉とか呼ばれてる××野郎に女が遺したものをかっさらった　すべての元凶のお前からけっして目を離さない　お前らみたいな××野郎をけっして忘れるなとアーメングラスが忠告しているのを地獄の神は知っている　お前らはいつでも親切にいいことをしてるふりして他人を苦しめる　ふりのうまいヤツらだサツはいつでも現金と裏切りにだけ手が早いからたちが悪い　この世の地獄で焼け死ぬがいい　お前もそうなれ　最低なのはお前だ××野郎××野郎××野郎××野郎××野郎××野郎。

「すてきな女性でしょ」チャーリー・ルークはキャンピオンの肩越しに手紙を覗き込んだ。「でも、もっと上手な手紙も書けるんですよ。調子のいいときは、同じ単語をこんなにくり返さない。気に入ったセリフ、ありました？」

キャンピオンはベッド脇のテーブルに手紙を広げ、鉛筆で軽く句読点を打った。それを終えると、今度は特定の単語に下線を引いた。そうすることで単純なメッセージが浮かび上がってきた。

　弟はおつむがいい。哀れでアホな大尉に女が遺したものを、かっさらった。

「事実だとしたら、惚れ惚れしますね」キャンピオンがぼそぼそと言った。

「どういうことです?」ルークは頭をかしげた。

「ミス・ルースは、大嫌いだった大尉に極秘の八千ポンドの譲渡可能な優先株を遺したんだ」キャンピオンは満面の笑みになった。「まあ、座って。よく聴いて。これからすごい秘密を打ち明けるから」

だが、その前に、キャンピオンはこの胸の悪くなる短い手紙の上にゆらゆらと鉛筆を走らせ、道徳上よろしくないお説教のなかのさらに数個の単語に下線を引いた。

第十九章　叱責

〈ポートミンスター荘〉の正面玄関のすぐ左手にある大部屋は、工夫と時間と、そして何より空間が、健全な食事に捧げられていた時代に設計されたものだった。南側の壁はほとんどが、路面電車の最後部のような縦長の出窓で占められている。その向かい側の壁には一対の折り戸があって、少々小さめの部屋に続き、この部屋にも屋敷の裏側に面して同じ形の窓があった。

暖炉の上には、ロレンス・パリノードの父親の肖像画が飾られていた。これは手描きだった。父親はこの小さな宴会場で、ヴィクトリア女王時代のヨーロッパについての機知に富んだ話と造詣を披露したものだが、いま、その部屋の片方の端で仕事をし、反対側の端を寝床にしている息子は、もともと置かれていた調度品の大半が当時の位置とまったく変わっていないことに少々不便を感じていた。

装飾の壺が上部の真鍮に固定されたジョージア王朝風のマホガニーの立派な台座が二つあって、そのあいだに折りたたみ式ベッドの枠組みが押し込まれていた。いまや個人宅には大きすぎる食器棚の中や周辺には、きちんと畳まれた衣類が置かれていた。

面白いことに、全体の雰囲気はこれっぽっちも居心地悪そうには思えなかった。暖炉の前にあるタペストリーのカバーがかかった肘掛け椅子は一枚布で包(くる)んであるタイプだったが、小ぎれいでブラシもきちんとかけられていた。擦り切れた絨毯の上いっぱいに置かれた両端の丸い重厚な長テーブルは、きっちりと三つの部分に区切られていた。最初の部分は研究机、二番目は資料置き場、三番目はサンドイッチをつまむのに最適だった。ほかにあるものといえば書物ばかりで、埃っぽかったりページの隅が折れていたりするものは一冊もなかった。書物は壁面や、サイドテーブルやキャビネットの上を埋め尽くし、なおも溢れて、部屋の隅や椅子の上にも山積みになっていた。

それでも、チャーリー・ルークの少なからぬ経験からすれば、ここはこれまでで一番片付いた居住空間だった。

二人は無断で部屋に入り、キャンピオンのかたわらで部屋を見回したルーク警部は、そう感想を述べた。キャンピオンはさして何も期待していなかったとはいえ、初めて、少なくとも間近で見るものに驚くばかりだった。

長テーブルの研究机側の端にはバトラーズ・トレー（折りたためる脚のついた木製のトレー）が立ててあり、その上に、現在閲覧中の書物が所狭しと、これ以上無理な高さにまできれいに積み上げられていた。

キャンピオンはそれらの書物を上から見下ろした。最初に目に入ったのはシドニー・スミスの『法医学』、次はR・J・M・ブキャナンの『毒物学』だった。その列に目を走らせたキャンピオンは、しだいに困惑の表情になっていった。ハンス・グロース（一八四七～一九一五。オーストリアの刑法学者）の著書はもちろん、『薬物学』、アルフレッド・ルーカスの『法化学』、かなり古いジョーンズ・クワン（一七九六～一八六五。アイルランドの解剖学者）の著書。ほかにもよく知る名前がないか探してみると、ジョン・グレイスター（一八五六～一九三二。英国の法医学者。警察医）やキース・シンプソン（一九〇七～八五。英国の法医学者）、なかなか興味深いH・T・F・ローズ（一八九二～没年不明。犯罪学者。一九五四年の著"Satanic Mass"（『悪魔のミサ』）が有名）の著書、さらには『英国における犯罪科学研究』シリーズの増補版「ストレッカーとエボー（ともにアメリカの精神医学者）」や「精神異常と犯罪」をはじめとするかなりの量の増補にも目が留まった。

小規模ながら、犯罪学関連の書籍を網羅した図書室といったところだ。

キャンピオンは『薬物学』を手に取り、見返しの遊び紙に目を遣ると、「なるほど」という面持ちでため息をついた。ほかの本も見ているると、ルークが横から邪魔を入れた。

「なんてこった！」

昔ながらのロンドン下町特有の感嘆詞には、ただならぬ勢いがあった。キャンピオンが顔を上げると、ルークの山型の目が驚きで大きく見開かれていた。マントルピースから取った一枚の紙を、ルークは差し出した。

「あの口汚い女が、ここにもいたとは」と、ルークは言った。「見てください。マッチ箱の下のすぐわかるところに一枚ペラっと。封筒もある。ほら！」

キャンピオンがそちらへ向かい、二人でその手紙を読んだ。医者に宛てたものとそっくりではないか。今回は、名も知らぬ差出人らしさがよく表れていた。冒頭の段落から卑猥さと深い恨みに溢れ、それまで以上に衝撃的だ。読み進めるにつれ、キャンピオンは寒気に襲われた。常軌を逸した人間を目の当たりにしたときにいつも感じる、あの寒気だ。まさに狂気。冷酷で、生気が奪われる。だが、大量の罵詈雑言を取り除いてしまえば、言いたいことは単純だった。


お前は……愚か者から……奪った。

マントルピースの上に置いてあった封筒にはロレンス・パリノードの住所が正確に書かれ、地元の消印も鮮明だった。

「昨日の朝の投函ですね」ルークは手紙を、見つけた場所に戻した。「これは初めて見ました。何日か前、この部屋の男に聞き込みしたんですが、部屋の中までは入りませんでした。これが初めて受け取った手紙でしょうかね。そうじゃないとしたら、どうして言ってくれなかったんだろう。解せないなあ」

ルークはポケットの中の小銭を指でじゃらじゃらいわせながら、部屋を横切った。キャンピオンもあとに続いた。何かがひらめきそうで、ひらめかない。

「もう一度、この男と話しましょう」とルークは言い、二人は小さいほうの続き部屋に入った。「正直なところ、前回はこの男が言ったことの四分の一は理解できなかったんです。会ったこと、ありましたよね？　この男が口を開くたび、巡回の見世物にでも連れて行かれた気分になる。きっと僕に教養がないせいでしょうね」ルークは両手を広げて、空っぽを表現した。「もう一度、挑戦しますよ」

キャンピオンはルークの腕に触れた。「いますぐ挑戦できそうですよ」

外の廊下から、興奮した会話がはっきり聞こえてきた。ロレンスのガチョウのような声がひときわ高く響いている。扉の取っ手ががちゃがちゃ音を立てたかと思うと、一瞬の間があり、ロレンスが言った。「ほら、ほら、入りなさい」

続き部屋を分ける折り戸の陰に立っていたルークとキャンピオンは、そこから動かなかった。部屋の隅の暗がりのなかで、二人は完全に見えなくなっているわけではなかったが、少なくとも、すぐ目につくことはなかった。

ロレンスが突進するように入ってきた。照明のスイッチに手を滑らせ、完全な思い込みで、すでに照明が点いていたことに気づかなかったようだ。長身で骨太の体はいつにも増して動きがぎこちなく、ぶるぶる震えていたために取っ手をつかんだ扉もがたがた揺れ、扉の裏側にあった椅子に積み上げられていた本が一冊、床にすべり落ちた。

拾い上げようとかがむと、残りの本の山がひっくり返り、積み直そうとしたものの、気が変わったらしく、諦めの素振りで立ち上がった。

「入りなさい」ロレンスはくり返した。ピアノ線が擦れ合うような耳障りな声だった。「入りなさい、早く」

クライティ・ホワイトがぐずぐずと入ってきた。顔面は蒼白で、焦げ茶色の瞳がとてつもなく大きく見える。青黒いヘルメットのような髪は乱れ、古臭くてみすぼらしい服は痩せこけた体にぶかぶかで、まるで服の中で彼女自身が縮んでしまったように見えた。

「大尉さんは二階に行ってしまわれたわ」消え入るような声だったので、キャンピオンにもルークにもほとんど聞こえなかった。

「構わん」ロレンスは扉を閉めると、磔のような姿勢で背中を扉に押しつけた。明らかに不自然な格好だったが、意識して気どったポーズを取っているわけではなかった。普段は血の気がなくきゅっと結んでいる唇が、赤みを帯び、うまく閉じられていない。まつ毛のほとんどない目は、度の強い眼鏡をかけていなかったので何も見えていないようで、涙が溢れんばかりだ。必要以上に、というより、おそらく本人が思っている以上にやかましい、絞り出すような不快な声は最後にこう言った。

「なんたる破廉恥な小娘よ！」明瞭な発音だ。

どさ回りの演じるメロドラマのようで、馬鹿馬鹿しいことこの上なかったが、それでもどぎまぎしてしまうのはロレンスが真剣そのものだったからだ。部屋に入るなり、彼の苦悩に命が吹き込まれた。

「あのときの姉さまにそっくりではないか。初めてあんな表情を見たときの」知らず知らず、一語ごと交互にアクセントの強弱がついていた。ぷつぷつ途切れる台詞と恐ろしく大きな声とが相まって、叱責は野蛮にさえ聞こえた。「姉さまもお前のように白い顔をしていた。白そのもの、紙のように白い顔を。だが、姉さまは嘘をついていた。こっそり抜け出し、人の目をごまかし、街なかで売春婦のようなまねをしていたのだ」

ロレンスは役者でもなければ美男でもなかったが、滑稽に見えるどころか凄みさえ利かせた。キャンピオンはため息をつき、チャーリー・ルークは気まずそうに体をもぞもぞ動かした。

目の前で叱責されているクライティは、身をこわばらせていた。焦げ茶色の瞳には用心深さと鋭敏さが見て取れ、世慣れた子どものような目つきだった。怖がっているというより警戒している様子だった。

「そして、父さまと結婚したんですわ」クライティが不意に口を開いた。「叔父さまたちが、よってたかって母さまを嘘つきにしたんだと思いませんこと？　わたしにしているのと同じように。わたしだって、公園でそんなことしたいわけじゃありません」

「人目につく病院の廊下ならいいというのか」ロレンスは嫌悪感で苦しみ悶えていた。「お前は衝動が抑えきれずに、そうした行為をするのだろう。お前のなかで欲情がうずうずと頭をもたげるのだろう。忘我の暗闇で熱い両手のひらを舗道につけ、好奇の目を集める衣擦れの音を響かせて。お前のせいで私は吐きそうだ。わかるか。ああ！　吐き気がする！　お前のせいで吐き気がする！　わかっているのか」

少女は震えていた。血の気がどんどん失せ、体は縮み、高慢そうな鼻が口のほうへ下がっていった。

この若さを長いこと理解してもらえない諦めが、ぐったりした全身から滲んでいる。クライティはしばらく黙っていた。

「それで?」

キッとした眼差しでクライティはロレンスの目を見つめた。ふてぶてしい、かすかな笑みが、抑えきれずに口元に浮かんでいた。

「ちがいます。叔父さまは何一つご存じないのよ。文字で読んだ知識しかないくせに」

ロレンスは顔面を殴られたように、たじろいだ。ロレンスの激しい怒りには理由がほかにあると気づいたキャンピオンは、眼鏡の奥の自分の目が困惑で泳いでいるのを感じた。

当然ながら、ロレンスは怒りを募らせた。彼は暖炉に向かってどすどすと部屋を横切った。

「そうだ、たっぷり読ませてもらった」ロレンスはマントルピースの上から封筒をさっと取ると、クライティに突きつけた。「これを書いていないと断言できるか」

ためらいなく封筒を受け取ったところを見ると、クライティは本当にびっくりしたにちがいない。

彼女は戸惑いながら住所に目を遣った。

「もちろん、わたしではありませんわ。わたしの字じゃなくてよ」

「本当か」自ら招いた苦悩に苛まれながらロレンスはクライティに詰め寄った。「本当なのか。身内をこんなふうに痛烈に貶めた匿名の手紙を送り続けているのはお前じゃないのか。私たちの体じゅうにこの臭い汚物を投げつけているのはお前じゃないというのか。本当だな」

「わたしではありません」咎められているとわかるや、クライティの顔に血が逆流した。今度はクライティが、ロレンスをあからさまに怖がる素振りを見せた。目は大きく見開かれ、光を失っていた。

「ひどいこと、おっしゃるのね」

「ひどいこと？　ああ、お前って子は！　自分の書いたことがわかっているのか。ああ！　これらの汚らわしい言葉を、お前は無意識のうちに思いつくというのか。読むがいい。そして、自分が書いたと白状するがいい」

　クライティは封筒を手にしたままためらい、顔をしかめた。この人は正気なのかと、まるで声に出したように顔に書いてあった。やがて、クライティは荒っぽく折りたたまれた手紙を引っぱり出したが、手に持ったまま広げなかった。

「こんなもの見たことありません。本当ですわ」クライティははしゃいだような声を出したが、信じてもらえないのはわかっているといった口ぶりだった。「真実を言ってましてよ、ロレンス叔父さま。こんなもの見たことない。わたしは匿名の手紙など書きませんわ。青年期の人間についてさんざん研究なさってきたのでしょうけど……そんなもの、わたしにはまったく当てはまらないってこと、おわかりにならなくて？」

「それを読みなさい、クライティ」ロレンスは声が裏返っていた。「お前の仕業なのだから、どんなにおぞましい内容か、お前は思い知らねばならん。いまこのとき、思い知らねばならんのだ」

　クライティは手紙を開き、ざっと目を通すと、思い切り腕を伸ばしてロレンスに突き返した。

「読みたくありませんわ」嫌悪を示すときの威厳は、わずかながらミス・イヴァドニ以上だ。「ひどく忌まわしいまちがいを犯していることに、叔父さまはお気づきにならないの？　わたしをこんなふうに扱う権利は、叔父さまにはなくてよ。こんなもの、いりません。こんな汚らわしいものはお返しします。でなければ、火の中に放り込みます」

「読め。私の前で声に出して読みなさい」

「いやです」

「読め」

チャーリー・ルークがすたすたと大股で部屋を横切り、二人のあいだの手紙をさっと取り上げた。ルークは完全に呆れかえっていた。

「もう充分でしょう」真面目くさった表情のなかに、千ボルトの電流が流れていくようだった。そのあと彼は、いまどきの道徳劇に出てくる主の天使にみごと変身した。

ロレンス・パリノードは例によって、ルークが部屋の外から入ってきたのでないことに気づいていなかった。

「ノックが聞こえませんでしたが」ロレンスは厳めしい顔で言った。このときルークが当惑したとすれば、まさにこの一言のせいだったにちがいない。彼は口をあんぐり開け、何も言わずに、また閉じた。それでも、視線は鋭いままで、咎めるような表情もあからさまだった。

おそらく十五秒ほどロレンスを見つめたあと、今度は視線をクライティに移した。叔父よりずっと驚いていたクライティは挑むような表情を見せたが、いきなり発されたルークの次の一言に、完全に面食らった。

「君、よそ行きの服を持ってるよね」と、ルークは言った。「君がこっそり着てるやつだ」

クライティは後ろめたそうにうなずいた。

「それを着てきなさい。大人として、こんな境遇から旅立つときだ。君もそう思うだろ」ルークは片手を一振りして、一家の権威も、人間の成熟期の心理状態に関するロレンス・パリノードの研究成果も、一瞬にして握り込んだ。「僕の受け持つ地区じゃ、十七歳で立派に奥さんをやってる子もいるし、一歳半やそれより大きな子どもを持つ母親もいる」ルークはこんな説明をつけ加えた。彼の言うことは、それなりに筋が通っていた。クライティを相手に話すときはいつもそうだ。ルークはクライティのことをよく理解していて、互いが知り合ってからの年数など、まるで無意味に思えた。

クライティにしてみれば、ルークの言ったことは当たり前の内容だったので、安堵の笑みにはルークへの感謝さえ表れていなかった。

「ええ、そう、そのとおりだわ。わたしもそうなるつもりですわ」

「お前、どこへ行くんだ。どこへ」ロレンスはクライティの背後から肩に手をかけ、あとを追った。

クライティはそっと、優しささえ見せ、その手を振り払った。

「叔父さま、わたしがいまの年齢でいられる時間はすぐに過ぎ去ってしまうのよ」

閉まった扉をしばらく茫然と見つめていたロレンスは、振り返って初めて、キャンピオンも部屋にいるのに気づいた。

第二十章　しどろもどろ

「このような干渉は、まったくもって歓迎できませんな。まったくもって歓迎できん」ロレンス・パリノードは全身で苛立ちを表したが、はにかんだような優しい笑みを浮かべていたので、その効果は台無しだった。彼が長テーブルの端の研究机の部分に腰を下ろすと、載っていた小さなインク壺がひっくり返った。こういう事態のために備えてあったのだろうか、楔形の特殊な吸い取り紙で汚れたところを拭いたロレンスは、壊れた拡声器でも通しているように声を大きくしたり小さくしたりしながら話し続けた。

「身内と非常に大切な話をしていたのです。ご自分たちの領分をわきまえていただきたい。まったくもってけしからん」重みで枝がたわむように、ロレンスの長くて赤い首が二人のほうに揺れた。「それは私の手紙です、警部。お返しいただきましょう」

ルークは自分の手の中の、下品極まりない手紙を見つめた。

「あなたが書いたってことですか？」ルークは不愛想に訊いた。

ロレンスは興味をそそられたように、近眼の目を見開いた。

「私が？　常軌を逸したことをおっしゃいますな。仮説としては面白いが、論証は不可能でしょう。まず不可能だ。さあ、お返しいただきましょう。この重大な局面において、極めて重要な証拠書類とみなしているのだから」

「それは僕も同じです」チャーリー・ルークはそう言って、手紙を内ポケットにしまった。

ロレンス・パリノードのランタンのような頬が色を増した。

「不当行為でしょう」ロレンスは抗議した。「君はほかの手紙もすべて持っているのだろう」

「なぜ、それを知ってるんですか」

「ねえ、君、これは操り人形芝居（ファントチーニ）じゃない。われわれ人間は互いに話もすれば、新聞だって読む」

ルークは表情を変えず、動じなかった。

「なぜ同じ人物が書いたと思ったんでしょう？　ほかの手紙も見たことがあるんですか」

「ああ、見たことがある。少なくとも最初の手紙は見た。そして、写し取った。手紙を受け取ったスミス医師が見せてくれたのだよ。今朝（けさ）、うちの郵便受けにその手紙を見つけたとき、またもマダム・ペルネルの仕業かと思った」

「どうして、彼女の名前が出てくるんですか？　五分前はミス・クライティ・ホワイトを犯人呼ばわりしてたじゃないですか」

この上ない悲劇とでも言いたそうに、禿げ上がって受け口の顔に影が差したが、ロレンスはどうにか感情を抑えた。「ああ、相手はルーク警部だった」とばかりに、彼は鋭い一声をあげた。

「女の浮かれ騒ぎだと言っているのだよ！」ロレンスは声を張り上げた。「誰であれ、女の仕業だと言っているのだ。私が感じるほど、君にとっては強烈な出来事でないかもしれないがね」しばらく間を置いてから、ロレンスは首を横に振った。「いや、君のほうが正しいのかもしれない。マダム・ペルネルについて私の知っていることなど、その名前だけかもしれない」

捜査で得た証言としては、とても充分と言えなかった。ルークの濃い眉毛が雷雲のように下がっていった。何を言っているのかまったく理解できず、鬱積していた歯がゆさも加わってルークは改めて苛立った。

　キャンピオンは、このときを自分の出番と見た。

「ここにアニマ（ユングの学説による用語。男性のもつ無意識的な女性的特性を指す）を持ち出す必要はないと思いますよ」キャンピオンはぼそぼそ言ってから、乱暴な口調でこう続けた。「たしかに警察はユングに頼りすぎだけどね。君だってマダム・ペルネルの正体をわかっちゃいないでしょう、警部」

「わかってないですって？　もちろん、わかってます！」ルークは憤慨した。「教会の向かいのサフォーク街で食堂をやってる、みすぼらしい婆さんですよ！　ビヤ樽みたいにでかくて、ビールみたいにみんなに好かれてる。ろくに英語もしゃべれないのに、まして書けるわけがない。これは名誉棄損ですよ。彼女に訴えられてもいいくらいだ。パリノードさんは前にも彼女が犯人みたいなこと言ったから、われわれは捜査までしたんだ」

　ロレンスはため息をついて、不格好な肩をすぼめた。キャンピオンは腰を下ろし、煙草を取り出した。

「たしかモリエール（一六二二〜七三。フランスの劇作家）の作品に出てくるペルネル夫人も悪意に満ちた口汚いやかまし屋でしたね」キャンピオンがようやく答を出した。

「『タルチュフ』です。最低限の教養でしょう」ロレンスは疲れ切ったように言い、穏やかな表情でルークを見た。「君とは会話が成り立たないようだ」

「ちぇ！」ルークは小声で言うと、キャンピオンの椅子の後ろに陣を構えた。

「手紙を書いたのが姪御さんかもしれないと思ったのはどうしてかな」キャンピオンは眼鏡をはずし、砕けた口調になった。

「その質問にはお答えできかねます」

ルークは不服そうに鼻をならしたが、キャンピオンはそれ以上問い詰めず、バトラーズ・トレーに向かってこくりと首を振った。

「それらは図書館の本だね」

「ほとんどは。残念なことです。私の財力では、欲しい書物をすべて買うことはできないのです」

「借りてからどのくらい経つの？」

「ああ、なるほど。最初の匿名の手紙を読んだときからですよ。実践的行動に敢えて出ようというときは、事前にそのテーマについて調べ上げておきたいと思うのは当然でしょう」

「当然だね」キャンピオンは重々しい口調で言った。「失礼なことを訊くけど、あなたはあの匿名の手紙にずいぶん執着しているね」

「もちろんです」

「どうしてかな」

パリノード家最後の男子は、またも嬉しそうにキャンピオンに微笑みかけた。

「なぜなら、私にとって唯一の謎だからです」ロレンスは軽率にも、こう答えた。

ルークは怒りを抑え、相方に目を遣った。だが、キャンピオンはまったく気に留めていないようだった。

「なるほどね」キャンピオンは愛想よく言った。「あなたはグラスやコップを残らず洗った。もしあなたが自分の考えに固執していたなら、僕らもいまとは違う結論を出すことになったかもしれないね。お姉さんが自殺だと判断した理由は?」

ロレンスは超然とした態度で、その質問の答を考えていた。

「それを説明しなければならなくなるとは思ってもみませんでした」ロレンスはようやく口を開いた。「だが、あなたがそこまでご存じなら話が早い。葬儀屋が私を見たのでしょうかね。ええ、姉のルースは浪費家で、なけなしの収入を賭けに投じていた。イヴァドニと私は自分たちの定めた不干渉の掟(おきて)を破り、そのことでルースを責めた。ルースは非常に取り乱して就寝し、翌日に死んだ。姉は自分の浪費癖を抑えることができなかったのです」

「ギャンブル好きだったという意味?」

ロレンスは両眉をつり上げた。「あなたはそんなに情報をお持ちなのに、この明白な事実をこれまで知らなかったということはありますまい」

「ルースさんは、どこで毒を手に入れたの?」

キャンピオンは椅子の背にもたれ、不安になるほど呑気な調子だった。

「それについては、ぜひともあなたがたに調べていただきたい。私にはそうした知識はありませんので」

「ルースさんの部屋のグラスやコップを洗った理由は?」

ロレンスはためらっていたが、やがて口を開き「わかりません」と答えた。「ここで私たちの面倒をみてくれている善き女性がそれを望んでいるようだったから奮い立ったというのが正直なところでしょう。私はルースを見つめたまま立ち尽くし、私たちの血筋に宿る不可思議で罪深き数学好きの性質を彼女が受け継いでしまった不幸を噛みしめていた――ルースは馬鹿げた決まり事をつくり、それに従っていた。私があとから検証してみると、それはまったく論拠に乏しいものでした。そのときに思ったのです。これは毒を用いて自ら命を絶ったにちがいない、と。私はルースの部屋の器（うつわ）を水ですすいだ。誰かが誤って危険な物質に触れては大変だと思ったのでしょうかね」

「偽証の罪で縛り首になりますよ！」話を鵜呑みにしたルークが、我慢できずにがなった。「お姉さんの死は毒による自殺で、自分には無関係だと言ってるんですか？　それなのに、医者が持って来た無名の手紙を見て、突然、暖炉の炎みたいに感情が燃え上がったんですか」ルークの大きな手が飛び出してきて、小さくとも激しく燃える炎を表した。

ロレンスはルークを無視し、「あのような文書を見たのは初めてでした」と、キャンピオンに言った。「文面に表れた尋常ならぬ憎悪は、私に心理的衝撃を与えた。極めて興味深い！　私は文字どおり魅了された。あなたにもそうした経験がおありでしょうか」

ロレンスは鼻に皺を寄せて嫌悪を表したが、目は爛々と輝いていた。

ロレンスがこんなふうに思うのはキャンピオンにも理解できた。少々申し訳なさそうに、キャンピオンは次の質問をした。

「いろいろ調べてきた結果、手紙を書いたのは姪御さんということになったの？」

ロレンスは顔をそむけ、厳しい目を長テーブルの反対の端に向けた。

「私と姪の会話を盗み聞いておられたなら、おわかりでしょう」

「証拠はあるのかな」

ロレンスがさっとキャンピオンに戻した顔は紅潮していた。

「よろしいですか、私が調べていることは私自身の問題です。そうして得た有益な情報をあなたがたにお話しするつもりはありません。とりわけ、家族に関することは」

キャンピオンはしばらく黙っていた。

「忠告させてもらえるなら、消去法は危険ですよ」ようやく口を開いたキャンピオンは、こう断言した。

びっくりして泣き止んだ子どものように、ロレンスの顔から怒りが消えた。

「そうでしょうか」ロレンスは興味深そうに聞き返した。

キャンピオンはしかつめ顔を続けた。「若い子は摩訶不思議ですからね。相手が誰であれ理性で考えれば理解できると思ったときでも、若い子だけは不可解なのは世の常です」

ルークは我慢の限界にきていた。

「それが何の関係があるんですか」

ロレンスは邪魔者を黙らせようと、キャンピオンの頭越しにルークにぶっきらぼうに話しかけた。

「簡潔に説明しよう。この家にあんな手紙を書ける人間がいるはずはないと私は思っていた。そこで私の目は、私にはまったく理解できない人間に向いた。あの子が何か隠し事をしているのには気づいていたからだ」ロレンスの顔が嫌悪でこわばった。「そのときは、何を隠しているのかわからなかった」

「その恐ろしい謎を解明してくれたのは誰だったんですか」ルークはたいそう面白がっていた。「大尉がばらしたのかな?」

「そうだ。違う話をしているとき、大尉が教えてくれた。非常に露骨に話してくれてね。信じられなかった。そこで大尉に頼んで、そのひどい目に遭った少年が寝ている病院へ連れて行ってもらった。そして、そこで……そこでクライティを見つけたのだ」

ロレンスは、思い出しただけでも体の具合が悪くなるといった顔をした。ここから先はキャンピオンが引き受けた。

「手紙の差出人を、この家の住人と決めつけているのはどうして？」

「ああ、それは明らかなのです」ロレンスは太くてしなやかな指を広げて資料やら本やらをひっくり返しながら、立ち上がった。「念には念を入れて調べた結果です」強調したい部分は、独特の声がひときわ大きく響いた。「内部の仕業である、見過ごすことのできない証拠が存在するのです」ロレンスは出窓のところの整理だんすによろよろと向かっていった。「最初の手紙の写しがこのあたりにあるはずだ」引き出しをぐいっと引っぱりすぎて、大量の雑多な紙類が飛び出し、寄木張りの床に散らばった。

「いや、いいですよ」ルークが少々緊張した面持ちで言った。「覚えてますから」

「そうなのか？」床にぐちゃぐちゃに散らばった紙の上で、頼りなくよろけながらロレンスは言った。

「いまここで、そらで言えるくらいですよ」ルークは声に力を込めた。「最初の手紙か。内部の仕業の証拠なんてあったかな」

「花についての言及だ」ロレンスは足元に注意しながらルークに歩み寄った。「覚えていないかね？『忌まわしい卑劣な殺人に気づかなかった』と医者への中傷を書き連ねたあと、『百合の花さえ車輪のように転がって愚か者以外にそのことを話せばよかったものを』と続いていた」

手紙の一節を口にしたときの並々ならぬ嫌悪の表情から察するに、一連の手紙はそうとうな衝撃をロレンスに与えたにちがいない。尊ぶべき文字言語を冒瀆した罪は、ロレンスの世界においては匹敵するもののない悪だった。

ルークは顔を輝かせた。「覚えてます。切り花が車輪みたいに転がったというのはいつの話なんですか」

「葬儀の始まる前だ。玄関広間には家の者以外誰もいなかった。外部の人間はいなかったのだ。葬儀屋も、まだ到着していなかった」

「花輪ということ?」ロレンスの話には注釈が必要だと判断したキャンピオンが確認した。

「もちろん、そうです」ロレンスは早く話したくてうずうずしているようだった。「誰かが花輪を買ったのでしょう……私たち家族ではない。私たちは目立つのが嫌いだし、ああした華美なものは発想にないですから。気立てのよいミス・ローパーと仲がいい俳優のグレース君が、届けさせたのだと思う。彼の舞台は非常に月並みですがね。誰かがその花輪を階上に運んだ。場所をとって少々邪魔に思えましてね。階段を上りきったところの壁に立てかけておいたのでしょう。午前中だったので、家のほとんどの者がたまたま玄関広間にいた。私たちは葬儀屋が式を始めるのを待っていた。私は参列しないつもりだった。仕上げねばならない仕事があったから。だが、姉と妹は、参列は義務と思っていた。たしか、あそこには全員がいたと思う。ミス・ローパーの雇っているニンフのような高齢の家政婦までもね。そのとき突然、何かがぶつかって、その陳腐で大袈裟な花飾りが階段の最上段の縁から滑り落ちた。壁に沿って、花びらをまき散らしながら、ごろごろ転がり落ちてきたのです。取るに足らない馬鹿馬鹿しい出来事だったが、家政婦のご婦人が金切声を上げた。シートン大尉は品のない言葉を吐き、ミス・ローパーは走っていって花輪をつかまえると懸命に形を整えた」

「そのあと、ルネさんは花輪をどうしたんですか？」ルークは、どこかおかしな話を聴くときはいつもそうだったが、猜疑心と期待の入り混じった表情でこの独演会に耳を傾けていた。

「ああ、たしか、椅子の上に載せた。もちろん形は少々乱れていたが、準備が整うと柩の上に置かれたよ」ロレンスは肩をすくめた。「実に些細な出来事だったが、このことがはっきり手紙に言及されているのだよ。そういうわけで、私は深い恐怖を覚えた。あの卑猥な手紙は、私たちのなかの誰かが送った。ここには狂人が潜んでいるのだ」ロレンスは体の奥から身震いし、不安のあまり瞳は光を失っていた。「非常に恐ろしいことです。あなたがたにもご理解いただきたい」

ルークはさして動じていなかった。「だからって、ミス・ホワイトが手紙の差出人という証拠にはならないと思いますが。みんなが噂したがる、ちょっと変わった出来事ってところだ。そこにいた誰かが、いなかった誰かに話した。それだけのことです」

ロレンスの表情がしだいにこわばっていった。憎悪と不面目で真っ赤な顔になっていた。

「ということは、二人で書いたのか……クライティとあの不良少年で」

「いいえ、そういうことじゃありません。姪っ子さんはこの件からはずしてくれませんか。彼女がやった証拠は一つもない。理解できない人間の気がするからなんて、最悪の言い草だ。だとしても、花輪が階段を転げ落ちるのを見た誰かが、ほかの誰かにしゃべったという可能性はまちがいなくありそうだ。家政婦さんの身内に突飛な手紙を書くのが趣味のおばさんがいるのかもしれないし、ルネ・ローパーが肉屋の列に並んでるときしゃべったのかもしれない」

「そんなことは信じられない。ミス・ローパーは非常に素晴らしいご婦人だ」

ルークは大きく息を吸ったが、自分が正しいともルネに罪はないとも言わないことにしたようで、出し抜けにこんな質問をした。

「一昨日（おととい）の午前二時、そこの通りに出ていったシートン大尉をずっと見てたのはどうしてですか？」

ロレンスがぎくりとするだろうとルークが思っていたとしたら、残念ながら期待はずれだった。

「あれは、実に腹立たしい出来事だった」ガチョウのような声は冷静だった。

「この扉の前を誰かがこっそり通り過ぎるのが聞こえた。私はクライティだろうと思った。その日の夜分、あの子と口論になったのがずっと気がかりだった。あの子が帰宅した気配がなかったものだから姉に言われてカウンスロープしたら、あの子はいて、私の干渉に憤慨した」

「〝カウンスロープした〟というのは〝見た〟という意味なんですね？」ルークの浅黒い顔が真っ黒になりそうだったので、キャンピオンは慌ててこう尋ねた。

「ああ、そうです。私が愚かでした。あなたがたにわかるはずのない、身内だけの言い回しなのです。『洒落た、この一言』の第三版に出ているのですがね」ロレンスは書棚へ向かい、一冊の本を手に戻ってきた。「モーニントン・カウンスロープという人物は母方の祖父の親戚でね。ここに、こうあるんです」ロレンスは嬉しそうに、大きな声で読みはじめた。彼の意に反して声はなかなか安定せず、小さくてほとんど聞こえないかと思えば霧笛のような咆哮になった。

「眼鏡を捜していたカウンスロープ大執事は、鏡を見れば見つかりますよ、と妻から言われました。〝いや、それは無理だろう〟と大執事は言いました。〝見たところで見えないのだから〟。すると、夫人は答えました。〝それでも見てみなければ見つかりませんことよ。だって、眼鏡はあなたの鼻の上にずっと載っているんですもの〟」

ロレンスは本を閉じた。

「私たち家族は、この話が大好きだった」

キャンピオンはこっそりルークに目を遣った。彼が話についてきているようだったので、ほっとした。ルークは熱心にロレンスを見つめていたが、目の表情から心の内は計りがたかった。

「真夜中過ぎにミス・ホワイトがこの扉の前をこっそり通り過ぎるのを聞いた気がした、ということですね」間を置いて、ルークが口を開いた。

「ああ、そうだ」ロレンスは名残惜しそうに本を置いた。「あとをつけて、懸命に目を凝らしたのだが、目的はまったく果たせなかった」ロレンスは情けなさそうに、愛らしい笑顔を見せた。「私は暗闇では盲目同然でね」

沈黙のなかで、キャンピオンはルークの心の声が聞こえるかどうか確かめていた。

「鳥目ですね」ややあって、ルークは自信満々に言った。

「おそらく。昔から目が悪くてね。ともかく、あの子がやっと戻ってきたと思ったら、単に手紙を出しに行ったシートン大尉だったのだから、私はとても不快だったし自分が馬鹿者に思えたよ」

ルークはため息をついた。「郵便ポストのそばの路上で大尉が誰かと会ってるのが見えましたか?」

ロレンスはまたにっこりした。「私は何も見えなかったのだよ」

「では、手紙を出しに行ったと大尉が言ったんですか?」

「いや、それは私の推測だ。玄関広間で大尉をつかまえると、私はクライティじゃありませんよ、とだけ彼は言った」

「ミス・ルース・パリノードが大尉に遺した財産を、あなたはいつ譲り受けたんですか?」

その言葉は静かに発せられたが、威力はとてつもなく大きかった。ロレンス・パリノードはよろよろと後ずさりし、自分で自分の足を踏んでバランスを崩しかけた。

「そんな話を誰から聞いたのかね？」ロレンスは激しく興奮して言った。「ああ、なるほど、マントルピースの上の手紙を読んで見当をつけたわけか。ああ、たしかに、手紙にそう書いてあった。そういうわけで、今日の午後、私はシートン大尉と話し合いの場を設けた。大尉がその件をクライティに話したにちがいないと思ったものでね……一連の恐ろしい手紙を書いたのが、もしあの子なら、ということだが」

ロレンスは口から出まかせを言った。その手は震えていた。

「手紙には、私が大尉から奪い取ったようなことが書いてあったが、なんたる戯言だ。〝ペルーでない〟何とかいうもの受け取るために、私は大尉に五ポンドもの大金を渡したのだから」

「南アメリカの株券なんですね？」ルークはまごつきながらも、精一杯頭を働かせていた。

ロレンスは、気が変になったんじゃないかとでもいうような目つきでルークを見た。

「そうではないと思うが。たしか、誰かの鉱山の株式だった。話したとおり、まったく無価値なものだ。私たちの弁護士が死んだ姉にそう言ったのだよ。姉は嫌がらせに、それをシートン大尉に遺すことにした。大尉は金に困っているという噂だからね。彼女なりのユーモアだった。洗練されているとは言えないが。大尉がそれを受け取ってすぐさま、つまり数週間前に、私は大尉からそれを買い取った。彼は身内でないし、彼に迷惑がかからないようにするのが私の義務と感じたのだよ。悪ふざけとしてはなかなかのタイミングだったが、ルースもずいぶん悪趣味だ」

ロレンスは意気揚々と説明したが、包み隠さずというわけではなかった。ルークはなおも疑っていた。

「株券はどこにあるんですか？」

「安全な場所にしまってある」

「五ポンド払うと言ったら、また売るつもりはありますか？」

「いや、ない」ロレンスは苛立った態度を示すことで、戸惑いを悟られまいとしていた。「あれは家族の遺した財産の一部だったし、極めて公正かつ適正に私が買い取ったものだ。あの忌まわしい手紙の重圧に耐えかねてシートン大尉に返すなど、とんでもない」

しばらく黙って座っていたキャンピオンが顔を上げた。

「もしかしたら、すでに売ってしまったとか？」

「売ってなどいません」ロレンスは思いがけず、むきになって否定した。「まだ私が持っています。何があろうと売却は拒否するでしょう。尋問はこれで終わりかな、警部」

ルークはキャンピオンの肩に触れ、「ええ」と元気に言った。「パリノードさん、このまま家にいてください。僕らは上の階に行ってきます。キャンピオンさん、行きましょう」

ロレンスが研究机の前の椅子にどさりと体を投げ出すと、インク壺がまた倒れた。

「扉は閉めていってもらえますか」またもインクを拭きとりながら、ロレンスが肩越しに言った。「これから厄介者のシートン大尉のところへ上がっていくおつもりですね。どんな目的でしょうかな」

ルークはキャンピオンにウインクした。

「ちょっと顔を見てくるだけですよ」ルークはご機嫌に答えた。

第二十一章　宿題

チャーリー・ルークは最後の水をシートン大尉のぐらぐらする白髪混じりの頭に浴びせた。

「だめだな」手短にそう言うと、ルーク警部はしゃがみ込んだ。「安物ウイスキーのせいだな。あとさき考えずにボトル一本空けたにちがいない。この男の泣き言は、たっぷり寝かせたあと聴くことにしよう」

手を貸していた若い刑事にルークがこくりとうなずき、二人はその中年男を持ち上げると、インド更紗の掛けられた狭いベッドに載せた。この罪深い場面をキャンピオンはじっと見ていた。

広くて居心地のよさそうな、見せかけの家具がわずかにあるだけの、オールド・ミスの部屋を思わせる寝室兼居間は、荒れ放題だった。キャンピオンとルークが部屋に入っていくと、大尉は肘掛け椅子に倒れ込んでいた。その足元には栓抜きとほぼ空のウイスキー瓶が転がり、いかにも軍人らしい胸元ではグラスが握りしめられ、ぽかんと開いた口からはラッパのような音が出ていた。惨状はいまも変わっていなかった。

折よくルークに伝言を持って来た若い刑事が、経験を活かし、熱意をもって、この緊急事態に対処した。ルークもまた、酔い醒ましの秘策を講じたものの、もう若くない大尉はときおり焦点の定まらない目を開け、わけのわからない言葉を発して、二人の警察官を困らせた。

不面目なことなのか屈辱的なことなのか知らないが、忌むべき不都合が身に降りかかり、大尉は古い革製の帽子箱に大切にしまってあった秘密の酒瓶に逃げ場を求めたのだった。帽子箱は蓋が開いたまま、床に広がった質素な衣類の上に転がっていた。酒は彼を裏切らなかった。いま大尉は逃避行中で、一時的とはいえ忌まわしい問題から解放されていた。

ルークはベッドの足元に立った。顎を突き出し、浅黒い顔はどんよりしている。

「バカなオヤジだ」ルークの口ぶりに悪意はなかった。「僕が目を遣ると、大尉はぞっとするような冷たい視線をこっちに向けたんです。僕への当てつけで、ワイルドおじさんの真似をしたんだと思った。僕が顔を見せただけで、みんなの大好きなおじさんがいきなりクスリを飲むなんて、もう、まっぴらごめんだ。この人は大事に至らないです、キャンピオンさん。大事には至りません。大事には至らない。そう思いますよね？」

ルークがしつこく同意を求めてきたので、キャンピオンは少々面食らった。

「放っておけば息を吹き返して、また飲みますよ」キャンピオンはぼそぼそと答えた。「大尉が恐れているとすれば、相手はルネさんじゃないかな」

「ルネさん？」ルークは家具が取り外されてしまっている部屋を見回した。「ああ！　僕はルネさんに嫌われる。ポリット君、この男を見てるあいだ、部屋をちょっと片付けていてくれ。僕らは踊り場の向こうの部屋に行ってくる」

ルークがキャンピオンの部屋へ行ってしまうと、若い刑事は見るに堪えない汚れ物をベッドの下へ蹴り入れた。

「警視からのあなたへの手紙です」ルークは手紙をキャンピオンに放り投げた。「あとは、署の子ブタ君から僕への二、三のメモですね。今度はなんだって？　ふんふん、ふん、なるほど！」

ありったけの大仰な身振り手振りで、ルークはメモを読んだ。タイプ文字の並ぶ青い便箋が、まるで生きているように彼の手のなかで震えたかと思うと、今度は干してある洗濯物のように裏返った。

キャンピオンは自分宛ての封筒をルークよりも静かに開き、ルークが立ち上がって部屋をふらふら歩き回っているあいだも手紙に集中していた。ルークは日除けを一インチほどずらし、顔を窓ガラスに押しつけた。

「まだ人がいますね。われわれが誰かを逮捕すると思ってるんでしょう。哀れな厄介者たちめ！」ルークはしばらく黙ったあと、戻ってきてキャンピオンの隣に腰を下ろした。「いやな状況です」ルークは言った。「この件で得してる人間が誰もいません。現ナマという意味ですが。ジャス・バウェルズの不審な行動のことです。あれは実に怪しい」

ルークは自分宛てのメモをまた開いた。

「ワイルドおじさんは借金まみれだった。卸売業者にもガス会社にも銀行にも借りがあった。あらゆる場所に聞き込みしたんです。何をやってたか知らないが、それで金をもらってたとしても、おじさん、貯めこんでもいなければ、請求書の支払いもしちゃいない。われわれの調べたかぎり、ろくにものも食べてないんです。ここにある医師の報告書によると〝栄養失調〟だ。なんて哀れな人なんだ！　いい、気難し屋のおじさんが僕は大好きだった。わかってもらえないかもしれませんが」

「脅されていたのかな」キャンピオンは言った。

「そうかもしれませんね」ルークは首を縦に振った。「仕事で何かやらかしたのかも。薬剤師ですから」ルークは瓶から何かをコップに注ぐまねをした。「違う薬をうっかり入れちゃったとか、困ってる少女を助けようとしたとか。どっちだとしても、誰かに弱みを握られてたんでしょう。でも、どっちだとしても、あのとき、おじさんは慣れた手つきでいったい何の作業をしてたんだろう。僕はここ数年、世間話しにあの店によく顔を出してたんですが、死ななけりゃならない何かをやってたのは、あのときだけだったということだ」

キャンピオンは遠慮がちに咳をした。

「愛すべき男だったのは疑う余地がないとしても、そこそこ重大なことに関わっていたと考えざるをえない。君もそう思うでしょう」

「そうなんでしょうね」この話題はルークを苦しめるようだった。

「じゃあ今度は、道の向かいの墓掘り二人組に話を移しましょう」と、ルークはわずかに期待を込めた口ぶりで言った。「あの二人をパズルのピースに加えましょう。こんなこと訊いて失礼ですが、キャンピオンさんへの手紙には何か書いてないんですか」

ルークがキャンピオン宛ての手紙に物欲しそうな目を向けたので、キャンピオンは期待に添えず申し訳なく思った。

「残念ながら、役に立ちそうなことはない」これは嘘でなかった。「質問をいくつか送ったんだけど、ほとんどが曖昧な感じで否定されている。ルッキー・ジェフリーズは、エプロン街をのぼりたくないって以外それについては何も明かさず刑務所の医務室で死んだらしい。この男はとんでもなく無鉄砲な窃盗をやらかしてる最中に捕まった。単独の犯行と考えられている。彼を捕まえた警官はいまフランスの警視庁へ出向中で、国内にはいない」

「そりゃまた役立つ情報ですね」

「それから、ベラ・マズグレイブについても訊いてみた。警察もいまだに彼女の動向は注視しているが、監獄から出てきてもう何年も経つ。彼女は耳の遠い姉二人とともにステップニー（ロンドンの東部の地区）で染色とクリーニングの小さな取次店をやっている。いまのところ家を出ていて、姉さんたちも行方を知らないそうだ。すぐにでも帰ってきてほしいらしい」

「染色とクリーニングか……」ルークは考え込むように言った。「貧しい地区では、その手の小さな店は喪服で儲けてるようなもんですよ。あの女の葬式好きは徹底してるな」

「それから、こんなのもある」キャンピオンは便箋のなかからみっしりタイプ文字の並んだ三枚を抜き出した。「ずぶの素人でもヒヨスからヒヨスチンが抽出できるか、警察の化学班の坊やたちに訊いてもらった。これがその報告書なんだけど、ヨー警視が僕らのために翻訳してくれたようです。ここの一番下に書いてある」

ルークは目を細めて鉛筆の書き込みを見た。

「どうも無理みたいだ」ルークは声に出して読むと鼻を鳴らした。「たくさんの人に協力してもらってるのに、何も進まない。納屋の扉に話しかけてるマヌケなロバの気分です。それで全部ですか？」

「ほぼね。ラグから音沙汰がないな。不吉な予感だ」キャンピオンは、その回答の上にヨーの字でもう一つの書き込まれていた文章を遠慮がちに読んだ。

「いますぐ誰かを逮捕しないと、こっちもホリー警部を送り込まざるをえなくなる。私が自ら赴きたいと許可を求めているところだが、無理そうだ。ここもいろいろ厄介な事情があってね」

ルークは目を閉じた。「ロレンスの態度はどうも変だ。正直に話せない理由があるにちがいない。僕の意見を言ってもいいですか」ふたたび目を開けたルークは、キャンピオンをまじまじと見た。

「あの男はネコの子も殺せないと思うんですが」そう言ってから、「入っていいよ……ああ、ジョージか。キャンピオンさん、彼はピコー巡査部長です。バウェルズのところに行ってたんです。いいニュースはあるかい、ジョージ」と続けた。

すみやかに誰かを逮捕しようとでもするように、その男は決然とした足取りで部屋に入ってきた。丸々した腹をベルトできつく締めあげ、顔は生き生きして、角張った頭には丈夫そうな茶色の髪がびっしり生えていた。頼りがいと、法と市民権への敬意を体から発散させている。世の中こんな警察官ばかりでない。いま彼はとても真剣で、ちょっと意気消沈していた。

「こんばんは、警部。こんばんは、キャンピオンさん」彼は小鳥のようにさっさと挨拶を済ませると、内ポケットに手を突っ込んでノートを取り出した。「例の店に行ってきました。二人に会うことができました。敷地ももう一度くまなく調べましたし、帳簿にも徹底的に目を通しました。正直なところ、おかしな点は一切なかったと言わざるをえません」彼はルークを睨むように見た。「商売は非常に順調に思えました」

「そうなのか」ルークは気が抜けたように言った。「帳簿に問題はないんだな」

「ええ、美しいもんでした。小さな店です。こぢんまりやってて、途方もなく大きな仕事を頼まれることもない。たとえば火葬も、ここ五年はやってないそうです」

ルークはうなずいた。落胆ぶりを、余すところなく体で表現していた。背中はしょんぼり丸まり、髪の毛からさえ生気が失われたように見えた。

「最近、遺族に代わって海外で回収した遺体をここに埋葬するために、輸入手続きをしたことはなかったか、キャンピオンさんが知りたいそうだ」

「なるほど」ピコー巡査部長の粗探しするような目がキャンピオンをとらえた。「私もそれを探ってたんです。しかし、ありませんでした。その手のことは一九三〇年以来やってないという話でしたし、記録もそうなってました。葬儀屋っていうのは、いかさまをやるには向かない商売ですね。照合資料やら戸籍証明書やら書類がやたら多すぎる」彼は咳払いすると、ぶっきらぼうに続けた。「お二方にざっくばらんに申し上げますが、何かの密輸のためにあの男が雇われるというのは解せませんね。ブツが何であれ、あの男がいなくても国内には持ち込める。持ち込まれてきたなら、より目的に適うのは大型トラックじゃないでしょうか。トラックなら、何が運ばれていようが誰も気に留めない。でも、棺桶だったら、みんなちょっとくらい気に留めるでしょう」彼は首を横に振った。「だから、いったい何をやってるんだか理解に苦しんでるんです」

「苦しんでるのか、ジョージ君は」ルークは意地悪そうににやりと笑った。「金塊かなんかが入った棺桶は見つからなかったってわけだね」

「ええ、そうです」そう言いながら、ピコー巡査部長はふたたびノートを開いた。「こんな情報をもらっています。こう言っては何ですが、百パーセント明確な情報ではありませんね。〝黒檀、もしくはかなり黒に近い仕上げ。金メッキをふんだんに使った装飾。〈エドワード・ボン・クレティン・パリノード〉と刻まれた銘板、現在はおそらく取り外されている〟。私の調べた装飾付きの棺桶は四基で、どれも薄い色の木材でした。バウェルズの親父さんが言うには、この屋敷に借りてる地下貯蔵庫から持ち出したのが一基あったが、ランズベリー・テラスでの仕事で使ったそうです。その棺桶の詳細はおそらく目撃者から聴けるでしょうが、念のため、掘り起こしの手続きを進めておきます、警部。あまり気が進まないでしょうが。何かが明らかになるわけでもなさそうですし」

ルークはキャンピオンに向かってしかめ面をした。

「この男、ちょっとした新風でしょ?」ルークは言った。「まともな判断のできる男なんです。バウェルズのホテルの仕事についてはどうだった?」

「グランドピアノの件ですね」ピコー巡査部長は眉を寄せた。「バウェルズは、そんな仕事を引き受けるべきじゃなかったですね。まあ、違法じゃないですけど。そのことも、隠さず話してくれました。一年くらい前だそうです。ピアノ本体はバウェルズのじゃなくてバルサミック・ホテルので、自分の家に運んでくると、すぐに遺体は敬意を込めて棺に納めたそうです。彼は小屋を一つ持ってて、私設の遺体安置所のようなものとして使ってるそうです。これはやましいことじゃなく、役所なんかもわかってると言ってました」

「それ、どうやって運んできたのかな。貨物自動車を持っているの?」キャンピオンは夢中で訊いた。

「いえ、あの男が持ってる運搬手段はですね」ピコー巡査部長がふたたびノートを開いた。「霊柩馬車が二台、そのうち一台のほうが高級です。両方とも馬が引っぱらないといけません。このあたりは裕福な地域じゃありません。そして、地元民の死を非常に重く受け止める。伝統を守って葬儀で馬を使うんです。結婚式では自動車が好まれますが。それから、参列者用の大型四輪馬車が二台、それで足りないときはリムジンを借りるそうです。あとは、木材を運ぶための台箱式四輪車が一台、これも馬が引きます。それから、寝棺馬車が一台。以上です。馬は四頭。全部、黒毛。三頭は元気な盛りをとっくに過ぎてますが、一頭は若い」

「馬も見た?」

「はい、撫でました」

「寝棺馬車っていうのはどんなものかな。黒檀の葉巻入れに車輪がついたみたいで気味悪くない？子どものころに見ただけなんだけど」

「そうなんですね」ピコー巡査部長は、この身分の高い相手の敗北だといった態度になった。「このあたりじゃ、それで棺桶を運ぶのが好まれます。馬車に二回来てもらわずにすむから、より厳かに思えるんです。バウェルズはかなりいいやつを持ってました。古いが、しっかり修繕してある。御者台が高くて格好いいですよ。走ってたら、とても慎み深く見えるでしょうね」

「バウェルズはそれを使ってグランドピアノの本体を運んできたの？」

「だと思います」ピコー巡査部長が思いがけず顔を赤らめた。「しくじったかもしれません。確認しませんでした」

ルークが明るい声を出した。「小さなことだよ、ジョージ君。そう深刻になるな。さあ、もう行って、報告書を作ってきてくれ。気にするな。君の赤い顔なんて見たくない」

「本当ですか、警部」そんなふうに言われ、巡査部長の健康そうなピンクの顔がどぎまぎした表情になった。彼はノートを畳み、重い足取りで扉に向かい、取っ手に手をかけたところで、立ち止まり振り返った。

「お伝えしておきたいことが、もう一つだけあります」ピコー巡査部長は厳めしい顔で言った。「われわれがいるあいだ、バウェルズの親父さん、ずっとブタみたいに汗をかいてたんです。隠さず何も答えてくれましたし、さっきも言ったように、怪しいものは何も見つかりませんでした。協力的だったし、文句も言わずどこへでも案内してくれた。バカがつくほど礼儀正しかったが、汗をかいてたんです」

「原因は何だと思う？　風邪引いてたのかな」ルークの疲労は頂点に達していた。

「いえ」ピコー巡査部長は攻撃的な口ぶりになった。「怯えてたんだと思います。理由はわかりません。もちろん、報告書に記しておきます。お休みなさい。お役に立てたら幸いです」

扉が閉まるのを待って、ルークは椅子にもたれた。

「生意気な口はいつものことで」ルークは砕けた口調で言った。「ピコーの唯一の長所は、決してまちがえないところなんです。完璧主義者で、想像でものを言わないし妥協しない。いかなる理由であれ法を犯す者はまず牢獄へ、そのあと地獄へ行くと信じています。もしあの男がバウェルズの息子は死んだと言ったら、おそらくそのとおりなんです」ルークは立ち上がった。「もう、何もかもおしまいの気分だ。あなたはどうですか？」

長い腕で膝を抱えてベッドの上にいたキャンピオンが黙ったままだったので、ルークは帽子に手を伸ばした。

「帰ります。ミス・ルースは毒殺された。クライティのボーイフレンドは殴られた。ワイルドおじさんは自殺した。大尉は取り乱している。ジャスは正直者だが汗をかいてる。そしてわれわれは少しも前進してない。ひどいありさまだ！　中傷の手紙の差出人さえわからない」

「ああ」キャンピオンが突然思い出したように顔を上げた。「そういえば、医者が最後に受け取った手紙を返していなかったね。あの手紙で、ちょっと思ったことがあるんだ」キャンピオンは例の下品な手紙を外套のポケットから取り出すと、ベッドの上掛けの上に広げた。キャンピオンが注目したもう一つのくだりは、後半部分にあった。彼は声に出して読みはじめた。

「……すべての元凶のお前からけっして目を離さない　お前らみたいな××野郎をけっ、して忘れるな、と、アーメングラスが、、、、い、い、、忠告してるのを地獄の神は知っている……」

キャンピオンは物憂げな眼差しでルークの目を見た。「こんな文章を前にも一度見たことがあってね。しゃべるガラスっていうのは水晶玉を指すことがあるんだ。このあたりに透視術をやってる人間はいる？」

ルークはいきなり腰を下ろし、骨ばった手首に帽子を引っかけた。

「大尉と、郵便ポストのそばで大尉が待っていたという女のことを考えていた」キャンピオンはゆっくりと話を続けた。「この事件とはまったく関係ないかもしれないけど、あの中年男はわりと新しい小さなエメラルドの指輪をはめている。男らしさを誇示したい彼の年代には珍しい宝石です。ルネさんが、大尉の誕生日は五月だと言っていた。僕の持ってるガールスカウト手帳によれば、五月生まれは緑色のもの、できればエメラルドを身につけると幸運を呼び込めるらしい。大尉はちょっとした縁起担ぎを楽しんでるんじゃないかな。彼は自分がかわいい男だし、金はないが時間はある」キャンピオンは、こちらを凝視していたルークに目を遣った。「占い師のところなんかに通う人間は、通っていることを周囲にしゃべったりしないでしょう」間を置いてから、キャンピオンは続けた。「僕が想像を膨らませているだけかもしれないけど、ああいうタイプの男と、そんな男が足繁く通う五十半ばのちょっとイカれた性悪女とのあいだには、ろくでもない薄っぺらな男女の関係があるんじゃないか、なんてことを考えてしまうんです。そして彼は女に、自分のことなり他人のことなりをペラペラしゃべる。騒ぎが大きくなって、手紙の噂が広まると、大尉は女を疑ったにちがいない。それを巡って口論になったかもしれない。大尉の部屋の窓の下に手紙を貼り出してやる、なんて女に脅されたりしたのかもしれないよ、わからないけどね。ロレンスから手紙のことを打ち明けられ、大尉は気が動転したんじゃないかな」

ルークは身じろぎせず座っていた。完全に化石になったようだった。やがて口を開くと、静かに言った。

「僕はこの件から身を引くべきみたいですね。あなたは女の正体を知ってたんですね」

「本当に身を引きたい？」

「ほんの少し」ルークは衝撃と尊敬の入り混じった表情で相手を見つめたまま、立ち上がった。「あの男が一度、女のもとを訪れたことさえ僕は知ってたんです。大尉が女の家から出てくるところを見たと部下の一人が言っていた。この騒ぎが始まった、ごく最初のころです。それが事件に関係あるとは思いもしなかった。そんな話、右の耳から左の耳へと抜けていきましたよ。あなたはそれを、何もないところから導き出した。僕はいろいろな人の協力を得ながら、それを見逃した」

「いや、まちがっているかもしれないよ」突然つじつまが合い、キャンピオン自身がたじろいだようだった。「よくあることなんだ」

「そんなわけない！」ルークはふたたび元気になった。五分もすると、いつもの二倍も威勢よくなり、十歳若返った。「あの女にまちがいない。赤いウールのニットのジャンパースーツを着て、ファラオの娘と称してる。占いは一回につき六ペンス。悪さをしてるようにはまったく思えなかったので、条例違反で立ち入るなんてこともしなかった」

ルークは精神を集中させ、膨大な量の記憶の奥から女の詳細を引っぱり出そうとしていた。

「ああ、そうだ！」確信に満ちた声でルークは言った。「そうです！　あの女です。暗くて細い道の、暗くて小さい家に住んでる。本名は……えっと……ミス……ミス……ああ、なんてこった！」ルークは目を見開き、途切れ途切れに話しはじめた。「キャンピオンさん、女の正体、わかりますか？　ええ！　あいつの妹ですよ、恐ろしい！　きっとそうだ、あの男の妹だ！　考えたこともなかった。女の名はミス・コングリーブ。銀行のポッテリ唇の爺さんの妹です。ああ！　あの家にたどり着くまで命がありますように！」

　興奮のあまり、先ほどから扉がノックされているのにルークは気づいていなかった。いきなり扉が開くと、間が悪かったかもしれないが、クライティ・ホワイトが嬉しそうな顔で敷居のところに姿を現した。重大局面のさなかにやって来たことなど知らないクライティは、半ば不安そうに、半ば舞い上がって、ルークを見つめた。眩いばかりの姿だった。紐で締め上げたベストは若々しい胸を魅力的に見せていた。たっぷりプリーツの入ったスカートは、丈がくるぶしまであって華やかだ。水玉模様のスカーフは蝶結びが心もとなかったので、まるで子ネコがおめかししているみたいだった。モダンなカンカン帽が整え直した髪の上にまっすぐ載って洒落ていた。

「いかがかしら？」クライティは問いかけた。消え入りそうな声だった。

　もう一仕事するために飛んでいこうとしていたルークは動きを止めた。キャンピオンはこれまで以上に、ルークの仕事への情熱に感心していた。ルークは目を細めてクライティを上から下まで見つめ、杭打ち機さながらのありったけの力を注いで装いの品定めをした。

「そうだな」ようやくルークは口を開いた。「スカーフははずして、手袋をはめたほうがいい。そうしたら今度の日曜日、映画館に連れて行ってあげよう」

第二十二章　もつれた糸

チャーリー・ルークがようやく戻ってきたのは、ミス・イヴァドニ主催の懇談会の日の朝だった。キャンピオンはまだベッドの中だったが、眠ってはいなかった。ときおり目を覚ましては、横たわったまま両手を頭の下に置いて、いろいろな考えが静かに湧き上がってくるに任せていた。それらは渦を巻き、流れて行き、折り返し、広がって、キャンピオンはその様子を、少し離れた神の視点から見下ろしていた。これまで関わったなかで最も風変わりな事件の、さまざまな事実が脈絡なく現れてくる。これらの事実は互いにぶつかって否定し合ったり、自らの意味を主張したり、時間の経過とともにありえなくなったりした。しかし、いまようやく、キャンピオンはそれらの織りなす図柄（パターン）を見出した気がした。まだ、ところどころでこんがらかり、中心の柄である顔はぼやけたままだが、下地の模様は浮き出しつつあった。

同時に、ある疑問も湧いてきて、キャンピオンは完全に目を覚ました。疑問は眠っているあいだに、意識の下から完璧な形で勢いよく飛び出してきた。そして考えるほどに、明白に、かつ、すべての根幹になっていった。

キャンピオンはベッド脇のテーブルに置いてあったペンのキャップをはずし、封筒の裏にピコー巡査部長宛てのメモを走り書きした。ペンを置き、腕時計に目を遣ると、六時四十五分になるところだった。ラグから音沙汰がないのが気になる。同時に、家の中が騒がしいだけでなく、ただならぬことが起こっている気配がした。するりと部屋着のガウンに体を滑り込ませ、キャンピオンが扉を開けると、妙な臭い（におい）が襲ってきた。ミス・ジェシカがまた料理をしているにちがいない。だが、そんなことはどうでもよかった。踊り場の向こう側で、ルネ・ローパーがチャーリー・ルークの顔にぴしゃぴしゃと平手打ちを浴びせているではないか。ルネは軍用の毛布でこしらえた分厚い茶色のガウンを羽織り、レースのブドワール・キャップに代わって緑色のバンダナをカーラーの上にしっかり巻きつけている。卵を温めるのを邪魔された雌鶏のように彼女は激怒していた。

ルーク警部は疲労で顔が灰色だったが、それでもすこぶる上機嫌で、ルネの両肘をつかんで持ち上げると、ルネは床上一フィートのところで足をばたつかせた。

「さあさあ、おばちゃん。いい子にしてくださいよ。さもないと、ヘルメットをかぶった本物のお巡りさんを連れてきますよ」

ぐったりとなったルネは床の上に下ろされたが、なおもルークの行く手を阻んでいた。

「あなたの手下の坊やが一晩じゅうあの人の部屋に一緒にいただなんて。クラリーとわたしは、今朝（けさ）、あの人の世話でてんてこまいだったんですからね。眠ってるんだから起こすのは許しません。あの人は具合が悪いの」

「でしょうね。それでも僕は大尉に会わなきゃならないんです」

ルネはキャンピオンを見つけると、助けを求めた。

「ちょっと、アヒルちゃん、このバカな子に説教してやってちょうだい。ちょっとしたまちがいだったのよ。大尉さんは普段こんなふうに飲まないから、慣れてないの。でも、こんなに飲んだら命にかかわるわ。チャーリーったら大尉さんが匿名の手紙を書いてたなんて、トンチンカンなこと言うのよ。そんなことあるもんですか。大尉さんの代わりにわたしが断言します……そんな邪悪な人なんだったら、いますぐわたしがキュッと首を絞めてあげますよ。あの人には睡眠が必要なの。あと数時間はしゃべれないでしょうし、一週間は顔も見られませんよ。独りにしてあげてちょうだい。立つこともできないんだから、まして逃げるわけないでしょ」

ルネが背にしていた部屋から不気味な声がして、彼女の診断がまちがっていないことがわかった。茶色ずくめの小さな体で、ルネは羽ばたくような仕草をした。

「さあさ、お行きなさい！」ルネはルーク警部に言った。「もし大尉さんが悪さしてるって言うなら、半分くらい回復したところで答えさせたらいいわ。わたしはあの人のことはよくわかってますから。しばし休息させてあげれば、何でも白状しますよ」

ルークがためらっていると、ルネはルークを正面から押した。

「ああ、今日は忙しいの」ルネは苦々しく言った。「家じゅう掃除しなくちゃならないし、昼には病院から男の子が来るからすぐベッドに運ばなきゃならないし、そのあとは例のバカバカしい宴会。どうやら、イヴァドニさんはロンドンの住人半分に声をかけたらしいんだけど、お客さんにお出しするものがないのよ。アルバート、ルークさんをあなたのお部屋に連れてってちょうだいな。二人分のちょっとした朝食を運んで行ってあげますよ」

先ほどよりさらに激しい呻き声が傷ついた戦士から聞こえてくると、ルークはこう決断した。

「彼に三十分だけあげましょう」そうルークは言うと、キャンピオンの目をとらえ、両手の親指を立てて自分の気持ちを伝えた。「獲物を仕留めました」キャンピオンの部屋の扉を後ろ手に閉めながらルークは言い、座り心地のいい椅子に向いていた顔を、決然とした動きでキャンピオンのほうへ向け直した。「あなたのおかげです」

　キャンピオンの喜び方は控えめに思えた。「例の女性を袋に入れたんですね」

「ええ、独房に入ってます。床がびしょびしょになるくらい泣きましてね」ルークは感情たっぷりに体を揺すった。「ほぼ一晩じゅう絨毯の上にいさせたんで、いまごろ署はじめじめでしょうね。まったくおかしいのは、証拠は充分揃ってるのに、ほぼ三時間、『ああ、なんてこと！』としか言わなかった。落ち着かせるために午前二時から四時までは独りにしてやったんで、僕はひと眠りして、すこぶる元気になりました」ルークはそう言いながら勧められるまま椅子に腰を下ろし、閉じそうなまぶたを懸命に開けた。

「あの女でまちがいないです」

「白状したの？」

「はい、今朝四時四十五分に。昨晩十一時半にあの女の家で捕まえまして。便箋もインクも封筒も見つかったし、吸い取り紙の一か所にあのおぞましい手書き文字の一部まで写ってました。なのに、夜が明けるころまで一切口を割らなかった。ウシガエルみたいにでんと座ったまま」ルークは両頬を膨らませ、両眉を下げ、盛り上がった乳房の形を両手で作った。「そのあと、卵の殻が割れるみたいにしゃべりはじめました。愛すべき大尉がいかに紳士魂を持った男か、さんざん聞かされて。すべて大尉のためにやったんだそうです。大尉は頼る人もいないし、不当に扱われてる、と。あの女は心を揺さぶられて、悪いとわかっていながらついついやってしまったんだそうです。そしたら予想外の騒ぎになった。手紙をもらったオヤジさんたちはどう思うでしょうね。もう手紙が来ないから、寂しくて泣くかな」

　ルークは背もたれのクッションに深く身を沈め、せめて半分だけは目を開けていようと頑張っていた。

「大尉という男を公平な目で評価するなら、あの女は大きな勘違いをしてますね。大尉は〝俺は何でもお見通しだ〟って顔して、自ら騒動を引き起こしてるなんてこれっぽっちも気づいちゃいなかった。たぶん、自分に興味を持ってもらいたくて、グダグダとくだらないことをしゃべっただけじゃないですかね」

「うん」と、キャンピオンは言った。「で、彼女の兄さんのほうはどうしたの」

　ルークはしかめ面をすると、「あのポッテリ口の爺さんについてはヘマをしました」と、白状した。

「われわれが到着して女が正面玄関の扉を開けると、あの爺さん、するすると裏から出ていったんです。巡査を一人置いて帰りを待たせてたんですが、今朝、僕が顔を出したときも、まだ戻ってませんでした。もちろん、いずれ捕まえられるでしょうが、しばらくは落ち着きません」

「手紙を書くというのは兄さんの思いつきだったのかな」

　考えてみたこともなかったので、ルークは赤く縁取られた目をぱちくりさせた。

「えっと……そうは……思いませんが。そんな様子はありませんでした。あの女預言者が自分のステー（コルセットを形作る鋼などの平らな帯）を差し出したってだけじゃないでしょうか。意味わかります？　だから、腹が立つんです。そのへんは、あなたのほうが、経験がおありでしょう。こうした事件はたいてい、正しい糸口が一つ見つかれば」ルークは親指と人差し指をうまく使って糸を引っぱる仕草をした。「すべてが、おばちゃんのセーターみたいにどんどん解（ほど）けていくものじゃないですか。ところが、この糸口からたどり着いたのは、女学生みたいに大尉に熱を上げ、医者に不満をぶちまける腹黒い中年女だった。ところで、スミス先生はあの女の診察を拒否したんですよ。誰でも知ってる話です。彼女に訊いたところで、胃の調子が悪くて通ってたけど行くのをやめたってしか言わないでしょうけど。あの先生、癇癪持ち気味の患者にはちょっとばかり冷たいって話を聞いたことがあります。まあ、事件の解決には役に立ちそうにありませんが。なんの進展もありゃしない」

「そうかな。彼女の手紙の内容が正しかったとすれば、すごいことですよ。殺人を見抜けなかったと言って彼女は医者を責め、医者はたしかに見抜けなかった。単なる嫌がらせにしちゃ、みごとな内容だ」

ルークは納得していなかった。「あの女は、その情報を大尉から聞いたんです。だから、僕は大尉とじかに話したいんです。大尉が、知りもしないことをしゃべった可能性もある。週に二回も女のところに通って自分の悩みをべらべらしゃべってりゃ、どんなことになるか察しはつきます。まえに言ったことすら忘れちまう。あなたは忘れないでしょうけど。女はあの男の話を聞いて、こんなことをしてみようと思いついたんだ。ポテロ爺さんは、この屋敷で起こったことをどのくらい知ってるんでしょうね」

キャンピオンはそれに答えず、着替えはじめた。そして、ピコー巡査部長はまだ勤務中かどうか尋ねた。ルークは座ったまま、思い切り背筋を伸ばした。

「いいえ、かわいそうに、あいつは病院なんです」ルークは申し訳なさそうにした。「きのうの夜、帰宅途中にバスから飛び降りて膝の関節をはずしたんです。とんだ災難でした。タイミングが悪すぎる。あいつに会いたいですか？　それとも、ほかの男を手配しましょうか？」

キャンピオンは手にしていたメモ書きに目を遣った。

「いや」キャンピオンはぶっきらぼうに答えた。「いや、気にしないでください。ある意味、それでよかった。ミス・コングリーブはいつ治安判事のところに行くのかな。君も行くの?」

「十時です。うちの子ブタ君が連れて行きます。保釈されるでしょうね。あなたに代わってほかにできることはありますか?」

キャンピオンはにやりとした。「なら、僕の代わりにこのベッドで一、二時間眠ってもらいましょう。君が目を覚ますころには、大尉も機嫌は悪いにしても、あらかた正気になっているんじゃないかな。そのあいだに僕は、昨晩考えたことを確認しに行こうと思っています。管轄の検死局はどこ?」ルークはキャンピオンの提案に反論しようとしていたが、最後の質問を聞いてそれをやめた。ルークはこの手のことは何でもよく覚えていたが、すぐに油断を怠らない好奇心いっぱいの目で背筋を伸ばした。

「バロー通り二十五番地です」ルークは即答した。「でも、すでに部下を何人か行かせてますから、あなたが自ら調査に行く必要はないですよ」

キャンピオンのくしゃくしゃの頭がシャツから出てきた。

「まあ、深く考えないでください。僕はよく考え違いをするから」

キャンピオンは朝食を済ませると、ルネを避け、パリノード一家と顔を合わせないようにし、警察は自信を見せているという新聞記事に目を通した。そして、九時少し前になり正面階段を足早に下りていったところで、ミセス・ラブとバケツに行く手を阻まれた。朝の仕事用の空色の頭巾に白い上っ張り姿で、彼女はいつものように陽気にいたずらっぽく言った。

「今日はお客さんがいっぱい来るよ」ミセス・ラブはがなり、しょぼしょぼの目で彼にウインクすると、砂が落ちるようなしわがれ声で続けた。「事件のせいでたくさん来るよ。ほれ、事件のせいでたくさん来るんですよ。でも、お出しするものがなくてね」ミセス・ラブはバラ色の顔で、意地の悪い子どもがいたずらしたときのように笑った。「ほれ、お出しするものがないの。なんでもかんでも配給制だからねえ。宴会のこと、忘れなさんなよ。遅れないように帰ってきなさい。ほれ、遅れないように帰ってこなきゃいけないよ」

「それよりずっと早く帰ってきますよ」キャンピオンはミセス・ラブを安心させると、靄のかかった陽の光のなかへ飛び出していった。外套が長い脚のまわりではためいた。

だが、キャンピオンは計算を誤った。最初に訪ねた検死局で午前の時間をずいぶん取られ、結果的に、思ったより多くの家を訪問することになった。どの訪問先でも神経を使い、持ち前の機転を目一杯利かせなければならなかった。遺族を捜し当てて質問したり、確証のないまま最近親者の住所を突き止めたりした。それでも、夕陽がエプロン街を真っ赤に染めるころには、新たな発見に高揚した足取りで、真一文字に結んだ口元には不敵の笑みをかすかに浮かべ、キャンピオンはこの商店街を闊歩していた。

屋敷が見えてきたとき、火事にでもなったのかと思った。人だかりに、騎馬警官まで加わっている。入り口という入り口には、舞台の初日公演さながらカメラマンが群がっていた。コーカデール刑事が制服姿の警官二人を従えて門と庭の塀を守っていたが、一方で階段上の正面扉はぽっかり空いていたので、誰もがもどかしい思いをしていた。ミス・イヴァドニの懇談会はすでに始まっていた。

屋敷のなかに入ると、キャンピオンはその雰囲気に圧倒された。家じゅうの扉を開け放していただけだったが、すっかり客を迎える空気になっていた。明らかに庭から切ってきたくすんだ色のビバーナムの花束が、使用人用の階段と食堂の古びた扉のあいだの壁の汚れを隠していた。階段の欄干柱の上の平らな部分に取りつけられた古い真鍮の四叉の燭台は、誰か――クラリーにちがいない――の手で修繕されていた。蠟燭が溶けて溝の部分に流れ込み、あちこち蠟だらけだったものの、華やかさの演出には成功していた。

　キャンピオンが靴ぬぐいの上に片足を置くが早いか、ルネが応接室から彼を目がけて飛び出してきた。バラの蕾（つぼみ）をあしらった小さめの白い絹のアフタヌーンティー・エプロンを除いて全身黒ずくめの気品ある姿に、キャンピオンは目を見張った。役者の血が騒いで女中頭の舞台衣装でも着ているのかと一瞬思ったが、ルネが口を開き、そうでないのがわかった。

「あら、あなただったのね」ルネはキャンピオンの腕をつかんだ。「少しでも社会常識のある人に会えてよかったわ。多少なりとも喪服を身に着けるべきなのをこの家の中で覚えているのは、わたしだけなんだもの。あの人たちが無情なわけじゃないのよ。考える暇がないって考えるのに忙しいの。意味わかるかしら」

「ええ、わかります。よくお似合いですね。とてもかわいらしい」

　ルネは笑顔になり、心配そうだった目が光を帯びた。

「イヤな子ね！」と、ルネは言った。「いまは、おしゃべりしてる暇はないの。あったらよかったんだけど。そういえば、アルバート」ルネは声を潜め、玄関広間を覗き込んだ。「警察はすでに狙いを定めてて、張った網を手繰り寄せてるところだって、ほんと？」

「聞いてないですね」キャンピオンは興味深そうに答えた。

「ああ、あなたは今日一日出かけてたものね。いまに本当だってわかると思うわ。クラリーが、内緒の話だよって教えてくれたの。もちろん、誰にも言いませんよ。でも、周りにお巡りさんもずいぶん増えてきちゃって、黙って見張ってる。指示を待ってるのね」

「指示がなかなか出なくて、かわいそうですね」

「冗談言ってる場合じゃないわ。お巡りさんは証拠をつかんでるんでしょ？　ああ、事件が解決してくれたら、どんなにか嬉しいでしょう。強烈なショックを受けたとしてもね。もう、ちょっとしたショックは受けてますけど。うちの大尉さんときたら！　占いなんかしてもらうためにコソコソ抜け出して、あのデブデブ婆さんとあんなことやこんなこと――あら、下品なこと言うつもりはありませんよ、アルバート。でも、ほんとのことだから！――やってただなんて。あの女、わたしの体重の十五人分はあるわよ。あの女が手紙なんか書いたもんだから、大尉さんは恐ろしくなって縮み上がっちゃったのね。大尉さんもわかってたはずでしょうよ。知らなかったって言い張ってるけど。嘘つきオヤジ。で、大尉さんに言ったやったの。わたしは体形こそ昔のままかもしれないけど、きのう生まれたウブちゃんじゃありませんからねって」

　ルネは闘志むき出しだったが、同時にとても女っぽかった。ぷんぷん怒った少女のように瞳がきらきらしていた。

「もちろん、いまは具合が悪くてかわいそうだから」と、ルネは言った。「赦すしかありませんけどね。でも、あの女に本当のことを打ち明けられて、家の外の郵便ポストにロレンスさん宛ての手紙を入れてやると脅されるまで手紙の犯人が彼女だなんて考えたこともなかった、神に誓う、とかなんとか言ったときは、一発お見舞いしてやろうかと思いましたよ！　大尉さんが言うには、あの夜は手紙をポストに入れるのを止めさせたんだけど、次の朝、やっぱり彼女が入れちゃって、ロレンスさんにちゃんと届いたことがわかると、すっかり恐ろしくなって自分の部屋まで階段をこっそり上って、お酒で何もかも忘れようとしたんですって。そんなお酒を持ってたことさえ知りませんでしたよ。わたしが大尉さんを殺したいくらいだわ。本気よ」

キャンピオンは声を出して笑った。「で、いまはここで何してるんです？　大尉さんが逃げ出さないように見張りですか？」

「アヒルちゃん、あの人は立つこともできないのよ！」ルネはくすくす笑った。悪意はほとんどなかった。「あの人、ものすごく後悔しててね、毛布に包まって、お世話してもらえるのを待ってるわ。ああ、わたしは、お友だちが階段を上っていく前に捕まえようと、ここにいるの。下の厨房でクラリーがちょっとばかりお酒を並べてるのを教えてあげようと思って。ジンが少しとビールが結構あるわよ。まあ、たくさんとは言えないけど、ないよりましでしょ。あなたも二階に上がって、ちょっとおしゃべりしてらっしゃいな。でも、何も飲んじゃだめ。とくにグラスで出される黄色いのはだめよ。ジェシカがノボロギクでつくってるんだけど、飲むとおかしな具合になっちゃうから。ある量を飲むと、楽しい気分がどん底まで落ち込んじゃうの。せっかく来てくれたお友だちが無駄に介抱される羽目になったら困りますからね」

キャンピオンはルネに礼を言って、愛情いっぱいの笑顔で見下ろした。夕陽が戸口の向こうからルネの顔を照らし、皺だらけの皮膚の下の華奢な骨の輪郭までも透けて見えた。階段を上ろうと向きを変えたとき、キャンピオンの視線が、ロレンスの部屋の開いた扉の向こうにあるマントルピースにぶつかった。しばらくマントルピースを見つめていたキャンピオンは、青白い顔にはっとした表情を浮かべ、ルネに視線を戻した。

マントルピースを見たとたん、絡まり合っていた糸のもつれがまた一つするりと解（ほど）け、家の中のこの妙な場所にルネがずっといる理由が突然わかり、合点がいった。キャンピオンはこの機会を逃さなかった。

「ルネさん、どうしてこんなことをしているのか、わかった気がします」

そう口にしたとたん、失敗したと悟った。ルネは冷たい表情になって、隠し事をする目をした。

「あら、そう」警告するような口ぶりだった。「あんまりお利口さんになりすぎないことよ。あとで厨房で会いましょう」

「お望みなら」キャンピオンはぼそっと言うと、足早に階段を上った。彼の背中を目で追うルネの顔が笑っていないのは明らかだった。

第二十三章　バガテル万歳！

　盆を手にしたラグが、広い踊り場を半分まで進んだところで立ち止まった。一張羅（いっちょうら）の青い背広に身を包み、まるで擬態した怪鳥ロック（アラビアの伝説に出てくる強大な鳥）の卵みたいだったが、腕にかけたテーブルナプキンが彼の役目を教えてくれていた。和らいできた陽の光を受けて、禿げ頭が白く輝いている。ラグは自分の主人が階段を上ってくるのを見つけ、ほっとしたような顔をした。

　すかさず後戻りしたラグは、キャンピオンが隣に並ぶと盆を突き出した。

「焼き菓子はいかがですかい」高級な陶器の皿に五枚並んだウォータービスケット（小麦粉と水で作る薄くて堅いクラッカー）を見せ、がやがやという人の声がくぐもって聞こえてくるミス・イヴァドニの部屋に向かってラグは頭をぐいと傾けた。「毒殺愛好者の会の連中がバカ騒ぎやってますぜ。結構なこった！　次の犠牲者の出棺は八時ごろですかね！」

　キャンピオンはラグをなめるように見た。

「お前、いったい何をやってるんだ」

「給仕でさあ。旦那を捜しにやって来たら、校長先生みたいにしゃべる婆さんに、配ってくれと頼まれましてね。一目で、あっしが適任だと思ったみてえで。妙ちきりんなものをお勧めして回ってるんですがね。ですが、あっしはあの婆さんが嫌いじゃねえ」

「誰のことだろ。ミス・イヴァドニかな」

「年取ったほうのミス・パリノードですわい。まだファーストネームで呼び合う間柄じゃねえんで。まあ、呼び合うこともねえでしょうが。階級制度はバカげてるが、あのご婦人はいい人だ！『あなた、品がないですし、わたくしの言ってることの意味もおわかりにならないわよね。ですけど、わたくし、あなたを気に入りましたよ』って具合にしゃべるご婦人でさあ」

ラグは少々はにかんだような顔になった。

「あっちじゃ甘えてきて、こっちじゃあ、つれなくするってのは色っぽいねえ、これこそ色気ってもんだ」

「そう？　言われてみればそうかな。トスから何か情報は？」

「あんまりねえです。ちょっと、なかに入りましょうや。ここ、旦那の部屋でしょ。ご立派な化粧台の上に旦那ご愛用の櫛が半分だけ見えた気がしたんでね」二人が部屋に入るとラグは扉をしっかり閉め、そこに背中を押しつけ、盆を腹の上にまっすぐ載せた。「収穫はわずかでした」慎重を期して、ラグは声を落とした。「トスはもうこの商売にほとんどかかわっちゃいねえ。あの母親が、あくどい方法であいつを抑えつけてやしたから。あいつはほとんど堅気だ。仕事みてえなもんまでしやがって」

「ああ、聞いたよ。年齢の呪いってところだろう。エプロン街をのぼるってことの意味は何かわかった？」

「なんも。あっしら二人で、一人残らず当たってみたんですがね。この十年のあいだに死んじまっただろうと思ってた野郎や、死んじまっててほしいと思ってた野郎にまでね。誰もタレ込んじゃくれなかった。ですが、一個だけありやしたぜ。エプロン街をのぼるってのは一年くらい前までちょっとしたジョークだったらしいんですが、ある日突然、ぱったり言われなくなった」

「それ以降、話題に出なくなったの？」

「ちょっと違うんでさあ」ラグはいつになく真剣な口調で、小さな黒い瞳は戸惑っていた。「それ以来、みんな言うのを怖がってる。そのことになると、ロンドンの兄ちゃんたちはユリの花みてえな顔色になっちまうそうです。意味わかりますかい？　旦那の命令どおり名前を探ろうとしたが、エプロン街をのぼると実際に言ったのはエド・ゲディって名前のスリ野郎だけだって話でした。ウエスト・ストリートのギャングの一人でさあ。トスが言うには、そいつはそのときぐでんぐでんに酔っ払って手がつけられないほどで、ポールズ・レーンの娼館に行った夜のことを偉そうにまくしたてたらしい。そのことをバカにされると機嫌悪くなってどっかに消えっちまって、それきり顔を見せねえらしい。いまとなっちゃ誰もそんなことほとんど話さねえし、触れちゃいけねえ話題みてえになってる。で、思い出したことがありましてね」ラグはいかにも秘密めかした顔で続けた。「旦那はご存じかどうか知らねえが、ウエスト・ストリートのギャングと言えば煙草が専門だ。サツがしくじった、キオスクで女の子が殺された事件、憶えてますかい——あの子は二度と『ノー』と言えねえ。あの事件は連中の仕業だった。なんか思い当たること、ありやすかね」

「いや、あんまり」キャンピオンは正直なところを答えたが、なおも考えを巡らせていた。「キオスク強盗殺人事件といえば一年ほど前だけど、エプロン街がタバコ・ロード（アメリカの作家アースキン・コールドウェルの一九三二年の小説）とは考えにくいな。ほかには？」

「ピーター・ジョージ・ジェルフと、あやつのちんけな貨物自動車を調べてみやした」

「おお、なかなかやるじゃないか。警察からは何の情報もなくてね。少なくとも昨晩までは」

ラグの大きな白い顔に、満足そうな気どった笑みがゆっくり広がった。

「デカさんもあっしに、なんも訊いてきやせんからね。あやつはフレッチャーズ・タウンで相棒と二人で商売してる。運送請負業の看板なんぞ掲げて、いまはP・ジャックと名乗ってるんでさあ。あっしだと感づかれたくなかったもんで、おしゃべりしに立ち寄るのはやめて近所のパブに座ってたら、あやつはやって来た。あっしのことは見なかったが、あっしはあやつの顔をしっかり見てきやしたぜ。こないだ薬屋にいたのは、あやつにまちがいねえ。すっかりお行儀よくやってるみてえで、人の手にキスしかねないほど堅気のいい子ちゃんになってた。だが、そんなはずはねえ。居所はわかってるから、ヒマなときサツがとことん調べるこった。だいたいこんなとこです。一個だけ、引っかかってることがあるんですがね……棺桶が戻ってきたんでさあ」

「なんだって！」

「驚きやしたでしょう」それは満足そうに、ラグは語気を強めた。「あっしも驚きやした。今日の午後、旦那がここにいなかったんで、義理弟（おとうと）のジャスのとこへ寄ってみた。身内なんだからノックしねえで裏口から入って、野郎を捜して家じゅううろうろした。小（ちい）せえ庭に、大工仕事用の小屋があるんですがね。もともとゴミ箱が並んでた、人目につかねえ場所です。なかに巻き上げ機が置いてある。扉が閉まってたんで、ちょっとばかり開けて覗いてみた。そしたら二人がいて、なんかの上にかがみ込んでたんでさあ。袋から出してるみてえだった。目が釘付けになりやしたぜ。ピアノみてえに真っ黒で、ホテルのドアマンのズボンみてえな金ピカ飾りがついてた。だが、これだけは言っておきやしょう。ぺしゃんこに潰れてたんでさあ」

「本当か！」キャンピオンは驚くと同時に、嬉しそうな顔をした。「確かだね」

「神に誓いやしょう。応接間の折りたたみ式の衝立みたいに畳んであった。あっしはこっそり出てきやした」

「蝶番がついてたってことかな」

「たぶん。見えませんでしたが。袋に入ってたんで。それが入れてあったらしい細長い箱が、横に置いてあった。ちらっと見えただけですがね。ジャスをしょっぴくなら令状とウナギ用の釣り針が必要でしょうから、あっしは余計なことしねえほうがいいだろうと思いましてね。おや、もう、あっちへ戻ったほうがよさそうだ。いいでしょう、旦那がいやならなんにも教えてくれなくたって」しゃがれ声は恨みがましかった。「この事件はもうすぐ片付くって聞いてやす」

「へえ？」

「初耳ですかい」ラグの顔が輝いた。「あっしの耳には当たりめえのように入ってきやしたぜ。結婚式の親戚一同みてえにご立派なお巡りさんたちがこの界隈に集まってきてて、網を張ってるんですぜ。狙う相手はもう決まってて、いつものように襲いかからんばかりなんでさあ……相手が避けようもんなら体当たりするつもりだ」

「誰がそんなこと言ってるんだ」

「話すヤツ、話すヤツ、みんな言ってますぜ、お巡り以外。あのお若い坊ちゃんは、まだ意識朦朧ですってね。それも悪くねえ、ここの雰囲気も変わるってもんだ。さてと」ラグは盆を下げて、背中を伸ばした。「ドンチャン騒ぎに行きましょうや。食いもんがありますぜ。ありゃあ食べる価値ありだ、旦那」ラグは真顔で言った。「この世のものと思えねえから。マテ茶か、あったけえイラクサ茶ほんの一口か、どっちを飲むか決めとくといい。ほかの食いもんもありますぜ。玄関広間の花みてえに臭うやつが。あんまり食う気にならねえが」

ラグは扉に手をかけ、立ち止まった。それほど楽しそうな様子でもなかった。

「大好きなあの婆さんをたっぷり見てきやす。ずいぶんくたびれてたがね。片方の靴下がずり下がってた。食器棚の中のシェリー酒の瓶も空っぽだし。妹のほうもヘトヘトで、客のほとんどは例の話をもっと聞きたくて来てるだけだ。あの婆さん、クソまずいチーズの載ったビスケットを客にふるまってるが、客はまず、毒入りじゃねえかと疑うでしょうな。あっしじゃなくてゴダイヴァ夫人（十一世紀のイングランドで、夫の領主が住民に課した重税を廃止させるため裸で馬に乗って町を回ったとされる）と伯爵様が部屋に入ってきたとしたって、あの婆さん、もちろん驚かねえで堂々と構えるにちがいねえ。あれこそ威厳ってもんだ。ご夫妻を喜んでおもてなしするでしょうよ。旦那が来るって伝えてきやしょうか？　それともご自分で行きますかい？」

わざわざ言いに行かなくていいとキャンピオンは言った。

ミス・イヴァドニの懇談会は格式ばっていた。部屋の中は人でごった返し、軽食は奇妙だったが、一八九〇年代の〈ポートミンスター荘〉での宴で際立っていたのと同じ優雅な雰囲気が、この場にそぐわない狡猾な目をした集団を控えめに包み込んでいた。

客たちは重厚な調度品のあいだに寄り集まって、ここに来たのは目的があるといった態度で、声を落として会話していた。これまでの同じような懇談会よりずっと多く人が集まっているのは明らかだったし、演劇人が大半を占めていないのも明らかだった。

たとえば、キャンピオンが最初に気づいた顔見知りは、〈サンデー・アタランス〉紙の事件記者主任ハロルド・ラインズだった。ブラッドハウンド（英国原産の大型犬。警察犬、猟犬に用いられる）のようにどんより目の下がたるんだ暗い瞳で、手にしたグラスの上から黙想に耽るように細身のキャンピオンを見たラインズは、哀しげにこくんとうなずくと、顔をそむけた。なみなみ注がれたグラスを手にするラインズを見たのは初めてだった。

懇談会の主催者は、背もたれの高い自分の椅子を横に置き、炉床の前に立っていた。顔色を悪く見せる赤いペイズリーのガウンを相変わらず羽織っていたが、前の日の夕方と同じホニトンレースの肩掛けと金台のダイヤモンドの指輪が重苦しい雰囲気を和ませていた。美人とはいえなかったが風格があり、銀行のヘンリー・ジェイムズ支配人や、テスピス劇場でしか主役になれないラテン語風の名前の小柄な青年より頭一つ出ていた。ミス・イヴァドニはその青年を――引き寄せようとしているのか追い払おうとしているのか――左手でつかんでいた。

ミス・イヴァドニのところに行こうと思うより、ひしめき合う客のあいだをうまく通り抜けることが先決だった。客の多くがキャンピオンに好奇の目を向けた。ほどなく、見覚えのある口髭の持ち主が真正面に見えた。

頓馬（とんま）のドラッジ弁護士が、そこにいた刑事の背後から愛想よく声をかけてきた。

「こんばんは！　例のやつ、ご覧になりました？　楽しいショーでしたでしょう」周囲に合わせて声を抑えようとしているせいで、少々聞き取りにくかった。すぐに、彼がわずかに困ったような表情をしているのがわかった。「ちょっとばかり……の時間ですね。どうです？」彼は懇談会の主催者のほうを手で示したいところなのだろうが、その隙間さえなかった。「まったくドギマギしちゃうと言うか、何と言うか。悪気はないからね、もっとたちが悪い」今度は、驚くほどよく聞き取れた。ドラッジの祖父だったら、こんなふうに気の利いた言い回しでやんわり否定の気持ちを表すことはできなかったにちがいない。「リンゴ」と、彼は言った。

この最後の一言は聞き取りにくかったが、キャンピオンが体の向きを変えると、ミス・イヴァドニが、針金と緑色の糸で編まれた特徴的な小さい買い物袋を右腕に掛けているのが見えた。艶やかだが酸っぱそうなリンゴがまだ半分ほど入っていたが、客の大半は少々きまり悪そうに手袋をはめた手でリンゴを持っていた。キャンピオンは、はっとした。

「あれはミス・ルースの買い物袋だったんですね？」

「あの婆さん、どこへ行くにもあれを持ってたもんですよ」知らなかったんですかとでも言うように、頓馬のドラッジは答えた。彼は遠回しな言い方をやめ、声を潜めて単刀直入に話すことにしたようだった。「絶対にあれを離さなかったんです。リンゴが手に入ったときは、会う人、会う人、誰かれ構わず手渡してましたね。『これで医者いらずね』とか言って、ぽんと一つ相手の手の中に入れたもんです。みんな、そのことを憶えてるとイヴァドニはわかってたんでしょう。そのための大宴会なんじゃないかって私は思ってますよ……ハムレットの芝居でもあるまいし。こりゃ、ひどいショーだ」

明快だったが気の滅入るような答に、キャンピオンはしばし言葉を失った。同時に、ミス・イヴァドニが彼女なりに一人でひたすら事件の真相を探りつづけていることに気づかなかった自分を責めた。おそらく彼女は、明らかに後ろめたそうにする人間を見つけ出そうとしているのだろう。彼女のなかに演劇家の血が流れているように思えた。

頓馬のドラッジが次に発したひそひそ声に、キャンピオンはびくりとした。

「事件はほぼ解決したって本当ですか？　警察は飛びかかるのを待ってる状態だとか」

「正式には聞いてませんが」

ドラッジの口髭の周りから上が真っ赤になった。

「すみません。言っちゃいけなかったのかも」いかにも後悔しているようなささやき声だった。「軽はずみでした。すみません。では、また。ああ、ところで、親友として忠告します。黄色いのは飲まないほうがいいですよ」

キャンピオンはドラッジに心から礼を言うと、また苦心して先に進んだ。

次に行く手を阻んだ手ごわい相手は、ボール紙の帽子をかぶっていた。散歩は終えたにちがいないが、まだ散歩用の服を着ていたミス・ジェシカが、スミス医師とおしゃべりしていた。物知りぶっているとしても、とてもかわいらしい高い声は、興奮でさらに高くなっていた。

「先生、あの人に効果があったっておっしゃるのね？　とても興味深いわ。ハーバート・ブーン氏によれば、熱をもたない腫れ物の治療法のなかで、わかっているかぎり最古のものだそうよ。サクソン族が用いた薬なんですって。ノコギリソウの芽を摘むのは、金星の上昇中がいい――わたしは面倒だからそうしなかったけど――らしいの。そして、バターと一緒に――残念ながら、わたしの使ったのはマーガリン――すりつぶして寝かせておくだけ。先生もやってごらんになったら？　先生もなさると考えただけで、わたし、とても誇らしいわ」

「さてね、どうかな」医者はかすかに笑い、薄い唇がくるりとめくれ上がった。「私ならまず、熱をもたない腫れ物の原因を探るねえ。そうだろう」

「あら、原因がそんなに大事？」ミス・ジェシカがあからさまにがっかりすると、医者はいきなり語気を強めた。

「当たり前じゃないか。もっとも大切なことだよ！　その手の症状には気をつけなきゃならんよ。皮膚に傷がないなら大事には至らないと思うがね、だが、頼むから……おや」医者がミス・ジェシカの頭越しにキャンピオンを見つけ、親しげに声をかけてきた。「こんばんは。お会いできて嬉しいですよ。あなたのお仕事仲間もおいでかな？」

「いや、見かけてないですね」キャンピオンが言いかけたところで、小さな手が彼の腕に触れた。

「あら、あなただったのね」ミス・ジェシカは、はにかみながら嬉しそうにした。「素晴らしいとお思いにならない？　食料雑貨屋さんの膝にパップ剤を貼ったら効いたのよ。先生も認めてくださったわ。わたし、この懇談会のためにイラクサ茶も用意したの。ヨモギギクのお茶も。そっちはグラスに入っているわ。黄色いから、すぐわかるわよ。お砂糖がなかったから、いつもみたいに美味しくならなくて。レモンジュースも置いてあると思うけど、もちろん、そんなもの、とんでもないわ。お茶、ぜひとも飲んでくださいね。ほら、あそこにあるから」彼女は見苦しい奇妙な帽子を、部屋の反対のほうに傾けた。美しいレースのクロスが掛けられたテーブルがあり、いろいろな飲み物がなみなみ注がれたグラスと紅茶茶碗、それから、大きな琺瑯のピッチャーが二つ置いてあった。「ほら、がんばって向こうまで行って、取ってらっしゃい。もう二度と味わえないわよ」

まったく無邪気に言っているわけではなかった。ミス・ジェシカはまちがいなく笑っていた。

「最近のお茶のなかじゃ最高のお味」

「あなたのお姉さんに挨拶したら、いただくよ」と、キャンピオンは約束した。

「わかったわ。きっと飲んでくださるわよね。あなた、いい人だもの」

退散しようとするキャンピオンを、スミス医師がもう一度引き留めた。興奮気味で、まだ少々苛立っていた。

「逮捕の時機をうかがっているところだと聞きましたよ」医者はもごもごと言った。「あとは証拠だけだと。そうなんですね?」

「申し訳ないのですが」キャンピオンは、知らないと答えることに気後れしはじめていた。「僕にはわかりません」キャンピオンはロレンス・パリノードとぶつかりそうになるの避け、一歩後ろに下がった。ロレンスはグラスを手に、ひしめき合う人を蹴散らしながら、どしどしと部屋を横切っていった。立ち止まりもせず、人の前を通り過ぎるときも詫びず、入り口まで突き進むと姿を消した。

「ロレンス兄さまったら、本当に品がないこと」人の波がミス・ジェシカの背後からキャンピオンのほうへと流れていくと、彼女は言った。「子どものころからずっとそう。もちろん、本人は気づいていないの。だから、余計にたちが悪いわ。あなたは気づいていたでしょ」ジェシカは声を低くしてしゃべっていたが、別のことを思い出したという顔をした。「クライティのお客さまのこと、ご存じ?」

ミス・ジェシカが嬉しそうにしたので、キャンピオンは面白くなった。

「ミスター・ダニングだね?」

「あら、知ってるのね」ジェシカは上機嫌だった。「ええ、屋根裏部屋でクライティが看病してるわ。あの子、変わった……驚いちゃう。ぱっとしない子だったのに、突然、別人になったみたい。今朝なんか誰だかわからなかったくらい。しゃきっとして存在感があったわ」

単に姪っ子の服装の変化でなく、内面の変化が外見に表れていることをジェシカは言いたいのだとキャンピオンが気づいたのは、少々経ってからだった。それに気づいてキャンピオンはわずかに戸惑い、ようやくミス・イヴァドニのところにたどり着いたときも、まだ戸惑いは続いていた。ミス・イヴァドニは主賓のもとを離れ、キャンピオンに左手を差し出した。

「右手は、もう力が入りませんの」目下の者を丁寧に扱う王族のような魅力で、ミス・イヴァドニは微笑みながら言い訳した。「こんなにたくさんの方にお集りいただいたものだから！」

「たしかに、いつもより大勢おいでですな」銀行のジェイムズ支配人が横から口を挟んだ。相変わらず堅苦しい口調で、正確な発音が一語一語に重みを与えていた。もっと具体的に表現しようかと一瞬迷っていたが、考え直し、「ずっと大勢ですな」と結んだ。

いつものようにジェイムズ支配人はおどおどした目でキャンピオンの目を見ると、この夜会を楽しんでいるかと、くり返してきた質問をくり返した。まだその質問には答えられないと思ったキャンピオンが生気のない顔で黙っていると、ミス・イヴァドニがそこにいた役者を紹介した。疲れた顔の役者は舞台用の笑みをつくり、リンゴをもらいにきたのかと尋ねた。

「違うと思いますわよ」ミス・イヴァドニは声を上げて笑った。なぜリンゴを配っているのかおわかりでしょ、これは事件を探る者だけが知る小さな秘密ですわ、とその笑い声は伝えていた。「わたくしのリンゴはね……あら、なんて言ったらいいかしら……」

「何の役にも立ちません」と言葉をつないでキャンピオンが馬鹿げた冗談を言ったので、案の定、場がしらけた。キャンピオンはミス・イヴァドニの脇の予備テーブルに視線を落とした。相変わらずごちゃごちゃしていて、ジャムの入った皿までもが、少し埃っぽくなっているのを除いて、キャンピオンが初めてここに来たときのままだった。だが、このときは、テーブルの上の雑多なものに混じって、乾燥花が入っているのが鉢一つだけになっていた。この些細な変化について尋ねようかと思っていると、ミス・イヴァドニが不意に口を開いたので、キャンピオンはびくりとして思考を中断させた。

「それで、あなたのご親切なお友だちのサー・ウィリアム・グロソップはお連れにならなかったのね」

キャンピオンは仰天して耳を疑った。目を上げると、ミス・イヴァドニは大勢の人に囲まれ上機嫌で勝ち誇ったような顔をしていた。

一瞬の間のあと、ジェイムズ支配人が世情に敏感なところを見せ、大仰に会話に入ってきた。

「あのP・A・E・Oトラストのグロソップ氏ですかな?」彼はもったいぶって質問した。「とても素晴らしいお方です」

「ええ、そうですわね」ミス・イヴァドニは満足そうに相づちを打った。「興味深いお仕事ね。今朝、図書館で『現代人名辞典』を調べましたの。ケンブリッジの方なのね。ブリストルの方のような気がしていました。理由はございませんけど。ずいぶんお若いころの写真が載ってましたわ。こういうことに関しては女性より男性のほうが見栄っ張りね。面白いとお思いにならない?」

「ここにいらしたのですかな?」ジェイムズ支配人はずいぶんと興味を示したようだった。周囲の客が身を固くして耳を澄ませていた。

「人違いでは」とキャンピオンが言いかけると、ミス・イヴァドニはそれを遮った。

「ええ、そうですの。昨夜、その方が、ここにいる手先の器用な男性の帰りを待っていたんです。わたくしも待っていましたから、ついつい話が弾みましてね。その方、自己紹介なさいませんでしたけど」ミス・イヴァドニは、悦に入った穏やかな表情をキャンピオンに向けた。「帽子の記名を見ましたの。わたくしのほうを向いて椅子に置いてありましたから。わたくし、とても目がいいのよ。かなり博識な方でしたけれど、電気ケトルの修理の知識はお持ちじゃなかったわね」ミス・イヴァドニは陽気に笑い飛ばし、隣にいた役者に向かって言った。「エイドリアン、わたくしたちのために朗読してくれるつもりはなくて?」

みごとな話題の転換だった。問いかけられた青年は慌てふためいたようだった。同時に、ジェイムズ支配人が反射作用のような勢いで小さな懐中時計を取り出した。

「それは来週のお愉しみだったと思いますが」ジェイムズ支配人がすばやく口を挟んだ。「ぜひとも、そうしていただきたい。本日はお暇（いとま）しなくてはなりませんから。おやまあ! こんなに遅い時刻とは気づきませんでした。この上なく素晴らしい会を催してくださいました、ミス・パリノード。とても楽しい夕べでした。明日、わたくしのところにお立ち寄りいただけますか? それとも、わたくしが参りましょうか」

「あら、来てくださるかしら。わたくし、出不精なものですから」ミス・イヴァドニはそう言うと、いつにも増してかわいらしく女性らしい気品を漂わせてジェイムズ支配人に手を振った。ジェイムズはほかの客にうなずいたり目配せしたりしたあと、人混みをかき分け、足早に去っていった。

「本当に善い方だわ」思わず彼の背中にバラを投げかけるようにミス・イヴァドニは言った。「もちろん構わないわよね、エイドリアン。ミスター・ジェイムズだって気にしませんよ。あなたはどう思うの? やるべきか、やらざるべきか。イプセン（ヘンリック・イプセン。一八二八〜一九〇六。ノルウェーの劇作家）をやるには、ちょっと人が多すぎるかもしれませんね。でも、いつでもマーキュシオ（シェイクスピア『ロミオとジュリエット』に登場するロメオの友人）ばかりだから。お嫌じゃなければ、もっと近代風の作品はどうかしら」

逃げ場を求めて周囲を見渡していたキャンピオンは、スミス医師が真後ろにいるのに気づいてぎょっとした。しばらくそこにいたにちがいない。キャンピオンに話しかける機会をうかがっていたのは明らかだった。彼はいま、ようやくその機会をつかんだ。

「私に手紙を送りつけた犯人を見つけたのは、あなただそうですね」重々しい低い声でスミス医師は話しはじめたが、視線はしっかりキャンピオンの眼鏡に向けられていた。「そのことについてお話ししたいのです。少々心配しています。ぜひとも説明させていただきたいと思ったもので。あの女性は私の患者ではありません。つまり、治療はしていないのです。病気ではありません――精神を除いて――でしたから。あの女性には、そう伝えたつもりでしたが」

耳障りなささやき声が続き、さんざん中傷され彼の神経が参ってしまっているのが手に取るようにわかった。キャンピオンは静かに、しかし決然と、その場を離れようとしたが、二人の周りにいた大勢の人が波のように寄せて引いたかと思うと、すぐ隣にラグが現れた。ラグは無言で両眉をつり上げ、ごつい顎をわずかに二回動かし、ついてくるよう二人に合図した。二人はただちに従って、できるだけ気づかれぬよう部屋を抜け出し、ようやく踊り場までやって来ると、そこにルネが待っていた。真っ青な顔で階段の手すりにつかまっていたが、二人が現れると寄ってきて、両腕を片方ずつ二人の男の腕にすべり込ませ、階段のほうへ引っぱっていった。

「あのね」できるだけ淡々としゃべろうとして、息の詰まったような声になっていた。「ロレンスさんがね、あの部屋で何かを口に入れたの。何だかわからないし、誰が渡したのかもわからないし、ほかのお客さんたちも口にしたのかどうかさえわからない。もし口にしてたとしたら、恐ろしいわ。とにかく、早く来てちょうだい。あの人……あの人、死にそうなのよ、アルバート」

第二十四章　網の目をくぐって

街灯に照らされたエプロン街には冷たい雨が容赦なく降っていたが、〈ポートミンスター荘〉を囲む人だかりが小さくなることはほとんどなかった。水滴がぶら下がるペンキの剝(は)げかかった門の前では、決定的瞬間をじりじりしながら待つ人を乗せた車の列が時間とともに伸びつづけていた。タクシーに乗って来る人や帰っていく人もひっきりなしだった。

懇談会から戻ってこないと、家族の身を案じる人たちも訪ねてきた。こうした人は警官が丁寧に家に帰したが、すっかり安心して立ち去る人ばかりではなかった。一方で、ボルジア家（スペイン出身のイタリア名門貴族。秘伝の毒を飲み物に混ぜ、数々の政敵を暗殺した）がふるまったのは少量の発泡飲料だったがパリノード家も同じことをしているのではないかとほのめかす荒っぽいデマが流れ出し、それはすぐに、まことしやかな噂として広がった。いまなお屋敷からは一人として退出が許されず、緊張はいよいよ高まっていった。

エプロン街に軒を連ねる照明の消えた店先では、カーテンを後ろに押しやり様子をうかがう人の頭の影がいくつも見えていた。完全に消灯している建物はバウェルズの店だけだった。父と息子は馴染みの人から仕事をもらうのに必死だったが、そうしているうちに自分たちが死んでしまったのかもしれなかった。彼らの小さな家は墓石のようにひっそりと小ぎれいで、その隣の廏小路(ミューズ)のアーチ門は漆黒の裂け目のようだった。

一方で、向かい側の〈ポートミンスター荘〉は御殿のように輝いていた。一階の窓は白い綿の日除けが引き下ろされていたが、光は透けていて、ときおり影絵芝居のスクリーンのように巨大な人影を映し出した。大きさも社会的地位も歪められて映った人影が何か秘密の用事で静かに通り過ぎるたび、人の群れは狂喜した。

そのあいだにも、報道記者たちは雨に濡れる庭に群がることにした。屋敷にも、屋敷に入っていく捜査関係者にも近づかぬよう、神経をぴりぴりさせた私服警官に追い払われたので、びっしょり濡れた彼らは苛立ちを募らせ、無駄な想像ばかりを膨らませながら、声を揃えて不平を言っていた。

屋敷のなかの緊張感は最高潮に達していた。ミス・イヴァドニの部屋では懇談会が不気味に続いていた。単に神経が参ってしまった一人、二人を除いて、それ以降、犠牲者は出ていなかった。ルーク警部の右腕である子ブタ君ことボウデン警部補が客たちの氏名と住所と、ときおり短い一言をいまも書き取っており、飲食物とそれらの入っていた器はダイス巡査部長と無表情の部下たちが一つ残らず持ち去った。

その合間に、エイドリアン・シドンズが朗読した。

ハロルド・ラインズ記者はのちにこのときの様子を話すとき、声を落として、自分のグラスをじっと見つめたものだった。

一階では、応接室と、隣接する洗面室とがロレンスのための間に合わせの病室となり、玄関広間を挟んだロレンスの部屋が捜査本部にされた。医者に言われ、クラリーが応接室の電灯の笠をはずした。一家が繁栄していたころは誰も使おうとせず、忘れ去られていた応接室はいま、絨毯が片づけられて埃っぽい床板がむき出しになり、照明が容赦なく照りつけ、洗面設備は琺瑯(ほうろう)が欠けて、趣がなく薄汚かった。

スミス医師がシャツの袖を下ろした。チョッキのてかてかした裏地の下の丸い背中は疲れ切って老いて見えた。そこへ、ルネが新しいタオルを山盛り持って足早に入ってきた。黒い礼服の上から調理用の大きなエプロンドレスを着け、最悪の事態が避けられた安堵から、元気を取り戻しつつあった。

アンピール様式（十九世紀初めにフランスで流行した建築、家具、工芸の様式）の擦り切れたソファーに寝かされ、羽を半分むしられた黒い鳥のような悲惨な姿のロレンスに、ルネは微笑みかけた。肌はじんわり濡れて土気色になり、全身鳥肌が立っていたが、それでも苦痛からは解放され、ロレンスは、謂れもないのに突如こんな目に遭わされた怒りに苛まれはじめていた。

「まあまあ、かわいそうに！」なすすべもなく、ルネは言った。「もう、大丈夫よ、アヒルちゃん。この人にまだあれこれ訊くつもりなのかしら？　ルークさん」

ルーク警部はルネが入ってきたのに気づいていなかった。ルークとキャンピオンは部屋の奥の小テーブルにかがみ込み、互いのノートを見比べているところだった。二人とも疲れていたが、ルークのほうは調子を取り戻していた。普段より少し口数が少ないようだったものの、それでも、捜査への情熱を全身からサーチライトのように発していた。

「ほら、これ、まったく違うやつですよ」ルークの低い声がキャンピオンの耳の中でぶんぶん響いた。ルークは二人のリストの項目の一つに丸をつけた。「被害者だけ、ほかの客とまったく違うものを手渡された……色もにおいも違う。分析結果は明日まで待たなけりゃなりません。仕方ない。分析結果なしにできるところまで進めましょう」

ルークの鉛筆の先がノートのページを下がっていき、ある疑問点で止まった。

「誰からグラスを渡されたのかわからなかったと証言」

「これはどうです？」

「ありうるね。わかっていたらよかったんだけど」と、キャンピオンは言った。「彼は一連の捜査を快く思っていないんですよ」

「やっぱり」静かに話そうと努めているせいで、ルークの声は巨大なマルナハバチの羽音みたいになっていた。「一家をよく知る人たちみんなで飲み物を配っていたようです。ミス・ジェシカ、それからラグも、ときにはクライティも。ここにいるスミス先生も、ジェイムズ支配人も、ドラッジ弁護士も。ルネさんだって入ってきたし、役者たちも、みんなです」

　背後で足音がしてキャンピオンがふり返ると、スミス医師がすぐそばまで来て話に聞き耳を立てていた。いつもよりさらに神経が苛立っているように見えた。口の片側が痙攣しているのが、わずかに見て取れた。

「明言は避けたいのだがね、ルークさん」スミス医師は口を開いた。「それに、分析結果がないのだから誰にもわからんだろうが、私が思うに、ロレンスが口に入れたのは単なる薬草の毒じゃない。そんなふうに思う」

　ルークは困った顔をした。「何か違うものですか。違う色の……」

「そうだ。薬草茶に何かしらの毒が混入されたのだと思う。嘔吐したから命は助かったのだろうが、薬草茶以外のものが胃に入ったのだろう」スミス医師はここで言い淀み、悲壮な眼差しをルークからその隣の男に向けた。「こう言っていいとすれば、もっと月並みなものだ。体が硬直し、かつ眠気に襲われた……特徴的な症状だよ。さらに、反応が即座に出ている。クロラール（刺激臭のある無色の液体で催眠剤に用いられる）の過剰摂取かもしれん。わからんがね。もちろん、いずれわかるだろう。被検物は採取したから。ところで、彼のグラスはあるかい？　ロレンスが使ったやつは」

「ああ、ダイス巡査部長が持って行きました。証拠物はすべて彼のところです」ルークは、スミス医師の求めを無視した。テリアのように、次の興味しか頭になかったのだ。「またヒヨスチンですか？　先生」

「いや、そうじゃないだろう。私もすぐにそれを疑って症状を観察したんだが、違うようだ。ヒヨスチンだとしたら驚きだ」

「ジェシカがやったように、誰かが見せかけようとしているんです」

嘔吐のせいで声が潰れ、乾いた木の枝をこすり合わせたようにしか聞こえなかったが、ロレンスがこう断言したので全員が肝を潰した。三人揃ってソファーのほうへ移動すると、ロレンスは横たわったままガーゴイルのような顔で目を上げた。濡れそぼった髪は逆立ち、顔はてかてかしていたが、目は相変わらず聡明さを湛えていた。

「私の妹に疑いの目が向くようにしているのです」まるで三人が間抜けか、そこまでではなくとも耳が遠いとでも思っているように、ロレンスは一語一語を明確に発音した。「あの子に罪をかぶせようとしたのだ」

「どうして、そう思うんですか」ルークが熱意を漲らせて尋ねると、ぐったりしたロレンスはかすれた声を絞り出し、枕の上に身を起こそうとしながら答えた。

「グラスに葉っぱの切れ端が入っていた。一口飲んで取り出したが……だが、一口でグラスの半分を飲んでしまった。そうするよりほかに方法がなかった。それはもう、まずかった」ロレンスの真剣な顔つきに、誰一人にやりともできなかった。「ドクニンジン（セリ科の多年草で有毒。ソクラテスはこの毒で死んだとされる）の葉だった。古代ギリシアで使われていた毒です。だから知っていた。それで、すぐに部屋を出たんです」

「だからといって、どうしてミス・ジェシカじゃないと言い切れるのかね」スミス医師が、二人の男より先に質問を投げかけた。ロレンスは体だけでなく心も弱っているから、といった態度で、スミス医師はできるだけさりげなく尋ねた。ロレンスは沸き上がる怒りに目を閉じた。

「あの子はそこまで無知ではない」ロレンスは息の混じった声で言った。「たとえ、そこまで冷酷だったとしても。ギリシア人ですらドクニンジンを与えて満足ゆく効果を得るのに苦労していた。あの子ならそれを知っていたはずです。そうした知識のない人物が、ルースとエドワードを毒殺した罪をジェシカになすりつけようとしているのです。愚かで邪悪なことを」

スミス医師が顎を上げた。

「お兄さんのエドワードは人の手で殺されたのではない。神の手で天に召されたんだよ」スミス医師はきっぱりと言い放った。「サー・ドーバーマンであれ誰であれ、それを否定する証拠は出せないはずだ」

キャンピオンは驚きを露（あらわ）にしてスミス医師に顔を向け、ルークが言いたそうな台詞を先回りして吐いた。

「本当ですか？」

「ああ、まちがいない。ルークさんにも言ったが、納得してもらえなかったよ。私がエドワード・パリノードのもとへ呼ばれたとき、彼にはもう意識がなかったが、私はバビンスキー反射（足裏の外側を踵から足先に向かってこすると、脳に損傷のない健康者では足指が足裏側に屈曲する反射）を調べてみた。これについては、知らないなら知っておいてください。絶対確実な診断の指針になりますから。結果は陽性だった。エドワードの死因は脳血栓ですよ。脳卒中と言ったほうがわかりやすいかな。ミス・ルースについては、不幸にも、だが、ある意味で避けようのなかったまちがいを私は犯してしまった。彼女を診たときはもう息がなかったから、バビンスキー反射は調べられなかった。彼女もお兄さんと同じ道をたどると私はずっと思っていた。そして、重大なミスをしてしまった」

キャンピオンは、いつもより少し学のあるような顔をした。

「バビンスキー反射というのは足の裏を見るやつですよね？」キャンピオンはぼそぼそと尋ねた。

「そのとおり。足裏を軽くこすって、つま先が上に反り返ったら陽性で、反対側の脳が損傷しています。まちがった結果が出ることはまずない」

「ミスター・エドワードのつま先は上に反り返ったんですね」ルークが元気に言った。「先生を信じます。でも、問題は解決しません」

スミス医師は、ルークの言葉が耳に入っていないようだった。上着の下襟の折り返しをつかむと、人差し指を胸に当て、こう主張した。

「私はね、ミスター・ロレンスが正しいと思う。私には突き止めるすべがないから、ずっともやもやしているんだがね。かなり頭はいいが、そこまでいいわけでない誰かがやっているんだと思うんだよ、ルークさん」スミス医師はここで言葉を切った。「だが、あのダニング少年を襲ったのは理解できんね」

「だけど、あなたがた、犯人をおわかりなんでしょ。警察はすでに網を張ったんだと思ってましたけど」

みな、ルネがいるのをすっかり忘れていた。驚きとばつの悪い思いで、彼らはルネを会話に招き入れた。

「まだわかってないということなのかしら」ルネが迫ってきた。「まさか逮捕しないつもりじゃないでしょうね。言わせてもらいますけど、家の周りは人でいっぱいなのよ。いったい、いつまで続くの？」

スミス医師が咳払いした。「警察は何かしら動いたのだと思っていたよ。突然の逮捕劇があると誰もが思っていたようだが……」

質問は尻すぼみになった。ルークが拒むような態度を見せたからだ。

「ジョウゼフ・コングリーブという男から話を聴きたいと思ってるんです」ルークは少々ぎこちなく言った。「捜してるんですが、ノウサギみたいに飛び出してったきりで。キャンピオンさん、一緒に来てください。あっちの部屋でミス・ジェシカが待ってるんです。先生はお産の立ち合いがあるんでしたよね。できるだけ早く戻ってきてもらえますか。ルネさん、ロレンスさんの世話をよろしく」

困った質問をどうにかかわし、二人で廊下を歩いていると、ルークは着てもいないコートの襟を立てるまねをした。

「ああ、運よく抜け出せた。あとは洪水にでもなんでもなってくれ。そしたら僕は海運会社に入社しよう」

キャンピオンは黙っていた。かつて食堂だったロレンスの部屋に入って行くと、最初に目に飛び込んだのは、パリノード教授の肖像画の下の、暖炉前の敷物に立つヨー警視だった。捜査に関わっていないにもかかわらず、彼は紛れもなくそこにいた。仕立てのいい青い背広にがっちりした体を包み、上着の背中の裾のあたりで両手を組んで姿勢よく立っている。現れた二人に目を遣ったが、にこりともしなかった。

彼がここにいる意味は誰の目にも明らかだった。本部から最終命令が下ったのだ。逮捕が強く求められているということだった。

ルークは、ただちにヨー警視に歩み寄った。キャンピオンもあとに続くつもりだったが、柔らかな手に引き止められた。待っていたミス・ジェシカが椅子から立ち上がり、まさに救世主としてキャンピオンを迎えた。帽子のボール紙ははずしていたが、モータリング・ベールはまだかぶっていて、ヴィクトリア時代のロマン主義絵画に描かれた女性ように頭の後ろでぞんざいに結んでいた。手提げ袋も持っていなかった。いつものようにウールの服の上に羽織った綿モスリンのガウンには、美しい襞（ひだ）ができていた。不思議なもので、とても華やかに、全身から女性らしさを放っているように見えた。

「ロレンス兄さまが体に合わないものを口にしたの」気品に満ちた声でジェシカは言った。「ご存じだった？」

「ああ」キャンピオンは重い口調で答えた。「一大事になるところだった」

「ええ、そう教えてもらったわ」ミス・ジェシカは、ダイス巡査部長と部下たちのほうに手を揺らして示した。美しい声はいつもと変わらず知性的だったものの、威厳は失われていた。極度に怯えていて、キャンピオンは戸惑った。

「わたしは、まちがったことしていないわ」ひどく深刻な表情で彼女は続けた。百パーセント確信が持てない表れだった。「あの人たちを納得させられるよう力を貸してちょうだい。わたしは細心の注意を払ってブーン氏のレシピどおりにやってるわ。省略しなければならないことはあるとしても。だって懇談会なのよ。いらしていただいた方に最高のおもてなしをしたいでしょう」

彼女の小さな顔は真剣そのもので、美しい瞳はひどく不安そうだった。

「わたしは、ロレンス兄さまを嫌っていない」証拠がないので、敢えてそう言っているように聞こえた。「兄さまとは一番年が近いの。わたしが兄さまを苦しめるはずはない。だからといって、誰のことも故意に苦しめたりしないけれど」

「それじゃあ」と、キャンピオンは言った。「君がやったことを正確に教えてくれる？」

ジェシカは説明したくて、うずうずしていた。

「イラクサとヨモギギクの二種類の薬草茶を煎れたわ。イヴァドニ姉さまはマテ茶を買ってきて自分で用意した。マテ茶は薄い茶色で紅茶に近いの。わたしの煎れたイラクサ茶は灰色で、ヨモギギクは黄色。でも、ロレンス兄さまが飲んだのは深い緑色だったそうね」

「葉が入っていたんだ」キャンピオンはうっかり口にしてしまった。

「そうなの？」ミス・ジェシカは機敏に反応した。「だとしたら、わたしが煎れたのじゃないわ。わたしはどんなお茶も古い亜麻布――もちろん、清潔よ――で、丹念に濾すことにしているから」ミス・ジェシカは問いかけるような目でキャンピオンを見つめた。「ブーン氏の本に書いてあったのを覚えてる？『茶殻は貴重な葉菜類として食事に添えることができる』って」

「ああ、そうだね」キャンピオンは眼鏡の奥からミス・ジェシカを見つめた。「たしか、そうだった。で、その、煎じ……煎じかすの葉菜類は地下にあるの？」

返事は聞けずじまいだった。いきなり扉が開き、いらいらしたように顔を真っ赤にしたクラリー・グレースが盆を手に飛び込んできたからだった。盆には、未開封のアイリッシュウイスキー一瓶とサイフォン、そしてグラスが六つ載っていた。

「ミス・ローパーからの差し入れです」まるで部屋全体を聴衆に見立てたように、クラリーは呼びかけた。「封は切ってありませんから、みなさん、ご心配なく。アイリッシュしかなくて申し訳ないとのことです。なにしろ戦争のせいで」

長テーブルの、研究机の側に盆を置くと、クラリーは舞台用の笑顔を振りまき、どんな秘密も盗み聞くつもりはありませんと態度で示すようにまた急いで飛び出していった。

多少の意識はしたとしても、警官たちはこの出来事にほとんど関心を寄せず、小声でやりとりを続けた。一方で、ミス・ジェシカは自分の救世主に顔を向けた。

「おバカさんだけど、とても優しい女性だわ」

「きっとそうだね」キャンピオンはうっかり認めてしまってから、視線をゆらゆらマントルピースの上の肖像画のほうへ泳がせた。ジェシカの並外れた能力のことをすっかり忘れていたキャンピオンは、彼の心の内の声がはっきり聞こえたような素振りを彼女が見せたので仰天した。ジェシカはわずかに顔を赤らめた。

「あら、ご存じなんでしょ?」ジェシカは静かに言った。「誰が見たって瓜二つじゃないこと？　彼女の母親は踊り子さんだったらしいわ」

キャンピオンがミス・ジェシカを凝視すると、彼女は穏やかな調子のまま早口になったが、衝撃の事実の暴露をおおいに楽しんでいた。

「商売の才能もなかなかだったらしいの。わたしが血を受け継いだ詩人の母さまは、その女性の存在も、ましてやその娘の存在も知らなかった。でも、父さまは公平な人だったから、彼女たちにも何不自由ない暮らしをさせていたのよ。ルネさんが父さまの実務能力を受け継いでいるのを、父さまは知っていたんだと思う。わたしたち兄弟姉妹（きょうだい）が誰も持ち合わせていない能力をね。だって、思い入れの深かったこの家屋と敷地のすべてがまちがいなく彼女に渡るようにしてあったんですもの。そういうわけで、わたしたちは彼女がしてくれることを拒まないの」

　話の内容をまだ咀嚼しきれないでいるキャンピオンにミス・ジェシカが身を寄せ、ささやいた、次の一言を聞いて、キャンピオンははっとすると同時に、この話を事実だと確信した。

「気をつけてちょうだいね。わたしたちが知ってるのを彼女は知らないから。そのほうが、両者ともきまりの悪い思いをしなくてすむんです」

　成り行きに身を任せているミス・ジェシカの穏やかな声には満足感があった。効率が厳格に重んじられたヴィクトリア女王の治世を生きた、かの女流詩人もまた、そんな態度だったにちがいない。厳しく叱責されたルーク警部がずかずかと近づいてきたときも、ジェシカは平静を崩さなかった。ルークに指示された場所に腰を下ろすと、最初の質問に自信たっぷりに答えた。

　ジェシカの後ろに立ちルークと向かい合ったキャンピオンは、尋問が始まったときから、この試練はジェシカが考えているよりずっと厳しいものになるだろうと思った。何より、ルークの立場を冷静に理解しなければならない。事情聴取が進むにつれ、彼女の有罪を証明できるという確信からでなく、証明したいという願望から、ルークはジェシカ逮捕に突き進みはじめた。あらゆる状況がジェシカに不利に思われ、彼女を除いて容疑者がいなくなった。優秀な警察官たちがくり広げる、お馴染みの悪夢の一場面だった。煎じる茶葉の量をジェシカがうっかりまちがえかねないことがすぐに明白になり、状況はますます不利になった。一方で、この計画的犯行は彼女の仕業だと一瞬でも思った人間など、この部屋には一人もいなかった。

キャンピオンは、はたと動きを止めた。犯人像が見えてきた気がしたからだ。この明らかな目的を持った殺人犯は賢いけれども、傲慢、もしくは、うかつだったために完全犯罪を成し遂げることができなかった。犯人は、多くの小市民に権力を振りかざしている人物だ。ぼんやりした人影が浮き上がってきた。それでもまだ、正体がわからず腹立たしい。思考が先に進まない。苦しい。やる気が奪われそうだ。苛立ちだけが募り、二進も三進も行かなくなった。

いたたまれなくなって、こんな事情聴取からはもう逃げ出そうとキャンピオンが思ったまさにそのとき、苦悶するキャンピオンの耳にミス・ジェシカのこんな声が飛び込んできた。

「あら、それがロレンス兄さまの使ったグラス？　気をつけてくださいね。イヴァドニ姉さまのシェリーグラスですから。もう二つしか残っていないの。ブリストルガラスの骨董品なのよ」

彼女の口から単語が発されるや、それらはどんどん飛んできて、キャンピオンの目の前にぶら下がった。とても小さいが明瞭で、まるで部屋の写真の上に黒くて太い活字が印刷されていくようだった。ほどなく、これまで無関係だった、ときにほとんど気に留めなかったいくつかの事実が、がくんがくんと実際に振動さえ感じられるように動いてゆき、いきなり一本の線でつながった。鎖編みが解けるように小さなもつれが一つ一つ解け、気がつくと、紐の片方の端がキャンピオンの手に握られていた。

差し迫っているのは、二つの難題だった。その解決の難しさにキャンピオンは愕然とした。まず、時間だ。思ったより時間は残っていない。

小さな緑色のグラスを畳んだハンカチに包んで手にしたルークは何気なくキャンピオンを見遣ったが、そのまま問いかけるように、きらきらした特徴的な形の目で見つめつづけた。ミス・ジェシカに向かって腰をかがめたキャンピオンは、自分の声が震えているのに驚いた。「君のお姉さんは、花を入れるのにそのグラスを使うことがあるの？　乾燥した花を」

「その二つのグラスに花が入っているのを見たんだけど」と、キャンピオンは言った。「君のお姉さ
「花？」ミス・ジェシカはぞっとしたように言った。「いいえ、まさか。それは最後に残った父さまのシェリーグラスなのよ。シェリー酒以外にイヴァドニ姉さまが使うはずないわ。とても希少価値の高いものだから。今日、姉さまがそれを持ち出したのにも気づかなかった。普段はマントルピースの上に置いてあるのよ。シェリー酒がなかったから、わたしたち、ほかの飲み物をつくったの」

　キャンピオンは、もはやジェシカの話を聴いていなかった。一言詫びるとくるりと後ろを向き、部屋から出ていった。そして、ロレンスが独り寝ている応接室に直行し、彼の体調を考慮するように一つだけ質問した。脈絡のない馬鹿げた質問だった。

「ええ、そうです」ロレンス・パリノードは答えた。「たしかにそうしていました。ほぼ毎回。いまより幸せな暮らしをしていたころの名残の習慣でした。家族はみな。ええ、必ず。え、まさか！　あなたが言いたいのは……」

　キャンピオンはロレンスのもとを離れ、すばやく食堂まで戻ると中に頭だけ突っ込んだ。若かったころのように真っ白な顔になっていた。

「さあ、行こう」キャンピオンは歯切れのいい命令口調でルークに呼びかけた。「証拠を最優先しましょう。それと、君たちの網は畳んだほうがよさそうですよ、まだ間に合うなら」

第二十五章　エプロン街をのぼって

廏小路（ミューズ）の入り口で隔てられただけの葬儀屋と銀行の二つの建物は、雨の降るなか、しんと静まりかえり真っ暗だった。雨脚は激しくなる一方で、街のほとんどをきれいに洗い流し、一つひとつの街灯を囲む舗装用木レンガは、まるで月明かりに照らされた湖のように見えた。広いバロー通りですら深夜のバスがときおり通るのを除いてひっそりとし、街灯の少ない通りともなると人っ子一人、警官も、ポン引きも、ネコさえいなかった。

〈ポートミンスター荘〉の前の人だかりは、濡れそぼったフランネルの当て布くらいにまで小さくなっていたが、核となる人たちは残っていて、新たな展開に心躍らせ屋敷に詰め寄っていた。というのは、五分ほど前にダイス巡査部長が正面玄関の扉を開け、「ボウデン警部補とちょっとおしゃべり」しませんかと嬉しそうに報道記者たちを屋敷へ招き入れたのだ。びしょ濡れの外套を着た最後の一人がありがたいとばかりに屋敷に入ったと同時に、四人の男が人目を避け、念のため簡単な口裏合わせだけはしておいて、庭の階段を静かに上った。そして、門の付近をうろつく人たちを通り過ぎ、それぞれ別の方向へ進むふりをして消えていった。

四人は廏小路（ミューズ）の入り口でいったん顔を合わせたあと、ラグとチャーリー・ルークはぐるりと遠回りして銀行の正面入り口に向かい、一方で、ヨー警視とキャンピオンはアーチ門の下の暗くて汚い小さな銀行通用口の石段に立った。右手のエプロン街はパリノード家の屋敷の窓明かりに照らされ、雨水の流れる車道に幾本もの光の筋ができていた。左手は廏小路（ミューズ）の入り口がぽっかり開いて、昔ながらの玉石と古い廏舎のレンガがわずかな光を受けて木版画のような趣きを醸していた。

ヨー警視がキャンピオンに歩み寄り、不思議そうな顔でぶつぶつと考えあぐねていたことを尋ねた。

「なぜ、ルークはその男のことを〝ポテ口爺さん〟と呼ぶんだ」

「そのうちわかりますよ」キャンピオンは頭を傾け、通用口に耳を澄ませた。

銀行の正面ではラグが全身を傾けて呼び鈴を押していて、けたたましい音は木造の建物を突き抜け、二人の耳にもくぐもって聞こえてきた。音はまるでこの雨のように、途切れずに続いた。

長いあいだ、この世界にはそれ以外の音は存在しないように思えた。そして、いよいよ二人の耳がその音に耐えられなくなったとき、背後が騒がしくなった。遠くの川でタグボートが警笛を鳴らしているような音と、すぐ近くで葬儀屋の馬が暴れているような音だった。

ヨー警視は落ち着きがなかった。中年も後半に差しかかると息遣いが荒くなり、ざあざあという雨音のなか、彼のささやく声は吹きすさぶ風のようだった。

「おかしいな。支配人がいなくたって誰かいるだろう。夜警とか行員とか。言っておくが、キャンピオン君、家宅捜索令状がないから押し入るわけにはいかんよ。君のことは疑っちゃいない。われわれ全員、君を信じてるし頼りにしてるが、できないこともある」

けたたましい呼び鈴の音が止むと、ヨー警視は口をつぐんだ。しばらく続いた静寂が、二人の耳に心地よかった。やがてまた、ぶつぶつと単語を吐き出すようにヨーはしゃべりはじめた。

「〝証拠〟も結構だが、今日一日、総動員でその男を捜してるんだ……この地域の無線車とやらでね。

ほかにどんな方法を使ってるのか知らんが。あのルーク君は父親にそっくりだろ。たいした男だよ。グリーク街の事件の直後は、人手が足りないままあいつを放っておかなけりゃならなかったからな。今日は、その憂さを晴らしてるんだろ。でも、最後に何も出てこなかったら、あいつは恥をかくことになるぞ。もしその男がまさにここに隠れていてニッコリ笑いかけてきたら、あんたたち二人はとんでもなく運がいいってことだ」

キャンピオンは話を聴いていなかった。少し前に聴くのをやめ、遅かったかもしれないというぼんやりした不安に苛まれていた。おそらく証拠はまだ得られるだろうが、だとしても、確信のないまま銀行に無断侵入するのは危険だ。

失敗した場合の影響の大きさを想像したキャンピオンは、二十代のころ以来感じていなかった恐怖の波に全身を襲われた。

すると、また別のけたたましい音が響いた。今度は建物の内側と正面の両方から、警報ベルが聞こえてきて、二人は思わずしゃがみ込んだ。ヨーが悪態をつくと、通りから、いきなり人影が野良猫のように音も立てずに軽やかに二人の上に覆いかぶさった。

ルーク警部だった。自分たちの向こう見ずな行動に、思わず有頂天になっていた。

「大丈夫」ルークは声を落として言った。「ラグです。窓を突き破って侵入していきました。ガラスのシャワーを浴びて。すごいなあ。強盗が入ったってことです。すぐに扉を開けてくれるでしょう。そしたら、われわれ警察が突入して、ここの財産を守るってわけです。申し訳ありません、警視。自分の昇進のためにやってます」

目を向けずともヨー警視の表情が予想できたキャンピオンは、失敗の恐怖に頭がくらくらしている瞬間でなければ大笑いしていただろう。あの部屋の隅にあった戸棚を開け、空っぽか、はたまた証拠書類がぎっしり詰まっているか、どちらかを目の当たりにする自分の姿をキャンピオンは想像した。

ルークが腕まくりした。「通りの向こうにいる優秀な部下たちが聞きつけるより先に、われわれがこの警報ベルに対処する職務を果たしたということです」ルークはにやりとしたが、声には上司へのアピールと頼もしさが表れていた。二人が武者震いしているのをキャンピオンは感じた。「さあ、警察官の魔法を見せてくださいよ」

三人は通りのほうへ向かったが、雨の中に出てきて、ちょうど角を曲がろうとしたとき、キャンピオンが後ろを振り返った。キャンピオンの立ち止まる音に、ほかの二人も立ち止まり、振り返ると、目に飛び込んできたのは廏小路(ミューズ)の真ん中でくり広げられる幻想のような光景だった。

闇に包まれ見えなかったが扉が開いたままだったにちがいない薄暗い馬車置き場から、時代を錯覚してしまうような巨大な物体が現れた。おどろおどろしい形状の黒い大きな馬車だった。御者台は高く、平べったい車体には不気味にも、隙間が一切なかった。がたがたと揺れ、取りつけられた古めかしいランプの光をぎらぎら反射させながら、寝棺馬車は彼らと反対方向へ軽快に動き出し、驚くような速さでバロー通り側の出口へ向かっていった。

キャンピオンの肩に、鉄のようにずっしり重いヨー警視の手が乗った。ヨーは何が起こったのか理解できずにいた。

「いったいあれは何だ」責めるような口調でヨーは訊いてきた。「あれは誰だ。こんな夜遅く、どこへ行く」

キャンピオンは声を立てて笑った。感情が昂(たかぶ)っていた。

「ジャスです。彼に救われました……いや、ルークの直感のおかげだな。ジャスは僕らの目の前で〝エプロン街をのぼる〟んでしょう。車は用意できますか」

「できます」ルークはどうするつもりだろうと思いながらも、きびきびと大股で道路を渡って行った。

彼らをよそに、防犯ベルは恐怖にとらわれたようなけたたましさで鳴りつづけていた。ヨー警視はしばらく押し黙っていたが、旧友に歩み寄り、咳払いすると、敬意を込めた抑えた口調でこう言った。そこには爆弾並みの威力が含まれていた。「やろうとしてることを、ちゃんとわかってるんだろうね」

「大丈夫です、先輩」キャンピオンはまじめくさって答えた。

するとと、雨のカーテンの向こうから黒くて長い車が現れ、二人の側の踏み台からルークが降りてきた。

「後部座席にお乗りください」ルークはもったいぶって言うと、今度は得意そうな挑戦的な口調で「何でも揃ってますよ」と、続けた。

ヨーがぶつぶつ不満そうにつぶやいた。無線車などとんでもない金の無駄遣いだというのがヨーの個人的意見だった。彼は無線車になかなか慣れることができずにいた。車の中で聞こえる声を信じることができなかったし、莫大な費用がかかるとも思っていた。なかでも滑稽だったのは、そんなものを使うのは少々女々しいと考えていたことだった。たとえこうした事態だとしても、こんな車を〈ポートミンスター荘〉の外に停めていたのかと思うと、その贅沢ぶりにヨーは憤然とするのだった。

「銀行のほうはどうするんだ」ヨー警視が厳しい口調で訊いた。

「ダイス巡査部長が部下を何人か連れてすぐに来ます、警視。彼らに任せましょう」ルークはヨーに手を貸して彼を車に乗せると、続けてキャンピオンを押し込み、そのあと自分も乗ろうとしたところへ、雨降る暗闇の中から、驚かされた鶏のように怒り狂い、鶏そっくりの声を出して、びしょ濡れの巨大な人影が飛びかかってきた。

「おら、おら、おら！　なんのお遊びですかい。賭け事でもしてるんですかい。三人して何を楽しくやってるんですかい」ぐっしょりずぶ濡れのラグだった。禿げ頭から水が流れ落ち、口髭にはダイヤモンドのような水滴がいくつも引っかかっていた。ラグはルークを脇へ押しやり、水洗いした砲弾のように後部座席へ突進すると、奥の床の上にでんと収まった。おかげで、全員がかなり乗り心地の悪い思いをするはめになった。

ルークが乗り、ドアが閉まって車が発進しても、ラグはまだくどくど文句を言いつづけていた。

「あっしの脇の下は割れた窓ガラスでいっぱいだあ。いま開けてきた扉は、あっしの指紋だらけだってえのに、あんたら、アホなガキみてえに寄り集まってずらかろうとしてやがる……あんたらならやりかねねえ。ヨーさんよ、あんた、自分のやってることをどう思ってんだい。あっしは理解に苦しむねえ！」

ルークの大きな手が、愛情いっぱいにラグの口をふさいだ。

「さて」ルークは元気よくキャンピオンに話しかけた。「伝達事項は何でしょう」

「スイッチを入れますか？」聞き覚えのない声が、前の座席から丁寧な口調で訊いてきた。すぐに、新しい仲間の姿が目に入った。制服を着た二人の男で、運転手と、イヤホンをつけた無線操作係だった。

伝達事項は無線網内に発信され、ものの数秒で広がっていった。

「こちらQ二十三号、全車両に告ぐ。こちらQ二十三号、全車両に告ぐ。こちらルーク警部です。現在、御者一名が乗った黒い馬車を追跡中。具体的には寝棺馬車。くり返します。寝棺馬車。バロー通り西側で最後に目撃後、北方向へ進行中。すべての無線機に告ぐ。以上、どうぞ」

中央無線局に加え、ほかの車両からも続々と応答があった。

「こちら中央無線局、Q二十三号に告ぐ。こちら中央無線局、Q二十三号に告ぐ。ルーク警部、受信しました。黒い馬車。くり返します。馬車。具体的には、寝棺馬車〈coffin brake〉。チャーリー〈Charlie〉のC、オレンジ〈orange〉のO、フレディ〈Freddy〉のF、フレディ〈Freddy〉のF、インク〈ink〉のI、ナッツ〈nuts〉のN。確認願います。以上、どうぞ」

バロー通りの起点にある路面電車の古いターミナル方面に向かうあいだに七、八か所から入ってきた無線が一段落すると、しばし静寂が訪れた。ヨー警視は我慢の限界にきていた。

「で、炎の馬車はどこなんだ」ヨー警視は、隣で押し潰されているキャンピオンに不満そうな声を出した。「あんな原始的な利器を、いったい誰が見逃すんだ。目につかないわけはなかろう。普通の市内電話を使ったって三十分で捜せる。いったい何を遊んでるんだ」

「絶対に必要なのは、彼が走っていることなんです。止まる前に捕まえなければ、絶対に」

「それならそれでよかろう。行き先の見当はついてるのか」

「フレッチャーズ・タウンだと思います。住所はなに？　ラグ」

ずぶ濡れの塊が起き上がって、少し楽な体勢を取った。

「ピーター・ジョージ・ジェルフですかい？　ロックハート・クレッセント七十八番地でさあ。放しねえんですかい？　車輪の跡だけ残して姿をくらましちまうかもしれねえぜ！」

「ピーター・ジョージ・ジェルフ？　懐かしい名前じゃないか」ヨー警視は驚くと同時に、嬉しそうな顔をした。「君はその男の情報を欲しがってただろ、ルーク。だが、居場所が突き止められずにいた。ところが、今朝になって、偶然にこんなことがあった。ピューレンさんが私を訪ねてきてね。もう現役は退いてるが、よくあることで、この世界から離れられずにいる。そして、こんな話がたまたま出た。ピューレンさんが街へ行ったとき、ユーストン駅でばったりジェルフに会ったそうだ。堅気に見えたというんだが、ジェルフと堅気なんて正反対の言葉じゃないか。北ロンドンでちんまり運送業をしてると言ったらしい。ピューレン警部は思わずくすくす笑ってしまったそうだ。というのは、つい習慣で、貨物自動車の中を覗いたら、やっこさんが荷台に積んでたのは〝手品ショップ〟と書かれた荷箱一個だけだった……あの男の犯罪歴を考えたら、まったく拍子抜けじゃないか。どうした、キャンピオン君」

「手品ショップ……」細身のキャンピオンの物憂げな声が、安堵と満足を湛えて静かにこう言った。「ついに到達しましたね。僕は信じている迷信が一つだけあるんです。求めていたわけでも望んでいたわけでもないのに最後に小さな偶然が起こったときは天使が味方してるって。おばの言ったとおりになった。手品ショップか……そうか、そうか、そんなふうに棺桶を戻していたのか。ずっと不思議だった」

「戻す？」ルークが背筋を伸ばした。「戻すですって？」

キャンピオンが説明しようと口を開いた。「一日じゅう、そのことをちょこちょこと訊ねて回ってたんだ……」そのとき、スピーカーから邪魔が入った。

「こちら中央無線局、Q二十三号に告ぐ。こちら中央無線局、Q二十三号に告ぐ。報告にあった寝棺馬車と思われる黒い馬車を、二十三時四十四分、北西地区グレートトレックス通りとフィンドリー大通りの交差点で目撃。かなりの速度でフィンドリー大通りを北上中。以上、どうぞ」

「おお、公園の近くだ」ヨー警視が言った。カーチェイス好きの血が騒ぎ出したようだった。「七分十五秒前か。相手は移動中だな、キャンピオン君。驚いたな。交通渋滞はもちろんないが、路面に気をつけねばならん。運転手君、そこを曲がってくれ。フィラメル・プレイスに出るから。北の突き当りに抜け道があってブロードウェイに出られる。そこでカナル・ブリッジを渡ってくれ。そうすれば……いや、違うな!……何街だったか……すぐ思い出すから。あの辺はごちゃごちゃ入り組んでてね」

「彼を逃すわけにいかない。脇道で見失うわけにはいかないんです」キャンピオンがいきなり声を出した。車が角を曲がると、通り過ぎる街灯の明かりが彼の眼鏡の上で次々と光った。「ジェルフのところへ行かせちゃならない。止まらせちゃならない。絶対に」

「ほかの警察車両に応援を頼んではどうでしょうか。J五十四号がこの先のタナーズ・ヒルにいます」ルークは気持ちばかりがはやっていた。「ロックハート・クレッセントまで下りてもらって、周辺を捜してもらいましょう。われわれが到着するまでバウェルズを足止めさせるのはどうですか?」

「そうだね」キャンピオンは満足そうでなかった。「彼には安全だと思わせておきたいんだが。やむを得ない。たぶん、それが最善策でしょう」

建物の密集した暗い市街地を猛スピードで走り抜けるあいだ、ルークは伝達事項が相手に届いたのを確認した。ロンドンの街に詳しいことでは伝説的なヨー警視はいかにも楽しそうで、経験が乏しいわけでない運転手も、ヨーを尊敬し頼もしく思った。

雨は容赦なく降りつづいていた。勢いを保ったまま、まるで降らざるを得ないようだった。数時間にも思えるほど長いあいだ、命あるものの横を通り過ぎることはなかった。明かりの灯った窓さえ、まばらだった。街全体が憂鬱な気分で眠ってしまったように思えた。

　彼らはフィンドリー大通りを進んだ。上流ぶっているがみすぼらしいゴシック建築風のアパートが立ち並び、光を失った窓の目でこちらを見つめていた。車は円形交差点（ラウンドアバウト）でリージャン街に入った。幹線道路のリージャン街を進めば、ひとっ跳びで北西方面の郊外まで行ける。

「慌てずに行こう」マスの泳ぐ川の土手沿いを走るころ、ヨー警視は落ち着いて話すことができなくなっていた。「ここまできたら、慌てずに行こう。その男が速度を落とさず走りつづけてるとしても、そう遠くないはずだ」

「あの野郎と、どっさりの煙草の箱か」と、ラグが小声で言った。

「あの野郎と、ポテロ爺さんでしょ」と、ルークが言った。

　ヨー警視が低い声でぶつぶつ言いはじめた。自分でもほとんど気づかない、譫言（うわごと）のようだった。

「ここはあの公爵の土地だな……ウィッカム街……レディ・クララ・ハフ街……この先は小さなクレッセント（三日月状の家並み、またはその形状の街路のこと）だな。はて……いや、通りはここで折り返す。ウィッカム・プレイス街……ウィック大通り……ゆっくりだ、ゆっくり頼む。もしその男が知ってるとすれば、ここのどの脇道に入っても四分の一マイルは近道できる。道に迷うこともなかろう。よし、スピードを出していいぞ。あと百ヤード、曲がり角はないからな。忌々しい雨だ！　どこにいるのか、ほとんどわからん。ああ、あった。特別教会（他管区の監督下にある教会）の礼拝堂だ。さあ、もう、どんどん進んで。コロネット街……はい、またゆっくり」

　スピーカーからヨー警視のつぶやきを遮る声が聞こえ、一同、一息ついた。抑えた調子の金属的で不自然な声は、いままでになく騒々しく感じられた。

「こちら中央無線局、Q二十三号に告ぐ。こちら中央無線局、Q二十三号に告ぐ。二十三時五十八分、北西方面を巡回中の巡査六七五号より公衆電話三Y六から連絡あり。北西地区クララ・ハフ通りとウィッカム・コート通り交差点で、二十三時五十分ごろ寝棺馬車と思われる黒い馬車の御者から暴行を受けたとの報告あり。そちらからの伝達事項十七GHの指示に従い、進行を阻止したところ、鞭の取っ手と思われる鈍器で殴打されました。寝棺馬車はかなりの速度で走り去り、ウィッカム・コート通りを北上中。伝達事項は一分後にくり返されます。以上、どうぞ」

「くそ！　気づかれたか」キャンピオンは荒々しい口調で言った。「機会を見つけて、荷物を降ろしてしまうだろう」

「ウィッカム・コート通りか……その男は近いぞ！」ヨー警視は座ったままぴょんぴょん跳ねた。「車輪の軸にどんな細工をしてようが、われわれほどのスピードは出まい。そこだ、運転手君。その先を左に曲がってくれ。まだ午前零時じゃないか。イライラせんでくれよ、キャンピオン君。必ず捕まえるからな。必ず捕まえるぞ。当然だ」

向かい風になり、雨が幕になって窓ガラスを落ちた。ヨー警視は運転手の肩にのしかかるようにして、ワイパーが窓に描く半円の向こうに目を凝らした。

「右に曲がったら、すぐ左だ！……ああ、いいぞ。そうしたら……ヘイ！　ヘイ！　これは何だ？　広告の看板か？　私の時代はこんなものなかったぞ。裏側に家が密集してるはずだ。ちょっと待って、運転手君、待ってくれ。ウィッカム・ヒルまで来たか。ウィッカム・コート通りがその先の左だ！　かなり長い道だが、交番がすぐ近く、四分の一マイルほどのところにあるはずだ。その男は五分以内にこのあたりにいたにちがいないぞ。さて、ルーク君、そいつはどの道を通ったと思うね？　われわれに会いに来てはくれなかったな。左に曲がって路面電車の走るホロー街に向かったとしたら、次の交番にぶち当たっちまう。ということは、選択肢は二つ。爆破でもされてなきゃ五十ヤードほど行ったところにあるポリー通りか、そうでないならローズ・ウェイというごく短い小道だ。これもまたリージャン街につながってる」

「ちょっと待っててください」キャンピオンがドアを開けたので、車が停止すると、彼は雨の中を飛び出していった。ざあざあという音の響く、レンガと雨の狭い空間だった。片側は、看板が、即席のフェンスの後ろに彼の頭より高く立っていた。もう片側は、いくつかの古めかしいアパートの傷だらけのブロック塀で、ほぼどのアパートも墓場のように暗かった。機械化されたこの時代に場違いな音がただ一つ響いてこないか、キャンピオンは耳を澄ませた。遥か彼方から、雨を突き抜け、街の喧騒はかすかに聞こえてきたものの、近くではちょろちょろ、そしてゴボゴボと排水溝を流れる水の音以外に足音ひとつしてこなかった。

ルークも静かに車を降り、キャンピオンの隣に立つと、がっちりした顎を上げ、土砂降りの雨も構わず、やはり耳を澄ませた。

「敢えて走りつづけるような危険は冒さないでしょう。荷を降ろしてしまうにちがいない」キャンピオンは静かに言葉を吐いた。「まんまと逃げるつもりだ」

すぐ横でスピーカーから明瞭な声が聞こえてきて、二人はぎくりとした。伝達事項がこちらに向けてわめきちらされた。人間味のない口調が夜の闇に響き渡り、二人はあたふたした。

「こちら中央無線局、Q二十三号に告ぐ。こちら中央無線局、Q二十三号に告ぐ。ルーク警部へ伝達事項です。テリー街西五十一番地B居住のジョウゼフ・コングリーブが激しい暴行を受け瀕死状態。クラフ銀行エプロン街支店二階の一室の戸棚の中に閉じ込められていたところを〇〇時〇二分に発見。以上、どうぞ」

伝達事項がガアガアと最後までくり返されると、ルークは無言の茫然自失から我に返り、キャンピオンの外套をつかんだ。衝撃と落胆に打ち震えていた。

「エプロン街！」ルークの叫びは悲痛だった。「エプロン街だって！　ポテロ爺さんがエプロン街にいたなんて。僕らは、いったいここで何してるんでしょう」

キャンピオンはあくまで冷静だった。片手を上げ、ルークを黙らせた。

「聴いてごらん」

ヨー警視がローズ・ウェイと呼んでいた小道の向こうから、紛れもない連続音が聞こえてきた。そこから動かずにいると、耳障りなその音はどんどん大きくなり、辺り一帯に満ちるまでになった。疾駆する馬の蹄の音が近づいてくる。その後ろではゴムタイヤの車輪の摩擦音がかすかに響いている。

「慌ててリージャン街に入ったんだろう。警官に遭遇して怖くなって、曲がってきたんだ」キャンピオンは声にならない声で言った。「ああ、うまくいったかもしれない。急いでくれ、運転手君、急いで！　逃がすわけにいかない」

警察の車が小道の入り口に滑り込んだ瞬間、蹄鉄がアスファルトを叩くパカパカという音とともに、寝棺馬車が現れた。

第二十六章　手品ショップ

まずいことになったと悟るや、葬儀屋は手綱を引いた。折り返すには道が狭すぎたので、開き直ったのだ。労（ねぎら）うように雌馬を止まらせると、雨のなか、馬のわき腹から湯気が立ち上（のぼ）った。山高帽のつばから幾筋もの雨水が流れるままに、ジャスは御者台から問いかけるように見下ろした。

「おや、ルークさんじゃございませんか」驚いた表情で、愛想よく彼は言った。「ひどい夜ですね、警部。お車はご無事ですか」

ルークは雌馬の頭を撫でた。

「降りてください、バウェルズさん。さあ、いますぐ道路に降りて」

「承知しました。仰せのとおりに」まったくわけがわからないといった素振りで、彼は体に掛けていた何種類もの防水布の雨除けをただちにはずしはじめた。

キャンピオンは車の外を静かに歩き回っていたが、いきなり近づいてくると、ずっしり重い鞭（むち）を受け口から引き抜いた。葬儀屋は、ああ、そうか、と納得した顔でキャンピオンを見つめた。

「ルークさん」葬儀屋は、気をつけながら濡れた路面に降りてきた。「ルークさん、おっしゃりたいことはわかりました。あなたの部下のお一人が文句を言ってきたんでしょう」

「話は署に行ってから」ルークはお堅い役人の口ぶりだった。

「ですが、説明させてくださいよ……知らぬ仲でもあるまいし」思い当たる節のあったジャスは、ずいぶんと聞き分けのいい態度で、威厳さえ見せた。「ずいぶんと前のことですよ。お巡りさんが一人、いきなりあたしに飛びかかってきたんです。まるで気が狂ったようでした。けど、あたしは普段から誰にも迷惑はかけたくない。最初は雨で制服が見えなかった。そこで、申し訳なかったですが、恐ろしくなって殴っちまったってわけです。お巡りさんの命を救うためでした。嘘じゃありません。この馬が怯えちまいまして、いまようやく落ち着かせることができたんですから。本来通るはずだった道を半マイルもはずれたところまで連れてこられちまいました。そんなわけで、いまここにいるんです。本当は下の道を通るはずだったんだ。こいつが急に走り出したりしなけりゃ、下の道にいたはずでして」

「署に行ってから聴きましょう」

「承知しました。ですが、いつものルークさんらしくない。やれやれ、いったいどうなさったんです」

馬車の後ろで音がして、葬儀屋はぎくりとした。キャンピオンが、馬車の車体の後部を閉めようとしているところだった。鉄製の蝶ネジ（頭部に蝶のような取手のついたネジ）で締めてあり、ピアノのように上に開くのだった。キャンピオンが二人のもとに戻ってくると、ジャスがにっこりした。

「おわかりになったでしょう。法に則った仕事の最中でして」ジャス・バウェルズはしんみりと言った。「ある紳士が療養院でお亡くなりになって、埋葬のために息子さんのお宅まで運ばなければならないんです。療養院の契約してる会社は今夜じゅうに移動させる手段がなくて、療養院のほうはご遺体を置いておけない。そこで、主任さんがあたしのところへ来た。あたしはお引き受けしたんですよ。

あたしのような商売じゃあ、できることは何でも喜んでやらせていただかなけりゃなりませんから」

「急ぐぞ」暗闇からヨー警視が姿を現し、馬の頭を撫でた。「その男を車に乗せるんだ、チャーリー」

「はい、ただいま参ります」ジャスは、嫌がるというより心を痛めているような声を出した。「どなたか、こいつを走らせられますかねえ。この馬は自動車とは違います。こんなことをお尋ねして申し訳ないが、怯えてるんで保証はできませんよ」

「心配しないでいい。馬は私が連れていく。車に乗りなさい」ヨー警視の口調は威張りくさって厳しかったが、それでも親しみがこもっていた。ジャスは、自分を覚えてもらうことができたとすばやく見て取った。

「承知しました」ジャスは明るく言った。「お任せいたしましょう。あたしから先に乗りましょうかね、ルークさん」

ジャスは黙って車に乗り込み、ヨー警視の座っていた席に体を沈めた。びしょ濡れの帽子を脱ぐと、ラグと顔をつき合わせることになった。ジャスは思わず目を見開いたものの、無言だった。白い巻き毛を冠のように戴いた大きな形のいい頭をまっすぐ立てていたが、顔からは生き生きした積極果敢な色が失せ、思いに耽る目になっていた。

馬車と警察車は連なって、ただちに出発した。ヨーはキャンピオンを御者台の隣に乗せ、馬を繰った。追い風になり、背中に回しかけていた防水布の上掛けが煽られて、縦長の黒い翼のようになった。上掛けは前照灯の光を受けてきらめきながら船の帆のごとくはためき、尋常でない速度で走る馬車は幻想そのものだった。

明かりのほとんどない、半分水に浸かった街を、彼らは走り抜けた。無言で元の場所へ戻るあいだ、どちらの乗り物でも緊迫感が高まっていったが、やがて全員がバロー通り分区警察署の青いランプの下に到着した。

出迎えに階段を駆け下りてきた巡査は、ルークからいきなり捕まえた男を渡され、きょとんとした。ルークはラグを従え、前に停まっていた馬車へずしずしと向かった。

「まったく平然とふるまってました」前置きもなく、ルークは報告した。

「そうだと思った」困ったような顔で、ヨー警視はぶっきらぼうに答えた。二人の警官は、びしょ濡れの防水布のマントの中に細い体がほぼ埋まってしまっている男を心配そうに見た。

キャンピオンは無言だった。静かに御者台から降りると、馬車の後部に回り込んだ。巡査の一人が馬の頭を撫でると、ほかの巡査たちも同じことをした。巡査たちが集まってきたころには、キャンピオンはすでに馬車の車体の蓋を開けていた。彼の懐中電灯の光が、入っていた棺の表面をなめ回した。黒光りして、不気味な大きさで、金の装飾が施してある。国王の馬車なら、こんな装飾も目立たなかったかもしれないが。

「こいつだ、旦那。こいつですぜ」だみ声がこれまでに増してしゃがれ、ラグはその木製品の上に用心深く片手を置いた。「縁に沿って蝶番(ちょうつがい)があるはずでさあ。ここと、ここだ。見えますかい？　ジャスは嫌な野郎だが、それなりの職人だ。あの父子はビーティにこの一部始終を話してたんだろうかなあ」

ヨー警視も自分の懐中電灯を取り出した。

「とくに怪しいと思えんが」しばらくして、ヨーは言った。「断じて私の趣味じゃないがね、キャンピオン君。怪しいかどうか判断するのはルークだな」

ルークはためらい、キャンピオンに目を向けた。ルークの落ち窪んだ目には、明らかに疑念の色が浮かんでいた。細身のキャンピオンは無表情だった。神経が昂（たかぶ）っている証拠だった。

「ええ、わかっています」と、ルークは静かに言った。「わかっています。なかに運んで、開けてみます」

緑色の笠をかぶせた電球が汚らしい天井から長いコードで吊るされている、ルーク分区署長のむさくるしい執務室で、キャンピオンとラグは薬局の奥の寝室で見たのと同じ形に二脚の木の椅子を並べた。

ややあって、ルークがダイス巡査部長と二人の巡査とともに棺桶の端を持ってそろりそろりと入って来た。彼らはそのぎらぎらした縦長の代物を慎重に二脚の椅子の上に置くと、一歩下がった。両手をポケットに深く突っ込んで最後に入ってきたヨー警視が、少々調子っぱずれの葬送曲を口笛で吹きはじめた。

「重さは、だいたいこんなところだろう」ヨーがルークに言った。

年若いルークは、そうですね、とばかりに浮かない顔で上司を見つめた。それでも、心はすでに決まっていて、揺らぐことはなかった。ルークはダイス巡査部長に顎で合図した。

「あの男を連れてきてくれ」

しばらくすると、ジャスと巡査部長が廊下をこちらに向かってくるのが聞こえた。巡査部長に劣らず、葬儀屋はどしどしと臆することなく歩みを進めていた。帽子も馬車用の厚手のマントも着けず部屋に入ってきた葬儀屋は、身なりも体格もよく、限りなく堂々としていた。

葬儀屋が棺に目を遣ると、部屋にいた全員が彼の顔をじっと観察したが、誰もが彼の並外れた自制心に感心しただけだった。葬儀屋はその場に立ち止まり、巻き毛の生え際にはいつもの汗の粒が光っていたが、それでも、表情は怯えというより怒りだった。彼は、思わずヨー警視に顔を向けた。

「こんな事態になるとは思いませんでした」葬儀屋は静かに言った。「出過ぎたことを言うようですが、あまりよろしいとは言えませんな」その控えめな言葉には、不潔な部屋、敬意を払うべき死者への冒瀆的扱い、個人の権利、役人の横暴な態度への抗議が含まれていた。憤然とした正直者の商人は、全員を前に立ち尽くした。

ルークは葬儀屋の目をまっすぐに見た。抵抗のたぐいは頑として受け入れまいとしているのをキャンピオンは感じた。

「開けてください、バウェルズさん」

「開、開けるですと？」

「早く。嫌なら、われわれがやります」

「いや、いや、あたしがやりましょう、あたしがやりますよ、ルークさん。お宅は自分が何を言っているのか、おわかりじゃない」ジャスはびっくりして抗っているのでなく、これからしようとすることに戸惑っていた。「あたしがやります。おっしゃることは何でもやるつもりです。自分の務めはわかっておりますよ。あなたがたが一番正しいのは疑いようもない。ですが、驚いてます。非常に驚いてますよ。それ以外に言葉がない」葬儀屋はここで口をつぐみ、嫌悪感を露に周囲を見渡した。「ここで開けるということでよろしいんですね」

ヨー警視がまたもや、聞こえるか聞こえないかの音で口笛を吹きはじめた。自分が音を発していることに気づいていないらしく、視線はピンクの幅広の顔の小さな鋭い目と小さな不満そうな口に向いたままだった。

「ここで、いますぐです」ルークは冷酷非情だった。「ネジ回しは持ってますか」

ジャスに、ぐずぐずする様子はなかった。上着のポケットを探った彼は、こくりとうなずいた。

「あります。工具がなけりゃ、ビクとも動きやしません。失礼ながら上着を脱がせてもらいますよ」

ジャスが上着を脱ぎ、古い型の堅いカフスがついた真っ白なシャツ一枚になるのを全員が見守った。彼は金色のカフスボタンを注意深くはずし、机の端に置いた。そして腕まくりすると、人夫のような前腕が出てきた。

「さて、用意が整いました。ですが、一つ簡単なお願いがあります」

「言いなさい」ヨー警視が前触れもなく横から口を出した。「君には、言いたいことは何でも言える権利がある。何だね」

「ええ、クレゾール石鹼液を少し垂らしたバケツの水を用意してもらえませんかね。手が洗えるくらいの」

巡査の一人が急いで取りにいくと、ジャスは自分のシャツと同じくらい白い大判のハンカチを取り出し、斜め半分に折った。

「この紳士は、ひどい目に遭って亡くなりました」ジャスは部屋全体に向かって、非難めいた口調で言った。「最初の一、二分は、一フィートほど離れて立っていてください。ご自分の身の安全のためですよ。お宅さん方の仕事も大変だが、それ以上に危険な目に遭っちゃいけませんから。では失礼します」

ジャスは三角に折ったハンカチで顔の下半分を覆い、それを結ぶと、巡査が差し出した白い粗末なバケツに両手を突っ込んだ。それから、その手を振って、むき出しの床板いっぱいに刺激臭のする水しぶきをまき散らすと、作業に取りかかった。

ずんぐりした手が、たちどころにネジをはずしていった。ネジ山はスチール製らしくネジは簡単に動いたが、なにしろ数が多く、ジャスは時間をかけてそれらを取りはずすと、カフスボタンの横にきれいに一列に並べた。

ようやく作業が終わりジャスは手を止めると、周囲を見渡し、最後にヨーとルークにもう少し近づくよう身振りで示した。そして、棺から五フィートほどのところで止まらせ、それぞれの顔を見ると、力強くうなずき、用意が整ったことを伝えた。

二人の警官が食い入るように、ひどくおぞましいものが出てくるかのように見つめるなか、ジャスはぐいと蓋を開けた。

部屋にいた全員が、遺体にちらりと目を遣った。白いガーゼのような布で包(くる)まれていたが、腰のあたりで組まされた両手は紛れもなく人間のものだった。

静かな部屋で、ヨー警視の口笛だけが耳障りに響いていた。ルークは広い怒り肩をがくっと落とし、わずかにうなだれた。

不意に、万力で締め上げられるように誰かに手首をがっちりつかまれ、ルークは仰天した。棺までの一フィートほどを、キャンピオンがぐいと、ルークを前に押しやった。

ジャス・バウェルズが蓋を元に戻そうとした瞬間、蓋はそっくり手からはたかれ、キャンピオンの手に引っぱられたルークの手が屍衣から出ている組んだ指に触れた。ルークはさっと後ずさりし、我に返った。年のせいで反射神経の鈍くなっていたヨー警視はルークの隣に来ると、前かがみになって、組んであったその手を持ち上げ、ひっくり返した。次の瞬間、ヨーはガーゼの布を引き剝がした。死に化粧した顔が現れ、部屋じゅうがどよめいた。まったくもって異様な光景だった。

厚手のウールの下着をつけた男が、奇妙な器械に括りつけられ横たわっていた。見た目は外科手術にでも使うような器械だったが、ヴィクトリア風の二人掛けソファーのような詰め物が周囲に巡らされていた。男の体は網状のコルセットでしっかり固定され、両手の真下の胴体部分にはがっちりと木の仕切り板が渡してあって、棺桶を上下に区切っていた。頭と胸の上は自由に動かすことができ、穴だか隙間だかが外から見えないよう巧妙に開けてあって、空気がいくらでも入った。男は深く呼吸していたが、いびきはかいていなかった。両手は革バンドで固定され、自由ではなかったものの、この独房の屋根を叩けるくらいの余裕はあった。

真っ先に口を開いたのはヨー警視だった。唇まで真っ白になっていたが、高圧的な態度は変わらなかった。

「だまされた」しゃがれた声でヨーは言った。「生きてる」

「ええ、生きています」疲れていたが、すっかり安堵した声でキャンピオンが言った。「もちろん、みんな生きていました。それがこの不法行為の目的でしたから」

「みんな?」ヨー警視の視線はゆらゆらと彷徨い、葬儀屋で止まった。葬儀屋はハンカチのマスクを首からだらりと首つり縄のようにぶら下げ、二人の巡査のあいだで身をこわばらせた。

キャンピオンはため息をついた。「これの前は、あなたがたのグリーク街発砲事件のグリーナーでした」穏やかな口調だった。「その前は、ブライトンの殺し屋ジャクソンだったんじゃないかな。その前は、キオスク少女殺害事件のエド・ゲディ。そのほかの人間は、まだ調べがついていません」

ヨー警視がぴんと背筋を伸ばした。厳しい目をしていた。

「何なんだね、これは」責めるようにヨーは訊いた。「逃走用の装備か」

「飛び切り上等のね。とてもうまくできている。金に糸目をつけずに作ってありますね。丁寧、親切、快適にお運びします、ということでしょう」キャンピオンは元気を取り戻しつつあった。「こんなふうにすれば、アイルランドにだって行けます。そのあとは、もっとまともな乗り物で、どこへでも好きなところに行けばいい。最低限、通関手続きのときに、わんわん泣いてくれる会葬者が一人いればいいんです。会葬者の女は、検死官の発行する輸送許可書を擦り切れた黒いハンドバッグにねじ込んでいる」

キャンピオンはここまで話すと、棺の内壁に指を滑らせた。

「これは素晴らしい作品です。金を払って入るだけの価値は充分にある。仕組みが実にみごとだ」

「いや、驚いたな！」ヨー警視は、ジャス・バウェルズのくるくるした巻き毛の神々しい頭を見つめた。「いったい誰が首謀者だ。この男か」

「いえ、頭目はこっちです」キャンピオンは眠っている男を顎で指した。「それなりに頭の切れる男です。でも人殺しの才能はない。どうやってミス・ルースをうまいこと殺せたのか、不思議でなりません。ほかはしくじっているのに」

ヨー警視はしばらく待っていたが、キャンピオンが語を継がないので、真っ赤になって声を荒らげた。

「キャンピオン！」ヨー警視が爆発した。「何一つ説明がないぞ。経験一か月ばかりの新米刑事だって、もっとましな仕事ができる。最初に言うべきことは何だ。何を最初に言うべきだと思うかね」

茫然自失だったルークが、はっと我に返った。

「申し訳ありません、警視」ルークがはきはきと応えた。「この男の名はヘンリー・ジェイムズ。クラフ銀行エプロン街支店の支配人です」

「そうか」ヨー警視はいたく満足した。「その情報のほうがましだ。ようやく先が見えてきたな」

第二十七章　さらば、エプロン街

染みだらけの壁に掛かった時計が午前二時十五分を指していた。執務室の空気は煙草の煙で青くなっていた。ジャス・バウェルズは疲れを滲ませながらも、なお警戒を怠らない目を上げ、自分の状況を確認していた。

棺桶は部屋から持ち出され、なかに入っていた男はいまも警察医の手に掛かっていた。ルーク警部とキャンピオンはワイシャツ姿になり、ヨー警視は寝不足の目を腫らしていたが相変わらず頭は冴えていた。いつものように憂鬱そうなダイス巡査部長はテーブルの端でメモの山を前にし、テーブルの角では、決して帽子をかぶらない制服姿の若い警官が絶え間なく速記していた。

「親切心でやったことでして」葬儀屋は、頑として言い分を曲げなかった。「そう書いておいてくださいよ。それを忘れてもらっちゃ困ります。あいつらは、追い詰められた獲物みたいだった。そして最後に、あの男自身もそうなった」

「君の証言を聴くかぎり、君と薬屋のワイルドは長いこと金に苦労したあげく、ジェイムズに無理やり、この……えっと……とんでもない取引の片棒を担がされたんだろう。それでも親切心だと言うのかね」ヨー警視はしだいにのろのろした口調になっていった。旧知の著名な法廷弁護士の口真似をしているのだ。おおいに楽しんでいる証拠だ。

ジャス・バウェルズは一つ呼吸した。ずる賢く知恵を巡らせていたが、諦めに転じつつあった。

「ええ、あたしたち、つまり、あたしもワイルドも借金を返せずにいました」と、バウェルズは認めた。「最初は銀行から、そのうち、あの男から個人的に金を借りるようになった。ですが、エプロン街を理解していなければ、あの男を理解するのは無理でしょう。エプロン街は変わっていった。だが、あの男はその変化を受け入れようとしなかった」バウェルズはいきなり笑い出した。「時の流れを止めようとしたんです」

「過去の遺物を保存するためだけに、ここまでやりますかねえ」棺桶から取り出され、ずらりみごとに並んだ包みに向かって大きな手を揺らしながら、ルークが言った。机の上には、紙幣、有価証券、硬貨の入った小袋までもが幾列にも並んでいた。

ジャス・バウェルズは目をそむけた。彼にはそうした慎み深さがあった。

「あの男は、その願望に憑りつかれていた」バウェルズは静かに言った。「それが簡単に実現できるとわかったのだから、当然の成り行きでした。四年前の、これが始まったころの話です。当時のあの男は、父親や祖父の時代と同じように商売しようと頑なだった。異常なまでの執着でしたよ。そのうち、金が欲しいという思いが、いわば、あの男の喉をつかんで離さなくなった。時の流れを止めるには金がたんまり必要ですから」バウェルズは口をつぐみ、堂々たる頭を横に振った。「人殺しなんて考えちゃいけなかった。いくらなんでもやりすぎだ。あの男がそんなことをするとは信じられなかった。最初のうちは」

「でも、あとになって信じた」キャンピオンが静かに口を挟んだ。「なぜなら、ルースが死んだ件を僕に調査してほしいとあなたが義理の兄さんに頼んだことを、ジェイムズにばらすぞとあなたは脅されたから」

バウェルズの優しい瞳が、キャンピオンを睨んだ。

「ああ、あの夜、コングリーブ爺さんがうちの台所にいるのを見たんですね。やっぱりそうでしたか。目ざといお人だ、ミスター・キャンピオン。お教えしましょう。コングリーブは嗅ぎまわりに来て、おかしなことばかり訊いてきた。ジェイムズに言われて来たのかどうか判断がつきかねた。早い話が、例の取引のことです。ジェイムズに頼まれて来たのではないだろうとあたしは思った。なぜって、ジェイムズはコングリーブを信頼してなかったですから。だとしても、コングリーブに話すつもりはなかった。お宅さんがうちに入ってきたのを聞いててっきり帰ったと思ったんですが、コングリーブがあそこに立ってるのを見たときは肝を潰しましたよ」

キャンピオンは椅子の背にもたれた。ほぼまっすぐになっていた紐の、最後の数個の小さなもつれが解けようとしていた。

「ダニング少年を殴ったのは、なぜ?」キャンピオンが出し抜けに訊いた。「それとも、やったのは息子さんかな」

「あたしどもじゃありません。それはよくおわかりでしょう」ジャス・バウェルズは小さな口を丸くすぼめた。二本の前歯を中央に覗かせ、まるで巨大なブダイ（スズキ目ブダイ科の海水魚。くちばしのような特徴的な歯をもつ）のようだった。「あたしもせがれもわけがわからず、ひどく驚いたってもんです。ですがね、ああ、そういうことかとピンと来た。グリーナーの仕業ですよ、ミスター・キャンピオン。銃の台尻でやったんです。大きな音がしないように」

部屋にいた全員が、そうにちがいないと思い、一つほっとした。誰も口を挟まなかったのでバウェルズは話を続けた。

「計画どおり、グリーナーは日が暮れてからあたしんちの玄関にやって来た。怖じ気づいていたワイルドの準備が整うまで、あたしがあの男をかくまうことになっていた。グリーナーときたら顔面蒼白で、恐ろしがってて気も狂わんばかりだった。全身から恐怖が臭ってくるようでした。ですが、あたしはあの男を家に入れなかった。マーガスが前触れもなくやって来て、詮索する気満々で居座ってましたから。そこで、あたしはグリーナーを小屋に行かせた。未熟者のローリーがダニング少年に小屋を貸してるなどとは思いも寄りませんでした。グリーナーは、あたしらがなかなか来ないのでやきもきしながら屋根裏にいたにちがいない。すると、少年が入ってきて、寝床にできる場所を探しはじめた。詳しいことはわからんが想像はつきます。グリーナーは殺人犯で、しかも逃走中だ」

バウェルズは考え込むような顔で舌打ちした。

「依頼人には、ときどき妙な人間がいましてね」

ヨー警視がルークに小声で何か言うと、うなずいたルークがダイス巡査部長のほうを向いた。

「ジェイムズが持ってたメモはレイモンドからと、ほかに誰からだった?」

「スタイナーです。去年、捜査した盗品売買事件の」

「レイモンドだと?」ヨー警視はとんでもなく嬉しそうな声を出した。「あの男に関する情報がついにつかめるなら、それだけで、今回苦労した甲斐があるってもんだ。それにしても、こんな大物故買商たち相手に取引するとは、ジェイムズってのは並外れて利口なのと同時に型にはまった悪党だな。完全主義者のみみっちい商売人ってとこか?」ヨーは椅子に座ったまま腰を伸ばし、次の煙草に火を点けた。「さて、ずいぶん遅くなったな、警部。ほかに、バウェルズから聴いておきたいことはあるか」

ルークは、どことなく不満そうだったキャンピオンに目を向けた。

「エド・ゲディの名がいろいろなところに出てきます」細身のキャンピオンがためらいがちに言った。

このとき初めて、ジャス・バウエルズの体が椅子のなかで硬直しはじめた。

「エド・ゲディか」ヨー警視が吐き捨てるように、この名前をくり返した。「あの男は、すきを与えても殴ってもこないような、いたいけな少女を殺した。あいつも、あの手品の箱に入って逃げたんだろ？　それだけだって犯罪だ」

キャンピオンはためらっていたが、やがて「逃げたけど、どこにも達していないんです」と口ごもるように言った。「仲間内でエプロン街の評判が落ちたのは、エド・ゲディが理由です。薬が強すぎたのか、棺桶が狭すぎたのか、移動時間が長すぎたのか、とにかくエドは箱の中で死んだ。ルークがこの取引の話題を持ち出すかもしれないと思ってワイルドおじさんがああいう行動に出たと考えれば、ワイルドおじさんが薬を調合していた一つの証拠になる」

深い沈黙があり、部屋のなかのすべての視線が年老いたジャス・バウエルズに注がれると、彼は長いため息をついた。度胸という取り柄をいまなお見せていた不敵な彼の視線が、ヨーの視線とぶつかった。バウエルズは蒼ざめ、汗をかいていたが、頭はしっかり起こしていた。

やがて、いつものように穏やかな恭しい口調でこう言った。

「いままでの話が真実かどうか、あとは証拠の問題ということですかね」

誰もこの問いに答えなかった。みなと同じように彼自身も答をわかっていたからだ。

しばらくすると、それ以上の大きな罪は追及されず、バウエルズは留置場へと連れていかれた。

「あの男、棺桶をネジ留めする前に、どのくらいくすねてただろうな」廊下を遠ざかっていく足音を聞きながら、ヨー警視はいかにもご機嫌に言った。「一つもくすねてなかったら褒めてやろう。君の部下たちは、それぞれの現場で捜査を続けてるんだな、チャーリー。キャンピオン君がぶつぶつ言ってる株券というのは見つかったんだっけね、え？　あの男が持ってたのか？」

「はい、万事問題なしです」ルークは目の前の机に置いてあった長封筒をぽんぽんと叩いた。そこへ、制服姿の男が入ってきて、ルークは顔を上げた。

白髪混じりの事務職の警官は困った様子だった。近づいてくると、テーブル越しに低い声で話しはじめた。

「ドクターからの伝言です。申し訳ないが拘束中の男の回復にはあと数時間かかるだろう、とのことです。ご参考までに、薬はおそらく抱水クロラールだとのことでした。大量摂取しており、一時はドクターももうだめかと……」

「なんだって！」ルークは言った。「そんなことになったら何もかも水の泡だ」

「はい、ドクターもそれはわかっています。もう山は越え、危篤状態は脱したそうです」

「わかった。ほかには？」

「一つだけ。面倒をおかけしたくないんですが、署長、記者たちが来ています。窓口で対応できる署員はほぼ残っていないうえ、連中、とてもしつこくて。包囲されてる状態です」

「ボウデン警部補はどこだ」

「例の銀行です。主要報道機関は出揃っているようです。あんなに殺気立った記者たちは見たことがありません」

「そうか、そうだろうな。何に乗って来てるんだ？　辻馬車か」

「ロールス・ロイスのハイヤーです」

「ゲージ警部補がファウラー街から戻ってきてると思ったが」

「いまは葬儀屋に行っています。先ほどバウェルズの息子が連れてこられて、取り調べが始まりました。ポリットは部下を二人連れてジェルフのところへ行きました。グラバー巡査部長は検死局の職員に起きてもらえるかどうか確認に行きました」

ルークは大笑いして、速記係を指さした。

「彼を連れてってくれ」と、ルークは言った。「できるかぎり早急に対応する、まもなくヨー警視から正式発表がある、と記者たちに伝えてきてくれないか」

「何だと？」部屋の扉が閉まると、ヨー警視はおどけた調子で迫った。「私を当てにしてるのかね、チャーリー君」

ルークはにやりとして、「頼りにしてますよ、大先輩」と、元気いっぱいに答えた。

ヨー警視は笑いともしゃっくりともつかぬ声を出すと、椅子の上で体ごとひねった。

「キャンピオン君、君が頭の切れる男だということは重々承知だ」ヨーは目をきらきらさせてしゃべりはじめた。「拘束中の男は金目当てにあの老女を殺害したと聞いた。君と知り合ってから、君が聞かせてくれたなかで一番納得できる推理だよ。君を信じるから、あと一歩踏み込んで教えてくれ。今回はずいぶん時間がかかった。動機が月並みすぎて、なかなか見抜けなかったってところだろう」

キャンピオンは親愛の意を込めてヨー警視を見つめた。

「煙草を一本くれたら、さほど多くないですが、わかっているかぎりのことをお話ししますよ。どうすれば避けられたのかを考えさせられる哀しい逸話です。最初が行き当たりばったりだったから、最後に手の込んだことをやらざるを得なくなった」

キャンピオンはルークから火を点けてもらうと、椅子の背にもたれた。

「言っておきますが、この事件には、埋めなければならない空白がこれからいくつか出てくるでしょう。一つ目は、ブラウニー鉱業会社が〝ある鉱物〟をほぼ一度に大量産出する計画があるのをジェイムズがどのように知ったか。これは、読んだら焼却せよならぬ、読む前に焼却せよと言っていいくらいの最高機密で、最近はこの種の情報漏洩が習慣化して困ったものです。とにかく、ジェイムズはこの事実を知り、心を躍らせた。というのは、ギャンブル好きで家族の鼻つまみ者だったあのミス・ルースがその会社の譲渡可能な第一優先株を八千株所有していただけでなく、長年その株で儲けようとしたあげく価値がないと知り、それらをジェイムズに譲渡すると遺書に書いていたからです」

ルークが片足を机の上に載せた。

「そういう話なら、おおいに誘惑に駆られそうですね」ルークは真面目くさった顔で言った。

「そのとおり。それに加え、彼女を殺害する機会は一日置きにやって来た。彼女は何やかや理由をつけて、銀行の支配人室をせかせかと訪ねてきましたから……家族の使い走りだったり、自分自身の、涙を誘うような取引交渉だったり。そして——ここが話の肝です——信じられないかもしれないが、パリノード家の人々は、自宅であろうが銀行の支配人室であろうが、支配人と話すときは一緒にシェリー酒のグラスを傾けるものと思っていた」

「なんだ、それは！」ヨー警視が思わず姿勢を崩した。「五十年前ならいざ知らず、どんな銀行だってそんなことしてないぞ」

「この人たちを除いてね。エメット（ロウランド・エメット。一九〇六～九〇。英国の風刺漫画家。〝ネリー〟という名の空想の蒸気機関車を描いた）の描く機関車をご存じでしょ。クラフ銀行はエメットの機関車みたいな銀行だった。だから、今日の午後まで、僕はまったく霧に包まれた状態だったんです」

「なるほど、緑色のシェリーグラスの意味はそれだったんですね」ルークが口を挟んだ。「キャンピオンさん、いったいどうしたのかと思いましたよ。いや、本当に」

キャンピオンはうなずいた。「僕が初めてミス・イヴァドニに会ったときに、この事実は皿――いや、盆と言うべきか――に載せられ差し出されていたんです。僕が二階の彼女の部屋に行くと、彼女はジェイムズと何やら相談をしていた。僕が姿を現すや、グラスを使っていたことをごまかそうと小細工し、空（から）の酒瓶を隠した。おそらく空だったからでしょう。さっき、親愛なるボール紙帽子のお嬢さんが青リンゴ色のグラスの話をするまで、僕はこのときのことをすっかり忘れていた。ジェシカの話を聴いて、はっとして、ロレンスのところへ行き、一家は銀行を訪ねたとき飲食するのかと訊いた。ロレンスはあっさり、すると答えた。それがおかしいとさえ思っていなかった。彼の父親もそうするのが当たり前だったし、ジェイムズ支配人の父親もそうするのが当たり前だったから。だから、子どもたちにとっても当たり前だったんです。パリノード家はそんな一家です。身の回りで一大事が起こるたび、書物の世界に逃げ込むような一家ですからね」

「いや、参ったなあ」ヨー警視は、今回の犯罪よりも、この優雅な遺風がいまなお存在することに衝撃を受けたようだった。「それで、ある朝、ジェイムズが死んだ婆さんのグラスにそっと薬を落としたってわけだな。あの男が株を相続してたとは気づかなかったなあ」

「いや、していないんです。だから彼は、殺人者として落第なんです。彼がどこかからヒヨスチンを入手するなんて面倒なことをわざわざしていなかったら、ルース殺害はカッとなったすえの衝動的犯行だったと結論したいところなんですけど。こんなことしても厄介な状況になっただけで、ジェイムズには何の得もなかった。ミス・ルースは最後にジェイムズに遺書の話をしてから、遺書を書き換えていたんです。このもっとも腹立たしい財産が、そのときとりわけ嫌い（ベート・ノワール）だった男に渡るようにしたかったんです。部屋を巡っていがみ合っていたシートン大尉です。このことは、すぐには誰にも知らされなかった。そうして、匿名の手紙の事件があって、警察がバッファローの群れみたいにエプロン街にやって来て、大騒ぎが始まった」

ヨー警視は、中年男特有の含み笑いをした。

「お宅さんら二人は、ジェイムズの輸送サービスの邪魔だったろうね」

「そうでしょうね。ジャス・バウェルズはとくに、そう思っていた。僕とラグのせいで大混乱しましたから。バウェルズ親子はラグに見つからないように棺桶を〈ポートミンスター荘〉の貯蔵庫のなかで組み立てなければならなくなったし、グリーナーは棺桶やら荷箱やらに入れられて密出国するのがぎりぎりになったし、ベラは未亡人の喪服を着てるっていうのにグリーナーと一緒にトラックに乗る羽目になった」

「ジャスは実際にどんな手口を使ったんでしょう」ルークが尋ねた。「検死官から輸出許可をもらうために死亡証明書を偽造してたんでしょうか」

「もっと単純な方法です。ジャスはろくに字も書けない。まして偽造なんかできるはずがない。客の証明書を写しただけですよ。僕は今日一日、検死官からもらった住所を巡っていた。この三年、バウエルズが輸出許可を申請した十件のうち七件は、そんな手配を遺族はしていなくて、故人はこの土地に埋葬されていた。ギャングたちは棺桶の蓋に実際に死んだ人の名前をつけて運ばれていったんです。エドワード・パリノードの銘板だけは、ジャスは自分に依頼がくるものと確信していて見込み違いで作ったんだと思うけどね。だから、そのせいで、折よく運んでもらえなかった不運な悪党がいたはずです。ジャクソンとグリーナーのあいだは、ずいぶん時間が開いている。おそらく、葬儀の依頼がうまい具合に入らなかったんでしょう。人間、注文に応じて死ぬわけじゃないからね」

「素晴らしいぞ」ヨー警視が力を込めて言った。「みごとに筋が通ってる。ジェイムズという男は慎重な面もあれば行き当たりばったりの面もあって、変なヤツだな。この両面を備えてないかぎり殺人者は悪人でないというのが、私の持論だがね。それにしても、この男がなおも株券を諦めなかったというのは興味深いな」

「ええ、そうです。彼はロレンスにその株を買い取らせ、少額の個人ローンの担保の一部として受け取った……あくまでも僕の推測ですが。株券の話をしたときのロレンスの態度を考えると、どうもそんな臭(にお)いがするんです。だが、ルース殺しについては、どうしても偶発的だったような気がしてならない。だって株券が欲しいなら、ロレンスに持ちかけたのと同じ方法でルースから手に入れれば済む話じゃないですか。ともかく、今夜のこの騒ぎには、動機が二つあるんです。僕らがどたばたやったのでジェイムズはもうだめだと思い、今夜、正気の沙汰と思えない出し物を見せてくれた。つまり、ロレンスを亡き者にし、この謎の事件とも、この商店街とも、おさらばしようともくろんだわけです。ミス・ジェシカに罪をなすりつけて。馬鹿馬鹿しい、机上の空論、非現実的極まりない」

「いや、そうでもないぞ、キャンピオン君」ヨー警視はしかめ面で言った。「これよりお粗末な方法で無実の罪を着せようとする企ても、これまで私は見てきてるぞ。とりわけ警察が途方に暮れてるときだったがね。ジェイムズがいきなり怖じ気づいてあの寝台に入り込むことがなかったら、君だってどの方向に捜査を進めたらいいかわからなかっただろう。それにしても、あの男はどうしてあんな手段に出たんだ？」

「それは、宴会のさなか、ジェイムズがロレンスに毒を盛った直後ですが、ミス・イヴァドニが出し抜けに、彼の前でグロソップが家に来た話をしたからです。ジェイムズはあれこれ考え合わせ、ブラウニー鉱業会社の件だと察した。同時に、もうすぐ助けを求める叫び声が聞こえてくるのもわかっていたので、最悪の事態を想定して〝エプロン街をのぼる〟ことにしたんです」

「ところが、成り行きで」ルークは言った。「僕らが捜しにいったのはポテ口爺さんでした。爺さん、ずっと銀行に隠れてだたなんて、バカだな。あのまま銀行を捜そうなんて思いも寄らなかった。まったくもう」

「ポテ口爺さんか。彼の狙いは脅迫でした」キャンピオンは続けた。「それは明らかです。でも、今日まで、おそらく今日の宴会のあとまで、実行には移さなかったようですね。爺さんは自分の要求を口にすると、親しみと尊敬のこもった一撃を頭に食らった。あの爺さん、暇を見つけては、ジェイムズの尻尾をつかもうと嗅ぎ回っていたみたいですね。そもそも爺さんがどうして不審の念を持ちはじめたのかは、僕にもわからない」

　テーブルの反対の端から控えめな咳払いが聞こえ、一同の視線がダイス巡査部長に集まった。彼は珍しく生き生きした表情で、注目が集まったことに少々面食らった様子だった。

「それについては、私が説明できると思います」ダイス巡査部長がしゃべりはじめた。「これで、キャンピオンさんのもう一つの疑問点も明らかになります。先ほどは話の腰を折りたくなかったので。

ですが、いまならお話ししていいかと。キャンピオンさん、ジェイムズがどこかからヒヨスチンを入手しなければならなかったとおっしゃいましたね。その必要はなかったんです。すでに持っていた。そのことをコングリーブは知ってたんです。病院で本人から話を聴いてきたので、報告書に書きました。爺さん、ミス・ルースが銀行に来たのは死んだ当日の午後だと思い込んでいたので混乱してました。で、それは違うと言われると、なら前日の午後だと言い張った。それも違うとみんなで説得したんですが、愚かな頑固爺さんは自分が正しいと信じてました」

ヨー警視はくるりと体の向きを変え、いきなり饒舌に話しはじめたダイス巡査部長を、まるで飼いならされた愛玩動物でも眺めるような目で見た。

「どういうことだ。ヒヨスチンを持ってた、とは。どこにあった」

「支配人室の隅の戸棚の中です、警視。シェリー酒用のデカンタやらグラスやら、そのほかこまごましたものと並んで」

「ヒ、ヒ、ヒヨスチンが、か？」

「はい、警視。コングリーブがそう言っています。それがなくなっているのに気づいて、妹と一緒に家庭用医学書を調べ、二人は、妹がシートン大尉から聞いていたミス・ルースの死の前兆の様子を思い出したんです」

耳を傾けていた誰もが静寂を破ろうとしなかったので、すぐさまダイスはさらに詳しい話を続けた。

「コングリーブはずっと、あの銀行だけで働いているんです。ジェイムズの父親の代からだそうです。父親はガラス箱にヒヨスチン（臭化水素酸塩の状態では白色の結晶）を入れて封をし、訪れる人に見せていた。もちろん、『毒物』と書いたラベルが貼ってあったそうですが。変わった趣味です」

「信じがたいな」キャンピオンが素っ気ない口調で尋ねた。「目的は何だろう」

ダイスは咳払いした。生気のない目がぎらりと光った。

「興味深い珍品、クリッペン医師が使った毒だったからです（第八章参照）」

「いや、なんてこった！　あの男も持ってたのか！」ヨー警視が興奮してぴょんぴょん跳ねた。「たしかクリッペン事件のあと、社会的地位のある人たちが、みな同じようなことをしてたぞ。あのころ、ヒヨスチンはまるで流行の先端みたいだった。君が言いたいのはそういうことだね、ダイス君」

「はい、警視。これは当時、かなり病んだ事件だったと聞いています。人々の関心を集めたと」

「そのとおり、そのとおりだ。私もよく憶えてる。説得力もあるぞ。裁判官も信じるだろう。でかしたぞ、ダイス君」

ルークが二人の会話に水を差した。まだ腑に落ちないようだった。

「その戸棚は接収されなかったのか？　クリッペンが縛り首になってから戦争が二回もあったんだぞ」

「掃除はされましたけど接収はされなかったんです、警部」ダイスはいかにも気取った調子で言った。

「支配人室の扉を開けると、まるで応接間の造り付け家具のように見えるんです。過去の遺物みたいなものが詰め込まれてます。まあ、あの界隈全体がそんな雰囲気でもありますが。関連書類は寝室の古びたワインクーラーの中からを押収しました。共犯者をたどれると思います」

「おお、よくやった。実によくやったぞ、巡査部長。話もわかりやすかったし、仕事ぶりも素晴らしい」ヨー警視は立ち上がるとチョッキの裾を引っぱり、「さて」と言って、ほかの人間のほうを向いた。「それじゃあ、記者たちに、控えめ過ぎず、いい塩梅の発表をしてこよう。巡査部長、ひとっ走り行って、記者たちを起こしてきてくれ」

ヨー警視は三人だけになるのを待ってから、きらきらする優しい瞳でルークとキャンピオンを見つめた。

「君は今回の事件で、私の予想より遥かに多くの経験をしたな」とヨー警視は言ってから、声を力強い調子にがらりと変えた。「伝えておくが、いま私は心から祈っているところだ。チャーリーはどの候補者より父親の役職を継ぐにふさわしい。そしてキャンピオン君、君はいつでもラッキーボーイだなあ」


雨は止み、澄んだ柔らかな夜明けが訪れようとしていた。ルークはキャンピオンを連れ、分区署の裏庭を抜ける秘密の小道から外へ出た。二人は家並みをぐるりと回ってエプロン街に出てきた。ルークは最高に幸せな気分だった。誇らしげなネコみたいな歩き方だな、とキャンピオンは思った。怒り肩は力が抜けて下がり、雨でびしょ濡れの帽子はギャングさながら斜めに頭に載っている。感謝というより親愛の情が体から溢れ出ていて、かわいらしかった。すっかり人だかりの消えた、荒れ果てた古い屋敷の外の角で二人が立ち止まると、ルークは笑い出した。

「ずっと考えてたんですけど」と、ルークは言った。「僕の銀行の支配人が支配人室でシェリー酒をふるまってくれたら、まちがいなくヒヨスチンが入ってると思うでしょうね。さて、お別れです。神の恵みがあらんことを。また困ったときは、エスコート役がいなければ自分で電話します」

ルークは口をつぐむと、屋敷に目を向け、憶測を巡らすような顔をした。

「あの二人、結婚しますかね」

「クライティとマイク？」予期せぬ質問だった。「どうでしょうね。するんじゃないかな」

ルークは片方の目の上に帽子を一インチ引き下ろし、無駄な肉のない腹を弓なりに曲げた。

「わかりませんよ」と、ルークは言った。「ここは僕の縄張りだ。あいつはそれを知らない。かわいそうにね。でも、きっとあいつ、あの娘に言葉から教えてるところなんだろうなあ」

颯爽と去ってゆくルークを、角を曲がって姿が消えるまでキャンピオンは手を振って見送った。なぜ、そんなことを言ったのだろうと思いながら。

だが、音を立てないよう屋敷の庭の小道を進むにつれ、キャンピオンの口元は緩みはじめた。ミス・クライティ・ホワイトにはこれから面白いことが待ってるぞ。

荷物をまとめるために先に戻ってきているはずのラグの気配がなかった。玄関扉の鍵がかかっていなかったので、キャンピオンは静かに家のなかに入った。玄関広間を抜けると、ルネを甘く見ていたのに気づいた。鳥のように色鮮やかな法被を羽織り、ルネは階段の最下段に座っていた。

「このときが来たってことでもあるわね」ルネはキャンピオンの首に思い切り腕を巻きつけた。彼女がこうするのは特別なときだけだ。「ああ、あなたって本当に素晴らしい人！」

掛け値なしの感謝の気持ちだと思うと、キャンピオンにとってこれまでの人生で一番嬉しい抱擁だった。ルネは自分の腕をキャンピオンの腕にねじ込み、奥の階段へ引っぱっていった。

「さあさ、コーヒーでも飲みましょ。ああ、なんて夜だったのかしら！　本物の記者会見だなんて！まるで、当時のマンチェスター劇場みたいだったわ。今朝の新聞に何が載るかしら。さあさあ、アヒルちゃん、くたくたでしょう。ジェシカがまた、あなたに何やら気味の悪いものを作ってたけど、流しに捨てちゃったわ。美味しそうに飲んでたって言っておきますよ。あの子にはそれでいいの。かわいそうだけど。さあ、行きましょう。クラリーったらミスター・ラグ――ほんとにチャーミングな人だこと！――に特別なおもてなしをしてるのよ。わたしが大事にしてたものを飲んじゃってるけど。でも、二人を怒らないでね。好きにさせてあげて。この騒ぎで二人ともすごく喉が渇いてるから」

キャンピオンは大声で笑い出した。ルネはこれまで一言もしゃべらせてくれず、しかも、彼より先にまたしゃべりはじめたからだ。

「ああ、また忘れるところだった。あなたにお手紙が来てるわ。昨日の朝、届いたんだけど、誰も渡そうとしなかったなんて。ほら、お盆の上よ。女の人の字だから、きっと個人的なお手紙だわね。早くお読みなさい。わたしはやかんを火にかけてくるわ。急いでね。みんな待ってますよ」

皺くちゃの羽で力強く飛び立つ蝶のように、ルネはひらひらと行ってしまった。キャンピオンは手紙を取り上げると、読むために玄関広間のランプのもとへ移動した。一枚だけの便箋から、妻の独特の手書き文字が微笑みかけてきた。

愛するアルバートへ
例の島の総督の話、行くつもりがないと知らせてくれてありがとう。とても嬉しいわ。新しいジェット機、ケルビム号の試験飛行の準備がほぼ整ったの。だから、何か用があるときは、わたしはアランとヴァルと一緒にここにいます。
小さなセクストン・ブレーク（英国の小説や漫画に登場する架空の探偵。一八九三年より多数の作家によって書き継がれ、映画やドラマにもなっている）は日がな一日、絵を描いています――たくさんのマッシュルームにしか見えなくて、妖精みたいでかわいらしくて、微笑ましいわと思っていたら、一緒に書いてある言葉を見ていやになっちゃった。一言、「ドッカーン！」

って文字が並んでるんだもの。

あなたの関わっている事件については、できるかぎり新聞で読んでいます。でも、新聞記事って本当に大ざっぱね。もし、わたしがこの事件について何か意見を言ったら、まったくの的外れであなたをいらいらさせちゃうでしょうね。すぐに会えるのを楽しみにしています。

愛してるわ。

アマンダ

追伸　我慢できないので言っちゃうわ。銀行の支配人を疑ったことある？　かなり怪しいわ。

キャンピオンは手紙の本文を二度、追伸を五度、読み返した。そして、丁寧に便箋を折って内ポケットにしまったところで、奇妙な、喉を絞められているようなむせび声が、階下からかすかに聞こえてきた。しばらくして、その正体がわかった。誰かが歌を歌おうとしている。うまく歌えていなかったが、コンゴから離れたくないと現実を嘆く歌（当時発表されたアメリカのポピュラーソング「Civilization」。"Bongo, Bongo, Bongo, I don't want to leave the Congo"という一節がある）だ。

それを聞いて、キャンピオンはぶるりと身震いした。不吉にも、それはラグの声に聞こえた。

訳者あとがき

本書は、マージェリー・アリンガム（一九〇四〜六六）の第十五作目の長篇小説、*More Work for the Undertaker*（London, Heineman, 1948; New York, Doubleday, 1949）の全訳である。底本にはPenguin Books版（1952）を使用した。

舞台は第二次世界大戦が終わって間もない秋のロンドン。アリンガム作品共通の主人公である素人探偵アルバート・キャンピオンが、やはりおなじみの警察官オーツやヨーと語らっていた。そのなかで、自宅のあるボトル街からほど遠からぬエプロン街に住むパリノード一家に、今年になって起きた二件の怪死事件のことが話題となり、捜査に乗り出すよう促された。が、実はキャンピオンは、さる政府筋から、海外植民地での要職を提示されており、すぐには決心がつきかねた。

自宅に帰ると、キャンピオンは従僕ラグのもとに届いた手紙を見せられた。送り主はエプロン街の葬儀屋で、ラグの義理の弟バウウェルズだ。パリノード家の騒動に絡んで、おたくの旦那に協力してもらえないかという文面だった。パリノード家の人々は、以前には羽振りがよかったものの、今は落ちぶれて自宅を手放し、なおかつそこに下宿人として暮らしているという。ともあれ、結局キャンピオンは政府の申し出を断り、パリノード家の謎に関わることにする。

ところが、いざ一家の面々と会ってみると、相手はどうも変人ばかりだった。ふつうの会話のなかで得意顔で古い英詩を引用する者、家内の者だけに通じるような「クロスワードパズルのヒントの要領でしゃべ」（第五章）る者、健康のためか節約のためか薬草を使った料理にやたらこだわる者など。エプロン街の住人たちも、なんだか曲者ぞろいだ。はたしてキャンピオンは謎を解くことができるのか。

ひと癖もふた癖もある顔ぶれからなる家族を主体とする探偵小説の代表格となると、エラリー・クイーンの『Yの悲劇』（一九三二）が挙げられる。老化学者夫妻、長男、次女がいやな人間であるのみならず、長男の幼い息子二人もかわいげがない。わずかにまともなのは、詩人である老嬢の長女と、横暴な夫や悪ガキ二人に振り回される哀れな長男の妻ぐらいだ。だいたい、一家の名字からして、ルイス・キャロルの『不思議の国のアリス』（一八六五）に出てくる狂気の帽子屋（マッド・ハッター）を想わせるハッターだから、本文を少し読むなり各々の人となりは察せられるが、ともあれほとんど救いが感じられない。アメリカ流のパズルミステリとして、それが作者の狙いであったにせよ、だ。

一方パリノード家の面々は、もっと深い人間味を持ち、（イギリス流の）ユーモアも漂わせている。また地元エプロン街で食料品店や牛乳屋や八百屋や薬屋などを営む者たちも、役柄の大小の違いはあれ、ウェールズ人だったり、フランス人だったり、女ばかりの一家だったり、怪しげな（?）薬を自ら調合して売っていたりと、それぞれ意味ありげな個性を与えられている。読者としては、作品の本筋をいったん離れて、お目当ての人物像の背景を調べてみようかという気にもなりそうだ——まるでシャーロキアンの心意気で。

個性派人物が多く出てくる探偵小説といえば、マイケル・イネスの諸作品も該当するが、アリンガムの筆遣いのほうが骨太に思える。奥行きが深いと言ってもよい。イネスの描く人物は、良し悪しは別として、おおよそもっと軽やかだ。怪奇色がことのほか強く〝一筋縄ではいかぬ〟ふうを気取っている『アプルビイズ・エンド』（一九四五）でさえ、そう感じられる。「論創海外ミステリ」から刊行されているので、興味のある向きは読み比べていただきたい（鬼頭玲子訳、二〇〇五）。『葬儀屋の次の仕事』（以下、『葬儀屋』と略記）と出版年が近いので、なおさら有意義な比較となる。

アリンガムの場合、スリラー物やパズルふうの謎解き物が多かった初期から、一九三〇年代半ばになると、演劇や服飾など各業界の裏事情を背景として、「重厚な物語性や人物造形に重点を置き、探偵小説と風俗小説との融合をめざす」（『自分の同類を愛した男　英国モダニズム短篇集』井伊順彦編、風濤社、二〇一四、編者解説三〇二頁）方向へと作風が変わっていった。

この点について、アメリカの作家・書評家マーサ・ヘイリー・デュボースは述べている。

> マージェリーは心の逃げ場を求め、新たなキャンピオン物を書くことにそれを見出した。その成果が『クロエへの挽歌』だ。ごたごたが続くある一家をめぐって物語が展開するこの長篇は、一九三七年に出版されると好評を博した。批評家連はドロシー・L・セイヤーズの『忙しい蜜月旅行』と並べて論じ、マージェリーの新作をはっきり上位に置いた。同じ年に二人の女性作家が大きな路線変更をしたのは興味深い。
>
> （*Women of Mystery——The Lives and Works of Notable Women Crime Novelists*, Thomas Dunne Books, An imprint of St. Martin's Press, 2000, p.296）

かたちで作風を変えていったのかといえば、夫婦関係など私生活に複数の問題を抱えていたことが大きい。デュボースの以下の指摘は、アリンガムの心を覆う霧の存在のみならず、『葬儀屋』の多面的な魅力を探るうえでも参考になるだろう。

アリンガムが中期以降、作家としての成長についてはひとまず置き、なぜ「心の逃げ場を求め」る

（前略）一九三〇年代後半以降、マージェリーの小説は、本人にとってなかなか答えの出ない疑問やつきまとう不安——善悪の意味、正義の本質、変わりゆく世界における女と男それぞれの本来の役割、様々な局面での夫婦愛、献身と背信、正気と狂気——を表現し探求する場となった。

（前掲書、p.311）

アリンガムによる一九四〇年代最後の長篇『葬儀屋』に、奇人・変人が多く登場すること、また謎説きの妙味も失われてはいないながら、初期作品よりずっと物語性が前面に押し出されていることなどについては、こうした点を忘れてはなるまい。

そのうえで『葬儀屋』独自の持ち味にもっと触れよう。たとえば前作の『検屍官の領分』（原書一九四五）では、第二次世界大戦下ながら同じロンドンが舞台となっていたが、描かれているのは、おそらくは意識して小細工を排除した現実の街のようすだった。

キャンピオンはタクシーの窓から、急速に闇に呑み込まれていく町をみやった。そして、かつての町並みがほとんど名残りを留めていないことに気づき、当惑を覚えた。どこもかしこも、がらんとし

た新しい広場や通りばかりだ。しかし、見覚えのある不気味なブロンズ像の一群が、無傷のまま、保険会社のビルの前に並んでいるのが見えた。（中略）行き先を間違えているのだ。キャンピオンは仕切り窓を叩き、大声で言った。
「ウォータールー駅じゃない、ユーストン駅だ。運転手さん、ユーストン駅だよ」
（佐々木愛訳、論創社、二〇〇五、四三頁）

右の場面に表されるように、登場人物たちの生活圏や行動範囲はほぼ実在する場所にもとづいている。また、ロンドンならではの生活空間を築き、そのなかで個性派の人物たちを生き生きと描いたミステリ風味豊かな小説といえば、まずはチャールズ・ディケンズの作品が思い浮かぶ。アリンガムは作家人生の当初から、また中期以降はとくに、探偵小説界のディケンズと評してもよさそうほど多彩な人物像を世に示している。

ただ少なくとも『葬儀屋』については、ディケンズ作品の諸長篇と同じくロンドンを舞台としながら、主要人物たちの生活圏であるエプロン街などは架空の土地だ。アリンガムは「嘘」の世界をいかにももっともらしく創り上げた。実在の都市ロンドンのなかに虚構の別世界を入れ込んだ。なぜか。「うそのようなほんとの話」を語るためだ。

ところで『葬儀屋』を翻訳するにあたり、本稿冒頭に挙げた底本のほか、①Macfadden Books, 2nd Printing（1963）、②Penguin Books, Revised Edition（1968）、③Avon Books（1989）の各ペーパーバック版を参照した。このうち②については、ところどころで文章が抜けていたり書き直されていたりしている。①および③と底本とを比べると、エプロン街とバロー通りとが並行して走るポートミンスター荘付近の地図を載せている分、底本は親切だといえる。が、いずれにしろ原文は難解だ。ほかのアリンガム作品、とくに中期以降の場合と変わらず文体や表現そのものが単純でないのに加えて、登場人物同士の会話はちぐはぐで、思わせぶりな、つまり互いに共通の認識や想定があり、しかもそれは明示されないまま、やりとりが進められる。また、読者にとってはなじみのない固有名詞がいきなり出てきて、それを知っているのが当然のこととして当事者同士の話が進められる。読者はとまどうほかあるまい。さらには、文学作品の威力を見せてやるとばかりに、古典作品の引用も登場人物の口から飛び出る。好むと好まざるとにかかわらず、読者はこういう〝アリンガム砲〟を受け止めながら、結末まで読み進めなければならない。

本稿を終えるにあたり、論創社編集部の黒田明氏に深くお礼を述べたい。氏によると、同社ホームページの近刊予告にMore Work for the Undertakerが初めて載ったのは、もう一〇年以上前のことだったそうだ。諸事情から、一時は企画そのものが白紙に戻り、その後も近刊予告に題名が挙がりながら、いつのまにか消え、また出ては消えるという状態が何度か続いたという。世のアリンガム愛読者の嘆きぶりはいかばかりだったかと思うが、黒田氏はこの企画をずっとひそかに温めてきた。実は、わたしのもとへ話が来てからも、すでに三、四年は経っているかもしれない。なかなか手をつけられずにいたところ、ようやく昨年のこと、赤星美樹氏という信頼できる共訳者を得て、待望の一書を完訳することができた。私も肩の荷が下りた心持ちだが、黒田氏としてはそれどころではあるまい。いつもにもまして、頭の下がる想いを記しておきたい。

アリンガム戦後の傑作、待望の翻訳

横井　司（ミステリ評論家）

アガサ・クリスティー、ドロシー・L・セイヤーズ、ナイオ・マーシュと共に、今日、黄金時代と呼ばれる大戦間にデビューした四大女性探偵作家の一人として、高い評価を受けているマージェリー・アリンガムは、一九〇四年、ロンドン近郊で文筆家の両親のもとに生まれた。八歳の頃におじの主催する雑誌に物語を発表したというが、実質的な文壇デビューは、十九歳の時に発表した、塩沢地を舞台とする冒険小説 *Blackkerchief Dick*（一九二三）からである。続いて父親の勧めで一九二〇年代の若者像を描いたシリアスな小説に取り組むが、これはアリンガム自身が失敗作だと述べており、出版もされなかった。その後はミステリの執筆を思い立ち、一九二八年の *The White Cottage Mystery* でミステリ・ジャンルにおけるキャリアが始まる。

The White Cottage Mystery は、単行本にまとめられる前年に、新聞に連載された際は、犯人当ての懸賞が行われたようで、森英俊によれば「オーソドックスな謎解きミステリのファンにもっともアピールするもの」だそうだが[1]、アリンガムが若書きを恥じて自身の著作リストから外してしまったこともあり、今日に至るまで日本に紹介されていない。

続いて発表された *The Crime at Black Dudley*（一九二九）と『ミステリー・マイル』*Mystery*

Mile（一九三〇）、*Look to the Lady*（一九三一）は、アリンガムによれば「プラムプディング原理とも称すべき方法」で書かれた作品だという。[2]「手に入る限りの、色彩豊かで、わくわくする巧妙な発明、ジョーク、事件、あるいは登場人物を寄せ集め、箱の中にぎっしりと詰め込んだだけ」であり「昔からの大衆冒険小説作法に鍛えられていなかったら、とてもやり遂げられなかったでしょう」と述べている。[2]

The Crime at Black Dudley に脇役として登場したのが、後にシリーズ・キャラクターとなるアルバート・キャンピオンであった。キャンピオンが主役を務めるようになる『ミステリー・マイル』は、幸いにも二〇〇五年になって、海外ミステリを原書で読むサークルROM[3]から私家版として訳出されている。*The Crime at Black Dudley* にも登場した国際犯罪組織に命を狙われているアメリカ人の元判事が、イギリスに渡る船上でキャンピオンに命を救われ、それが縁となって、元判事の息子がキャンピオンに警護を依頼する。キャンピオンは昔からの知り合いである兄妹が領主として住んでいるミステリー・マイル村に元判事をかくまうが、村の牧師が不可解な自殺を遂げた翌日、元判事が領主館の庭園に作られた古い迷路から失踪してしまうというストーリーだ。このとき、領主の兄妹の妹がギャングにさらわれ、キャンピオンが仲間と共に奪取するという展開を見せるが、その際にキャンピオンたちに協力するのが、本書『葬儀屋の次の仕事』*More Work for the Undertaker*（一九四九）にも顔を見せる盗聴屋のトース・T・ナップである。

右の三作に続いて書かれた『手をやく捜査網』*Police at the Funeral* は、ケンブリッジの村を舞台に、ある一族で起きる連続殺人事件の謎をキャンピオンが解決する本格ミステリである。この作品からアリンガムはシリアスな謎解きミステリへと執筆の軸を移そうと試みるのだが、同作品のアメリカでの売れ行きが今ひとつだったため、アメリカの版元からそれ以前の作品と同傾向のものをと請われて、すでに執筆中だった『幽霊の死』*Death of a Ghost*（一九三四）を中断して『甘美なる危険』*Sweet Danger*（一九三三）を書き上げたという。[4]『甘美なる危険』では、本書『葬儀屋の次の仕事』では手紙での登場になるキャンピオンの妻、アマンダ・フィットンが初登場し、キャンピオンとともに、バルカン半島の小領地をめぐる利権をめぐって、悪漢グループと争闘を繰り広げる。この『甘美なる危険』は、戦前、評論家で翻訳もこなした井上良夫が、雑誌『ぷろふいる』に連載した「英米探偵小説のプロフィル」（一九三三〜三四）において、近頃評判のスリラーとして、マーティン・ポーロック（フィリップ・マクドナルド）の『殺人鬼対皇帝』*X v. Rex*（一九三三）とともに言及しているが、[5]残念ながら当時は翻訳されなかった。

『甘美なる危険』の後に上梓されたのが、右にもふれた『幽霊の死』である。ハワード・ヘイクラフトは『娯楽としての殺人』（一九四一）においてアリンガムを紹介した際、キャンピオン・シリーズを二期に分け、初期の作品が「溌剌とした愉快なものではあるが」「悪漢(ピカレスク)小説的な伝統を追うものにすぎない」のに対して、後期の作品は「立派な物語と、繊細な、だが鋭い性格描写と、物理的な面よりまず心理的なものにかかわる謎との賛嘆すべき混合」であり、「まれにみる素晴しいエキサイティングな『普通』小説として批評家にも読者にもうけいれられる」「気どりのない頭脳的探偵事件」だと評し、そのふたつの時期の「転換期をしめす作品」が『幽霊の死』であると位置づけている。[6]

『幽霊の死』から二年おいて『判事への花束』*Flowers for the Judge*（一九三六）が上梓され、続けて『クロエへの挽歌』*Dancers in Mourning*（一九三七）、『屍衣の流行』*The Fashion in Shrouds*（一九三八）を刊行。今日、アリンガムの代表作と目されている三作が一年おきに刊行されたわけである。一九三七年には短めの長編『今は亡き豚野郎の事件』*The Case of the Late Pig* も書かれた。さらに、この三十年代には、驚くべきことに、マックスウェル・マーチという別名義で三つの長編が書かれている。エドガー・ウォーレスの伝統に連なるメロドラマチックな作品だったようだが[7]、とはいえ、質・量ともにアリンガムの全盛期といってよいだろう。

戦争中は、ノン・シリーズの長編 *Black Plumes*（一九四〇）、キャンピオン・シリーズの『反逆者の財布』*Traitor's Purse*（一九四一）の二作が発表されたが、以後は自伝的小説の *The Oaken Heart*（一九四一）、歴史小説 *Dance of the Years*（一九四三）を刊行。いったんミステリから離れた格好だったが、終戦後、『検屍官の領分』*Coroner's Pidgin*（一九四五）でミステリ・ジャンルに復活。以後も、三〜四年おきの刊行ペースとなるが、コンスタントに長編を発表していった。『葬儀屋の次の仕事』（一九四八）で初登場したチャールズ・ルーク主任警部を主役に据えた『霧の中の虎』*The Tiger in the Smoke*（一九五二）は、戦後のアリンガム作品の代表作と目されている。一九五五年の *The Beckoning Lady* の後、やはりルーク主任警部が登場する『殺人者の街角』*Hide My Eyes*（一九五八）は、翌年、イギリス推理作家協会賞の次点に選出された。『陶人形の幻影』*The China Governess*（一九六二）、*The Mind Readers*（一九六五）発表後、*Cargo of Eagles* の構想を練っていたが、乳癌に斃れ、一九六六年に病歿。同作品は夫ヤングマン・カーターによって完成された。

日本への紹介は、戦前には短編が雑誌に訳されただけで[8]、長編の翻訳はアジア太平洋戦争後となる。まず、代表作の『幽霊の死』が一九五四（昭和二九）年にハヤカワ・ミステリの一冊として刊行され、江戸川乱歩が、ヘイクラフトの『娯楽としての殺人』に依拠しながら、詳細な解説を寄せた[9]。続いて一九五六（昭和三一）年に『判事への花束』が、同じくハヤカワ・ミステリの一冊として刊行されている。その翌年、一九五七年には、雑誌『別冊宝石』の「世界探偵小説全集」に『甘美なる危険』が「水車場の秘密」という邦題で一挙掲載され、同年の暮れには六興・出版部が刊行していた叢書、六興キャンドル・ミステリーズの一冊として『手をやく捜査網』が上梓された。さらに、『リーダーズダイジェスト名著選集』（リーダーズ ダイジェスト日本支社、一九五九）に『殺人者の街角』が「おとなしかった殺人鬼」という邦題で収録された。一九五〇年代（昭和三十年前後）に五長編が紹介されたことになるが、その後は、一九六二年に『反逆者の財布』が創元推理文庫として刊行されただけで、長いあいだ長編の紹介は止まってしまう。

一九七〇年代には、右の「おとなしかった殺人鬼」が「裏切り」と解題されて、アンソロジー『バビロン行き一番列車――三つのサスペンス』（ペガサスノベルズ、一九七四）に収録されたが、その他の作品は軒並み品切ないし絶版状態だった。

一九八三年になって戦後の代表作『霧の中の虎』が早川書房の雑誌『ミステリマガジン』に三回分載で訳されたものの、同作がハヤカワ・ミステリとしてまとめられるのは二〇〇一年まで待たなければならなかった。その後、クラシック・ミステリの翻訳ブームの波に乗り、二〇〇五年になって戦後の三作、『検屍官の領分』、『殺人者の街角』、『陶人形の幻影』が、論創海外ミステリに収められた。翌二〇〇六年に『屍衣の流行』が国書刊行会の「世界探偵小説全集」第40巻として出来。さらに二〇〇七年には『クロエへの挽歌』が新樹社ミステリの一冊として上梓され、ここにアリンガムが大戦間に発表したまま未訳だった、名のみ高かった代表作が愛読者の許に届けられたのである。その後は、二〇〇七年の暮れに『甘美なる危険』が新樹社ミステリーに収められたきりで、ふたたび翻訳が中断してしまう。

アリンガムのミステリ長編は、ヤングマン・カーターが完成させた遺作も含めて二十一作あるが（マックスウェル・マーチ名義の長編を加えれば二十四作）、この時点で半分以上の作品が紹介されたことになる。

近年になって、キャンピオンが登場する短編をまとめた『キャンピオン氏の事件簿』が創元推理文庫から刊行され始め、二〇一四年から現在までに三冊が上梓されているが、その三冊目『クリスマスの朝に』（二〇一六）の中に「今は亡き豚野郎（ピッグ）の事件」が収録され、これでアリンガム名義の未訳長編は七編となった。『葬儀屋の次の仕事』はその未訳七編の中でも翻訳が待たれていた一編である。

『葬儀屋の次の仕事』は、実をいえば『幽霊の死』がハヤカワ・ミステリの一冊として刊行された際、江戸川乱歩の解説中に、すでにそのタイトルが紹介されていた。一九五〇年以降、乱歩は英米の書評誌の探偵小説の部分をスクラップしており、原稿を書く際に参照した『二十世紀著述家辞典』には掲載されていない長編を作品リストに補足している。その作品こそ、『葬儀屋の次の仕事』と『霧の中の虎』であった。『葬儀屋の次の仕事』の紹介部分を以下に引用しておく。

More Work for the Undertaker（英 Heinemann,1949）
この小説については「ジョン・オ・ロンドン」誌の探偵批評担当者エヴリン・バンクスが「この年度の作品中最高のものを三つ挙げよと云われたら、私はアリンガムのこの作と、イネスの『旅する子』と、チャンドラーの『リツル・シスター』（邦訳「聖林（ハリウッド）殺人事件」）を選ぶ」と書いている。

マイケル・イネスの『旅する子』は原題を *The Journeying Boy* といい、現在に至るまで未訳のままである。レイモンド・チャンドラーの『リツル・シスター』は、現在、『かわいい女』あるいは『リトル・シスター』という邦題で知られる作品。乱歩は右の書評に従い、『葬儀屋の次の仕事』の原書を入手したようだが、どうやら未読のままだったようだ。

『葬儀屋の次の仕事』に対する評価が次に日本に伝えられたのは、乱歩の言及から三十年後のこと。雑誌『EQ』の一九八四年一月号から連載が始まったH・R・F・キーティング他による「代表作採点簿」（一九八二）のアリンガムの項に、『霧の中の虎』、*The Beckoning Lady* とともに、『葬儀屋の次の仕事』が挙げられていたのだ。キャラクタライゼーション（登場人物がよく書けているか）が10点中9点、プロットが10点中8点、リーダビリティ（読みやすさ）が10点中9点、テンション（読者をどれだけハラハラさせるか）が10点中8点と、かなりの高得点であった。そこでは、従来評価されてきた一九三〇年代の作品ではなく、第二次世界大戦後の作品が評価されており、「その時代に書かれた作品はこの分野の最高水準をいき、ロンドンと彼女の住まいに近いエセックス州の湿地の優れた描写にあふれ、ユーモアとおかしみをもって突き進み、純文学にも匹敵する個性的な作品ぞろいである」（名和立行訳）と賛辞を寄せている。「代表作採点簿」はキーティング、ドロシー・B・ヒューズ、メルヴィン・バーンズ、レジナルド・ヒルの連名で公開され、右に引用したコメントの執筆者は不明だが、おそらくキーティングではなかったかと思われる。というのも、そこで挙げられている作品のふたつまでが、キーティング個人がまとめたベスト100の内にも挙げられているからだ。

『ミステリマガジン』に一九九〇年から九二年にかけて連載されたH・R・F・キーティング『海外

ミステリ名作100選――ポオからP・D・ジェイムズまで』*Crime and Mystery, The 100 Best Books*（一九八七）の翻訳で、同書の40番目に挙げられているのが、当時未訳だった『葬儀屋の次の仕事』だった。そこでキーティングは、本作品には「ユーモアと人間性、興奮と複雑さ、現実世界よりも誇張されているが現実にしっかりと根ざした登場人物――しまもかつての名探偵の要素もある――（略）、それらがすべて存在する。すばらしく豊饒な味わいに満ちたスープのような作品である」と評している。[10]

そして一九九八年に森英俊編著『世界ミステリ作家事典［本格派篇］』が刊行された。同書では、バリー・パイクの「犯人の造型がいまひとつ物足りないことをのぞけば、申し分のない長編」であり「アリンガムらしさの宝庫」だという言葉を引いて、一九三〇年年代の「全盛期のころの作風に立ち返った作品」と紹介されている。

この、森の事典が刊行されて後、世紀が変わって『霧の中の虎』が一本にまとめられたのを皮切りに、全盛期の未訳作品を含む長編が続々と邦訳刊行されていったのだが、キーティングがベスト100に選出した『葬儀屋の次の仕事』はついに出ないまま、クラシック・ミステリ翻訳のムーブメントは終息に向ったのであった。

最後に翻訳刊行された『甘美なる危険』以来、十年近い月日が経って、ここにいよいよ『葬儀屋の次の仕事』がお目見えしたのは、待ち続けたファンにとっては感無量の想いがあるだろう。

アリンガムは、先にも述べた通り、イギリス四大女性探偵作家の一人として、高い評価を受けている。もっとも、これは海外に限った話で、日本においては、一部に根強いファンがいるものの、クリステイーのような幅広い人気は得られていない。熱心な海外ミステリの読者であれば、その名前は知っているであろうが、いまだ敬して遠ざけられているというのが実状だろう。

その理由として、従来しばしば指摘されたのは、戦後、江戸川乱歩による紹介がネックになったのではないか、ということだった。乱歩はアリンガムを〈新本格派〉の作家として紹介していながら、そのとき読了していた『幽霊の死』や『判事への花束』について、必ずしも好意的な評価を下さなかった。

評論集『幻影城』（一九五一）に収録された「イギリス新本格派の諸作」において乱歩は、『判事への花束』については、マイケル・イネス、ニコラス・ブレイク、レイモンド・ポストゲートの代表作に比べると「どうも筋が面白くないように感じた」といい、「トリックにはこれという創意もなく、それに代る大きな美点も私には発見できなかった。アリンガムは今の所、私にとってまだ好きになれるかどうか分らない作家である」と書いている。[11] 刊行前に入手して一読した『幽霊の死』についても、「相当面白かったが、従来からある形式で、新味を感じる程ではなかった」と追記する程度だった。

新保博久は、ハヤカワ・ミステリとして刊行された『霧の中の虎』の解説「霧の中のアリンガム」（二〇〇一・一二）において、乱歩が『幽霊の死』の解説で「アリンガムの作風には何となく親しみにくい所があり」と書いているのを引いて、「それは趣味の問題だからとやかく言う必要もないが、乱歩は偉大すぎて、当人が望まないほど強い影響力を持ってしまってもいた」こと、そして新本格派として紹介されたために「目新しいトリックや意外性に満ちた黄金時代長篇に慣れた読者（乱歩を含めて）の目には期待外れの面が多かっただろう」ことが、アリンガム受容の妨げになったのではないかと推察している。

小林晋は、国書刊行会から『世界探偵小説全集』第40巻として『屍衣の流行』を訳した際（二〇〇六・九）の解説「アリンガム問答（羊頭狗肉篇）」において、乱歩の紹介の仕方に加え、「紹介が体系的とは言えなかったこと」を理由として加えている。それによってシリーズ・キャラクターの面白さが伝わらなかったこと、そしてそれと関連するが、アリンガムは過去に書いた作品を念頭において作品を書いているので、そうした愛読者へのくすぐりのようなものが分かりにくくなってしまったこと、この二点によって作品世界をイメージしづらくなっていることが、受容の妨げになったのではないかと考察している。

現在、乱歩の影響という点では、従来ほど妨げになっているという印象は受けないものの、体系的に読むことができないという点では、残念ながら相変わらずだといわざるをえない。昨今はネット環境が充実していることもあり、古書で探す場合でも、ハヤカワ・ミステリや国書刊行会、新樹社、論創社が刊行してきた作品は、まだしも容易に手に入るかもしれない。しかし、『手をやく捜査網』や『反逆者の財布』、私家版として刊行されたきりの『ミステリー・マイル』などは、やはり入手が容易ではあるまい。

『手をやく捜査網』では、『クロエへの挽歌』や *The Beckoning Lady* に登場するウィリアム・ファラデーが初登場しているし、[3]『反逆者の財布』ではアマンダが大活躍している点が見逃せない。『葬儀屋の次の仕事』に登場するヨー警部は『クロエへの挽歌』で初登場し、キャンピオンと協力して事件の解決に当たる。ヨー警部はその後『検屍官の領分』にも登場している。その『検屍官の領分』でスタニスラウス・オーツ警視が、キャンピオンが記憶喪失になった事件について言及しているが、その事件こそ『反逆者の財布』なのである。そして『ミステリー・マイル』でのキャンピオンのある経験が、『手をやく捜査網』や『甘美なる危険』などに心理的影響となって現われているのも重要で、キャンピオンというのはそのように経験を積み重ねながら成長・成熟していくキャラクターであることがよく分かる。

こうしたシリーズものの面白さが、体系的に紹介されないことで半減してしまっても、ミステリとしてのプロットが巧妙であれば問題ないのだが、全盛期の代表作とされる『クロエへの挽歌』や『屍衣の流行』は、通常のミステリのように証拠（エビデンス）に基づいて明解に説明されるのではなく、ほのめかしによって読み手に察しをつけさせるという書き方をしているため、その巧妙さを味わうには、かなりの読み込みが必要になってくる。このことをふまえて、アリンガムのミステリは、いわば読者がテキストに参加してくることを前提として書かれているといってもよいだろう。すでに発表された作品のキャラクターが再登場するのも、そうした読者の参加を前提としたサービス精神に外ならない[12]。

その上で、さまざまな文学趣味や風俗批評がない交ぜとなっているのだから、井伊順彦が『クロエへの挽歌』の「訳者あとがき」（二〇〇七・八）で「〝楽しくも疲れる〟作品だという感想を持たれる向きが多いものと察せられる。いや、〝疲れたが楽しかった〟か」と書いているのも、むべなるかなといわざるを得ない。

そうしたアリンガムの長編の中では、『葬儀屋の次の仕事』はあまり疲れず、楽しく読める作品に仕上がっているように思う。イギリス・ミステリではお馴染みの奇人・変人が登場し、キャンピオンは『クロエへの挽歌』や『屍衣の流行』の時のように、個人的な事情に左右されず[13]、初期の冒険小説テイストの作品のように、事件から距離をとって傍観者流に徹することができているだけでなく、何よりも、全盛期の傑作とは違い、思わせぶりな表現は抑制され、もつれた情報を整理して、すべてがひとつの構図に収まるという本格ミステリ特有の快楽を充分に味わわせてくれる。これはアリンガムの作品においては珍しい。本格ミステリとしては、『手をやく捜査網』の系譜に位置づけられる「今は亡き豚野郎(ビッグ)の事件」に見られるような、陽気な軽薄さとでもいうようなものも抑制されており、バランスが良い。

そのような作品世界から浮び上がってくるのは、失われていく文化への哀愁と、それを無理やりに押しとどめようとせず、現実をありのままに受け容れていく合理主義の発想だろう。パリノード家の末娘ミス・ジェシカがオートバイに乗りたいと思っているとキャンピオンに語る場面があるが（第十二章）、伝統的な知性と合理性、現実主義がよく現われている場面でもある。公園で物乞いまがいのことをしていたり、地下室で自家製の食糧を調理していたりといった奇矯な行動が目立ちながらも、それぞれに合理的な理由があるあたりなど、本作品中、もっとも精彩を放っているキャラクターは、ミス・ジェシカではないだろうか。

それとは別に、寝棺馬車を無線車が追いかけるシーンも本作品の白眉であるように思う。戦後しばらくしてからの日本の探偵映画には、パトカーが無線で連絡を取り合って犯人を追い詰めるシーンが、やたらと描かれていたような気がするのだが、小説に描かれている例は（特に海外ミステリにおける例は）寡聞にして知らない。それだけでも読みごたえ充分だといいたいところだが、それだけではない。無線車を使うことに抵抗がある旧世代のモー警視と、無線を駆使して逃走する馬車を追い詰める新時代のルーク警部との対比が、サスペンスフルな場面の中で鮮やかに浮び上がってくる。馬車を自動車が新技術で追跡するあたりに旧時代と新時代の変化が象徴されている名シーンであると同時に、映像的にも手に汗を握るシーンであり、こうしたところにもアリンガムの文学的手腕、小説の巧さ、さらには（当時においての）現代性が、見てとれるのではないだろうか。
アガサ・クリスティーは追悼文「マージェリー・アリンガムを偲んで」において『葬儀屋の次の仕事』にふれ、「全体的には信じがたい部分があるとしても、ここに描かれたロンドンの一角——いくつかの通りと、ジョージ王朝時代の建物が立ち並ぶ広場は、あらゆる要素が内包された、完全なひとつの世界となっている」のであり、「思うに、それこそマージェリー・アリンガムならではの特徴——幻想性と現実感の混在する味わいでしょう」と述べている。[14] こうした評言を読んで連想するのは、たとえばピーター・ディキンスンでありレジナルド・ヒルである（何ならG・K・チェスタトンを加えてもいい）。これらの作家が体現する、イギリス・ミステリにしか見られない良質の幻想性を備えた傑作の翻訳を、改めて喜びたい。

註

（1）森英俊『世界ミステリ作家事典［本格派篇］』国書刊行会、一九九八。
（2）「箱の中のミステリ作家」『ミステリー・マイル』小林晋訳、ROM叢書、二〇〇五。
（3）チャールズ・チャンプリン「マージェリー・アリンガムの魅力」（越智めぐみ訳『ミステリマガジン』二〇〇二・一二）による。
（4）小林晋「アリンガム問答（アマンダ・フィットン篇）」『甘美なる危険』新樹社、二〇〇七。
（5）井上良夫『探偵小説のプロフィル』国書刊行会、一九九四。

（6）ハワード・ヘイクラフト『娯楽としての殺人――探偵小説・成長とその時代』林峻一郎訳、国書刊行会、一九九二。このヘイクラフトの位置づけは、江戸川乱歩によって日本に紹介され、今日に至るまで定説となっている。だが、しばしば指摘される通り、『幽霊の死』以前に発表された『手をやく捜査網』はヘイクラフトのいわゆる「頭脳的探偵事件」cerebra detection を描いた作品にあたり、整合性が取れない。ヘイクラフトが依拠している、『幽霊の死』に付されたアリンガムの序文 'Note on Mr Albert Campion' では、「率直に言って悪漢（ピカレスク）」である作品群と、「さほど高級な性格のものではないけれど深刻な難題」にキャンピオンが取り組む作品群とに分け、同一のキャラクターが異なる性格の経験をすることは読者に驚きをもたらすだろうが、「私たちのほとんどが明るい側面だけでなく深刻な側面をもつのであり、キャンピオン氏もその原則から外れることはまったくないのである」と述べられている。『幽霊の死』を基点に截然と分けるよりも、アリンガムの作風の全体的傾向を陽気な冒険小説とシリアスな探偵小説に分けるというのが、妥当なようである。

（7）加瀬義雄「アリンガムにふさわしい作風」『ミステリマガジン』一九九三・四。加瀬はアリンガム自身が「スリラーはソネットと同じデリケートで正確な芸術作品だ」と述べていたことも紹介している。この加瀬のエッセイはジュリア・ソログッドの評伝 *Margery Allingham: Biography*（一九九一）の紹介文。ソログッドの評伝は二〇〇九年になって *The Adventures of Margery Allingham* と改題してリプリントされており、筆名もジュリア・ジョーンズに改められた。

（8）The Case of the Question Mark が「怪盗疑問符」の邦題で西田政治によって訳され、『新青年』一九三八年七月号に掲載された。

（9）江戸川乱歩「大家アリンガムの初訳」『幽霊の死』早川書房、一九五四・二。評論集『幻影城』（一九五一）に収録した「イギリス新本格派の諸作」に基づく解説は後に『海外探偵小説作家と作品』（一九五七）に再録された。
(10) 長野きよみ訳。引用は一九九二年に早川書房から刊行された単行本による。同書において挙げられているもうひとつのアリンガム作品は『霧の中の虎』である。
(11) 引用は光文社文庫版『江戸川乱歩全集』第26巻（二〇〇三）による。
(12) 難しいことをいえば、バルザックが技法として見出した人物再登場法ないし人物再現法にあたるともいえる。こうした人物再登場法は、アリンガムの同時代作家としてはジェイムズ・ジョイスも援用しており、アリンガムの文学性を考える時は、こうしたことも念頭におかねばならないように思われる。
(13)『クロエへの挽歌』では、容疑者の妻に恋してしまうため、キャンピオンの判断が鈍り、『屍衣の流行』では、キャンピオンの実妹が容疑者になってしまうため、キャンピオンは傍観者的立場から脱せざるを得なくなってしまう。特に後者は、友人知人が事件に関わっているため、真相を見極めた上でスキャンダルを起こさない落としどころを探らねばならないという立場に置かれてしまうあたり、貴族階級の素人探偵という設定を活かしたプロットだといえよう。
(14) 猪俣美江子訳。邦訳は創元推理文庫『クリスマスの朝に　キャンピオン氏の事件簿Ⅲ』（二〇一六）に収録。

〔著者〕
マージェリー・アリンガム

1904年、英国、ロンドン生まれ。23年に冒険小説Blackerchief Dickrを発表し、作家として本格的な執筆活動をはじめる。58年、「殺人者の街角」で英国推理作家協会賞シルバー・ダガー賞を受賞。66年死去。

〔訳者〕
井伊順彦（いい・のぶひこ）

早稲田大学大学院博士前期課程（英文学専攻）修了。英文学者。主な訳書に『英国モダニズム短篇集　自分の同類を愛した男』（風濤社、編訳）、『ワシントン・スクエアの謎』（論創社）など。トマス・ハーディ協会、ジョウゼフ・コンラッド協会、バーバラ・ピム協会の各会員。

赤星美樹（あかぼし・みき）

明治大学文学部文学科卒。訳書に『誰もがポオを読んでいた』（論創社）。一般教養書などの翻訳協力も行なっている。

葬儀屋の次の仕事（そうぎやのつぎのしごと）

——論創海外ミステリ　206

2018年3月20日　初版第1刷印刷
2018年3月30日　初版第1刷発行

著　者　マージェリー・アリンガム
訳　者　井伊順彦、赤星美樹
装　丁　奥定泰之
発行人　森下紀夫
発行所　論 創 社

〒101-0051 東京都千代田区神田神保町2-23 北井ビル
電話 03-3264-5254　振替口座 00160-1-155266

印刷・製本　中央精版印刷
組版　フレックスアート

ISBN978-4-8460-1700-2
落丁・乱丁本はお取り替えいたします